가족사소설과 근대성

1930년대 한·중 가족사소설 비교 연구

가족사소설과 근대성

1930년대 한·중 가족사소설 비교 연구

최계화 지음

KSI 한국학술정보[주]

머 리 말

　가족이라는 것은 인류가 무리를 지어 살기 시작한 이래로 존재하여 왔고 앞으로도 그럴 것이다. 그 개념이나 구성 양식의 해체와 변천은 끊임없이 이루어지겠지만 가족은 '이데올로기 단위로서 어느 시대 어느 사회에나 존재한다.'는 인식이 사라지지 않는 한 문학의 영원한 주요 소재가 될 것이다.

　한·중 두 나라는 지리적으로 인접해 있고, 예로부터 각종 교류가 빈번하였으며 비슷한 문화적 전통을 가지고 있다. 그러나 근대에 이르러 외래 제국주의의 침입과 자국 내부의 근대화 과정에 따른 변화와 모순에 직면하면서 양국의 직접적인 영향관계는 거의 단절되다시피 된다. 그런 상황에서도 1930년대에 두 나라에서는 동일한 장르인 근대 가족사소설이 나타났는바 서로 연계가 단절된 상태에서 창작된 동일한 모티브의 작품과 그 서사방식에 대한 비교 연구는 양국 문학의 동질성과 변별성을 확인하고 그 공동의 법칙성을 찾아내는 데 큰 도움이 될 것이라고 생각한다. 또한 근대화 과정을 거치면서 서서히 변화되어 온 사회 문화의 총체적 모습을 고찰하는 데도 큰 가치가 있을 것으로 기대된다. 이러한 작업은 한국문학이 지닌 가치를 재확인하고 그 위상을 높이게 될 뿐만 아니라 이를 통해 동아시아 문학이 갖고 있는 특수성 혹은 법칙성을 찾아내는 작업에도 일조할 수 있을 것이다. 최근 한·중 교류가 전례 없이 활발해지면서 문학작품에 대한 비교연구가 본격적으로 진행되고 있는 현시점에서 본서가 여러 연구자들과 전공자들에게 조금이나마 도움이 될 수 있기를 기대해 본다.

끝으로 아직 부족함에도 불구하고 선뜻 출판을 맡아주신 한국학술정보㈜ 여러분께 진심으로 감사를 드리며 학문의 길을 가르쳐 주신 김춘섭 교수님, 임환모 교수님 외 많은 도움을 주신 민혜숙 교수님, 김천수 선생님, 김희경 언니 등 수많은 분들께도 감사한 마음 전한다. 또한 힘껏 도와주신 부모님과 남편, 착한 아들에게도 고맙고 미안한 마음 전한다.

2010년 3월
최계화

차 례

I

서 론

1. 왜 한·중 가족사소설인가

　근래에 식민지 근대성의 관점에서 동아시아 문학의 의의를 모색하는 연구가 활발히 진행되고 있다.[1] 이러한 경향은 서구 중심주의적 문학사관의 편향성을 주체적 관점에서 재정립하려는 적극적 시도로 볼 수 있을 것이다. 동아시아의 근대문학을 서구문학의 이식과 추종이라는 측면에서 살펴왔던 오류를 불식하기 위해서는 우선 그 자체의 가치를 부단히 발굴해야 할 뿐만 아니라, 독자적인 문학발전의 특징이나 법칙을 발견해 내야 한다. 본서는 한국과 중국의 근현대 문학작품 가운데서 1930년대의 특수한 소설형태인 가족사소설을 비교 연구함으로써 양국 문학의 변별성과 동질성을 근대성의 층위에서 고찰해 보고자 한다. 이러한 작업은 한국문학이 지닌 가치를 재확인하고 그 위상을 높이게 될 뿐만 아니라 이를 통해 동아시아 문학이 갖고 있는 특수성 혹은 법칙성을 찾아내는 작업에도 일조할 수 있을 것이다.

　한·중 두 나라는 지리적으로 인접해 있고 역사적 문화적 기복을 함께했다고 해도 과언이 아니다. 중국문화는 이전에 동아시아에 고도의 문명으로 군림하여 많은 영향력을 행사했다. 중국문학과 한국문학의 영향관계에 대해서도 이미 많은 학자들의 연구결과가 증명하

---

1) 임춘성, 「동아시아문학론의 비판적 검토와 가능성 시탐(試探)」, 아시아문화연구소 포럼 발표문, 2001. 4. 7, 임형택·최원식이 엮은 『전환기의 동아시아문학』(1993) 등을 참조.

고 있다. 그러나 한국은 근대로 이행하면서 갑오경장을 계기로 중국 문화권에서 탈피하게 되며 대신 서양 근대문명으로 방향을 돌리게 되어 오늘에 이르게 되었다. 이런 까닭으로 한・중 양국의 문화교류는 근대 초기까지 이어지고[2] 그 후로는 거의 교류가 없게 된다. 이러한 상황에 따라 근대문학 분야에서 한・중의 문학을 비교하여 연구하려는 경향은 19세기 후반부터 20세기 초의 작품에만 집중되어 있다. 그러나 문학사적으로 비교 연구의 가능성은 이보다 훨씬 확대될 수 있을 것으로 보인다. 거의 20세기 중반에 이르기까지 양국은 모두 외세의 침탈 혹은 식민 지배를 경험하였고, 여기에서 촉발된 반봉건성과 근대 지향의 문학 정신이 폭넓게 형상화되었기 때문이다. 특히 구세대와 신세대의 인식 차이에 따른 갈등과 통합을 의도하고 있는 가족사소설의 경우 더욱 그러하다고 볼 수 있다. 다시 말하면 서로 연계가 단절된 상태에서 창작된 동일한 모티브의 작품과 그것들의 서사방식에서 여전히 뚜렷하게 드러나는 동질성을 확인하는 것은 동아시아 문학이 갖고 있는 공통된 특징을 모색하는 데 적지 않은 도움이 될 것이다.

가족사소설은 대체로 전쟁과 기타 사회적인 변동이 심한 경우에 발생한다.[3] 그 목적이 일반적으로 한 가족의 운명의 기복을 통해 역사와 인간 양자에 대한 철학을 표명하는 데 있기 때문이다.[4] 한・중 양국에서 근대의 가족사소설은 모두 1930년대 초기에 그 모습을 드러냈고 사회적인 변동이 심했던 1930-1940년대를 거치면서 계속

---

2) 梁啓超의 계몽주의 문학의 전파.

3) John Gilbert: *Symbols of Continuity and Unity of les Thibault, in Image and theme* Harvard University Press 1969, pp.125-126.

4) William R Müller: *Celebration of life, Studies in Modern Fiction,* New York 1972, p.139.

활발하게 창작되었다.[5] 그만큼 1930년대는 두 나라에 있어 특수한 의미를 지닌다고 할 수 있다. 한국의 1930년대는 일제의 가혹한 경제적 수탈과 사상적인 압제로 인하여 극도로 궁핍과 암흑에 처했고, 따라서 작가들의 의도는 내면화될 수밖에 없었다. 그러나 문학 자체는 앞선 시기보다 한 걸음 더 나아가 계몽주의나 계급문학의 성격을 벗어난 근대적 성격의 소설들이 훨씬 많이 생산되었고 장편소설도 120여 편이나 창작되었다. 이재선은 1930년대의 문학현상의 다원화를 '관심에의 수평적 수직적 확산'이라고 표현하고 있다. 중국의 상황도 마찬가지다. 중국은 5·4운동을 계기로 시작된 문학운동이 1920년대에 반봉건의 계몽주의 문학을 거쳐 1930년대에는 황금기를 맞이했다. 여러 가지 사조의 문학작품이 쏟아져 나왔고 장편소설이 대량 생산되었으며 마오우뚠(茅盾), 구오머루오(郭沫若), 빠진(巴金), 라오서(老舍), 차오위(曹禺) 등 중국현대문학의 대가들이 전면에 부상하였다. 따라서 1930년대의 문학작품은 문학적으로 성숙된 시기를 대표할 수 있으며 1930년에 처음으로 나타난 한·중 양국의 근대 가족사소설은 연구 가치가 크다고 여겨진다. 연구대상으로 선정한 세 편의 가족사소설이 각기 자국의 문학사에서 매우 중요하고 확고한 위치를 차지한다는 것은 분명한 사실이다. 그러므로 개별 작품에 대한 논의가 많이 이루어져 바로 내재적, 중심적 문제에 접근할 수 있는 가능성을 갖고 있다.

다른 한편, 가족사소설에 대한 개별 작품 연구와 유형별 연구가 일정한 궤도에 들어선 현시점에서 눈길을 밖으로 돌려 외국의 가족사

---

5) 巴金의 『激流三部曲』, 老舍의 『四世同堂』, 路翎의 『부호의 자식들』, 林語堂의 『京華煙雲』, 염상섭의 『삼대』, 채만식의 『태평천하』, 김남천의 『대하』, 이기영의 『봄』, 한설야의 『탑』, 이태준의 『사상의 월야』.

소설과 비교하여 연구하는 것은 한국의 가족사소설 연구를 한층 더 심화하고 확대할 수 있으리라고 생각한다. 비교문학적인 시각으로 봐도 역시 그러하다. 비교문학은 문화와 나라 사이를 초월하는 문학작품 및 이론 사이에서 공동의 문학법칙의 가능성을 찾는 것이며 이러한 문화적 교류는 한 확정된 형태로 다른 한 문화의 형태를 정복하는 것이 아니라 서로 존중하는 태도로 쌍방의 형태에 대해 깊이 이해하는 것이기 때문이다.6)

골드만에 의하면 대상의 총체성을 반영하는 장르로서의 장편소설은 구조상 사회구조와 동질성을 갖고 있으며 소설의 구조에 대한 분석을 통해 사회적인 구조에 대한 분석도 가능하다. 한·중 양국을 오랫동안 지배해 온 유교사상은 가(家)와 국가를 동일한 구조로 이해한다. 수신제가치국평천하라는 말이 보여주듯이 집에서의 윤리질서가 확장되면 나라의 윤리질서가 된다. 집은 나라의 축소된 형태이다. 때문에 전근대적인 질서를 지키는 봉건적인 왕국-집에 대한 종적인 서술은 후경으로 사회 역사적인 상황을 반영하지 않을 수 없으며 봉건적인 가족질서의 붕괴와 몰락은 바로 우리 사회의 전근대적인 질서의 붕괴와 몰락을 상징하고 새로운 가족제도와 질서의 건립은 근대적인 사회질서의 재건을 의미한다고 할 수 있다. 사실상 이와 같이 대체적으로 같아 보이는 양국의 실정은 적지 않은 이질성도 가지고 있다. 유교적 교리에 대한 접수와 해석, 낡은 질서의 붕괴과정과 근대적인 질서의 형성 등 많은 부분에서 양국은 일정한 차이점을 보이고 있다. 이러한 점을 감안할 때 우리는 한·중 가족사소실에 대한

---

6) 葉維廉,「尋求跨越中西文化的共同文學規律」, 黃維樑, 曹順慶 編,『中國比較文學學科理論的墾拓』, 北京大學出版社, 1998, pp.83-87.

연구를 통하여 문학적인 측면뿐만 아니라 사회 문화적인 측면에까지 논의를 확장할 수 있을 것이다. 가족소설의 문화적인 측면에 대한 중국학자들의 연구는 한국의 가족사소설에 대한 연구에 일정한 도움이 되리라고 생각한다.

한·중 양국에서 근대성이 확립되어 가던 1930년대라는 특수한 시대의 소설을 정확히 이해하기 위해서 우리는 근대성이라는 개념을 확실히 할 필요가 있다. 근대는 가치개념이 아닌 시간개념으로 쓰이는 경우가 많은데 대부분의 문학사와 비평사, 그리고 문학연구에서는 근대문학과 현대문학을 엄밀히 구별하지 않고 있으며 구별할 경우에도 단순한 시대구분의 필요에 의한 것이 대부분이다. 김윤식은 이 근대성의 중심부를 자본주의(산업화)라 보고 있다.[7] 그에 따르면 근대성은 일종의 특정 이데올로기이고 이것은 자본주의라는 토대구조 위에서만 실현될 수 있다. 근대성과 밀접히 관련된 마르크스의 사상적 기반이 자본주의 체제에 놓여 있고 그 안에서 자본주의 체제를 긍정 부정 비판하는 것에 지나지 않는다면 자본주의의 속성은 근대성을 결정하는 중심 동인이 될 수 있다. 김윤식은 마르크스의 사상을 핵심으로 하는 리얼리즘에서 우리 문학의 근대성을 발견하고 있다.[8] 그렇다면 근대성이라는 매개물을 통하여 리얼리즘(중국에서는 현실주의) 경향의 가족사소설을 더욱 깊이 있게 연구 분석해 낼 수 있을 것이다.

---

7) 김윤식, 『한국현대문학사론』, 한샘, 1988, pp.350 - 365, 그는 자본주의의 토대에 대한 성격분석을 벗어나거나 이와 관련이 없는 것은 아무리 대단한 것일지라도 근대성과 거리가 먼 것이라는 입장이다.

8) 임환모, 「1930년대 한국문학비평연구」, 전남대 박사논문, 1992년, pp.2 - 3 참조.

2. 한·중 가족사소설을 어떻게 연구할 것인가

　본서는 중국작가 빠진의 『격류삼부곡』(『집』, 『봄』, 『가을』)과 한
국작가 염상섭의 『삼대』, 그리고 채만식의 『태평천하』를 연구대상으
로 삼았다. 빠진과 염상섭, 채만식의 위 소설들은 1930년대에 발표되
었다는 점에서 공통성을 갖고 있으며 그중 빠진과 염상섭의 소설은
양국의 현대문학에서 첫 번째 가족사소설이라는 점에서 일치한다.
1930년대는 또한 중국현대문학의 황금기요, 한국문학의 원형적 모습
을 보여준 시기라는 점에서 근접성을 갖는다.

　문학적으로 성숙된 시기의 장편소설로서 가족사소설이라는 형식으
로 동시에 나타난 양국의 소설들은 물론 그 민족적 문화적인 배경의
다름으로 인하여 변별성을 갖고 있겠지만 사실 한국과 중국은 비슷
한 문학전통을 가지고 있고 같은 동양적인 사고방식을 가지고 있으
며 사회, 역사적인 상황도 매우 비슷하여 동질성이 더욱 두드러질 것
이라고 생각한다. 한·중 두 나라는 모두 한자문화권과 유교문화권
에 속하며 오랜 세월 유교 철학을 신봉하여 왔고, 그러한 경직된 유
교적인 사고방식으로 인하여 모두 제국주의 열강들의 침략을 받았고
선후로 식민지, 반식민지로 전락되었다. 이러한 비슷한 사회 역사적
인 현실을 어떻게 인식하고 그것에 어떻게 대응하며 그것을 어떻게

작품에 반영하고 어떤 방식으로 전달하는가 하는 것에서 나타난 동질성을 연구하는 것이 그 변별성에 대한 연구보다 우선한다.

본서에서는 1930년대 말에 등장한 가족사·연대기소설은 연구대상으로 삼지 않는다. 한국에서 가족사·연대기소설이라는 이름을 가진 소설들을 기타 가족사소설과 비교해볼 때 첫째로 그 배경(개화기/1920~30년대)이 다르며, 둘째로 갈등이 생기는 공간적 설정(사회적 변화로 인한 융성과 몰락/가치관의 차이로 인한 가족 간의 갈등)이 다르며, 셋째로 시간의 성격(흐르는 시간/비교적 고정된 시간)도 차이를 드러낸다. 마지막으로 가족의 의미도『삼대』등 소설들에서 사회의 제 모순을 드러내기 위한 축소된 공간을 뜻한다면 가족사·연대기소설은 시대적 변화에 대한 수용을 보여주기 위한 공간이자 성격 형성에 개연성을 부여하기 위한 공간이다. 그 외에도 가족사·연대기소설은 소년의 성숙과정이 비중 있게 다루어져 성장소설의 형식도 갖추고 있다.9) 염상섭과 채만식의 소설은 가족의 역사를 연대기적으로 서술한 것에 중점을 둔 것이 아니고 1920년대와 1930년대 초에 혼거하고 있던 여러 세대의 삶에 초점을 맞추어 당대 현실을 비판한 것으로서 가족사·연대기 소설과는 좀 다른 양상을 띠고 있다.

『삼대』는『조선일보』에 1931년 1월 1일부터 9월 17일까지 연재되었고 후에 출판된 소설은 적지 않은 수정을 한 것으로 인정되고 있다.『태평천하』는『조광』1938년 1월호부터 9월호까지 게재되었는데 제목은『천하태평춘』이었고 후에 단행본이나 전집류에서는『태평 천하』또는『황금광 시대』로 제목이 바뀌었고 곳곳에서 개작한

---

9) 원은영,「가족사연대기 소설연구 - 김남천의『대하』, 이기영의『봄』, 한설야의『탑』을 중심으로」, 이화여대 석사논문, 1991년, p.29.

흔적을 찾아볼 수 있다.[10) 빠진의『격류삼부곡』은『집』이 1931년에 상해『시보(時報)』에『격류』라는 제목으로 연재되었고 1936년에는 두 번째 소설인『봄』이 발표되었으며 1940년에 마지막『가을』을 발표하여 삼부작을 완성하였다. 본서는 인민문학출판사(2002)의『격류삼부곡』과 동서문화사(1987)의『동서한국문학전집 5』-「태평천하」, 어문각(1995)의「삼대」를 연구텍스트로 한다.

앞에서 제시한 목적을 효과적으로 수행하기 위해 본서는 연구할 소설들을 문학 및 사회 문화적인 상황에서 연구하려고 한다. 특별히 사회와의 연관성이 두드러진 가족사소설은 창작된 시대 역사적인 상황과 사회와의 불가분의 관계에 있고 근대성은 그 배경이 된다고 할 수 있다. 또한 가족이라는 사회적인 구성체에 대한 문화적인 맥락에서의 파악이 없이는 가족사소설이라는 특수한 형식을 제대로 이해할 수 없기 때문이다. 한국의 기존 연구는 한국 근대문학이 발생하고 성장한 토양이 일제의 식민지라는 굴욕적 감정에 대한 보상심리에서 당대의 문학과 비평을 예술사보다는 정신사에 더 많은 비중을 두고 살펴 왔는데 정신사적 관점에 대한 집착은 문학의 기능을 경직화시킬 우려가 있다(임환모, 1992:12). 중국의 경우도 비슷하다. 반봉건 반식민지 사회라는 문학 환경에 대해 너무나 집착한 나머지 문학연구가 사상적인 면에 치우치고 특히 혁명문학, 무산계급문학에 대한 연구만 일방적으로 많이 진행된 편이다. 그렇다고 하여 예술적인 측면에만 집착하는 것 역시 바람직하지 못한 방법이라고 해야 할 것이다.

이로부터 Ⅱ장에서 우선 가족사소설의 정의에 대해 고찰하여 그 특징을 명확히 하고 그러한 가족사소설이 형성된 여러 가지 배경들,

---

10) 김상선,『채만식연구』. 약업신문사, 1989년, p.279.

즉 전통문학과 외래문학의 영향, 그리고 사회 문화적인 환경과 문학적인 배경들을 살펴보기로 한다. 이어서 Ⅲ장에서는 가족사소설의 서사구현양상에 대해 고찰하게 된다. 완결된 질서를 가진 독립된 세계인 작품의 내적인 구조를 인물층위, 구성층위, 서술층위로 나누어 분석한다. 이런 것들은 작가의 예술적 기량이 드러나는 부분으로서 양국의 작가들이 보여준 동일한 특징과 개성적인 점들을 발견하는 데 주력할 것이다. 연구결과로 작가의 우열을 가리려는 데 목적을 두지 않고 그들이 발휘한 작가적인 기량과 한·중 현대소설의 합일점 및 차이점을 연구 분석하는 것에 중점을 두려고 한다. 특히 등장인물 가운데서 동일한 유형의 인물들에 대한 깊이 있는 분석은 문학적인 형상 혹은 전형이라는 의미를 벗어나 전반적인 문화적 의미도 가지고 있음에 유의할 것이다. 문화적인 측면에서의 비교연구가 활발히 전개되고 있는 현시점에서 서구와 구별되는 동양인 특유의 인물유형 혹은 인물의 문화적 특징에 대한 연구는 이제 시작일 뿐이며 무한한 연구 가능성을 내포하고 있다. Ⅳ장에서는 가족사소설이 드러내고 있는 근대성에 대해 분석 연구하였다. 작가들의 사회 역사적인 환경으로부터 형성된 총체적인 세계관과 그것이 작품에서의 표현을 분석하고 작품의 주제 가운데서도 특히 사회적인 측면과 근대성을 분석하여 작품과 사회와의 상관관계를 해명하려 하였다. Ⅴ장에서는 한·중 가족사소설의 비교문학사적인 의의에 대해 고찰해 보고 양국의 가족사소설이 가지고 있는 동질성과 변별성에 대해 분류해 보았다.

세 작품에 대한 연구가 이미 많이 이루어졌지만 철저히 텍스트를 읽는 것을 기초로 하여 작품 해석에 임하려 한다. 또한 양국 소설에 대한 기계적인 대비에만 그치지 않고 종적, 횡적으로 역사와 사회에 대한 총체적인 시각을 갖추고 근대 가족사소설의 형성과 존재가치에 대해 사고하고 한·중 문학사 흐름의 동질성을 확인하려고 한다. 문학연구에서 전체적 비전이나 그에 상당하는 파악은 여러 비평방법에 의해 생겨난 통찰을 잘 섞는 방법에 의해서만 가능[11]하기 때문에 다양한 연구 방법을 활용하여 작품을 분석하여 그것들이 갖고 있는 가치를 충분히 밝혀내고 더 나아가 전 인류의 문화, 문학유산에서 한·중 양국 현대소설이 차지하는 위치를 확고히 하려고 한다.

---

11) W. L. Guerin, E. G. Labor, L. Morgan, J. R. Willingham, *A Handbook of Critical Approaches to Literature*(Harper $ Row, 1966), 정재완 역, 『문학의 이해와 비평』(청록출판사, 1978), p.192.

3. 근대 가족사소설 연구 어디까지 왔나

가족사소설에 대한 연구는 우선 비슷한 여러 가지 개념에 대한 정확한 인식에서부터 출발해야 한다. 한국의 전통적인 소설 형태 중에는 가문사소설(혹은 가문소설), 가정소설, 가계소설 등이 있고 30년대에는 가족사·연대기소설이 있다. 가족사소설은 가문소설의 현대적인 변용으로서 근대에 출현한 소설형식이며 가족소설의 하위개념으로 가정소설보다 폭이 훨씬 넓다. 중국의 경우 가족사소설이라는 개념을 사용하지 않고 가족소설이나 가정소설이라는 용어를 사용할 뿐이다.

많은 연구자들은 가족사소설과 가족사·연대기소설을 그다지 엄격하게 구분하지 않고 그 개념을 혼용하고 있으며 한국에서 가족사소설에 대한 연구는 그 역사가 길지 않다. 1980년대 이전까지는 연구가 거의 되지 못했었고 이재선의 『한국현대소설사』12)에서 처음으로 1930년대 소설의 장편화와 역사의식의 상관성을 가족사소설의 특징을 통해 해명하였으며 『한국문학의 원근법』13)에서는 중국 작가 빠진의 『격류삼부곡』까지 간단히 언급하면서 가족사소설의 개념과 특징을 서술

---

12) 이재선. 홍성사. 1979. pp.375 - 388.
13) 이재선. 민음사. 1996.

하고 있다. 그런데 이재선은『삼대』,『태평천하』,『대하』를 가족사소설이란 이름으로 한데 묶어 분석하였고 그 뒤에 신상성도『한국소설사의 재인식』에서 같은 견해를 보였다. 잇달아 발표된 석·박사논문 가운데는 이재선의 논저에 나타난 견해와 궤를 같이하고 있는 것이 있는가 하면14) 많은 논문들이 가족사·연대기소설 쪽에 초점을 맞추고 있다. 가족사소설에 대한 연구논문들은 대체로 1980년 이후에 발표되었는데 가족사소설이 가지는 공통된 특징을 연구하는 데서 적지 않은 성과를 거두었다고 할 수 있다.15) 그중 김선정의「<유씨삼대록>과 <삼대> 대비연구」(경남대 박사학위논문, 2001)는 전통적인 가문소설과 근대 이후의 가족사소설을 비교한 점에서 독특하다고 할 수 있고, 백영근의「가족사소설의 문학사서설-현대가족사소설의 문학사 수용문제를 중심으로」(서울산업대논문집 47, 1998, 7)는 가족사소설이 일종의 소설형식으로 문학사에 수용되어야 할 문제를 다루었다는 점에서 눈길을 끈다.

앞에서 지적했듯이 중국의 연구자들은 가족사소설이라는 개념을

---

14) 신영길,「1930년대 한국 가족사소설연구」, 충남대 석사논문. 1990.
　　김이숙,「한국가족소설연구」, 서강대 석사논문. 1981.
　　신상성,『한국근대소설론』, 경운출판사, 1987.

15) 이대규,「1930년대 한국가족사소설연구」, 어문학연구, 1984.
　　경영호,〈삼대〉,〈태평천하〉에 대한 연구, 충북대 석사논문. 1981.
　　김애영,「1930년대 가족사소설연구」, 경남대 석사논문. 1994.
　　김정애,「한국 현대 가족사소설의 유형연구」, 청주대 석사논문. 1992.
　　박경숙,「현대가족사소설연구」, 홍익대 석사논문. 1986.
　　이재홍,「1930년대 가족사소설연구」, 숭실대 석사논문. 1987.
　　윤석달,「한국현대기족사소설의 서사형시과 인물유형연구」, 고려대 박사논문. 1992.
　　이혜경,「현대한국문학의 가족사소설」, 건양대인문논총3, 1999. 2.
　　최유찬,「가족사의 흐름 뒤에 숨쉬는 개체적인 삶: 가족사소설의 개괄적인 특성과 그 미래를 전망한다」, 문학사상 293, 1997. 3.
　　황국명,「1930년대 가족소설의 이데올로기지향 연구-채만식의 가족서사를 중심으로」, 인제논총 8. 2, 1992. 12.

사용하지 않고 있으며 가정소설 혹은 가족소설의 테두리에서 논의하고 있고 한국 현대소설과의 비교는 거의 이루어지지 않고 있다. 한·중 비교연구가 대부분 고전문학이나 근대 초기 문학에 머물러 있고 한국 학자들에 의해 현대문학비교가 막 시작되고 있는 형편이다.[16]

개별적인 작가론, 작품론은 세 명의 작가 모두가 그 나라의 현대소설을 대표할 수 있을 만큼 뛰어난 작가이고 연구대상으로 선정한 작품도 모두 그들의 대표작에 포함되는 것이기에 양적으로 엄청난 연구논문 혹은 연구논저들이 쏟아져 나왔고 지금도 연구는 계속되고 있다.

이제 중국과 한국의 경우를 나누어 고찰해 보려고 한다.

먼저 중국의 빠진은 1930년대뿐만 아니라 중국 현대문학을 대표하는 거장으로서 그에 대한 연구논저도 엄청나다.[17] 이런 논저들은 작가의 세계관, 문학관, 작품의 사상성에 대한 탐구에 많이 치중해 있고 작품에 대한 자세한 읽기는 아직도 양적으로 부족하다고 할 수 있다. 袁振聲, 宋曰家, 花建 등의 단행본이 문학작품으로서의 가치를 연구하는 데 비교적 집중적으로 공력을 들였다고 할 수 있다.

---

16) 송현호, 유려아, 『비교문학론』, 국학자료원, 1999.
유려아, 『한국과 중국 현대소설의 비교 연구』, 국학자료원, 1995. 8.
유재성, 「중한신문학의 비교연구」, 북경사범대학 박사논문, 1998.
17) 중요한 논저들은 아래와 같다.
汪應果, 『巴金論』, 上海文藝出版社, 1985. 10.
陳思和, 李輝, 『巴金論稿』, 北京人民文學出版社, 1986.
李存光, 『巴金民主革命時期的文學道路』, 寧夏人民出版社, 1982.
袁振聲, 『巴金小說藝術論』, 南開大學出版社, 1987.
張立慧, 李今合, 『巴金研究在國外』, 湖南文藝出版社., 1986.
張慧珠, 『巴金創作論』, 四川人民出版社, 1983.
宋曰家, 『巴金小說人物論』, 山東文藝出版社, 1992.
花建, 『巴金小說藝術論』, 上海社會科學院出版社, 1987.
賈植芳, 唐金海, 張曉雲, 陳思和 編, 『巴金作品評論集』, 中國文聯出版公司, 1985.

그의 대표작인『격류삼부곡』혹은 그 가운데의『집』에 대한 개별적인 논저는 부지기수인데 그중 집이라는 모티브와 관련이 있는 논문들로는 孫時彬 등의 논문을 들 수 있다.[18) 이러한 논문들은 집이라는 모티브를 얘기하면서 거의 모두 사회 문화적인 의미와 연관 지어 논하고 있다. 따라서 가족사소설이라는 소설양식으로서의 어느 한 면만 다루고 있다고 할 수 있어 아쉬움을 남긴다.

염상섭에 대한 논저는 김윤식, 김종균, 이보영 등의 단행본[19)과 몇 년 이래의 연구동향을 반영한『염상섭 문학의 재조명』,[20) 그 외에도 많은 단편적인 논문들이 있으며 채만식에 대한 논저는 김윤식, 이내수, 김상선 등의 단행본[21)과 수년간의 연구동향을 집대성한『채만식 문학의 재인식』[22)이 있고 그 외에도 우영미, 이주형, 이훈 등[23)의 논

18) 孫時彬,「文本解讀一種:關于巴金〈家〉〈寒夜〉中'家'情結的文化思考」黑龍江農墾師專學報1999. 4.
   鄧經武,「'家', 巴金文學創作的總綱」, 西南民族學院學報 1999. 2.
   江倩,「試論巴金家庭小說的風格」, 人文雜志, 1999. 2.
   隋淸娥,「中國反封建思想革命的突破口: 從小說文本領悟現代作家對'家文化'的深長思索」, 聊城師範學院學報(哲社版), 1999. 1.
   邵寧寧,「牢籠抑或舟船 - 20世紀中國文學中'家'的形象演變」, 中國現代當代文學研究, 1999. 12.
   謝偉民,「現代小說中長子形象的文化象征意義」, 文學評論, 1989. 2.
   王愛松, 賀仲明,「中國現代文學中'父親'形象的嬗變及其文化意味」, 中國現代當代文學研究, 1999. 11.
   張偉忠,「現代家族小說逆子形象論」, 中國現代當代文學研究, 1999. 7.
   聞祺,「一個歷史文化的符號 - 試論巴金〈家〉的象徵意義」, 安徽敎育學院學報, 1993. 4.
19) 김종균,『염상섭연구』, 고려대출판부, 1976.
   김종균,『廉想涉研究』, 국학자료원, 1999.
   김윤식,『염상섭 연구』, 서울대학교 출판부, 1987.
   이보영,『亂世의 文學 : 廉想涉論』, 예지각, 1991.
20) 문학사와 비평연구회, 새미, 1998.
21) 김윤식 편,『채만식』, 문학과지성사, 1984.
   이내수,『채만식소설연구』, 二友출판사, 1986.
   김상선,『채만식연구』, 藥業新聞社, 1989.
22) 문학과 사상연구회. 소명출판, 1999.

문을 비롯한 많은 단편적인 논문들이 있다.

  이상으로 기존의 연구를 검토해 볼 때, 일차적으로 작품분석과 작가론은 양적으로는 많으나 개별적인 작가별로 다루어져 있고 가족사·연대기 소설(류종렬은 『대하』부터 가족사·연대기소설에 포함시키고 있다) 출현 이전의 가족사소설만 따로 고찰한 논문은 적은 편이며 외국의 가족사소설과 비교하여 분석한 논문은 거의 없다는 것을 확인할 수 있다. 따라서 필자는 기존의 많은 연구성과들의 기초 위에서 한·중 양국의 현대문학 작품 가운데서 초기의 가족사소설을 비교 연구하여 두 나라 현대소설이 공통으로 가지고 있는 문학적인 특성과 그 차이점을 찾아내는 데 주력할 것이다.

---

23) 우영미, 「채만식론」, 서울대 석사논문, 1977.
    이주형, 「채만식연구」, 서울대 석사논문, 1973.
    이훈, 「채만식소설연구」, 서울대 석사논문, 1981.

II

근대 가족사소설의 개념과 그 형성 배경

1. 가족, 가족주의와 가족사소설

　가족이라는 것은 인류가 무리를 지어 살기 시작한 이래로 존재하
여 왔고 앞으로도 그럴 것이다. 그 개념이나 구성 양식의 해체와 변
천은 끊임없이 이루어지겠지만 가족은 '이데올로기 단위로서 어느
시대 어느 사회에나 존재한다.'는 인식이 사라지지 않는 한 문학의
영원한 주요 소재가 될 것이다.

　미국의 인류학자 머독(Murdock)은 "가족이란 공동의 거주, 경제적
협력, 그리고 생식의 특성을 갖는 사회집단으로, 성관계를 허용받는
최소한의 성인남녀와 그들에게서 출생하였거나 양자로 된 자녀로써
이루어지는 단위"24)라고 하였는데 이것은 가족의 기능적 측면과 형
태적 측면을 고려한 고전적인 정의로 인정받고 있다.

　서구의 정신은 일찍부터 혈연이나 지연에 의한 특수주의적인 집단
보다 보편주의적인 원리에 서 있는 결사체(結社體)를 강조함으로써
가족이 특별히 강조되지 않았고25) 일본 사회는 가족보다 집단 또는
국가 위주의 전체주의가 지배적이어서 비교적 가족에 대한 관심이
적었다.26) 그러나 중국과 한국 사회는 고대로부터 서구적 근대정신

---

24) G. P. Murdock, *Social Structure*, The McMillan Company, 1949, p.1. 이혜경, 「현대
　　한국문학의 가족사소설」, 『인문논총』, p.336에서 재인용.
25) 이동하, 『현대 소설의 정신사적 연구』, 일지사, 1989, pp.27 - 29.

에 대한 자각을 토대로 한 근대, 가족의 개념이 해체된 현대에 이르기까지 '가족주의' 가치에 의해 주도되고 규율되었다.

특히 한국의 가족주의는 가족 집단을 다른 집단이나 개인보다 우위에 두는 가족 우선성(優先性)을 기본으로, 부계혈통(父系血統)의 영속, 가문의 존중, 조상숭배, 부모공경의식, 가족 및 친척 간 유대의식 등을 영속적인 신념으로 삼는다. 이러한 가족주의는 한편으로 개인주의와 대립하게 되며, 다른 한편으로 민족주의 내지 국가주의와 배치된다.[27] 가족주의는 전원의 결속이 절대적으로 필요했던 생산체제를 가진 농경생활로부터 비롯되고 있다. 그런데다 한국의 전통 신앙인 샤머니즘은 가족이 터를 잡고 있는 공간으로서의 집을 가장 중요시하며, 가족의 단위를 넘어서 이보다 큰 규모의 사회에 대해서는 관심이 적었다.[28] 그 후 조선시대는 가족 위주의 사고방식을 제도화한 유교를 국가의 공식적 통치이념으로 삼으면서 가족주의를 강화하는 결과를 가져왔다. 이러한 가족주의는 일제강점기를 넘어서 현대사회에서조차 한국인의 일상을 지배하고 있다.

마르크스·베버는 중국사회를 '가족구조식의 사회'라고 하면서 "중국의 정치조직과 사회조직은 위로부터 아래로 모두 부계가장제의 낙인이 찍혀 있다. 윤리도덕도 예외가 아니다."[29]라고 하였고 헤겔도 "중국문화의 특질은 가족정신이다."라고 했다. 손문은 자신의 체험과 감수에 근거하여 "중국인이 제일 숭배하는 것은 가족주의와 종족주

---

26) 시바 료타로/도널드 킨, 이태극/이경영 역, 『일본인과 일본문화』, 을유문화사, 1993, 제5장 제7장.

27) 이혜경, 위의 논문, p.337 참조.

28) 최길성, 「무속에 있어서의 집과 여성」, 김인희 외, 『한국무속의 종합적 고찰』, 고려대학교 출판부, 1982, p.98.

29) 蘇國勛, 『理性化及其限制－韋伯思想引論』, 上海人民出版社, 1988, p.153에서 재인용.

의이기에 중국에는 가족주의와 종족주의가 있을 뿐 國族主義는 없다."고 했다.[30] 양지용은 가족지상의 가치 관념이 바로 가족주의이며 가족지상이란 가족이익을 기타 이익보다 중시하고 친족연계가 기타 연계보다 중요시되는 것이라고 말한다.[31]

한국과 중국의 특유한 강한 가족주의 관념과, 비슷한 사회 역사적인 환경은 동일한 역사 시기에 동일한 장르의 장편소설을 탄생시켰다. 그러면 현대문학사에 새로운 장르로 등장한 가족사소설의 개념에 대해 살펴보기로 하자.

가족사소설은 가족소설의 하위유형인데 결혼소설, 부인소설, 교육소설, 영혼소설, 가정소설, 현대의 사가(saga)소설, 세대소설 등등은 모두 가족소설에 속한다. 가족생활을 근간으로, 즉 가족생활을 소재나 배경으로 삼아 가족구성을 취할 때 그것을 가족소설이라고 부른다.

> 가족소설과 밀접한 유사성을 지니는 것은 가문의 계열에 대한 방대한 서사적 서술이다. 이는 종종 현대의 saga로 명명된다(Galsworthy, Th. Mann, Martin du Gard, Dunn, I. Seidel, Stehr 등).[32]

가족사소설은 근대 이후에 나타난 가족소설의 한 유형으로, 현대의 사가소설, 또는 세대소설이라고 불리기도 한다.

그러므로 이는 가정소설에서처럼 단순히 한 세대나 가정에 한정된 가족생활이 아니라 '가문의 계열에 대한 방대한 서사적 서술', 즉 평면적인 가족적 삶을 수직적으로 확대하여 여러 세대에 걸친 가족관

---

30) 『孫中山選集』, 人民出版社, 1956, p.590.

31) 楊知勇, 『家族主義與中國文化』, 雲南大學出版社, 2000, p.7.

32) Dieter Baacke 외, *Kleines Literarisches Lexikon*, 4판(Bern, Munchen: Francke Verlag, 1966), p.124.

계를 서술하는 것이다.33) 가족의 구성은 한 세대를 중심으로 보통 3
대, 4대, 심지어는 5대에 이르며 이들 세대 간에는 서로 대립관계가
스미어 있다. 이러한 소설은 여러 세대에 걸친 가족생활을 서술하기
에 역사적 흐름 속에서 각 세대의 성립에 필요한 그리고 세대 간의
연속에 필요한 탄생, 성장, 결혼, 몰락, 죽음과 재탄생 등 세대교체의
순환이 드러나게 마련이다.34) 결국 이러한 성격은 양적으로 장편소
설 또는 대하소설을 낳게 되고 서술 형태에 있어서 연대기적 방법을
취하게 된다. 그러므로 가족사소설은 일종의 후경으로 시대의 변동
상을 수용하게 된다. 즉 가족이나 가계의 연속과 몰락은 시대나 사회
의 변동과 맞물려 있고 이들이 가족의 운명을 결정짓기도 한다.35)

중국의 연구자들은 가족 혹은 가정소설이라는 용어는 사용하고 있
으나 가족사소설이라는 용어는 거의 쓰지 않는다. 陳思和는, 가정소
설은 하나의 대가정에 대한 핍진한 묘사를 통하여 전체 사회의 인정
세태를 반영하는 것으로서 가정 소재의 창작은 중국의 명나라 이래
의 백화소설의 전통적인 특징의 하나라고 한다.36)

중국의 이러한 사정에 반해 한국에는 여러 가지 용어가 있을 뿐만
아니라 그러한 용어에 대한 연구도 적잖게 이루어지고 있다. 한국 문
학사에서 가족사소설의 정의는 서구의 이론에 토대를 두고 있기에
그것과 큰 구별은 없지만 문화적 원인으로 하여 더 많은 개념들로 나

---

33) Dorothy Brewstre와 John Angus Burrel은 가족사소설을 '길어지고 확장된 빅토리아조의
   가족소설'이라 했다. *Modern World Fiction*, Littlefield, 1963, p.75.
34) John Gilbert, *Symbols of continuity and unity of Les Thibandet, Image and Theme*,
   Harvard University Press, 1969, p.128.
35) 류종렬, 「1930년대 말 한국 가족사·연대기소설 연구」, 1991년 부산대 박사논문, pp.11 -
   12 참조.
36) 陳思和, 李輝, 『巴金論稿』, 人民文學出版社, 1986, p.260.

뉘어 사용되고 있다. 즉 가족소설, 가족사소설, 가족사 연대기소설, 가족사 세태소설, 가정소설, 가족사·연대기소설 등 많은데 이들 중 대부분은 가족사소설이라는 용어에 포함시킬 수 있다고 생각한다. 가족사소설의 정의는 다양한 가족의 구조나 의미 변화 속에서 새롭게 창작된 가족사소설도 아우를 수 있어야 한다.

처음으로 이러한 개념의 정립을 시도한 사람은 최재서이다.

> ……『티보-가의 사람들』과 기타는 가족제도를 옹호한다든가 배척한다든가 하는 사회학적 관심에서 쓰인 것이 아니라 한 크로니클(연대기)로서 어떠한 가족의 역사를 3세대 내지 4세대에 한하여 취급하려는 것이다. 엄밀히 말하면 그들은 '가족사연대기소설'이라 불러야 한다.[37]

김남천과 최재서는 가족사소설과 가족사 연대기소설을 특별히 구분하지 않았던 것으로 보인다. 이수봉은 가문소설이 현대의 가족사소설의 전신이며[38] 가족사소설은 가문소설이라고 보았지만[39] 본격적으로 가족사소설을 정의하기 시작한 이재선은 가족사소설에 대해 "가계소설 및 가문사소설이란 용어의 개념에는 그 서사내용 전반에 한 가문의 족보 내지는 혈연적인 연쇄성이나 가계인 가문 중심의 가족적 전기만이 연상됨으로써 가족사소설이 그 특징으로 하고 있는 고유성을 배제해 버릴 가능성"이 있으며 "이 고유성이란 연쇄의 결

---

37) 최재서, 「토마스만 "붓덴부르크-가"」, 『인문평론』, 1940. 2. p.112.
38) 그는 가문소설의 주제는 한마디로 가문 창달을 위한 목적소설이라고 했는데 이 점이 가족사소설이라는 명칭의 소설들과 다른 점이다. 이수봉, 『한국가문소설연구』, 경인문화사, 1992, p.26 참조.
39) 이수봉, 위의 책, p.483.

합 그 자체보다도 오히려 한 가족적 운명의 기복을 통해서 역사와 인간의 양자에 대한 철학을 표명하려는 데 있는 것이다."[40]라고 구별 지었다. 그는 1930년대 이후에 대두한 근대적인 의미의 작품을 대상으로 할 때만 가족사소설이란 개념을 사용하였다. 신상성도 "가족사소설은 한 가족의 융성과 소멸이 가정과 사회와의 삼투작용 속에서 어떻게 대응되고 조망되는가를 가족사와 사회사의 상관관계 속에서 건축한 소설이다. 따라서 사회적인 측면이 강하기 때문에 가정소설과도 구분이 된다."[41]고 주장하였다. 이 밖에도 최시한, 조동일, 장미영, 류종렬 등이 가족사소설이라고 불리는 작품들에 대해 올바른 용어를 부여하려고 하였다.[42]

그 외에도 가족사소설과 역사소설을 비교해 볼 때 모두 역사적 사고를 근거로 하지만 전자는 역사 속의 삶을 다루되 허구화된 양식의 글이고 후자는 역사의 실존인물을 재구성한 양식, 즉 사실과 허구의 복합에서 유추된 것으로 역사적 사실의 바탕에서 쓰인 소설[43]이다. 또한 가족사소설은 역사소설과는 달리 작가 자신이 살고 있는 시기와 거의 일치하거나 가까운 과거를 다룬다는 점에서도 차이가 있다. 역사소설의 하위 장르인 연대기소설은 성격소설과 극적 소설을 조화시켜 시간과 공간을 총체적으로 보여주는 유형인데 일반적으로 외적

---

40) 이재선, 『한국문학의 해석』, 새문사, 1981, p.123.
41) 신상성, 『한국소설사의 재인식』, 경운출판사, 1988, p.405.
42) 최시한, 『가정소설연구』, 민음사, 1993, pp.32 – 33.
    조동일, 『한국문학통사』 v.5, 지식산업사, 1992, pp.430 – 434.
    장미영, 「한국근대가족소설연구」, 전북대학교 대학원 박사논문, 1997, p.30.
    류종렬, 「1930년대 말 한국 가족사·연대기소설연구」, 부산대학교 박사학위논문, 1991, pp.10 – 11.
43) 宋百憲, 『한국근대역사소설연구』, 삼지원, 1985, p.13.

인 시간의 틀 속에서 삶의 보편적 과정, 즉 탄생과 성장, 쇠퇴의 과정을 편년체의 역사 서술방법으로 보여준다. 그러나 이때의 시간의 진행은 작중인물 중심으로 흘러가거나 인간의 경험으로는 포착되지 않는 외면적인 시간이다.[44] 가족사소설은 여러 세대에 걸친 가족 생활사를 중시하기 때문에 일반적으로 연대기소설의 형태를 취하게 된다.

류종렬이 정의한 가족사·연대기 소설은 특정한 시기의 가족사소설(1930년대 말 - 1940년대)을 대상으로 내린 개념으로서 가족사소설이라는 개념에 속한다고 생각된다. 이 책에서는 1930년대의 작품인 김남천의 『대하』가 가족사소설 중에서도 특수한 유형인 가족사·연대기 소설에 속한다고 생각되어 비교연구의 범위에 넣지 않았다.

이로부터 가족사소설의 특징을 아래와 같이 종합할 수 있다. 첫째, 가족의 역사에 치중하는 만큼 가족 개념으로서의 인간 집단의 3대에서 5대까지의 가족 역사를 서술한다. 가족사소설은 세대의 연쇄적 전개가 중심축이 되는 선적 구조를 보이며 한 세대의 삶이 다른 세대에 비해 전경화(全景化)되어 서사의 전면에 놓이고 이어 다음 세대의 이야기가 후경화(後景化)되는 식으로 이루어진다. 둘째, 개인은 전체적인 가족의 일원일 뿐이며 가풍이나 가업의 구속성이 강조되고 반역적인 구성원들은 이 사슬에서 약한 고리들이다. 셋째, 가문의 혈통이나 유전적인 인자가 가족의 운명 내지 쇠퇴와 밀착되는 결정론을 보이거나, 사회적인 결정론 예를 들어 전쟁과 기타 정치적 사회적 변동이 가족의 흥망성쇠의 요인으로 작용한다. 한국의 가족사소설은 가족의 상승이나 몰락이 대체적으로 사회적 결정론에 기인한다. 넷째, 사건의

---

44) E. Muir, *The Structure of the Novel*(London: R & K, 1960), 『소설의 구조』, 安容喆역, 정음사, 1975, pp.99 - 124 참조.

서술이 순차적인 직선의 질서를 존중함으로써 順進的인 시간구조로 되어 연대기 형태로 드러나며 대하소설의 성격을 지닌다. 이로부터 가족사소설은 '한 세대를 구성하는 가족의 이야기가 아닌 그 이상의 확대된 가족의 이야기로 이야기의 배경이 되는 시대상을 구현하고 동시대의 이념이나 가치 그리고 전통을 다양하게 수용하여 역사적으로 서술하는 소설 작품'이라고 할 수 있다(이혜경, 1999:335).

2. 한·중 근대 가족사소설의 형성 배경

1930년대 초에 등장한 한·중 가족사소설에 직접 간접으로 영향을 준 요인은 첫째, 전통소설의 영향, 둘째, 서구 가족사소설의 영향, 셋째, 사회적 상황과 역사의 변천, 넷째, 문단의 영향 등을 들 수 있다.

첫째, 아리스토텔레스가 자신의 『시학』에서 최상의 비극작품들이 '저주받은 가문'에서 취재했다고 할 만큼 가족(가문)의 문제는 예로부터 문학창작과 해설의 중요한 모티브가 되어 왔다. 이혜경은 호머의 『오디세이』, 중국의 고시, 오페라(경극), 초기의 서사적인 글, 그리고 한국의 『단군신화』, 『동명왕신화』에서부터 그 모티브가 작용하고 있다고 보고 있다(이혜경, 1999:330). 다시 말하면 현대문학에서의 가족사소설은 외래적인 요소의 영향만 작용한 것이 아니라 전통적인 문학과 밀접한 연계가 있다고 볼 수 있는 것이다.

한국의 경우 신화에서부터 나타난 가족의 소재는 열전, 가전에까지 이어지는데 이들은 모두 3대라는 가족을 소재로 하고 있다. 현대 가족사소설의 원류는 가문소설이라고 할 수 있는데 유교적인 가치관에 따라 가문의 영예를 서술하거나 후손들에 대한 교훈을 나열하는 등의 목적의식을 앞세운 서사양식이다. 그중 祖-父-孫 3대 이상이 등장하여 상호갈등을 일으키고 이로 인해 구체적인 사건이 전개되는 작품도 상당하다.45) 가족주의가 강하게 표출되는 이러한 작품은 조선조의 가정소설과 개화기의『치악산』,『은세계』 등에서 계보를 이어가다가 1930년대에 염상섭과 채만식의 작품에서 가족 단위의 삶이 창작의 원리로서 적극적으로 수용되면서 현대적 의미의 가족사소설이 등장한다.

중국은 서구보다 가족소재의 문학작품이 먼저 등장했으며 명나라 백화소설부터 가족 소재는 하나의 뚜렷한 특징으로 되었다.『금병매』는 사실적인 태도로 중국가정의 가지가지 세부사항과 일상적이고 사소한 일들을 객관적으로 묘사하면서 또 인생 철리와 세태에 대한 풍자로 충만하여 있으며,『홍루몽』은 가정소설의 최고봉에 이른 작품으로서 가씨 집(賈府)을 중심으로 하여 賈王史薛 4대가족의 흥망성쇠의 이야기를 쓰고 있는데 가정을 묘사대상으로 한 이러한 장편소설의 창작은 중국 고전소설에서 현실주의 창작의 성숙된 표지로 되고 있다.

陳思和 등은『격류』를 '현대 <홍루몽>'이라고 하는데 그것은 두 작품이 모두 가족 내부의 여러 가지 사소한 일상으로부터 착수하여 전체 봉건 말세의 필연적 추세를 반영하였고 이것은 전통문학 중의 민주성을 띤 정수를 계승한 것이라고 보기 때문이다. 빠진 자신은『홍루몽』의 영향을 부인하고 있지만 "子曰詩云"의 교육환경에서 자라난 작가가 전통문화의 영향을 완전히 벗어날 수는 없었을 것이다. 중국 봉건사회의 특산−봉건 가장제의 가정생활을 반영한 대하소설이 전통문학과의 연계를 완전히 끊어 버릴 수 있었을까?『홍루몽』은 그의 유년 시절 그의 집 식구들이 한 질씩 갖고 있으면서 많이 담론하던 것이어서 빠진은 읽어보기 전에 이미 책 속의 이야기와 인물에

---

45) 문용식,『가문소설의 인물연구』, 방학사, 1996, p.27.

대해 아주 익숙하였었다. 그는 봉건관료가정에서 생활하였는데 어른들의 관직은 크지 않았지만 봉건 대가정의 생활방식은 거의 비슷하였다. 대가정의 각 방의 형제자매들은 늘 같이 모여서 놀았는데『홍루몽』에서 나오는 대관원의 정취와 매우 비슷하였다. 빠진의 큰형은 또 賈寶玉과 같은 '无事忙'이란 별명을 갖고 있었다. 생활방식의 동일함은 그들이 대관원의 여러 가지 생활에 대해 친근감을 가지도록 하였다. 동일한 분위기의 생활에 대한 묘사는 소설이 서로 닮을 수밖에 없게 된 한 가지 요인이다.

전통문화가 비자각적으로 작품의 사상내용이나 창작방법에 스며들게 된 것은 빠진의 가정 제재 소설 가운데의 뛰어난 묘사에서도 찾아볼 수 있다. 중국 현대소설사에서 전통적인 가정을 묘사하는 방면에서는 그를 초월할 사람이 없다. 그는 입장이 선명하게 낡은 가정을 비판하였지만 필경 거대한 열정으로 중국 가정의 여러 특징을 묘사하고 있다. 빠진은 서방 작가들과 달리 가정 윤리도덕에 대해 더욱 큰 열정을 가지고 있었는데 가정의 명성을 더럽히는 행위에 대한 분노와 공관을 파는 행위에 대한 태도 등에서 본능적으로 가업을 수호하려는 심리를 드러내고 있다.『집』이 초기 낭만주의 색채가 있다면『봄』은 가정생활의 세부사항에 대한 대량의 묘사가 플롯의 큰 기복을 대체하게 되며『가을』은 거의 모두 사소한 일상생활에 대한 묘사로 되었다.『격류』는 중국 고전소설에서 가정의 사소한 일상에 대한 묘사로 사회적 주제를 반영하는 현실주의적인 전통과, 서방의 사변적 靜止的 분석, 跳躍式 묘사가 결합되었고 거기에 선명한 시대적인 감각을 첨가하여 5 · 4 이후의 현대사회 민주혁명의 격류가 어떻게 낡은 전제제도하의 대가족을 붕괴시키는가를 보여주고 있다.

둘째, 외래적인 요소, 특히 서구문학은 한·중 양국 소설가들에게 모두 매우 중요한 요소로 작용했다고 할 수 있다.

한국의 경우, 근대 가족사소설이 출현할 수 있었던 초기의 기반은 1920년대 전후라고 할 수 있다. 김학동의 조사에 의하면[46] 20년대 초에 에밀 졸라의 가족사소설인『루공 마까르 총서』가 소개되었으며, 가족소설의 범주에 넣을 수 있는 투르게네프의『부자(父子)』, 도스토예프스키의『카라마조브가의 형제들』등이 소개되거나 번역되었다고 한다. 1929년에는 김피구에 의해 토마스만의『붓덴부르크일가』(『동아일보』, 1926. 6. 15 - 19)의 개요가 소개되고 1935년에는 조희순에 의해 그 내용과 작품사상을 언급하는 글이 나왔다.[47] 영국의 극작가이며 소설가인 골즈워디(John Galsworthy, 1867 - 1933)에 대해서는 노벨상 수상(1932)을 전후하여 약력과 함께 일부 작품의 줄거리를 소개하고 있다. 김광섭은 그의『포사이트 사가』가 가족사에 국한되지 않고 19세기 말부터 20세기의 반세기에 걸친 '영국사회의 산 문화사'라고 해서 연대기적 성격도 지적하고 있다.[48] 이러한 작품들은 사회변화에 따른 "가족의 세대적 갈등과 구성원 개체 간의 갈등현상을 사회적 또는 인류학적 관심에서 제시할 수 있게 하는데 결정적 요인이 된다."[49]는 점에서 관심의 대상이 되기에 충분하다.

염상섭은 "영문학 강의는 들어본 적이 없고, 어학력이 어중간해서 일어 번역판으로 서양문학을 읽었는데…… 영·불문학보다 노문학 특히 톨스토이, 투르게네프보다 도스토예프스키, 고리키 등을 좋아했다."

46) 김학동,『한국문학의 비교문학적 연구』, 일조각, 1972, pp.81 - 86.
47) 조희순,「자서전 작가 토마스 만 연구」,『조선일보』, 1935. 4. 26 - 5. 4.
48) 김광섭,「1932년도 노벨문학상 수령자 죤 골스워디」,『동아일보』, 1932. 11. 17 - 12. 2.
49) 이재선,『한국문학의 해석』, 새문사, 1981, p.127.

고 했고 일본의 가족사소설에도 관심을 가졌을 것으로 추정된다. 채만식도 "문학청년 시절에는 투르게네프를 비롯해 高山樗牛, 夏目漱石 그리고 염상섭, 김동인의 작품도 즐겨 읽었다."고 한다. 이러한 독서체험은 서구 문학의 리얼리즘을 수용하는 데 중요한 의미를 갖는다.

巴金은 중국의 현대작가 가운데서 서구문학의 영향을 가장 많이 받은 작가이다.[50] 그는 여러 번 이렇게 말했다. "내가 소설과 비슷한 글을 쓰게 된 것은 내가 그전에 적잖은 소설(특히는 번역소설)을 읽었고 거기서 일정한 영향을 받았기 때문이다."[51] 그는 11 - 13세에 많은 중국 구(舊)소설을, 14 - 18세에는 많은 구미 번역소설을, 19세부터는 영문으로 외국소설을 읽었다. 그는 러시아소설을 좋아했는데 러시아인의 생활환경이 그때 중국인의 생활환경과 아주 비슷하였고 그들의 취미와 성격도 중국인과 비슷하였기 때문이다. 1928년 11월에는 마르세유에서 배를 기다리면서 『루공 마까르가족』 20권을 거의 다 읽었다.[52] 그가 접촉한 외국문학의 범위는 매우 넓은데 그가 좋아했던 작가만 꼽아도 러시아의 투르게네프, 톨스토이, 헤르찐, 가르신, 체르늬쉽스키, 아르치바셰프, 푸시킨, 도스토옙스키, 고리키, 알료센카, 프랑스의 졸라, 루소, 로멩 롤랑, 유고, 영국의 디킨즈, 워어드, 스티븐슨, 독일의 스톰, 헝가리의 바키, 일본의 나츠메 소우세키(夏目漱石), 아리시마 타케오(有島武郎) 등등으로 부지기수이다. 외국문학에 대한 광범위한 흡수는 어느 한 유파에 국한되지 않았으며 이로 하여 그의 예술적 특징은 다양한 모습으로 나타나고 있다. 그중에서

50) 袁振聲, 『巴金小說藝術論』, 南開大學出版社, 1987, p.9 참조.
51) 巴金, 「關於兩个『三部曲』」, 『抗戰文藝』 第7卷, 第2, 3期合刊, 1941. 3. 20 出版.
52) 明興禮, 『巴金的生活和著作』 上海文風出版社, 1950, pp.50 - 52.

가족제재나 가족사소설의 영향은 매우 직접적인바 『격류』는 졸라의 영향을 받아 삼부곡이라는 연속적인 구조로 이루어졌으며, 『집』에서 覺慧는 투르게네프의 『전야(前夜)』에서 정신적인 힘을 얻기도 한다.

셋째, 당시 한·중 양국은 식민지 혹은 반식민지 사회였다. 한국은 완전히 식민지로 전락되어 정치적으로 자치권을 잃었고 사회적으로 생존권을 잃었다. 일본의 사회·경제적 수탈은 점점 더 심화되었고 만주사변과 더불어 군국주의적 색채가 노골화되어 한반도를 대륙 침략의 거점으로 삼았다. 1935년에는 신사참배를 강요하고 38년에는 조선어 말살 정책을 실시하였으며 39년에는 창씨개명을 강요하였다. 농민의 생활은 더욱 어려워졌고 도시 실업자도 20년대 초에 비해 10배가 넘었다.[53] 사회적인 상승과 하강 등 변화가 더욱 현저해지고 과거와 현재의 단절이 더욱 뚜렷해지는 사회적인 변동기에 가족사소설의 발생은 민족의 동질성을 유지시킬 수 있는 가정을 새롭게 인식하려는 소산이라고 할 수도 있다.

중국에서 1927년 장개석은 4·12정변을 일으켜 수많은 공산당원을 학살하였으며 이로부터 공산당과 대립적인 정권을 건립하였고 그 후의 10여 년간 상대적인 안정을 유지하였다. 그러나 이 시기는 또한 위기가 도처에 잠재한 역사 시기이기도 하며 국민당은 사상적인 통치를 유지하려고 갖은 노력을 다했다. 1930년대는 사회·역사적인 대변동의 시기이기도 하였는데 서방의 공업문명의 충격으로 자본주의적인 근대화가 서서히 진행되고 있었고 봉건적인 종법통치도 동요를 가져오면서 모든 사람들이 심리적인 충격을 받고 전반사회가 급격히 변화하는 시기였다. 그전 시기의 사상해방은 사회변혁으로 인

---

53) 이주형, 「1930년대 한국 장편소설 연구」, 현대문학연구회. 1983. p.10.

한 사회혁명으로 바뀌고 있었다. 30년대 초에 일본은 만주사변을 일으켰고 1937년에는 중일전쟁을 일으켜 내부적인 변동과 외부적인 침략으로 중국은 극심한 혼란 속에 처해 있었다. 이러한 사회적 환경은 소설가들이 자신의 방식으로 현실을 반영하고 현실을 비판하며 나라와 민족의 앞날에 대해 사고하게 하여 다양한 장르와 형식의 작품들이 창작되었다.

넷째, 문단의 상황과도 관련이 있다. 양국에서 1920년대의 문학은 단편소설 혹은 짧은 소품 같은 작품이 중심이었으나 1930년대에 들어오면서 당대의 총체성을 추구하려는 경향과 더불어 장편소설이 급증하였다. 가족사소설은 그중의 한 종류로 나타난 것이다.

한국의 1930년대 문단의 상황은 정치적 사회적 환경의 악화와 함께 "빈곤과 출판부진, 검열, 독자 稀少, 문예경멸, 문맹" 등으로 더욱 어려운 처지에 빠졌다. 카프의 검거 사건과 해산은 문학으로부터 모든 정치적 사회적 이념적 관심을 추방하는 과정, 즉 30년대적 문학의 출산 과정을 의미하는 것[54])으로 파악할 수 있다. 이런 분위기에서 많은 작가들은 현실 도피적인 역사소설이나 농촌소설, 세태소설, 탐미적 소설 등 소설로 방향을 돌렸지만 당시의 억압과 검열에 저항하면서 민족주의, 사회주의 경향의 소설을 고집하는 작가들이 있었는데 염상섭, 채만식은 바로 그러한 작가들이었다.

중국 현대문학의 두 번째 10년(1928 – 1937)에는 5 · 4 시기의 상대적으로 자유롭던 사상적 분위기가 사라지고 문학의 주류가 사회의 변혁과 함께 정치화되었으며 무산계급 혁명문학운동이 마르크스주의 문예이론의 전파와 초보적인 운용을 촉진하였고 좌익문학의 흥기와

---

54) 임형택, 최원식, 『한국근대문학사론』, 한길사, 1982. p.428.

동시에 자유주의 작가들의 문학과 여러 경향의 문학이 서로 경쟁하면서 1930년대의 문학창작을 풍부하게 하였다. 반봉건 반식민지의 낙후한 국가에서 자유주의 작가들도 민족과 국가를 완전히 외면할 수 없었다. 그들은 자기의 방식으로 민족과 백성, 사회 현실생활과 일정한 연계를 취하면서 사회와 인생에 대해 사고하고 민족부흥의 길을 탐색하였다. 새로운 작가군의 형성은 작가구조를 개변시켜 문학과 현실생활, 시대 및 각 계층 백성들과의 연계를 밀접히 하고 사회에 대한 전 방위적인 관찰과 사고, 묘사를 가져왔다.

창작의 소재는 전에 없던 개척을 가져왔고 표현각도도 새로워졌다. 작가들은 가정울타리에서 큰길로 나와 사회에 관심의 초점을 두었다. 내용의 변화는 형식의 변화를 가져왔는바 개성해방의 서정적인 시대를 지나 사회해방의 서사의 시대에 들어섰다. 1930년대에는 광활한 사회 역사 내용을 담을 수 있는 소설, 특히 중·장편소설이 가장 큰 성취를 거둔 문학양식이 되었으며 문학적인 재능이 가장 뛰어난 작가와 가장 걸출한 대표적인 작품이 배출되었다. 소재는 끊임없이 확대되고, 풍부하고 복잡하며 격변하는 현실생활을 접하면서 작가들은 개인적인 예술창작에서 더 많은 선택과 발휘의 여지를 가지게 되었다. 그들은 자기들에게 적합한 독특한 표현대상을 찾아서는 생활을 관찰하고 평가하는 독특한 각도, 자신의 예술재능을 발휘하는 데 유리한 예술수단 및 독특한 스타일로 자신만의 개성적인 '예술세계'를 이루었다. 빠진은 이러한 환경에서 나타난 대표적인 작가였으며 그의 가족 주제의 소설들은 독특한 한 갈래의 경향을 이루면서 1940년대까지 창작이 계속되었다.[55]

---

55) 錢理群 등 『중국현대문학30년』, 북경대학출판사, 2001, 제9장 참조.

한·중 가족사소설의 서사 구현 양상

한·중 양국의 문학사상에서 1930년대는 모두 특수한 시기라고 할 수 있다.

한국문학은 개화기문학을 거쳐 1920년대에 이미 근대적인 문학의 모습을 보이기 시작했다. 그것이 누구의 모습을 닮았든 이광수, 김동인을 거쳐 문학은 서서히 근대적인 틀을 갖추어 나갔다. 물론 일본의 식민지라는 역사적인 상황에서의 근대성이란 어쩔 수 없이 식민지적인 근대일 수밖에 없고, 그런 의미에서 볼 때 염상섭이야말로 진정한 근대적인 작가요, 그러한 문학작품을 출산해 낸 일인자라고 할 수 있다. 특히 1931년에 신문에 연재된 『삼대』는 1920년대의 문학발전의 기초 위에서 이룩한 특기할 만한 거작임은 누구나 인정하지 않을 수 없다.56) 거기에 비해 채만식은 전통적인 기법과 풍자적인 수법을 충분히 활용하여 독특한 스타일의 리얼리즘소설을 창작한 소설가로서 많은 각광을 받고 있다.

중국의 근대문학은 시작된 지 오래지만 본격적인 계몽문학은 5·4운동 전후에 시작되었다. 중국의 1920년대는 한국과는 달리 완전한 식민지는 아니었지만 내우외환은 끊이질 않았고 전통에 대한 격렬한

---

56) 김윤식, 『염상섭연구』, 서울대출판부, 1987, pp.231-234.

부정과 함께 외래 사조의 영향으로 근대적 성격의 문학이 대량으로 산출되었다(중국에서는 현대문학이라고 한다.). 1920년대의 모색과 습작기를 거쳐 중국문학은 1930년대에 들어서 질적으로 한 단계 올라선 많은 역작을 산출하였는데 빠진의 『집』은 단연 그 선두를 달리고 있다.

1930년대에 한·중 양국 문학은 직접적인 영향관계나 교류가 없었다 하지만 서유럽의 문학사조와 러시아문학, 일본문학의 영향을 받았다는 점에서는 동일하다. 그렇다면 한·중 양국의 30년대 작가들은 동일한 모티브로 어떻게 근대적인 소설을 구축한 것일까. 아래에 인물 층위, 구성 층위, 서술 층위로 나누어 그 동질성과 차이점을 고찰하기로 한다.

1. 인물 층위

문학의 본질은 인간의 문제이고 소설 역시 인간의 문제를 다루는 예술이다. 따라서 소설 분석에서 인물은 단연 첫째가는 구성 요소로 된다. 소설이 잘되었는가 못되었는가 판가름하는 기준의 하나로 인물창조(또는 성격창조)의 성패 여부를 내세우는 데 이의를 표할 이론가는 거의 없다.

본 연구의 연구 대상은 모두 장편소설로서 어느 작품이나 다 방대한 인물군이 등장한다. 그중에서도 빠진의『격류삼부곡』은 3부작이어서 등장인물이 그 어느 소설보다 복잡하고 많다.『집』에 등장하는 성명을 가진 인물만 해도 78명이나 된다.

이러한 방대한 인물군을 이해의 편의상 가족성원과 그 밖의 인물로 나누어, 주요 가족성원들의 계보를 정리해 보았다(도표 1 - 조의관 가족, 도표 2 - 윤직원 가족, 도표 3 - 高씨네 가족).

이 세 가족의 역사는 모두 4대 내지 5대를 기록하고 있으며 4대가 하나의 대가족을 형성하고 있다. 그중『삼대』에서 덕기의 자식이 인물형상으로의 기능이 거의 없는 데 비해 다른 두 소설에서는 4대까지 확실하게 이야기에 참여한다. 빠진의 소설은 직계와 방계를 다 포함하여 많은 가족, 친척이 등장하여 복잡한 인간관계를 연출한다.

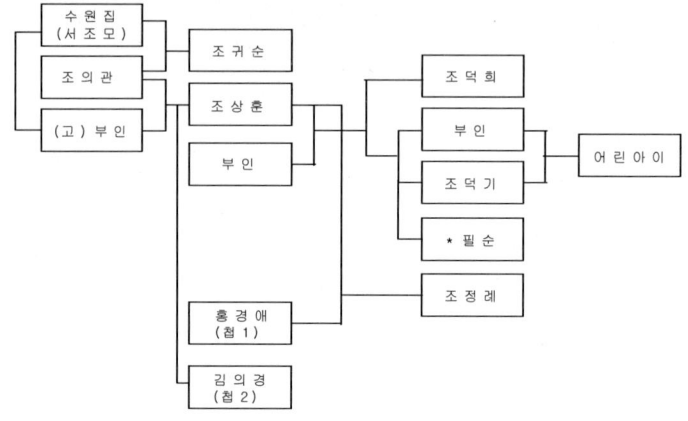

표 1

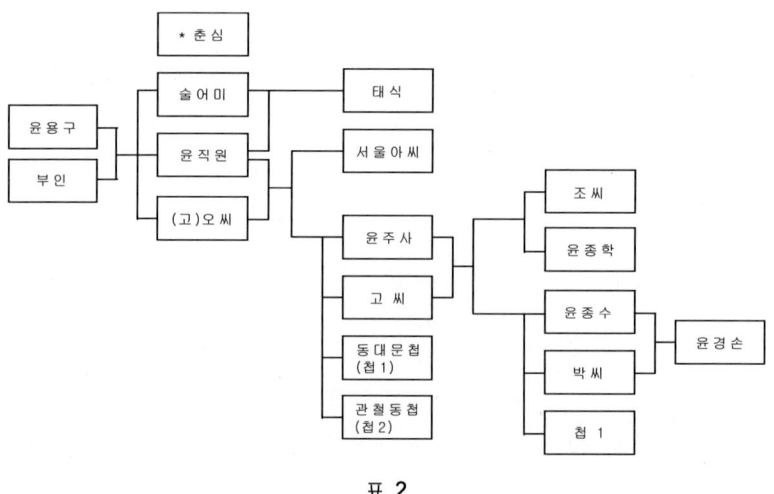

표 2

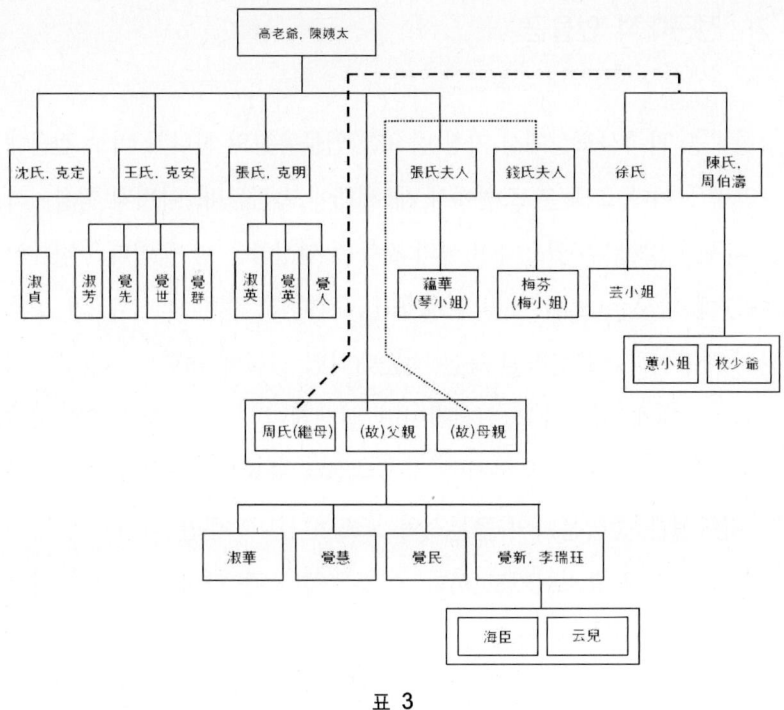

표 3

　가족사소설의 인물유형의 분류는 가족사라는 점에 초점을 맞추어
보통 제1세대, 제2세대, 제3세대거나 한말세대, 개화기세대, 식민지
세대 혹은 민족수난기세대, 그리고 아버지세대, 아들세대(장남형, 차
남형, 혼합형), 손자세대 등등으로 나누고 있다. 여기서는 인물유형이
가지는 연속성과 그들의 특성을 결합하여 인물유형을 대체적으로 전
근대적인 인물과 타락한 잉여인간, 생성하는 신세대군, 봉건가족 내
부의 여성으로 나누어 살펴보려고 한다. 물론 봉건가족 내부의 여성
들도 앞의 분류에 포함될 수 있겠지만 봉건 가부장적인 가족제도와
윤리도덕의 지배하에서의 여성의 특수한 지위 등을 감안하여 따로
고찰하기로 한다.

가. 전근대적 인물군

한·중 가족사소설에서 가장 중요한 인물유형의 하나가 바로 전근대적인 인물이다. 그들은 소설에서 제1세대에 속하는바, 아버지 형상이라고 바꾸어 말할 수 있으며 소설의 갈등을 형성하는 한 축이다. 『격류삼부곡』에 나오는 고씨 노인과 馮樂山, 周伯濤, 克明, 『삼대』의 조의관, 『태평천하』의 윤직원 등은 전근대적인 인물에 속한다. 이러한 제1세대는 대개 냉혹하고 위선적이며 전제적이다. 문학작품 속에서의 부친 형상은 많이는 문화적인 상징부호로 표현되고 있다.

"가족성은 중국문화의 근본적인 요소이다."57) 뿐만 아니라 한국문화의 근본적인 요소이기도 하다. 이것은 한·중 양국의 문화를 여는 열쇠와 같다. 한·중 양국의 전통적인 가족주의 의식은 같다고 할 수 있는바, '가족'이라는 개념은 가족주의의 핵심이 되는 부계 혈통의 동일성이 영구히 계승되어 간다는 신념을 바탕으로 과거의 조상을 숭상하고 현재의 가족성원을 대표하는 가부장권을 절대시하며 미래의 家督 상속권자인 장남을 위주로 하는 부자관계 위주의 대가족이다.58)

1) 『격류삼부곡』에서의 전근대적 인물군

Olga Lang은 그의 저서 『중국의 가족과 사회』에서 이렇게 말했다.

부권(父權) 가장제 가족은 공자의 발명도 아니고 유독 중국에만 있는 것도 아니다. 절대적인 권력을 가진 부친의 통치 아래에서 가족은 강한 유대로 연

---

57) 錢穆, 『中國文化史導論』序, 商務印書館, 1994.
58) 최재석, 『한국가족연구』, 일지사, 1990년, 541 - 551쪽 참조.

계되어 있다. 이런 가족구조는 기타 문명국가에도 존재한다. 러시아혁명 전까지 모계사회를 포함한 모든 사회에서 여성은 남성보다 열등하다고 여겨졌다. 그렇지만 중국의 가정은 여전히 그 독특한 성질을 가지고 있는데 아마도 역사상에서 제일 극단적인 부권 가장제 가정일 것이다.[59]

일반적으로 중국의 家의 독특성을 말할 때 우리는 동시에 가부장적 제도 아래의 가족 구조인 대가족제도를 생각하게 된다. 부권제 가족은 다른 나라에도 존재하지만 중국처럼 극단적인 가부장적인 가족은 드물 것이다.

고씨 노인: 그는 전형적인 가부장으로서 고씨네 가족을 통치하는 군주와도 같고 그의 권위는 절대적이다.

중국의 민주혁명 시기, 지주계급의 본질을 폭로하고 비판하는 것은 현대문학의 한 중요한 주제였다. 5·4신문학의 창시자 루쉰도 여러 부류의 봉건지주의 전형을 성공적으로 부각하였다. 그러나 작가들의 체험이 깊지 못하고 용속한 사회학의 속박을 받아 다른 예술형상에 비해 볼 때 지주의 전형은 간단하고 개념화된 흠집이 많았다. 그러나 빠진은 봉건 대가정에서 19년이나 생활하면서 봉건지주계급의 본질에 대해 깊은 인상을 받았고 풍부하고 생동한 창작소재를 얻을 수 있었다. 빠진은 지주의 형상을 부각할 때 외형상에서 추악화하는 저급한 예술처리가 아니라 생활의 원래 모습대로 형상화하는 데 주력하였다.

고씨네 가족은 전형적인 봉건대가족으로서 高씨 公館은 당시 (1920-1930년대) 중국 봉건가정의 축도라고 할 수 있다. 거기에는 20여 명의 크고 작은 주인이 있고 수십 명의 하인과 가마꾼이 있었

---

59) 山口 守, 坂井洋史, 『巴金的世界』, 동방출판사, 1996년, p.57.

는데 상하가 분명하고 등급이 엄하여 그야말로 하나의 작은 봉건왕국과도 같았다. 이 봉건왕국의 최고층에 있는 통치자가 바로 고씨 노인이다. 高씨 公館에서 그는 최고의 권리를 누리고 있었으며 언제나 독단적인 수단으로 모든 것을 처리하고 지휘하였다. 그 누구든 그의 뜻을 따르고 그의 배치에 복종해야 했다.

> 내가 옳다고 한 것을 누가 감히 틀리다고 할 수 있느냐! 내가 무엇이든 하라고 하면 꼭 그대로 해야 한다!(『집』, p.279)

그는 가족제도의 주요한 체현자로서 이 형상은 악의 힘을 나타내고 있다. 이 '악'의 힘은 제도가 부여한 것이다. 그는 가장으로서 다른 사람을 지배하는 것이 당연한 일이라고 여기며 覺新의 인생비극을 조작한 장본인이다. 그가 일부러 손자의 행복을 파괴했다고 할 수 없으나 가족성원의 운명을 배치하는 것은 그의 권리였고 覺新의 혼사를 정한 것도 그에게는 아주 이치에 맞는 자연스러운 일이었다. 고씨 노인은 또 하녀 鳴鳳을 다른 사람에게 첩으로 선물하여 그녀가 자결하도록 만들었고 그 대신 또 婉兒를 선물한다. 克定에게 벌을 주는 장면은 고씨 노인의 기세 사납고 범접하기 두려운 모습을 잘 보여준다. 굳어져서 땅에 무릎을 꿇고 있는 克定에게 고씨 노인은 "너이 망할 놈, 뺨을 치지 않고 뭐하고 있어, 네 절로 쳐라!"고 욕한다. 앉아서 훈계만 해도 아들은 순순히 꿇어앉아 제 손으로 뺨을 친다. 그 외에도 그는 覺民의 혼사를 마음대로 결정하고 覺慧가 학생운동에 참가하지 못하도록 집에 연금시킨다.

이토록 전제적이고 냉혹한 폭군인 고 노인은 봉건 윤리도덕의 열

렬한 수호자이기도 하다. 5·4운동의 영향이 급속히 전파되는 1920
년대에 여전히 공교회(孔敎會)를 옹호하는 전근대적인 인물로서 철
저히 봉건적인 질서를 지키며 그것을 영원히 지속시켜 나가려 한다.
손자 覺慧가 봉건군벌을 반대하는 시위활동에 참가하는 것을 알고
"너희 학생들은 온종일 책은 읽지 않고 일만 저지르는구나, 요즘 학
당은 정말 볼 꼴 사나워, 말썽을 일으키는 사람만 만들어 내니, 원."
하고 욕을 퍼붓는다. 그러나 그는 공교회의 두목 馮樂山과의 교제를
아주 중시하며 "남은 인생을 도를 지키는 일에 다 바치겠다."라고 하
기도 하며 4세대가 한집에 사는 것을 흐뭇하게 여기고 五世同堂을
꿈꾸기도 한다.

봉건적인 도학자로서의 고씨 노인은 풍류를 즐기고 고상한 척하기
도 한다. 그는 옛 시를 지어 시집을 발간하기도 하고 많은 고서, 서화
를 소장하기도 한다. 그런 반면 젊은 시절에는 기생과 놀아난 적도
있으며, 늘 小旦60) 배역의 배우와 내왕하면서 이름난 小旦 배우를
집에 청해 같이 사진을 찍기도 하는 등 위선적이고 부패하고 타락한
본성도 가지고 있다.

절대적인 권위를 갖고 있고 많은 사람을 불행해지거나 목숨을 잃
게 한 봉건가장인 고씨 노인도 나약할 때가 있고 특별히 온화할 때도
있다. 그는 손자들이 새로운 길로 떳떳이 나아가고 있고 覺民이 그
의 명령을 거부하는 것을 보고도 젊은 반항아들을 처벌하지 못하고
그로 하여 깊은 실망과 고독을 느낀다. 또 온 가족이 年飯61)을 먹을
때에는 웃음 짓고 覺新 등에게 술을 적게 마시고 요리를 많이 먹으

---

60) 중국 전통희곡에서 여자 배역을 맡은 배우. 보통 남자가 여자 옷차림을 하고 이 역을 한다.
61) 중국인들이 섣달 그믐날 밤. 일가족이 단란히 모여서 먹는 음식.

라고 일깨워주는가 하면 克定 등 사람들에게 "구속받지 말고 웃고 떠들어야 좋다."고 하기도 하며 하인들에게 "고모나 나리, 부인들에게 술을 잘 따르라."고 분부하기도 한다. 인간으로서의 고씨 노인은 이처럼 복잡한 성격을 보여준다.

이뿐만 아니라 이야기의 발전에 따라 소설은 고씨 노인의 성격 변화도 보여주고 있다. 그는 세상을 뜨기 전에 성격의 기적적인 반전을 보이는데, 覺慧를 보자 얼굴에 웃음을 띠고 손을 내밀어 覺慧의 머리를 쓰다듬어 주었다. 覺民을 보고는 심지어 "펑씨 집과의 혼사는 더 얘기하지 않겠다."고 한다. 고씨 노인은 임종을 맞아 갑자기 선해지는데 이것은 반면인물을 미화한 것이라기보다는 그가 임종을 맞으면서 인생의 환멸을 느끼고 정신의 붕괴를 보여준 것이다.

馮樂山: 거의 측면묘사의 수법으로 소설에 등장하는 馮樂山은 또 한 명의 봉건적인 도학자이다. 작가는 그가 고씨 노인한테 생신을 축하하러 온 것을 직접 쓰고는 모두 측면묘사를 교묘하게 이용하여 그의 위세와 위선 등을 보여준다. 소설에서 몇 차례 풍파는 모두 그로 하여 일어난다. 鳴鳳의 자살, 覺民의 혼사로 인한 고민, 枚의 결혼 등은 모두 이 신사의 마력에 의해 생긴 것이다. 그는 婉兒를 첩으로 선물 받은 후 밖에 나갈 때는 그럴듯하게 치장하게 하고 집에서는 잔인하게 학대한다. 그는 1920년대의 시대상황에서도 봉건세력의 강대함과 그들의 위선을 잘 보여주는 캐릭터라고 할 수 있다.

3남 克明: 고씨 노인이 죽은 후 가장의 자리를 물려받은 克明 역시 봉건적인 윤리도덕을 수호하는 인물이다. 제1세대는 아니지만 그의 사상 성격은 여전히 전근대적인 사상에 머물러 있다. 제1세대와 다른 점이라면 그는 가장의 위치에 있긴 하지만 가세가 이미 기울고 가족 내부의 모순이 매우 복잡하여, 책임감은 있으나 가족의 쇠락의 운명을 돌이킬 수 없는 것이다. 그는 보수적인 가장으로서의 성격과 가족을 통제할 수 없는 비애를 한 몸에 안고 있다. 克定은 하녀 喜兒를 희롱하다가 들키자 첩으로 삼겠다고 한다. 克明의 책망에 克定이 "아버지도 첩을 두었는데 내가 안 될게 뭐요? 셋째형은 나의 대를 끊어놓을 셈이요?"라고 했을 때 소설은 이렇게 쓰고 있다.

> "너⋯⋯너⋯⋯너⋯⋯" 克明은⋯⋯ 얼굴빛이 변하면서 곰방대를 책상에 놓고 오른손으로 갑자기 책상을 탁 치면서 일어나더니 오른손 식지로 克定의 코를 삿대질하며 세 번이나 '너'라고 했다. 克定은 克明이 사납게 달려들자 그가 사람을 때리려는 줄 알고 겁이 나서 뒤로 둬 걸음 물러섰다. 그러나 克明은 손을 움츠러뜨리더니 두 눈을 크게 뜨고 克定을 바라보면서 숨을 거칠게 쉬다가 둬 번 기침을 했다(『봄』, p.144).

그는 가장의 이름으로 이 대가족을 관리하고 있지만 이미 절대적 권세를 잃어 그저 막무가내일 뿐이다. 자신의 작은 가정 안에서 가장의 체면을 유지했지만 끝내는 딸이 집을 떠나는 것도 막지 못하고 만다.

周伯濤: 克明과 같은 세대에 속하며 역시 자신의 가정 내에서 절대 권력자이다. 그는 딸과 아들의 운명을 마음대로 배치하여 모두 비극적 결말을 맺게 하는데 그의 모친도 그의 결정에 대해 속수무책이다. 그는 딸에게 냉혹하고 무정한 사위를 古文 몇 편 때문에 인재라고 극찬하는가 하면 아들이나 딸이 병이 심할 때에도 양의를 찾기를 극구 거부하여 자식을 죽음으로 몰아간 보수적이고 전제적인 부친이다.

이들은 모두 냉정하기 그지없고 전제적이고 위선적이다. 그들의 절대적 권력은 봉건적인 가부장제와 윤리도덕에서 나온 것으로서 그

무지한 힘으로 역사의 무대에서 물러나는 마지막 순간까지 사람을 잡아먹는다.

2) 『삼대』에서의 조의관

고씨 노인과 달리 『삼대』의 조의관은 양반귀족이 아닌 평민 부자로서 시대에 대한 올바른 인식을 가지지 못한 서울의 중산층 인물이다. 그 역시 봉건 대가족의 가장으로서 전제적이고 냉혹하며, 조상을 숭상하고 조씨의 혈통을 이어가려는 강한 집착을 보인다. 그는 구한말 시기에 속하는 인물 유형이라고 할 수 있다.

조의관의 성격은 '평생 오입 몇 가지'라는 데서 잘 나타난다.

> 조의관에게는 평생의 오입이 몇 가지 있다. 하나는 을사조약 한참 통에, 그때 돈 이만 냥, 지금 돈으로 사백 원을 내놓고 사십여 세에 옥관자를 붙인 것이다. 차함은 차함이로되, 오늘날의 조의관이란 택호가 아주 터무니없는 것이 아니요, 또 하나의 육 년 전에 상배하고 수원집을 들여앉힌 것이니, 돈은 여간 이만 냥으로 언론이 아니나 그 대신 귀순이를 낳고 또 여든다섯에 죽을 때는 열다섯 먹은 아들을 두게 될지 모르는 터인즉 그다지 비싼 오입이 아니나 맨 나중으로 하는 오입이 이번 이 대동보소를 맡은 것인데 이번에는 좀 단단히 걸려서 이만 냥의 열 배 이십만 냥이나 쓴 것이다(『삼대』, p.84).

조의관의 성격은 보수적이고 전제적이며 반사회적이고 반윤리적이라는 몇 가지로 종합할 수 있다.

가) 보수적인 성격

조의관은 전형적인 봉건사상의 소유자이고 가부장적 가족주의를 유지해 나가려는 보수적인 인물이다. 그는 중산층으로서의 안정성을 추구하는데 신상성은 이러한 성격이 작가의 중인계급의 보수적인 성

격에서 유래한다고 보고 있다. 중산층의 특징은 현상유지, 재산유지의 갈망에 있다는 것이다.[62]

다음의 예문에서 조의관의 보수적인 측면을 찾아볼 수 있다.

> A. 그러나 조의관으로서 생각하면 이때껏 자기가 쓴 돈은 자기 부친이 물려준 천 냥에서 범용한 것이 아니라 자수로 더 늘린 속에서 쓴 것이니까 그리 아깝지도 않고 선고의 혼령에 대하여도 떳떳하고 자긍하는 것이다. 저 잘나면 父祖의 추증도 하게 되는 것인데 있는 돈 좀 들여서 양반 되기로 남이 웃기는 새로에 그야말로 이현 부모가 아닌가 하는 용량이다(『삼대』, p.84).
> B. "다시 간다고? ……못 간다. 내가 살아난 대도 다시는 못 간다. 잔소리 말고 나 하라는 대로 할 뿐이다." 하고 조부는 절대 엄명이었다. ……"공부가 중하냐? 집안이 중하냐? ……." "……이 열쇠 하나를 네게 맡기려고 그렇게 급히 부른 것이다. ……그 열쇠 하나에 네 평생의 운명이 달렸고 이 집안 가운이 달렸다. 너는 그 열쇠를 붙들고 사당을 지켜야 한다. 네게 맡기고 가는 것은 사당과 열쇠 – 두 가지뿐이다."(『삼대』, pp.279 – 280)

A에서 조의관은 부친이 물려준 유산을 엄청 늘린 것에 대한 자부심도 대단하고 또 돈으로 양반을 사는 행위를 정당화한다. 빈이름이나마 관직을 사서 양반 신분을 확보하고 싶은 강렬한 욕구를 가지고 있는 것이다. 그것은 조상에게도 잘하는 일이라는 논리이다. 그러하기에 구두쇠 영감이 2만 냥이나 주고 의관이라는 벼슬을 사고 20만 냥이나 쓰면서 대동보소를 맡는 것이다. B에서는 임종 전에 손자에게 유언하는 장면인데 그의 목숨과 같은 사당과 금고열쇠를 넘겨준다. 그는 정면으로 자신의 사상에 반대하지 않는 손자에게 '조상봉제와 재산'을 맡기면서 가문의 맥을 이어 나갈 책임을 넘겨준다.

天, 人, 家, 國의 동일 구조 시스템에서 개인은 가족생명의 사슬의

---

62) 신상성, 『한국 가족사소설 연구』, 경운출판사, 1992년, pp.99 – 100.

하나이며 가족의 벽돌 한 장, 기와 한 개, 나사못 한 개와 같다. 개별적인 사람은 생과 사가 있으나 가족은 끝이 없으며 개체가 가족을 위하여 새로운 생명을 낳아 기르면 가족은 이어지는 계승 가운데서 죽음을 초월하고 불후의 가치와 의의를 얻게 된다. "내가 죽으나 아들이 남아 있다. 아들이 또 손자를 낳고 손자가 또 아들을 낳으며 그 아들이 또 아들을 낳고 아들이 또 손자를 낳으면서 자자손손이 영원히 모자람이 없다." 때문에 유가의 행복에 대한 이해에는 아주 중요한 관념이 포함되는데 그것은 바로 3대, 4대가 한집에 사는 것이다. 많은 자손을 낳아 길러 자신의 유전자, 혈액이 이 땅에서 사방으로 흘러 넘쳐야 만족하고 죽어도 유감이 없어 한다. 반대로 개체가 가족의 생명의 흐름을 확장하는 데 응당 해야 할 공헌을 못 했다면 개체의 존재는 아무런 의미가 없으며 살아 있어도 죽은 것과 같다.

이런 의미에서 조의관은 가족의 사슬, 벽돌의 작용을 착실히 했고 첩까지 사서 늘그막에라도 아들을 더 보려고 한다. 그런데다가 양반을 샀고 족보에 도금을 했으니 가문에 큰 공로가 있다고 할 수 있을 것이다. 그는 자신이 가족을 이어 나가는 역할을 다한 상태에서 손자가 자신의 뒤를 이어 계속 가족의 흐름을 확장할 것을 바라며 이러한 가족의 연속성에서 자신의 가치를 인정받고 싶어 한다. 다시 말하면 조의관은 전형적인 유교적인 사고방식을 가진 가부장인 것이다.

나) 전제적인 성격

조의관은 가정에서 최고의 권위를 가진 가부장이다. 그의 가족주의에 대한 집념은 가족주의에 위배되는 그 어떤 행위도 용납할 수 없었으며 배타적이 될 수밖에 없게 한다.

조의관에게 있어 아들이 지금 어떤 위치에 있든 봉건을 반대하여 나선 아들은 절대로 용서할 수 없는 존재이다. 그는 조상의 제삿날에 들린 조상훈을 심하게 꾸짖는다. 기독교와 유교로 대립된 이들은 서로 화해가 불가능하게 되었고 부친은 아들의 사회적인 활동을 반대하고 경제적인 맥을 차단한다. 그는 가족문제와 학교수업이 충돌될 때 단연 가족의 중요성을 역설하며 손자에게 집에 있을 것을 명령한다. 집안의 여성들에 대한 태도는 더 말할 것도 없다.

그의 전제적인 성격은 가족주의 제도를 떠나서는 존속될 수 없는 바, 무너져 가는 봉건 가족제도와 윤리도덕과 함께 그의 권위와 전제적인 성격도 빛이 바랠 수밖에 없다. 아들은 완전히 그의 통제 밖에 있고 손자를 비롯한 주위사람들은 겉으로 순응하는 것 같지만 실제로는 자기 타산만 한다. 덕기도 금고열쇠는 달갑게 받았지만 사당을 제대로 지킬지는 스스로도 확신이 없다. 그러한 사실을 모르고 죽은 것은 조의관의 幸이라고 해야 할 것이다.

다) 반사회적, 반윤리적 성격

조의관은 을사조약이 체결되는 날에 돈을 주고 관직을 샀다. 민족이나 나라에 대한 어떠한 관심도 없이 일개인의 신분을 높이고 싶어했을 뿐이다.

중국의 유가는 개체의 생명이 전체 생명의 나무의 잎사귀 하나, 꽃한 송이인 것만큼 이 생명의 나무를 사랑하면 개체는 달콤한 생명의 과일을 얻게 되고 이 생명의 나무를 떠나면 개체는 서풍에 날려 떨어진 나뭇잎처럼 곧 시들게 된다고 인정한다. 그러므로 최고의 의의는 개체의 생명이 집, 나라, 종족이라는 군체에 융화되고 생명의 전체인 큰 나무가 무성하도록 물을 주고 땀 흘리는 데 있다고 인정한다. 즉 '이기적인 마음이 추호도 없이' 전체를 위하여 종족을 위하여 복무하는 데 의의를 둔다. 김윤식은 조의관을 중국적인 유교전통과 한국의 무속적인 요소가 결합된 형식의 편협한 가족주의 의식을 가진 인물이라고 평가한다.

그러나 다른 일면 황병태에 의하면, 한국의 유교는 중국의 정주이학만 숭상하면서 기타 모든 사상을 배척하였는데 주희의 이학체계는 본체의 理와 心理人性의 정적인 개념에 편향하고 천인합일을 추구할 때의 個人居敬에 편향한다. 이지와 감정에서 모두 주희체계의 철학적 이성주의에 집착하기에 한국의 유교는 천·인이라는 두 극 가운데의 사회관계는 중시하지 않고 두 극만 중시한다. 즉 자아와 하늘이 두 극 사이에 있는 사회, 국가와 민족 등 집단적인 영역은 완전히 경시하게 된다.[63] 조의관이 나라와 민족, 사회에 대한 무관심과 그에 비해 가족주의에 대한 강한 집념은 이러한 차원에서 해석될 수도 있을 것이다.

봉건적인 질서가 마구 무너져 내리고 사회적인 변혁이 이루어지는 현실을 감안하지 못하고 어떠한 의미도 없고 아무런 가치도 생산하지 못하는 관직을 사고, 족보에 거금을 들여 도금한다는 사실은 그가 반사회적일 뿐만 아니라 반역사적이고 봉건적인 요소와 함께 도태될 수밖에 없는 인물임을 보여준다. 그가 자기 며느리보다 어린 첩을 돈을 주고 맞아들인 것은 앞에서 지적한 대로 자손을 번성하게 하려는 유교적 사고방식때문이기도 하지만 반윤리적인 행위라고도 할 수 있

63) 황병태(한국), 『儒學與現代化 - 韓中日儒學比較研究』, 社會科學文獻出版社, 1995년, pp.461 - 463.

다. 그의 이런 축첩행위로 하여 가족성원들은 더욱 갈등하게 되고 봉건적인 가족은 분열이 가속화된다.

한마디로 조의관은 봉건적인 가부장으로서 가족주의를 완강하게 고집하는 보수적인 인간이고 반사회적 반역사적 인물이며 무서운 구두쇠지만 가치를 재생산하는 곳에 돈을 투자할 줄 모르는 전근대적인 인간이다.

3) 『태평천하』의 윤직원

『태평천하』는 『삼대』보다 후에 창작된 소설로서 사회적인 환경이 더욱 악화된 1930년대 말에 발표되었다. 일본은 1937년의 노구교사건을 계기로 중국에 대한 침략을 개시하였고 태평양전쟁으로 전쟁을 확대하고 있었는바 조선에 대한 억압과 수탈이 극도에 달한 암흑의 시기였다. 소설의 주인공인 윤직원은 조의관의 수전노, 반사회적, 반민족적인 성격이 한층 강화된 캐릭터라고 할 수 있다. 소설은 윤직원에게 초점을 두고 이야기가 진행된다는 점에서 앞의 소설들과 구별된다.

가) 수전노 성격

윤직원은 소설에 등장하자마자 곧 그의 무서운 수전노 성격을 드러낸다. 인력거 삯을 주지 않으려고, 또 한 푼이라도 적게 주려고 한참이나 입씨름을 하는가 하면 무임승차하는 기술도 부리고 하등표를 사서 상등자리에 앉아 구경하는 등 추태를 부린다. 쌀밥만 먹는 것이 아까워 "……보리밥이랑 게 사람의 몸에 무척 좋단다. 또오, 먹기루 말허더래두 볼깡볼깡 씹히넝게 맨 쌀밥만 먹기보다는 훨씬 입맛이

나구⋯⋯.", "⋯⋯보리밥이 그런 성불러두, 그걸 노－상 먹느라면 글시, 애기 못 낳던 여인네가 포태를 헌단다! 포태를 헌대여!"(『태평천하』, p.399)라고 며느리를 속인다. 그 외에도 동변 값 30전을 10전으로 깎으려고 애쓰다가 끝내는 20전으로 깎고 전속비서 대복이더러 '블랙리스트'까지 만들게 하여 수형 할인과 고리대금업을 자행한다. 어떠한 방식으로든지 축재를 하는 것이 그의 목적이다. 돈은 그 교환가치로서의 성격을 떠나 그 자체가 이미 목적으로 된다.

돈을 낭비하는 일에 있어서만큼 그는 추호의 양보도 없고 언제나 걸쭉한 욕설을 퍼붓는다. 아들이 아버지의 인장을 위조하여 주색잡기, 마작 등으로 돈을 탕진하자 "야, 이 수언 잡아 뽑을 놈아, 이놈아⋯⋯/그놈이 호랭이나 화적보담도 더 무선 놈이라닝개! 천하 무서운 놈이여! ⋯⋯/내 돈 내누어라 이놈아!" 하고 욕하는가 하면, 대문을 열어 놓으면 집 안의 것이 행적 없이 자꾸만 대문으로 해서 빠져나가는 것만 같고 거지 등속의 반갑잖은 손님이 들어올 위험이 다분히 있어서 항상 봉해 두었는데 며느리가 열어 놓았다고 "짝 찢을 년! ⋯⋯."이라고 욕한다.

나) 전제적인 성격

윤직원 역시 엄연한 가부장으로서 가족의 모든 일은 그가 결정한다.

첫째로 그는 모든 재산을 혼자서 관리하고 재산을 물려주는 문제도 마음 내키는 대로 결정할 권위를 가졌다. 그리하여 아들인 윤창식을 금치산자로 선고하고 서자인 병신 태식에게 딸 서울아씨보다 더 많은 재산을 주기로 한다.

둘째로 그는 자식들의 혼사도 완전히 자기 의사대로 결정했다. 신분의 상승을 위해서 양반가문과 사돈을 맺는 것, 그것은 그의 평생의 사업이기도 하다. 이러한 목적에 자식들의 혼사를 이용한 것이다. 자식들의 행복과 사랑은 그의 목적을 위한 도구로 사용되었다.

셋째로 가족 내의 아주 사소한 일까지 자신의 뜻대로 통제한다. 보리밥을 먹고 대문을 봉하는 등 모두 그의 뜻대로 해야 하고 그렇지 못하면 욕설을 하기가 일쑤다.

넷째로 손자들의 인생도 그가 설계한다. 종수는 군수로, 종학은 경찰서장으로 되도록 결정을 지었다. 자신의 재산을 보호하고 가족의 영속을 지켜나가는 데 꼭 필요하다고 생각하기 때문이다.

이상의 네 가지 측면에서 보인 그의 전제적인 성격은 사실 이미 효력을 많이 상실한 상태이다. 아들은 인감을 위조하여서라도 아버지의 돈을 계속 쓰면서 두려워하지도 않는다. 아들과 큰손자 종수는 첩을 거느리고 방탕한 생활을 하고 있고 작은손자 종학은 이혼하려고 한다. 며느리도 일부러 대문을 열어 놓고 시아버지와 싸운다. 그런가 하면 종수는 군수는커녕 돈만 축내면서 타락해 가고 종학은 운동권 학생으로 체포된다.

즉 윤직원의 전제적인 성격은 그 효력을 크게 발생하지 못하고 점점 힘을 잃어 가고 있다.

다) 반사회적, 반민족적 성격

윤직원의 성격을 잘 보여주는 것은 그의 평생의 사업 4가지이다. 즉 족보에 도금하는 일, 향교의 우두머리 '직원'이 되는 것, 양반가문의 사위와 며느리를 보는 것, 손자 종수는 군수로, 종학이는 경찰서장을 시키는 것이 그것이다.

양반이나 직원이라는 신분을 팔고 살 수 있다는 것은 이미 그것이 상품의 위치로 떨어지고 신분제도가 와해된다는 반증이라고 할 수 있다. 그런데 이러한 시기에 도리어 신분상승을 위하여 돈을 주고 향교의 우두머리가 되고 2천 원이나 들여 족보에 도금하며 양반과 사돈을 맺는 이러한 행위는 충분히 반역사적이라고 할 수 있다. 그의 이런 행위는 결코 재산을 보호해 주지 못했으며 그의 청맹과니와 같은 시대인식을 보여줄 뿐이다.

그런가 하면 그는 그 유명한 "우리만 빼고 다 망해라!"는 사고방식을 가진 반사회적인 인간이다. 그의 가족 제일주의는 어쩌면 비극적인 체험에서 시작된 것일 수도 있다. 그의 아버지 윤용구가 화적에게 죽임을 당하는 모습을 지켜본 것이다. 축재에 위협이 되지 않는 한 다른 사람이나 사회, 민족의 운명은 그에게 아무런 의미가 없다. 그는 거지에게 한 푼도 주지 않는 위인일 뿐만 아니라 학교를 세우는 등 공공사업에 돈을 들이는 사람을 "손복을 히여서 오래잔히여 박적을 차구 빌어먹으러 댕길" 것이라고 한다.

그러나 그는 철저히 친일적인 지주로서 경찰서에서 무도장을 세운다거나 소방서에서 무슨 일을 하면 거금을 내놓는다.

> 관리히며 순사히며 우리 죄선으로 많이 내보내서, 그 숭악헌 부랑당 놈들을 말끔 소탕시켜주구, 그리서 양민덜이 그덕에 편히 살지를 안녕가? 그러구 또, 이번에 그런 전쟁을 히여서 그 못된 놈의 사회주의자를 막어 내주니, 원 그렇게 고맙구 그렇게 장헌디가 어디 있담말잉가……/거리거리 순사요 골골마다 공명헌 정사, 오죽이나 좋은 세상이여…… 남은 수십만 명 동병을 히여서, 우리 조선놈 보호히여 주니, 오죽이나 고마운 세상이여? ……응? ……제 것 지니고 앉어서 편안하게 살 세상, 이걸 태평천하라구 하는 것이여, 태평천하! ……(『태평천하』, p.423, p.478).

그에게는 일제치하의 식민지 현실이 태평천하로 보인다. 그의 재산이 보호를 받는 세상은 식민지든 아니든 그한테는 별 차이가 없기 때문이다. 그와 같이 반민족적인 친일파와 반사회적인 인물만이 그러한 암흑 세상에서도 태평하게 살아갈 수 있다는 데서 소설의 강한 사회비판 의지를 엿볼 수 있다.

이상으로 한·중 가족사소설에 등장하는 전근대적인 인물군을 살펴보았다.

첫째로 한·중 가족사소설에서 나타난 가부장의 신분은 차이를 보인다. 중국의 가부장들은 모두 귀족 사대부 출신이다. 이로부터 그들의 욕망은 유교적인 이상인 4대, 5대 가족을 이루어 대가족을 더욱 번성하게 하고 현 상태를 유지하는 것이다. 그러나 한국의 가족사소설은 평민이나 하층민을 가부장으로 내세워 사회적인 혼란을 틈타 부를 축적한 비귀족적인 인물들이 한사코 신분상승을 도모하고 가족의 영속을 꿈꾸며 축재에 강한 집착을 보이고 있음을 알려 준다. 중국은 아직도 봉건귀족이 강대한 세력을 가지고 있고 한국은 양반들이 철저히 몰락하여 그 대신 새로운 계층인 평민부자들이 역사무대의 주역이 되었다는 것으로 이해할 수 있지 않을까? 중국의 귀족적인 가부장들은 신분적인 우월성을 갖고 있고 선대로부터 물려받은 재산이 그들이 쓰기에 부족함이 없음을 보여주고 있는 반면 한국의 가부장들은 신분에 심한 알레르기반응을 보이면서 돈이 모든 것을 해결하는 해결사이기에 돈에 대한 집념이 아주 강하다.

예로부터 경제적인 여유가 있는 중국의 가부장들은 고시나 古文을 짓거나 감상하고 서화를 수집하고 극을 관람하는 등 취미를 즐기며 풍류스럽게 살고 있지만 한국의 새로운 귀족지주들은 대부분 시간을 돈을 벌고 관리하는 데 허비한다. 출신으로 볼 때 평민이거나 노름꾼의 자식으로서 교육받은 정도가 높지 못한 그들은 고상한 취미를 가지기 어려운 형편이고, 식민지적 사회구조가 돈의 위력을 점점 더 강대하게 만들고 있기 때문이다.

둘째로 한·중 양국의 가부장들의 인간성이나 사상성격은 놀랄 만한 동질성을 보인다. 그들은 하나같이 냉혹한 사람들이다. 전통적인 윤리도덕이나 자신의 사상에 따라 움직일 뿐 농군이나 하인은 말할 것도 없고 자식에 대해서도 냉혹하기 그지없다. 그런가 하면 모두 전제적인 가장으로서 보수적이고 완고하며 위선적이다. 약간의 다른 점이 있다면 한국의 가부장들은 자기 가족밖에 모르는 편협함을 보이고 있는 것이다. 이것은 앞에서도 지적하다시피 한국에서의 유학이 주희의 학설만 편파적으로 받아들이면서 자아와 하늘에만 중시를 돌리고 그 가운데의 사회와 나라, 민족 등 집단적인 것에 대해서는 경시한 결과라고 할 수 있다. 또는 혼란하고 어두운 식민지 사회에서 살아남기 위한 중산층의 일종의 보수적인 생존방식일지도 모른다. 이에 비해 중국의 가부장들은 사회적인 관계에도 무척 중시를 돌리고 가족 내부뿐만 아니라 외부에서도 봉건적인 질서와 윤리도덕에 어긋나는 일에 대해 간섭한다. 그들은 사회 전반에도 큰 영향력을 갖고 있는 봉건유로들이다.

셋째로 봉건적인 가부장들은 대사회적인 면에서도 역시 아주 비슷한 양상을 보인다. 그들은 한결같이 반민주적이다. 민주적이라는 근대적 사상은 그들의 봉건 가부장이라는 권위 자체를 위협하기 때문이다. 또한 거의 모두가 反서양주의자들인데 소설에서 그들은 사람이 아파도 양의를 믿으려 하지 않는다. 고씨 집에서는 고씨 노인이

앓게 되자 보살에게 빌고 하늘에 제를 지내며 무당을 불러다 귀신을 잡는 소동을 했고 周伯滔는 아들딸이 죽게 되어도 한의만 믿고 양의에게 보이려 하지 않는다. 조의관도 한의를 훨씬 믿는 편이고 윤직원은 동변(童便)을 받아먹는 등 추태를 부린다. 고씨 노인은 손자들이 학당에 다니는 것조차 못마땅해한다. 학당은 서양의 근대적인 과학 사상을 전파하기 때문이다. 그들에게는 전근대적인 질서와 제도가 체질에 맞는 것이다. 반윤리적인 점은 한·중 양국의 가부장들이 동일하게 갖고 있는 특징이지만 윤직원의 경우 더욱 가관이다. 증손자와 비슷한 나이의 기생들을 손에 넣으려고 매번 안달을 하는 모양은 그 어느 가장보다도 한심하면서 풍자적이다.

한국의 가장들에게 뚜렷한 반사회적이고 반민족적인 경향은 앞에서 언급한 바와 같이 한국의 유교적인 전통과도 관련이 있고 또 보수적인 중산층의 현상유지의 측면으로도 고찰할 수 있다. 중국의 사회환경이 반식민지 반봉건사회이고 소설의 배경이 되는 四川省 成都는 제국주의의 세력이 미치지 않은 봉건세력이 강대한 지역이라는 점 외에도 한국과는 다른 양상을 띤 중국의 유교적인 전통은 양국의 문화적인 차이점을 인식하는 데 도움이 될 것이다. 종족을 이어가고 창업하며 統緒를 후세에 전하고 정의를 위해 자기를 희생하는 등 가치를 개척하는 것이 바로 유가가 궁극적으로 추구하는 바이다. 살신성인(殺身成仁), 사생취의(舍生取義)의 유교사상은 많은 중국인들이 "옥으로 부서질지언정 질그릇으로 되어 보전되지는 않겠다(정의를 위하여 죽을지언정 비열하게 살지 않겠다).", "인생은 자고로 뉘 아니 죽으랴, 나라 위한 붉은 마음으로 청사를 길이 빛내리."라는 말을 자신의 인생의 지침으로 삼게 하였다. 즉 민족이나 나라의 위기 앞에서 그들은 그 누구보다 애국적, 민족적이 될 수도 있는 것이다.

그러나 이러한 인물들에게 공통된 점은 역사의 뒤편으로 물러나야할 봉건적인 대가족제도를 옹호하고 전제적인 가장으로서의 권위를 영원히 지키려 하며 그것을 지속시켜 나가려는 욕망을 갖고 있다는 점이다. 그중 고씨 노인이 가장 전제적이고 권위적이라고 할 수 있다. 그에게는 완전히 아버지의 의사를 받들어 대가족을 통치해 나가려 하는 아들이 있고 갈등하면서도 순응하는 장손이 있다. 조의관은 아들이 반기를 들었지만 손자가 적어도 사당과 금고열쇠를 넘겨받았다는 점에서 조금은 체면이 설 수 있었다고 한다면 윤직원은 철저히 자식들에 의해 배반당한다.

부친 혹은 가장의 권위가 흔들리고 부정되는 이러한 현상을 중국에서는 신해(辛亥)혁명을 전후하여 생긴 문화적인 殺父현상이라고 한다. 신해혁명은 한차례 殺父행위인바 그 목표는 父權 族權 夫權을 한 몸에 가진 봉건 남성사회 권력의 정점에 있는 통치자 형상, 예로부터 있어 온 유일한 統治之父 – 황제의 지위와 전체 봉건질서 자체였다. 그 뒤를 이어 5·4신문화운동은 전체 문화와 이데올로기영역에서의 신해혁명과 같았는바 규모가 크고 효과가 현저한 상징적인 殺父행위였다. 신문화는 부자 두 세대나 수대에 걸친 이데올로기의 충돌이 아니라 신흥의 「아들」의 문화가 이천 년을 이어온 「崇父」문화에 대한 철저한 반란과 파면이었다. 격렬한 反전통은 체계적이지 못할 수 있으나 「아버지」 본위의 문화전통에 대한 비판이라는 점만은 아주 선명하였다. 신문화 선구자들은 문화영역에서의 황제제도 — 모든 육신의 부친을 초월하는 봉건적이며 이상적인 부친 — 그의 예법, 인륜, 도덕규범 및 그의 말 등 부권의 형상을 구성하는 모든 상징물

을 폐지하려고 했다.[64]

한국은 일본의 식민지로 전락되면서 중국과 같은 문화혁명이 진행되지 못한 탓에 봉건적인 아버지 본위의 사상이 많이 남아 있다고 여겨진다. 물론 일본에 의해 타의로 황제 - 절대적인 父가 사라졌지만 崇父문화에 대한 철저한 반란과 혁명이 이루어지지 못한 것은 사실이다. 거기다가 일본은 식민지 시기에 가족적 가부장제를 재구성하였는데 이러한 것들은 중국의 철저한 殺父문화와 구별되는 점일 것이다. 조덕기는 사당을 제대로 지킬지 의문이 있기는 하지만 거의 할아버지의 의사 그대로 봉건 가장이 해야 할 모든 것을 이행하고 있다. 『태평천하』에서는 종학이가 이혼해 달라고 요구한 것을 빼면 가장의 권위에 대한 반란이 거의 없다.

아무튼 한·중 양국의 가족사소설에서 나타나는 아버지는 과거 한 시대의 대표적인 개인이면서 배척당할 구질서의 대상으로서 문화적인 상징부호로 작용한다.

나. 잉여인간군

세 작품에서 타락한 잉여인간들은 대체적으로 제2세대에 속한다. 빠진의 소설에서 제2세대는 克明, 克定, 克安 세 명이라고 할 수 있는데 이미 세상을 떠난 覺慧의 아버지와 克明은 철저히 아버지의 명을 따르는 봉건적인 인물로 볼 수 있다. 따라서 그들은 전근대적인 인물에 속할 것이다. 타락한 인물로는 克定, 克安과 조상훈, 윤창식,

---

64) 孟悅, 戴錦華, 『浮出歷史地表 - 中國現代女姓文學硏究』, 時報文化出版企業有限公司, 台北, (1993) pp.52 - 53.

그리고 제3세대인 손자 종수를 들 수 있다.

이들은 부자관계에서 아들에 속하는데 모두 아버지 세대가 축적해 놓은 재산에 기대어 안일한 생활을 하면서 점차 타락해 가는 인물들이다.

전근대적인 아버지 세대에 비해 이들이 생활한 연대는 양국의 근대화가 싹트던 시기로서 중국의 19세기 말, 20세기 초와 한국의 개화기에 해당한다. 중국의 경우, 제2세대는 여전히 봉건적인 교육을 받은 세대이다. 만약 신해혁명이 일어나지 않았다면 그들은 봉건관리로 되었을지도 모른다. 신해혁명이 그들이 출세하여 관직을 얻을 길을 막아버린 셈이다. 이 점에서는 윤창식과도 비슷한데 그가 받은 교육은 구식교육으로서 그는 한서를 읽고 한시를 지을 정도의 지식과 수학능력을 가지고 있기는 하지만 현실에서 그러한 지식은 그에게 별 사용가치가 없다. 거기에 비해 조상훈은 미국유학을 갔다 온 유학파이다. 여기서 그들 사이의 차이가 생기게 된다.

1) 고씨 가족의 패륜아 ─ 4남 克安과 막내 克定

『격류삼부곡』에서 타락한 인물로는 두 사람을 들 수 있는데 고씨 노인의 넷째와 다섯째 아들이다.

고씨 노인은 살아 있을 때에도 자신의 황음무도함과 타락 때문에 두 아들의 방탕하고 썩어빠진 생활을 제지시킬 방법이 없었다. 그들 형제는 서로 내통하면서 밖에 집을 마련하여 첩을 두었는데 그들은 거의 고씨 노인의 젊었을 적의 복제품과 같았다. 할아버지는 克定을 제 손으로 뺨을 치게 하고 한바탕 훈계를 했으나 '전에 느껴보지 못했던 비애가 엄습하여 재빨리 그를 정복하였다.' 봉건 대가족의 현상태를 유지하는 것이 불가능하게 되었던 것이다.

할아버지가 세상을 뜨자 그들은 아무런 거리낌 없이 방탕하고 부패한 생활을 한다. 克定과 克安은 밖에 첩을 두고도 집에 와서는 하녀를 희롱한다. 克定은 喜兒를 희롱하다가 들키자 첩으로 들여앉혔고 克安도 楊어멈을 희롱한다. 그들은 小旦 張碧秀, 小蕙芳을 집에 청해 정원에서 노닐고 술을 마시며 추태를 부리기도 하는데 이것은 봉건지주들의 전해 내려오는 '오락'이다. 할아버지가 생전에 그랬던 것처럼 그들도 똑같이 한다.[65) 그들은 귀빈을 맞듯이 남자 같지도 여자 같지도 않은 小旦을 청해 와서 부자 티를 내며 구역질나게 희롱을 한다. 작가는 克安에게 매를 맞은 어멈의 입을 빌려 그들을 이렇게 욕한다. "천하다구? 당신이 그런 말을 할 자격이 있어요? 小旦을 데리고 놀고 하녀를 점하고 아편을 피우는 패덕한 일들을 당신들은 어느 한 가지를 안 한 것이 있어요! ……."(『봄』, p.156)

그런가 하면 그들은 또 아주 잔인한 인간들이다. 음력설을 맞아 克定은 온 가족을 청하여 용등놀이를 구경하도록 한다. 용등놀이 하는 사람들은 가난한 사람들로서 섣달인데도 맨 살을 드러내고 용등을 휘두르는데 관객들이 제멋대로 그들에게 폭죽을 쏘도록 하기 위해서이다. 그들이 뜨거워 고통스럽게 소리 지르는 것을 보고 봉건지주들은 좋아하며 즐긴다. 克定은 손수 폭죽을 들고 보배(寶貝)를 다루는 젊은이한테 쏘아 '불꽃이 그의 몸에 붙어 타들어 가서 그가 날카로운 비명을 지르며 급급히 도망가'게 한다. 이때 克定은 폭죽을 다른 한 용등놀이꾼한테 대고 쏘았다. 그러다가 보배를 다루는 사람이 옆에

---

65) 『가을』 18, 19장.

서 떨고 있는 것을 보자 웃으며 "추워? 내가 불을 더 쏘아 줄게." 하면서 폭죽을 돌려 그한테 맹렬히 쏘아댔다(『집』, p.145). 폭죽의 불꽃으로 하여 살빛이 변하고 용모양도 다 타서 빈 틀만 남게 되어서야 돈을 주면서 폭죽을 너무 적게 만들었다고 애석해한다. 이것은 노예주의 오락방식을 닮은 현대 중국 봉건지주들의 오락방식이었다. 그들은 하인들에게도 인정이 없고 잔인하기 그지없다. 克安과 王씨의 시녀 倩兒가 병이 심해졌으나 克定과 克安은 치료할 생각을 않고 張碧秀에게 보낼 시문을 감상하고 있었다. 倩兒가 죽은 후에도 覺新이 관을 사 오니 이런 작은 일에 참여한다면서 그냥 거적에 싸서 내가라고 한다.

克安과 克定은 무위도식하고 자신의 힘으로 살아갈 수 없는 기생충이다. 克安은 봉건교육을 받아 시를 잘 짓는다. 그러나 하는 일이 없이 그저 놀기만 하고 방탕한 생활을 하면서 조상이 남겨 놓은 유산을 축낼 뿐이다. 그들은 서화를 훔쳐다 팔고 밭과 집을 팔아 일시적인 안락과 향락을 즐기려 할 뿐이다. 克明이 죽자 克安은 가장의 신분으로 高씨 公館을 해체한다. 『가을』 결말의 분가장면에서 克安과 克定은 극히 이기적이고 탐욕스런 본질을 남김없이 드러내면서 봉건대가족의 멸망의 운명을 알려 준다.

이들은 차남이나 막내아들로서 가문을 이어 나갈 책임감도 없고 생계를 이어 나갈 능력도 없으며, 조상이 남겨 놓은 재산은 그들이 한동안 마음껏 향락을 누릴 만한 여지가 있었던 것이다. 그들은 꼭 해야 할 일도 없고 할 만한 일도 없는 아무런 쓸모없는 잉여인간들이며 전형적인 부잣집의 타락한 2세대 인물이다. 차남이나 막내아들로서의 자유롭고 반항적인 성격은 그들에게서 패륜아적인 모습으로 나타나고 있다.

2) 장남의 특수한 경우 - 윤창식, 윤종수

윤주사 윤창식은 克安과 비슷한 점을 가진 인물이다. 그 역시 봉건 교육을 받아 한서를 읽고 한시를 지어 발표할 수 있을 만큼 얼마간의 지식을 갖춘 인간이다. 그러나 마찬가지로 무위도식하고 방탕한 생활에 물젖은 타락한 인간이다.

윤주사는 윤직원의 장남으로서 장남형 인물의 특성을 갖고 있다. 근대 가족사소설에 등장하는 장남들은 대부분 지식인이며, 봉건사회에서 지식인은 보통 관리로 된다. 윤주사의 원래의 앞날은 관리가 되거나 구식가정의 督軍, 家長이 되는 것인데 시대가 크게 변화하면서 그가 가진 얼마간의 낡은 지식으로 관리가 되는 길은 막혀 버린 셈이다. 즉 그는 한문을 알고 한시도 짓지만 간단한 일본어도 읽을 수 없는 낡은 지식인이다. 개화기에 성장하였다고는 하나 교육은 서당 교육을 받아 식민지 현실에서 사회적인 진출이 그만큼 어렵게 되었다고 할 수 있다. 그런가 하면 아버지가 정력이 왕성하여 家督權이나 가장자리도 조만간에 그에게 차례가 오지 않는다. 그는 어정쩡한 처지에 처하게 되어 곤혹을 겪게 되고 적극적 혹은 소극적으로 되는 두 가지 선택 앞에서 타락하고 만다. 장남형 지식인은 근대의 구식가정에서 새로운 가정 구조로 변화하는 과도기에 서서 새로운 문화적 가치를 탐색하고 낡은 전통 문화 가치를 다시 평가해야 할 책임이 있으나 사실 그들 자신은 어쩔 바를 모르고 방황한다. 할 만한 일이 없고 일을 하지 않아도 부친의 재산으로 얼마든지 살아 나갈 수 있기 때문에 그는 "오십이 되도록 철이 들지를 않아서 세상일이 죽이 끓는지 밥이 넘는지 통히 모르고 지내"며, 가산이나 살림을 늘리는 것이나 일의 성취에는 관심이 없다. 그러나 남의 빚보증은 잘 서서 아무한테 나 도장을 눌러주는 통에 연대채무로 아버지의 재산을 수만 원이나 날리고 그로 인하여 「금치산 선고」를 받는다. 그래도 여전히 아버지 의 인장을 위조하여 차용증서를 쓰고 그 돈으로 노름을 하고 첩을 둘 씩이나 두어 살림을 차리고 재산을 축내기만 한다. 그에게는 식민지 라는 현실이나 민족의 운명 같은 것에 대한 추호의 관심도 없고 특별 한 욕망도 없다. 세 편의 가족사소설에서 그와 그의 아들 윤종수는 장남으로서의 희생정신이나 책임감 혹은 이중성격을 전혀 가지지 않 은 인물군으로 특수한 경우이다. 즉 단일한 색으로 된 평면적인 인간 이다.

제3세대에 속하는 인물인 윤종수 역시 전형적인 부잣집 방탕아이 다. 그는 조부의 재산에 철저히 의지해 살아가면서 조부가 치부하는 속도의 몇 배에 달하는 속도로 재산을 축내는 인간이다. 그는 윤씨 집의 장손으로 공부를 잘하지 못해서 네 번이나 시험에 낙방한다. 어 쩌면 장손으로서 공부를 하지 않아도 당연히 재산을 물려받고 가장 이 되리라는 뻔한 이유 때문에 공을 들이지 않았는지도 모른다. 그러 나 대가족의 가장이 되기까지는 너무나 아득하고, 그가 해야 할 일은 할아버지의 욕망대로 군수가 되는 것이었다. 그는 그것을 턱 대고 조 부의 돈을 무한정 방탕한 생활을 하는 데 써 버리며 그 결과 주색잡 기에만 이골이 터 아버지의 첩인 옥화를 뚜쟁이 집에서 만나기까지 한다.

이들 부자가 장남 장손 처지에서 아무런 책임감도 없고 일색으로 방탕하기만 하다는 것은 특이한 현상이라고 할 수 있다. 이것은 식민지적 현실에서 나아갈 길이 없는 상황에서의 부잣집 자식의 선택 아닌 선택이라고도 할 수 있겠지만 호의호식하면서 자란 그들의 나약한 성격에서도 원인을 찾을 수 있다. 유전적인 면에서 보아도 그들은 그렇게밖에 달리 될 수 없을 것 같다. 윤직원의 여성편력 역시 화려하였고 계속하여 증손자와 동갑 나이의 기생을 손에 넣으려고 안달을 하며 부끄러운 줄을 모르는데 자식들이 아버지를 닮지 말라는 법은 없지 않겠는가. 경손이까지 어린 나이에 벌써 증조할아버지가 데려온 기생과 노닥거린다. 이로써 윤씨 집안은 긍정할 만한 인물이 거의 없을 정도로 썩어가고 있고 희망이란 보이지 않는다.

3) 과도기적인 혼합형 인물 – 조상훈

이들과는 달리 조상훈은 미국 유학까지 다녀온 지식인이다. 새로운 교육을 받은 그는 개화주의자로서의 사명감을 갖고 있었으나 현실의 벽에 부딪치자 타락의 길로 나아간다. 기독교적인 입장에서 그는 부친의 유교적인 사상과 질서를 반대하며 사회적 지사로서 뜻을 세우고 교회활동과 교육사업을 한다. 그리고 독립운동가의 뒷바라지도 착실히 했었다. 그러나 그의 신앙이나 사회활동은 토대가 빈약하여 쉽게 파탄을 가져왔으며 마침내는 신앙과 사회적 신뢰도 잃게 되고 마작, 주색잡기와 아편에 파묻혀 사기꾼으로까지 전락한다.

> ……부친은 봉건시대에서 지금 시대로 건너오는 외나무다리의 중턱에 선 것 같다고 생각하였다. 마침 집안에서도 조부와 덕기 자신의 중간에 끼여서 조부편이 될 수도 없고 아들인 덕기 자신의 편도 못 되는 것과 같은 어지중간에

선 처지라고 새삼스러이 생각하였다. 따라서 그만큼 사회적으로나 가정적으로나 또는 자기의 사상내용으로나 가장 불안정한 번민기에 있는 것이 사실이라고 보고 있다(『삼대』, pp.33 - 34).

덕기의 생각과 같이 조상훈은 보수주의자도 아니고 그렇다고 급진적인 개혁파도 아니다. 그도 한때는 부친의 세대로 대표되는 봉건 사회를 뒷발길로 차버린 지사였으나 정치적으로 길이 막힌 현실에서 종교 생활로 보상받으려 했다. 그 당시의 유행처럼 그도 서구의 문화를 비판 없이 수용하면서 기독교인이 되어 부친의 유교적인 가족질서와 사상, 즉 조상에게 제를 지내고 족보를 도금하고 신분을 사는 등 가문을 이어가는 일에 대해 반기를 들었다. 그러나 그는 외롭고 무력한 반항아였고 경제권을 잡고 있는 가장으로서의 조의관을 설복하거나 싸워 이기지 못하고 처절하게 패배하여 결국은 준금치산선고를 받는다. 물론 여기에는 그가 노름과 여자에 빠져 돈을 탕진한 탓도 있지만 유교적인 질서에 대한 반항은 대가족의 영속을 위협한다는 이유가 더 큰 것 같다. 한마디로 유교적인 세계관과 기독교적인 세계관의 차이로 말미암아 가족에서의 자기 위치를 갖지 못하게 된다.

종교적인 믿음도 강하지 못한 것으로 볼 때 조상훈은 서구적 힘의 상징으로 식민지시대를 헤쳐 나갈 하나의 방편으로 종교를 받아들였는지도 모른다. 그는 마구 무너지는 봉건적인 질서에는 대항해 나섰지만 그보다 훨씬 세력이 강대한 일제의 식민지적인 근대화 체계 앞에서는 움츠러들어 행동력을 잃고 만다. 그에게는 부잣집 외동아들로서의 성격적 나약성이 있었을 뿐 현실적인 무수한 어려움을 극복하면서 사회적인 행동을 꾸준하게 해 나갈 의지나 힘이 없었다. 그는 병화와는 달리 교육사업, 학교와 도서관사업, 조선어 자전 편찬사업 등을 구체적인 사회사업으로 삼았는데 이러한 사업도 실은 아버지의 돈에 의거해야 했다. 아버지의 돈도 쓸 수 없게 된 조상훈이 할 수 있는 일이란 무엇이었을까? 교회로 가는 일밖에 남지 않았을 것이다. 그러나 조상훈이 타락할 수밖에 없는 것은 지향하는 바가 목표보다는 지위에 있었던 때문이라고 한 염무웅의 견해처럼[66] 믿음이 그다지 깊지도 않은 신앙생활도 어떤 허영심에서 지속된 것이었다. 따라서 그는 자신의 사회적인 위치를 찾지 못한 이중인격자가 되어 버린다. 그는 장남의 나약성과 이중성, 막내아들의 반역성을 한 몸에 지닌 복잡한 형태의 인물형상이다.

"……나는 내가 살아온 시대상과 너희의 시대상의 귀일점을 찾으려는 것이다. 쉽게 말하면 네 사상과 내 사상이 합치되는 소위 '제삼제국'을 바라는 것이다. ……."(『삼대』, p.33) 여기서 그도 어떤 사상을 가지고 있다는 것을 알 수 있지만 소설에 확실하게 나타나지 않고 있다. 개화기시대와 식민지시대의 사상의 귀일점을 찾으려는 시도는 어쩌면 가능성도 있을 듯하지만 결국은 아무런 결과도 가져오지 못했다. 그러한 시도 자체도 머릿속에만 있을 뿐 행동이 따라가지 못하기 때문이다. 이런 점에서는 러시아의 투르게네프 등의 소설에서 나오는 잉여인간과 많이 닮아 있다. 그는 아들의 이해를 받기는 하나 여지없이 타락하여 사기꾼으로 폐인이 되어 버린다.

---

66) 염무웅, 「식민지적 지식인」, 『민중시대의 문학』, 창작과 비평사, 1979, p.250. 염무웅은 조상훈의 "서양문물 추종은 전통적인 기반과의 협상을 전제하지 않은 것이었고, 그의 지도자 의식은 대중과의 연대감이 결핍된 우월감의 한 변형이기 때문에 현실에 확고히 뿌리를 박을 수 없었고, 그러한 데서 느끼는 공허감은 그에게 목표지향이 아니라 지위 지향적인 인간성의 형성을 촉구했다."고 보았다.

빠진의 소설에는, 봉건적인 질서를 이어가려는 장남(覺新의 아버지)과 3남(克明) 등 제2세대가 있는 반면, 염상섭과 채만식의 작품에는 그러한 인물이 없을 뿐만 아니라 제2세대에 이르러 봉건적 질서나 가족의 계보가 무너지는 경향을 보인다. 세 작품의 제2세대(혹은 제3세대까지)는 기본상 조상의 재산에 기대어 기생충적인 생활을 하는 타락한 세대로서 당대의 잉여인간이라고도 할 수 있다. 그들의 타락은 가정의 부유함과 선대의 행태에서 비롯된 것이기도 하고 사회적인 변혁기에 새로운 사회에 적응하지 못하거나 사회적인 문제를 해결할 수 없는 무가내한 상황과도 관계된다.

이러한 타락한 인물들은 일부 차이점들을 보이고 있다. 빠진의 소설에 등장하는 타락한 인물들은 잔인하고 극히 이기주의적인 특징이 뚜렷한 데 비해 한국의 소설에 나오는 인물들은 악한 사람은 아니다. 그들이 가지고 있는 동일점은 초기의 조상훈을 제외하고 모두 사회에 대해 무관심하다는 것이다. 그 밖에 모두 첩살림을 하고 내왕하는 여자가 많으며 그들이 받은 교육이 거의 봉건적인 지식에 국한된 점도 같다. 조상훈만이 미국 유학을 해서 신식교육을 받았고 그로부터 사회에 대한 관심도 컸었음을 볼 수 있다. 그러나 타락한 정도는 한·중 양국의 소설에서 묘사된 정도가 거의 비슷하다. 노름이나 마작을 하고 선대의 재산을 훔쳐내는 일 같은 것은 양국 소설에 다 나타나고 있다. 조상훈의 경우는 사람들의 선망의 대상으로부터 방탕아, 위선자, 아편쟁이, 사기꾼으로 전락하여 타락한 정도가 다른 사람에 비해 심하다고 할 수 있다. 이상의 인물들은 비슷한 양상을 띠고 있지만 그 가운데서도 중국소설 속의 인물들이 봉건귀족계급의 특성을 더 강하게 풍기고 있는 듯하다.

다. 신세대 인물군

1) 이중성격의 인물로서의 전형적인 장남형

앞에서 분석한 조상훈은 이중인격자라고 할 수 있지만 사실은 그 성격이 변화하는 과정에 한동안 이중성을 띤 것일 뿐이다. 그러나 覺新과 덕기는 소설에서 처음부터 마지막까지 거의 갈등하는 이중성격의 인물로 그려지고 있다.

격변기의 시대적인 특징상 20년을 단위로 세대 차이를 나누기보다 10년을 단위로 장남과 차남 혹은 막내아들로 나누어 분석해야 할 필요가 있다. 따라서 그들은 윗세대보다 0.5의 세대 차이가 있다고 해야 할 것이다.

특기할 것은 覺新이나 덕기는 가족 내에 아버지가 안 계신다는 것이다. 覺新의 아버지는 이야기가 시작하기 전에 세상을 떠서 그의 회상 속에만 존재하며 覺新은 장남으로서 자기 가족의 모든 일을 책임져야 한다. 때문에 그는 제3세대지만 사실 제2세대와 같이 많은 일을 상의하고 처리해야 하며 제2세대에 편입된 느낌이다. 덕기는 아버지가 생존했지만 할아버지에 의해 축출되었기에 역시 장손으로서 할아버지의 지배를 직접 받으며 제2세대의 역할을 해야 한다. 문화적인 殺父 시기인 중국의 5·4 시기의 문학은 부권을 역사의 심판대에 올려놓고 맹렬히 공격하였었다. 그러나 문화적인 상징부호로서의 아버지 형상은 공격해야겠지만 개체적인 형상으로서의 혈연적인 의의에서의 아버지에 대해서는 연연한 정이 있었기에 5·4문학에는 아버지 형상이 상대적으로 적었다. 언행의 모순은 魯迅, 郭沫若, 胡適, 茅

盾, 郁達夫 등 작가들에 있어서도 마찬가지였다. 『격류삼부곡』은 빠진의 자서전적인 소설인바 覺新의 부친은 곧 빠진의 부친이라고 해도 과언이 아니다. 봉건적인 가부장제도를 맹렬히 공격한 빠진도 고씨 노인과 같은 부친 형상을 부각하기는 하였지만 역시 覺慧(작가의 소설 속 형상) 부친은 부재하는 것으로 설정하였다. 『삼대』의 조상훈은 생존했지만 그가 축출되었다는 것은 작가의 입장, 즉 조상훈을 부정하고 덕기를 긍정하는 태도에서 설정된 것이 아닐까. 아무튼 이들 소설에서는 부친 부재의 상황에서 장남이 그 자리를 차지하게 된다. 『태평천하』에는 장남 혹은 장손이 있지만 모두 일면적으로 타락한 모습만 보일 뿐이다.

가) 전형적인 이중성격의 중국식 잉여인간 - 覺新

중국 현대문학에서의 장남 형상은 역사적인 대전환의 과도기에 신구 두 가지 문화특징을 겸비한 중국 근대지식인의 형상이다. 그들은 현대와 전통의 사이에 끼여 중간위치를 잡고 있는 中間物的인 문화의식을 갖고 있는바 치열한 신구모순 충돌 사이에 위치해 있을 뿐만 아니라 엄중한 中西文化의 충돌도 겪고 있다. 그들은 이성적으로는 새로운 것을 추구하지만 감정 혹은 행동으로는 저도 모르게 낡은 것에 영합한다.

중국의 지식인들은 두 가지 신분과 직능을 가진 특수한 사회계층과 신분집단이다. "바람소리, 빗물소리, 글 읽는 소리 귓가에 들려오고, 家事, 國事, 天下事 事事를 걱정한다."[67] 이것은 그들의 성격으로서 정치비판과 정치참여라는 특징을 다 가지고 있음으로 하여 통

---

67) "風聲, 雨聲, 讀書聲, 聲聲入耳; 家事, 國事, 天下事, 事事關心."

치와 통치받는 사이에서 장기간 유리하게 되고 봉건 통치계급과 왕권의 종속물이 된다. 중국 지식인의 약점은 그대로 장남 형상에서 나타났는데, 전통적인 지식인들이 추구하는 것은 중용으로서 장남이 구식 가정에서 희구하는 것도 평화와 안정이다. 봉건 지식인의 "선비는 지기를 위해 일하고 자신을 잊고 남을 위하며 자신을 낮춰 사람을 대한다."[68]는 등 헌신정신도 장남의 몸에서 체현되며(후기에는 소극적인 희생정신으로 대체됨) "竉辱에 놀라지 않고 溫柔하고 敦厚하며 謙和하고 秀雅"한 군자의 태도도 장남의 몸에서 체현된다(후기에는 겸손 유약함으로 발전함). 장남은 전통과 현대의 교차점에 있기에 문화 교양, 사상 감정, 관념 습관 등에서 중국의 사대부 전통과 서방 문화 교양의 혼합물이라고 할 수 있다.

문화적인 대전환기에는 보통 특수한 문화인격이 나타난다. 낡은 가치체계가 파괴되고 새로운 가치체계가 아직 건립되지 않았기에 개인은 늘 어느 한 가지 가치관념에도 속하지 않거나 점유하지 못하면서도 또 신구 두 가지 가치체계에 속하기도 한다. 그리하여 이중적인 인격이 나타나게 된다. 장남의 인격은 실제상 중국 근대 문화 대전환기의 대부분 지식인들에게 특유한 인격 현상의 미학적인 개괄이 된다.

覺新은 『격류삼부곡』의 핵심인물의 하나로서 전통적인 사상이 농후하면서도 가족제도에 불만을 품고 있다. 그는 봉건제도와 예교의 피해자이면서도 동생들처럼 과감히 반항하지 못하는 연약하고 민감한 청년이다. 그의 운명은 고씨 가족의 장손으로 태어날 때부터 결정된 것이다. 그는 청수하게 생기고 특별히 총명하여 고등학교를 일등으로 졸업하였고 상해나 북경의 대학에 가서 계속 공부할 생각이었

---

68) "士爲知己者用, 忘我利他, 屈己待人"

으며 독일에 가 유학할 생각도 있었다. 그러나 할아버지가 증손을 보고 싶어 하고 아버지도 하루빨리 손자를 보고 싶어 한다는 이유로 모든 꿈을 접고 결혼해서 집에서 아버지를 돕게 되었다. 이에 그는 한마디 반항도 못 하고 방에 와서 이불을 뒤집어쓰고 울기만 한다. 장손, 장남으로서 어쩔 수 없이 자신을 희생해야 한다고 생각한 것이다. 부친의 위치를 계승한 그는 고씨라는 이 신사가정의 평화롭고 사랑에 찬 겉모양 밑에 원한과 쟁투가 가득하고 자신도 그들의 공격 대상이 되었음을 발견했다. "그의 환경이 그로 하여금 자신의 청춘을 잊게 만들었지만 그의 마음은 필경 청춘의 불길로 타올랐다. 그는 분노했고 분투했다. 그는 자신의 행동이 정당하다고 생각했다. 그러나 분투의 결과는 그에게 더 많은 번뇌와 적을 갖다 주었다."(『집』, p.35) 아무런 결과도 없는데다가 그는 피곤하였다. 그래서 생각해 낸 처세방법은 충돌을 애써 피하고 가능하다면 그들의 요구를 들어주는 것이었다.

  覺新은 손자세대로서 셋째 삼촌 克明처럼 경직된 충효사상을 가진 것도 아니고 克安이나 克定처럼 타락하지도 않았다. 5·4운동의 영향은 그의 사상에 새로움을 가져다주었다. "신문에 실린 불길같이 활활 타오르는 기사들은 그의 잊어버린 청춘을 불러왔다. 그는 두 동생과 같이 탐욕스레 본 지방 신문에서 전재한 북경의 소식을 읽었고 상해, 남경에서 6월 초에 대파업을 진행한 소식을 읽었다."『신청년』,『매주평론』등 간행물의 문자들은 마치 불꽃처럼 그들 형제의 열정을 타오르게 했다. 그는 톨스토이의 '부저항주의'를 좋아하였는데 "이 이론이 그에게 확실히 큰 쓸모가 있고 이러한 '주의'가 『신청년』의 이론과 그들의 대가정의 현실을 아무런 충돌 없이 결합시키기 때문이었다.

이것은 그에게 위안을 주었다. 그는 새 이론을 믿으면서 또 한편 낡은 환경에 순응하여 생활해 나갔지만 모순을 느끼지 않았다. 이렇게 그는 이중인격자가 되었다. 낡은 사회, 낡은 가정에서 그는 늙은 티가 나는 도련님이었고 그의 두 동생과 같이 있을 때는 신청년이었다. ……그는 여전히 새 사상이 담긴 책들을 읽으면서 계속 낡은 생활을 해나갔다.”(『집』, pp.36 - 37)

그의 모순된 이중성격은 가족 내에서 그의 처지를 난감하게 했다. 그는 윗세대의 뜻대로 장손의 책임을 져야 하고 또 큰형으로서 아버지 역할을 해야 하기에 동생들의 반항에 대해서도 책임져야 한다. 뒤에서 상세히 서술하겠지만 覺民과 覺慧의 반항에 대해 동생들의 처지를 동정하기도 하지만 할아버지의 명령을 어길 수도 없어 고민한다. 그는 언제나 두 세대의 사이에 끼여 질책을 받으면서 어느 한쪽을 선택하지도 못한다. 그는 사상적으로 봉건 가부장제와 예교의 폐단과 식인적 본질을 똑똑히 알고 있지만 행동은 언제나 전제적 가장을 돕는 식이다. 또한 나약한 읍례주의 철학으로 하여 많은 무고한 생명이 무참히 스러져 가는 것을 지켜보기만 해야 했다. 그중에는 그가 사랑했던 세 명의 여자가 있는데 이들 선량하고 연약한 여성들은 자신의 운명과 아름다운 감정을 그에게 기탁했지만 覺新은 그들을 보호하지 못하고 가족제도로 인해 비참하게 죽어 가는 것을 지켜보기만 한다. 蕙의 죽음 앞에서 覺新은 자신이 그의 죽음을 초래한 형틀을 만든 목공이라고 느끼게 된다. 심리적 고통은 그로 하여금 한때 정신적인 문제를 초래하게 만든다. 覺新의 이중성은 자신이 희생물이 되게 했을 뿐만 아니라 다른 사람이 희생물이 되도록 도와주는 작용을 했다.

삼부작의 마지막 『가을』에서 克明은 죽으면서 자신의 가족을 돌보고 아들의 교양을 책임져 줄 것을 覺新에게 부탁한다. 이 대가족에서 유일하게 믿을 만한 사람은 그밖에 없기 때문이다. 분가 후 覺新은 "학문도 없고 능력도 없고 밥을 벌어먹을 만한 재간도 배우지 못하여 조상의 유산에만 의지해 살아가는"(『가을』, p.561) 그 시대의 잉여인간이 된다. 그는 러시아의 잉여인간들처럼 사상의 거인은 아니지만 적어도 구세대보다는 사상적으로 진보했으며 전통적인 사상을 청산하지 못하여 갈등하는 전형적인 장남형 잉여인간이다.

이 소설에 나오는 覺新의 먼 친척 劍雲 역시 이중성격을 가진 지식인이다. 일찍 부모를 여의고 큰아버지 집에서 자란 그는 5·4정신에 동조하면서도 너무 나약하여 운명을 개변시킬 힘이 없다. 그는 琴과 淑英을 좋아하면서도 한 번도 자기 뜻을 표현하지 못하며 마지막으로 淑英의 가출을 도와주는 것으로 만족하면서 죽는다. 처음이자 마지막으로 자신이 좋아하는 여성을 위해 봉건적인 혼인제도에 반항하도록 도와준 과감한 행동이었던 것이다.

나) 전통과 근대의 화합을 꾀한 중간파 - 조덕기

한국의 현대문학에서의 장남 형상 역시 역사적인 대혼란기 혹은 식민지적 근대성이 확립되는 시기에 현실과 전통의 사이에 끼여 고뇌하는 인물이다. 그들은 치열한 신구 모순 충돌 가운데 위치해 있을 뿐만 아니라 심각한 민족적인 충돌도 겪고 있다. 그들은 새로운 것을 추구하기도 하지만 감정 혹은 행동적으로 자기도 모르게 낡은 것에 영합한다.

식민지적 근대는 일종의 특수한 문화형태일 수밖에 없다. 전근대적인 전통이라는 가치체계는 식민지로 전락되면서 완전히 파괴되고 있었지만 새로운 가치체계, 즉 식민지적인 근대문화는 서양과는 다른 형태, 말하자면 일제의 식민통치에 적합한 형태로 발전하게 되었다. 일본유학을 한 근대사회의 엘리트들은 혹은 전통과 함께 식민지적 가치체계까지 부정하거나 혹은 전통과 현실의 화합을 꾀하기도 하였는바 일제의 식민지에 대한 탄압이 가중해지면서 전반 사회의 문화와 가치체계는 식민지 현실을 받아들이는 방향으로 흘러갔다. 물론 다 그런 건 아니겠지만 조덕기 역시 일본 유학생으로 전통을 어느 정도 부정하면서도 완전히 거부하지 않고 새로운 식민지 체제도 개혁이 필요함을 인정하면서도 급진적인 행동은 취하지 않는 중간적인 입장을 고수하는 이중성을 보인다.

할아버지와 같이 생활하는 조덕기는 제3세대이지만 아버지가 없는 집안에서 할아버지의 명령을 직접 받는, 제2세대에 접근한 신세대이다. 그는 조상훈과 역할이 바뀐 듯한 인물이다. 조상훈이 봉건적인 유습을 반대하는 데 비해 손자인 그가 도리어 봉건적인 가족주의를 고집하는 듯이 보이기 때문이다. 그는 집안의 장손으로 혹은 가장으로 가계를 이어 나가야 하고 다른 사람을 책임져야 한다. 이 점에서는 覺新과 아주 흡사하다. 결혼은 본인의 의사와 관계없이 결정되어 버렸지만 그는 아내와 자식이 있고 또 장손으로 가족을 이어갈 책임이 있다. 이 점이 그의 성격을 결정하는 중요한 요소이다. 금고를 차지한 것을 그는 다행으로 여기면서도 고민한다. "부친의 그 삼백 석을 자기가 가지고 자기의 이천 석을 부친에게 바칠 수 있는 처지라면 얼마나 시원하고 자유롭게 훨훨 뛰어다니며 생활을 향락할 수 있을까 싶다. 원체 책상물림으로 나이도 차기 전에 이런 크나큰 살림을 맡게 된 것이 힘에 겨운 일이지마는 돈에 인색지 않은 성격인 덕기로 생각하면, 열쇠 꾸러미를 놓칠세라 이천 석의 한 섬이라도 축이 날세라 애를 쓰며 이 뒤숭숭한 집안의 주인인지 어른인지가 되기보다는" 병화나 아버지가 상팔자로 보였다(『삼대』, p.415).

우선 그는 봉건적인 윤리도덕을 지키려 하는 가족주의 사상이 농후한 사람이다. 그는 아버지를 언제나 이해하려 하고 동정하였다. 아버지가 가형사질을 해서 감옥에 갔다가 풀려 나온 날 집에 들르자 덕기는 부친이 행여 어찌나 알까 보아 허둥지둥 뜰로 뛰어내려와 절을 하고 부친이 가엾은 생각이 들어 부친의 위신을 세우도록 덕기는 애를 썼다(『삼대』, p.460, p.462). 그는 할아버지가 증조할아버지 제사를 지내고 학교에 가라고 할 때도 그대로 순종했고 할아버지 말을 잘 따랐다. 홍경애가 낳은 자식에 대해서는 '……내 힘으로는 해결하기 어려운 일이요, 자기네들도 그만 생각들이야 있겠지! ……그러나 한 핏줄이다! ……부모가 다 세상을 떠난다면 그 애는 누가 거두나?' 라고 생각하면서 많은 관심을 가진다. 집을 뛰쳐나와 고생하는 병화에게도 아버지와 타협을 하고 머리를 숙이고 집으로 들어가기를 바라면서 부자간에 인륜으로 생각해야지 이론을 세워 담을 쌓는다는 건 말도 안 되는 수작이며, 부자의 윤리라는 것은 어찌하는 수 없고 거기에는 타협이니 자기 생활이니 하는 문제가 애초에 붙을 리가 없다고 한다(『삼대』, pp.49－50).

> 그러나 덕기가 재산은 상속하였을망정 조부의 유지도 계승할 것인가? 그는 금고지기는 될 수 있을지언정 사당문지기로서도 조부가 믿듯이 그처럼 충실할 것인가 의문이다(『삼대』, p.296).

즉 조부의 성미와 고루한 사상에 대해서나 부자간에 그처럼 반목하는 것에 대해 덕기도 불만이 없지 않았으며, 자손을 위하여 다심하게 염려하는 것을 고맙게 생각할 뿐이었다. 그는 사실 친구 병화가 부르주아라고 부르는 것조차 싫어하는 새로운 세대의 청년이지만 병화와 같은 처지면 자신은 하루도 못 배기고 벌써 다시 집으로 기어들어가서 부모의 밥을 먹었을 것이라고 생각하는 나약한 성격의 소유자이다.

사회에 대한 견해에서도 그는 "무산 운동에 대하여 무관심으로 냉담히 방관만 할 수 없고 또 그렇다고 제일선에 나서서 싸울 성격도 아니요 처지도 아니니까 차라리 일간호졸 격으로 변호사나 되어서 뒷일이나 보면 좋겠다는 생각"이다(『삼대』, p.104). 사회 운동이나 민족 운동이나 일치점은 있는 것이고 그 중간적 입장을 견지하면서 가족을 지키려는 것이다.

할아버지가 생존했을 때는 할아버지와 아버지의 사이에서 그가 고민도 했지만 할아버지가 세상 뜬 후에는 그를 억압할 봉건적 가장이 더는 없기에 그의 고민은 그다지 심각하지 않았다. 그의 아버지는 가장으로서의 자격과 함께 경제력도 잃어 이미 권위를 상실한 상태이고 오히려 덕기의 환심을 사려고 하는 처지가 되었기 때문이다. 그에게는 가장으로서 돈을 관리하고 지키는 문제, 사당을 지키는 문제가 남았을 뿐인데 결론적으로 그는 가족주의와 가장으로서의 위치를 지키는 것으로 보인다.

봉건적 가치에 대한 부정은 자연히 근대화에 대한 인식으로 이어질 것이고 식민지적 현실에서 받아들여야 할 것은 식민지적인 근대일 뿐이다. 그러나 식민지 근대는 일제의 한국 지배를 정당화하려는 맥락 속에 위치하고 있다. 한국에서의 근대성의 인식은 일제 식민지 지배와 밀접히 연관되어 있으며, 식민지적 근대의 경험은 지배자였던 일본 제국주의에 '대립하면서 닮는' 과정이었다.[69] 사람들은 이러한 근대를 부정할 수 있는 힘을 마르크스주의에서 찾았지만 그러한 길은 국내에서 현실적으로 꽉 막혀 버린 상태였다.

덕기는 처자까지 딸린 가장이고 더구나 장손으로서 갈 수 있는 길이 어쩌면 정해진 것이라고도 할 수 있다. 그는 중산층으로서 잃어버리기 아까운 재산과 안정적 생활이 있었기 때문이다. 중산층 가장으로서의 덕기가 취할 수 있는 행동은 봉건적 가치에 대한 적당한 부정과 현실사회에 대한 적당한 부정, 즉 재산을 상속받아 가장이 되지만 사당은 별로 관심이 없고 마르크스주의의 <심퍼사이즈>이면서 때로는 탄압자인 경찰과 손을 잡는 것으로서 그는 보수적인 합리주의자이다.

한·중 가족사소설의 이중성격의 장남형 인물을 비교해 보면 아래와 같다.

覺新은 귀족사대부 가정의 장남으로서 귀족 대가정의 해체를 몹시 슬퍼하면서 눈물까지 흘리지만 서울 중산층 가정의 외동아들인 덕기는 대가족의 해체에 큰 감정이 없다. 覺新이 장남으로서 새로운 사상에 대한 지지와 실제 생활에서의 실천의 어려움으로 심각한 고민에 쌓이지만 덕기는 외동아들로서 장남형의 이중성격을 가지고 있지만 사상과 행동의 괴리로 하여 그리 고민하지는 않는다. 합리주의적인 사고방식으로 그 절충점을 선택했기 때문이다. 이들은 모두 비슷

---

69) 김진균, 정근식, 「식민지체재와 근대적 규율」, 김진균, 정근식 편저, 『근대주체와 식민지 규율권력』, 문화과학사, 2000, pp.22 - 23.

한 학력에 일정한 직업을 가진 적이 있거나 가지려고 준비 중이며 성격은 모두 나약하고 순응적이며 선량하다. 중국의 장남형이 자아희생정신이 강한 데 비해 조덕기는 오히려 자기 타산적이라는 것이 다른 점이다. 그리고 覺新 등이 돈에 대해 큰 관심이 없는 데 비해 덕기는 조부가 돈이 있기에 잘 따랐고 필순이 부친이나 경찰의 태도도 돈과 관계있다는 것을 알고 돈을 지키려고 애쓰는 인물이다. 사회적인 면에서도 덕기가 훨씬 확실한 주장을 가지고 있고 그러한 주장을 실천하려고 한다. 반면에 覺新은 결말에 겨우 봉건적인 사고방식에서 해방되고 사회적으로는 거의 잉여인간으로 되며 劍雲은 마지막으로 한 번 淑英이를 구출하는 일에 나설 뿐이다.

한마디로 장남형 3세대 인물들은 모두 대학까지 진학하지 못하고 가장으로 눌러앉았으며 나약하고 순응적이며 선량하다. 중국의 장남형 잉여인간들이 자기희생적이고 가족주의적이며 가정적인 데 비해 한국의 이중성격의 장남형 인물은 자기 타산적이고 합리주의적이며 가족주의 성향이 중국보다는 약한 편이고 보다 사회적이며 돈을 중시한다. 중국의 장남형 인물들이 봉건의 속박에서 헤어 나오기 힘들어하고 근대적인 사고방식에 길들여지지 못한 반면 한국의 인물들은 훨씬 더 근대적이라고 해석할 수 있다.

2) 반항적인 인물로서의 막내아들형

가족을 부자관계로 이루어진 탑이라고 할 때 탑의 상층부는 전제적이면서 위엄을 중시하는 부친의 형상이고 가운데는 장남, 제일 아래는 막내아들이다. 현대문학사에서 나타난 특수한 문학현상은 차남 혹은 막내아들은 보통 저항적 인물이라는 것이다. 이러한 저항적 인물(逆子)은 봉건가정에서 태어났지만 현대사조의 영향으로 봉건적인 종법 가족을 반대하고 개성 해방을 추구하는 현대청년을 말한다.[70] 물론 克安, 克定과 같은 가족의 패륜아도 여기에 속하지만 여기서는 적극적인 의미에서의 반항아를 논하기로 한다.

이들의 공통된 성격은 반역적인 성격인데 이것은 장남의 연약성에 비해서 하는 말이다. 장남의 온화하고 공손하며 유약하고 의타심이 강하며 안으로 위축되고 독립의식과 자아의식이 없는 불건전한 인격에 대해 루쉰은 이러한 길들여진 중국인에게 야수성(獸性)과 야성(野性)이 있기를 바랐다.[71] 막내아들형 반항아들은 유치하나 대담하고 용감하며 전통에 대한 책임을 지지 않고 있으며 단순히 신앙을 위해 과감히 모든 것을 버릴 수 있고 생각과 같게 행동한다. 그들에게는 강렬한 청춘의 기운과 생명의 활력이 있다.

그들의 다른 한 가지 성격특징은 야성이다. 야성은 그들의 시원스럽고 기세당당한 언행 방식과 참여하기 좋아하고 용감히 시도하는 정신과 원시적인 생명력에서 나타난다. 원시적인 생명력은 생존과 발전을 추구하는 생명의 충동으로 나타나는데 동물성과 인간성, 비이성과 이성이 서로 혼재하여 투쟁하며 그중 비이성적인 면이 중요한 자리를 차지한다. 그 비이성적인 면은 대개 격정으로 나타난다. 문화적인 시각에서 반항아는 전형적인 청년문화를 대표한다.

차남 혹은 막내는 장남과 달리 가족 내에서 어른들의 사랑을 받으면서 구속 없이 충분히 자신의 천성을 발전시키고 과감히 말하고 행

---

70) 張偉忠, 「現代家族小說逆子形象論」, 『中國現代當代文學研究』, 1999. 7, p.105.
71) 魯迅, 『略論中國人的臉』, 『魯迅選集』 第二卷, 人民文學出版社, 1983, p.331.

동하는 행위방식을 기를 수 있다. 또한 심리학의 각도에서 봐도 그들은 거의 청춘기로서 심리학에서의 제2차 斷乳期에 속하며 강한 반역심리를 가지고 있다. 그들은 가족들의 사랑과 보호를 받지만 사실 제일 중시를 받지 못한다. 그러나 신식교육과 새로운 사조의 영향을 받은 청년들은 자신의 존재를 증명하고 자신의 힘을 과시하려는 강한 욕망, 개성 해방을 추구하고 자유롭게 발전하며 인간으로서의 가치와 존엄이 중시받기를 바라는 등의 요구를 갖고 있다.

작은아들로서 가족 내에서의 자유인인 그들은 가족이라는 그물에서 가장 약한 고리이다. 그들은 아무런 지위도 없으며 가족에서 자유인이고 방관자이다. 새로운 사상과 지식을 갖춘 그들은 가족 내의 추악한 현상과 폐단을 똑똑히 보게 되면서 평민의식을 갖는다. 가장의 책임이 없는 그들의 자아의식은 가족을 중심으로 하는 것이 아니라 '나'를 중심으로 한다. 이러한 인물들은 중국인의 가치관이 전통식에서 현대(근대)식으로 변화하고 있다는 것을 상징하며, 20세기 초의 중국이 전통적인 농업사회에서 근대적인 산업사회로 이행하는 역사적인 대전환과 그 행보를 같이한다(張偉忠, 1999).

동일한 유교문화권에 속하는 한국의 상황도 이와 같다고 볼 수 있다. 孝와 順을 거역하는 반항적인 막내아들형 인물은 문화적인 심층구조에서 가족문화에 대한 전복과 해체를 의미한다.

가) 유치하나 대담한 반역자 – 막내아들 高覺慧

覺慧는 중국 현대문학사상에서 가장 전형적인 가족제도의 반항아로서 그 성격이 아주 뚜렷하다.

훌륭한 예술적인 형상은 현실 속의 인물과 마찬가지로 복잡하고 내용이 풍부한 유기적이고 체계적인 총체이다. 인물성격의 여러 가지 구성층위는 서로 연관되고 제약하며 그중에서 주도적인 성격이 인물 발전의 방향을 결정한다. 覺慧에게서 가장 중요한 성격은 바로 대담한 반역정신이다. 작가는 여러 번 이 인물에 대해 '유치하나 대담한 반역자'라고 이야기했다.

그는 고씨 집 막내 도련님으로서 할아버지가 신사이고 아버지가 신사였으므로 여전히 신사가 될 수 있었지만 도리어 신사계급에 대립하고 나섰다. 고씨 노인은 그에게 삼촌들과 같이 실로 묶은 책을 읽고 시문을 지으라고 했지만 그는 거부하였고, 문벌관념이 아주 강한 봉건 대가족에서 감히 혼인자유를 추구하여 시녀를 사랑한다. 또 엄격한 부권제 사회에서 남녀평등을 주장하고 불행한 여성을 동정하며, 長幼의 질서를 깨뜨리고 전제적인 아버지 세대를 멸시하고 지고무상한 봉건군주인 할아버지를 적으로 삼는다. 그의 반란은 집에만 국한된 것이 아니라 사회에서도 마찬가지다. 학생운동의 열성참가자로서 일본제 물건을 저지하고 반동군벌들의 학생에 대한 탄압에 항의하며 급진적인 간행물 『여명주보』의 활동에 참가한다. 한마디로 그는 종법 사회의 네 개의 동아줄 - 政權, 族權, 父權, 神權을 공격의 목표로 한다.

그의 대담함이 그를 몰락해 가는 봉건가정에서 뛰쳐나갈 수 있게 했고 자신의 새로운 천지를 찾아가게 하였다. 그는 형 覺民이 할아버지가 정한 혼사를 거부하고 일시적으로 집을 나가도록 적극 부추기고 도와주었으며 할아버지가 병이 위독할 때 귀신을 쫓는 일을 단연히 반대하였으며, 마지막에 할아버지의 관이 아직 집에 있는 상황에서 집을 떠나 상해로 간다. 그는 "나는 우리가 '사람'이고 마음대로 유린할 수 있는 돼지나 양이 아님을 알게 할 거야." "할아버지의 관이 집에 놓여 있는 게 나하고 무슨 상관이야?"라고 하면서 현존하는 낡은 제도, 질서, 사상, 관념을 모조리 철저히 부정한다. 즉 민주와 자유를 주장하고 과학문명을 주장하는 그의 사상은 5·4운동이라는 시대적인 조류와 일치한다.

그러나 십대의 부잣집 도련님인 그는 너무 단순하고 유치하여 많은 일들을 이해할 수 없었고 다른 사람들이 헤어나기 어려운 심연에 빠지는 것을 보면서도 구할 수가 없어 안타까워한다. 그는 모순을 회피하려고 "그만두자, 작은 머리에 이렇게 많은 일을 어떻게 다 담겠는가! 나 자신이 사람답게 살면 그만이다."라고 생각한다. 그는 시녀 鳴鳳을 순수하게 사랑하지만 그들의 결합을 가로막는 장벽을 타파할 만한 신심과 용기가 부족하여 늘 鳴鳳을 琴과 비교하면서 鳴鳳이 돈 있는 집에서 태어났더라면 얼마나 좋을까 하고 생각한다. 이런 상황에서 그는 늘 자기가 해야 할 일이 많다는 것으로 문제를 회피하여 돌이킬 수 없는 결과를 초래한다. 그는 낡은 제도와 예교를 반대하고 현실의 모든 불합리한 점들을 반대하면서 사회가 반드시 철저히 개변되어야 한다고 생각하지만 미래의 사회에 대해 명확한 인식이 없으며 세상을 구하려는 큰 뜻을 어떻게 실현해야 할지, 구체적인 절차와 방법에 대해서도 잘 모르는 인물이다. 覺慧는 빠진의 장편소설의 창작과정에서 주인공이 영웅인물로부터 평범한 소인물로 변화하는 과정 중 중간위치에 있는 인물로서 영웅으로서는 부족하고 또 후기 소설에 나오는 소인물과도 구별되는 인물형상이다. 그는 끊임없이 자아비판과 자아부정을 거쳐 자아를 초월하는 과정에 이르는 동적인 인물로서 5·4 시기 선진적인 청년의 예술적인 전형이다.

나) 침착하고 빈틈없는 계몽자 – 차남 高覺民

노예적인 순종과 읍례주의, 부저항주의를 신봉하는 覺新과 급진적이며 과격한 覺慧에 비해 覺民은 그 중간 단계에 있다고 할 수 있다. 그는 覺新과 같은 고민도 많이 하며 覺慧처럼 새로운 사상을 받아들이고 그것을 실천하려고도 한다. 빠진은 "覺民한테서는 내 셋째형의 모습을 찾아볼 수 있고 또 나의 모습도 찾아볼 수 있다. 그러나 그때에는 셋째형이 나보다 침착했고 나보다 낙관적이었으며 또한 나보다 생활을 잘하고 시간 배치도 잘하였다. 그는 노래도 할 줄 알고 놀 줄도 알았다. 고씨 집에서 覺民은 설교를 하지 않고 각종 방법을 이용해 여동생들을 기쁘게 하였으며 그들의 용기를 북돋아주었다. 그러나 覺民의 집 밖의 활동은 당시의 내 경력을 빌릴 수밖에 없었다."72)고 하였다.

覺民은 覺慧처럼 과격하지는 않지만 反봉건적 개성해방과 인도주의, 평등사상은 동생에 못지않다. 고씨 집에서 가마를 타지 않는 사람은 그와 覺慧뿐이다. 그는 봉건적인 혼인제도를 반대하고 자유 혼인을 위해 과감히 반항하고 일시적으로 집을 나가기까지 한다. 물론 주저도 하지만 동생의 부추김을 받아 끝내 결정을 내리고 "내 결혼은 마땅히 내가 결정해야 해. 나는 지금 아직 젊고 공부를 해야 할 때야. 지금 결혼하고 싶지 않아. ……나는 나의 길을 갈 거야."라고 한다. 형에게 남긴 편지에서 그는 "……나는 결혼을 피해 집을 나왔어. 집에서는 아무도 나의 앞길에 관심이 없고, 나의 운명에 관심이 없어. 그래서 나는 나 혼자의 길을 가려고 결정을 하고 의연히 이렇게 한 거야. ……만약 사람들이 그 혼사를 철회하지 않으면 난 죽어

---

72) 巴金,「談〈秋〉」,『巴金選集』, 人民文學出版社. 1980, p.657.

도 돌아가지 않을 거야. ……."(『집』, p.281)라고 썼다. 그는 집을 나오기 전에 형제들과 상의를 했고 충분한 준비를 거쳤으며 琴에게도 쪽지를 남겨 안심시키는 등 침착하게 일을 처리한다. 그와 覺慧의 작전으로 할아버지는 결국 혼사를 취소한다.

2부 『봄』에서 覺民의 성격은 많은 발전을 가져오는데 覺慧가 없는 고씨 집에서 가장 중요한 계몽 역할을 하게 된다. 그는 밖에서 신문사 일을 하고 연극 활동도 하며 집에서는 琴과 함께 여동생들을 계몽하고 그들에게 용기를 준다. 그는 여동생들을 데리고 밖으로 나가 신문사 친구들이 공원에서 회의하는 모습을 보여주는데 이것은 당시 상황에서 상상할 수 없는 일이었다. 淑英이 이 일로 克明에게 꾸중을 들었을 때 覺民은 "……이것은 아주 조그마한 좌절에 불과해. 그것을 무서워하면 안 돼. ……시대는 변했어. 우리는 네가 梅 누님처럼 그런 결말을 맺게 하지 않을 거야. 현재의 상황은 필경 5년 전, 10년 전과는 달라."(『봄』, p.224)라고 하면서 용기를 북돋아준다. 전제적인 봉건왕국에서 覺民은 여동생들에게 유일한 의지가 되고 신뢰할 수 있는 인물이다.

覺民은 여러 번의 반복을 거쳐 끝내 "이 두 세대 간의 타협은 불가능하며 조그마한 양보는 더욱 큰 분쟁을 일으키고 계속된 큰 양보는 자신을 멸망시킨다."(『봄』, p.331)는 도리를 터득하며 淑英이 아버지가 정한 혼사를 도피하여 覺慧가 있는 상해로 가도록 도와준다. 계속되는 제3부 『가을』에서 覺民은 더욱 대담해지며 연장자들의 불합리한 언행에 맞서 싸우고 그들을 굴복시키기에 이른다. 陳姨太(서조모), 왕씨, 그리고 克定, 克安과의 싸움에서 그는 사실을 들어 조리 있고 빈틈없이 반박하여 상대방이 할 말이 없게 만든다. 즉 이 인물은 젊은이들에 대한 작가의 희망을 대변하는 인물이다.

한마디로 覺民은 覺慧와 같은 입장에 서서 覺慧가 떠난 후에는 覺慧의 몫까지 하는 고씨 집의 유일한 빛이고 가족 내의 계몽 역할을 담당하는 반항아이다.

다) 과격한 마르크스 보이 – 김병화

병화는 덕기네 집안사람이 아니지만 동일한 시대를 살아가는 덕기의 유일한 친구로서 그 시대 반항아적인 성격을 누구보다 잘 보여주는 인물이다. 가족사소설은 한 가족의 역사만을 서술하는 소설이 아닌 이상 병화 아버지와 병화로 이어지는 다른 한 가족의 이야기도 중요한 구성부분이다.

병화의 부친은 기독교 장로이며 아들을 신학대학에 가라고 명령하지만 병화는 와세다 전문부의 정경과에 들어가 한 학기쯤 다닌다. 그러다가 아버지가 학비를 보내지 않아 일 년간 굶으며 동경바닥에서 뒹군다. 겨우 덕기의 도움으로 집에 돌아오나 두 달 만에 부자간에 충돌을 일으켜 아버지는 뒈져 버리든지 나가 버리든지 하라고 야단을 치고 병화는 "죽기는 싫으니까 나는 나갑니다." 하고 가출을 한다.

첫째로 그는 철저한 반봉건사상을 가지고 있다. 봉건적인 윤리도덕과 가족주의, 가부장제도에 대한 병화의 태도는 아주 뚜렷하여 덕기가 제사를 지내고 학교에 돌아간다는 말에 "자네, 증조부 뵈었나? ……코빼기도 못 본 증조부 제사에 자네가 꼭 참례를 해야 제사를 받으시겠다고 천당인지 극락세계에선지 라디오가 왔던가?"(『삼대』, p.38)라고 비아냥거린다. 그런가 하면 "하여간에 자기의 직업적 신앙에 따라 오지 않고 입내를 내지 않는다고 내쫓는 부모면야 자식이 부모의 소유물이나 노예가 아닌 이상, 자식도 제 생활이 있는 이상 어찌하는 수 없지 않은가?"(『삼대』, p.50)라고 하여 강렬한 개성해방과 평등사상을 보여준다.

둘째로 그는 생각한 대로 행동에 옮기고 내면과 행동이 통일된 인간이다. 그의 아버지에 대한 반항을 작가는 변통성 없는 어린 마음에 곧이곧대로 나갔다고 쓰고 있다. 아버지와의 인륜을 생각하고 타협하라는 덕기의 말에 그는 "……몇 해 동안 학비 얻어 쓰자고 자기를 팔 수 있나? – 자기의 신념을 팔 수야 있나? 만일 신앙을 잃고서 그 잃은 신앙의 내용을 공부한다면 그건 대관절 무엇인가? 예수를 팔아먹는 것이 아닌가? 나더러 유다가 되란 말이 아닌가? 유다보다도 송장 빼놓고 장사지내는 것세그려? ……."(『삼대』, p.41)라고 기고만장하여 말한다. 그는 할아버지와 아버지와 타협하는 덕기를 상속받을 것이 있어서 그런다고 입바른 소리를 하기도 한다.

셋째로 병화는 평등이나 박애, 개성해방의 계몽주의자가 아니라 이미 사회주의를 옹호하는 급진적인 개혁주의자이다. 병화의 사상 변화는 계기가 제대로 설명되지 않은 면도 없지 않아 있는데 그는 때를 기다리고 있었던 것처럼 중학교를 졸업하자 사상이 돌변하였고 또 첫 서슬이니 만큼 유치는 하였어도 순진하고 열렬하였으며 동경에서 일 년간의 빈곤한 생활은 그의 사상이나 기분을 더욱 과격하게 하였다. 온화하고 점진적인 개혁주의자인 친구에게 그는 전선의 후부에서 적십자기 뒤에 숨어 있으려 한다고 비웃으면서 본인은 직접 "××동맹 본부 집행위원"으로 활동한다. 필순이나 원삼이를 포섭하는가 하면 국외에서 잠입한 피혁의 자금을 받아 비밀활동을 준비한다. 그는 이상을 실현하려는 열정과 그 과정에 감내해야 할 위험부담, 궁핍을 이겨 나가는 희생적인 성격도 가지고 있다.

김병화는 가족에 대한 반항아일 뿐만 아니라 더욱이는 불합리한 식민지 현실에 대한 반항아로서의 성격이 더 뚜렷하다.

라) 적극적인 사회주의자 - 막내아들 윤종학

『태평천하』에서 윤주사의 막내아들 종학은 정면으로 한 번도 등장하지 않는 인물이지만 반항아로서 그가 소설에서 차지하는 위치가 아주 중요하다고 할 수 있다. 얼마 안 되는 지면에서도 우리는 아래와 같은 그의 성격들을 엿볼 수 있다.

첫째로 자유 혼인을 추구하는 반봉건사상을 가지고 있다. 그를 포함한 온 가족의 혼사는 윤직원이 혼자서 결정하였는데 윤종학은 그러한 혼인의 희생자로 할아버지한테 이혼을 시켜줄 것을 요구한다. 그의 가족에서는 유일하게 할아버지의 권위와 결정에 반대해 나선 것이다. 아버지나 형이 봉건적인 혼인에 불만은 있으면서도 첩을 두고 기생집 출입을 하는 것으로 그것을 해소하는 것에 비해 그는 훨씬 직설적이면서도 적극적으로 문제를 대하고 해결하려 한다. 그는 결코 가장인 할아버지의 뜻을 따르지 않고 자신의 생각대로 할아버지가 제일 미워하는 사회주의자가 되어 자신의 가치를 추구한다.

둘째로 그는 편협한 가족주의, 이기주의 사상이 아닌 집단주의, 애국주의 사상을 가진 청년이라고 할 수 있다. 자기 한 가족을 보존하고 보호하려면 일제와 타협하고 할아버지 생각대로 경찰서장이 되는 것이 좋았겠지만 그가 사회주의자라는 것은 이미 가족을 염두에 두지 않았다는 것을 말하며 할아버지가 제일 미워하는 사회주의자가 된 것 자체는 상속받을 엄청난 재산을 포기한 것에 다름이 없기 때문이다. 부잣집 자식으로서 없는 자와 압제받는 민족을 대변하여 위험 천만한 운동을 한다는 것은 개인이 아닌 집단, 나라를 위한 행동이며 자아를 희생할 각오가 되어 있음을 말해 주는 것이다.

셋째로 그는 새로운 사상을 빨리 접수하고 진취적이며 행동적인 성격을 보여준다. 어릴 때부터 공부를 잘하여 조부의 총애를 받았고 그로 하여 경찰서 서장감으로 지목되기도 했지만 그러한 진취적인 성격으로 일본에 유학한 후 재빨리 새로운 사상을 받아들이고 사회 주의를 불한당으로 보는 할아버지의 돈으로 실제적인 사회주의 활동 을 진행하다가 체포된다. 동경의 어느 사립대학에서 법학을 전공하 는데 내후년이면 졸업하고 다시 3, 4년이 지나면 경찰서장이 되어 가 문을 빛낼 것이라는 윤직원의 희망에서 그가 대학에 간 지 오래지 않 음을 알 수 있으며 "작년 올루 들어서 그놈이 돈을 어찌 좀 히피게 쓰기는 허넝가부더라마는…… 지난달에두 오백 원 꼭 쓸 데가 있다 구 핀지 하였길래 두말 않고 보내 주었다!"(『태평천하』, p.477)는 말 에서 그가 실제적인 활동을 하였으리라고 추측할 수 있다.

종학은 막내로서 형 종수보다 중시를 받지 못했을 것이고 그로서 는 가문이나 가족을 책임질 필요도 없어 사고나 행동에서 자유로웠 을 것이다. 형이 가계를 이어 나갈 계승자인 데 비해 막내인 그는 분 가하여 스스로 삶을 개척해야 할 처지이다. 따라서 자립심이 형보다 강하게 되었을 것이고 아내에게 감정이 없어 이혼하려는 처지인 만 큼 가족에 대한 책임감도 없었을 것이다. 이와 같이 종학의 형상에서 막내형 인물에게서만 보이는 반항적이고 대담하며 행동적인 성격을 추리해 낼 수 있다.

이들 차남 혹은 막내형 인물들은 중산층 이상 출신이며 모두 전문

교육이나 대학교육을 받고 있는 청년으로서 장남형보다 교육 정도가 높고 전문성을 띠며 새로운 지식인층이다. 나이가 모두 20세 좌우로서 유치하나 막내로서의 대담성과 과감성, 단순함과 열정을 갖추고 있으며 내면과 행동이 일치하는 특징을 가지고 있다. 覺慧와 覺民이 때로 개인주의적인 면이 나타나는 반면 병화와 종학은 사회주의 운동을 한다는 점에서 미루어 보아 집단주의 성격이 강하고 자아희생 정신이 있는 것으로 추정할 수 있다. 전자가 자유, 평등, 인도주의 등 계몽적인 사상에 치우친 반면에 후자는 반봉건적인 개성해방이나 자유사상 외에 사회주의 사상을 접수하고 적극적으로 실천해 나가고 있는 점에서 다른 양상을 보인다. 그들은 모두 孝와 順을 거부하는 봉건가족의 반역자이면서 동시에 봉건군벌 혹은 일제의 압제를 반대하는 사회의 반역자들이다.

그들은 필연적으로 가족에 얽매이지 않고 가족에 용납되지 않는바 주동적으로 가족을 이탈하거나 또는 가족에 의해 쫓겨난다. 유랑은 그들의 숙명이다. 가족사소설의 문체적인 구성으로 볼 때 유랑은 보통 은폐형이거나 드러난 형 두 가지로 나타난다. 覺慧가 집을 나간 후의 생활은 작가의 개괄적 서술과 주인공이 집에 보낸 편지로만 알 수 있고 그의 유랑생활은 정면으로 묘사되지 않고 있다. 覺民은 언젠가 집을 떠나 새로운 곳으로 떠나기로 琴과 약조한 사이다. 병화는 유랑하고 고생을 겪는 과정이 소설 전면에 부각되고 있으며 종학은 윤직원의 절규로부터 볼 때 영락없이 집에서 쫓겨나게 되어 있다. 중국의 1940년대 가족사소설인 路翎의 『부호의 자식들』에서도 가족을 떠난 반항아가 유랑하는 과정을 정면으로 묘사하고 있다.

『격류삼부곡』에서의 반역자들의 활동이 가족 내에서의 반항에 많이 집중되고 그들이 사회에 진출한 후의 목표와 활동이 명확하지 않은 데 비해 병화의 형상은 그 연장선에 있다고 할 수 있다. 가족 내적인 반항보다는 사회적인 반항의 성격이 집중적으로 묘사되어 있으며 사회에서의 구체적인 활동목표와 실천이 반영되었기 때문이다.

이들 막내형 반항아들은 사회적인 대전환의 시기 혹은 복잡하고 혼란한 역사적인 상황에서 새로운 사조의 영향과 새로운 지식의 습득으로 하여 같은 세대의 장남형 인간보다 훨씬 진보적이고 과감하고 적극적인 양상을 보인다. 이들은 윗세대의 봉건적인 유습을 완전히 거부하고 근대적인 새로운 인간형으로, 문화적인 전환기 가치관의 변화를 보여주는 상징물로 등장한다. 그들은 유치하고 단순할 수 있으나 순수한 열정과 생기와 생명력으로 작품에 생기를 불어넣어주고 독자들에게 희망을 심어준다.

라. 가부장적 질서 속의 여성인물군

여성을 중심으로 하던 모계사회는 남성을 중심으로 하는 부계사회로 변한 후 몇 세기가 지나지 않아 그 완벽한 형식, 즉 皇權, 族權, 父權이 통일된 중앙집권적인 등급사회로 발전하였다. 이 사회는 각종 정치, 경제, 윤리적 가치 방면의 강제적인 수단으로 이전에 통치적 성별이던 여성을 사회의 하층으로 몰아넣고 억압하였다. 이러한 수단은 성별을 표준으로 하는 사회 분업과 권력 분배를 포함할 뿐만 아니라 더욱이는 종족의 구성과 규율, 혼인 목적과 형식, 엄격한 사회적 성별규범과 행위규범으로서의 윤리규범을 통해 실시되는 각종

人身에 대한 강제적인 책략을 포함한다. 지나간 기나긴 역사에서 여성은 시종 강압을 받는, 통치를 당하는 성별이었다.

자연조건과 남녀의 생리조건으로 인하여 생긴 농경사회의 男耕女織의 사회 분업은 부계사회에서 그 함의가 바뀌어 남성 가장이 생산수단과 생산력을 점유하는 근거가 된다. 男耕女織의 主次적 구성은 생산수단과 생산력의 父子相繼라는 결과를 가져온다. 가정은 이러한 것을 통치적인 완전한 체계로 연결시켜 주는 유일한 패턴이다. 가정 혹은 가족은 출현하는 시점부터 남성을 그 지표(상징), 본위, 조직 요소로 한다. 집의 질서는 엄격한 남성 질서인바, 子承父位, 子承父業, 子承父志 등 父子相繼관계를 나타내는 일련의 말들은 가정질서에서 남성 간의 동성연맹 통치원칙을 체현한다. "婦人, 從人者也, 幼從父兄, 嫁從夫, 夫死從子."(『禮記·郊特性』) "夫者妻之天"(『儀禮·喪服傳』), "服事于夫", "夫受命于朝, 妻受命于家" 등 말들은 여성을 가정 내에만 감금시키고 그들을 가장이라는 남성 권력의 지배에 종속시킨다. 여성은 종족을 이어가는 도구, 아내, 모친, 부녀자 등 직능을 가지고 남성의 질서 속에 편입될 뿐이다.

가정이라는 半國家機器와 父子相繼의 권력 구성 위에 건립된 부계 통치질서는 그와 완전히 상응하는 의식형태 체계를 만들어 냈다. 삼강오륜 등 인륜 혹은 윤리는 봉건적인 사회구성에서 보편적인 구성원칙이며 조직규율이고 통치질서이다. 여기에 仁義禮智信忠孝 등 유가의 도덕규범 혹은 가치체계까지 가세하여 봉건 가부장제의 의식형태체계를 구성하였다.

문학이라는 특이성을 띤 기호 체계 역시 주요하게 남성의 세계이다. 남성 작가의 손에서 창작된 문학작품은 뚜렷하게 일상생활에 접근한 성별 관념으로 충만하여 있고 상징과 심미 의의 방면에서 사회가 여성이나 양성관계에 대한 여러 가지 요구나 상상, 묘사를 나타낸다. 고대의 문학작품에서 여성은 사물화되어 나타난다. 서사작품에서 여성의 가치를 증명하는 유일한 준거는 남성이며 남성적인 서사 언어는 질서 내의 여성은 죽음, 질서 밖의 여성은 질서 내에 편입시키는 결과로서 매듭짓는다.

근대의 개화기 혹은 계몽기를 맞아 봉건적인 가부장제는 심각한 도전을 받게 되며 여성은 노예에서 주인으로, 물체로부터 주체로, 타자의 타자로부터 자신이 될 그러한 시기를 맞이하게 된다. 그러나 한·중 양국의 여성들은 근대로 이행하는 단계에서 또 새로운 문제에 부딪치게 된다.

중국은 2천 년을 내려온 봉건적인 질서가 거의 구조적인 변화가 없었고, 한국은 조선시대로부터 중국의 정주이학을 받아들여 중국보다 더 경직된 형태의 유교적 윤리도덕을 확고히 하고 발전시켜 왔기에 양국의 父系的 봉건 가부장제도와 의식형태는 거의 같았다고 볼 수 있다. 그러나 근대 이후의 상황은 다소 다르게 전개되고 있으며 그것은 여성인물의 분석을 통해 고찰할 수 있으리라고 생각한다.

한·중 가족사소설에 등장하는 여성들은 남자 인물보다 입체적이 되지 못한 경우가 많다. 더욱이 한국의 가족사소설 속의 여성은 숫자적으로는 적지 않으나 거의 평면적으로 묘사되었다고 해도 과언이 아니다. 거기에 비해 빠진의 삼부곡에 나오는 여성인물들은 수도 많거니와 개성적이고 생동감 있게 묘사되고 있으며 여러 가지 종류의 인물이 거의 다 나온다고 할 수 있다. 아래에 크게 전근대적 여성, 피해자, 적극적인 신여성으로 나누어 고찰해 보려고 한다.

1) 전근대적 여성

중국의 정경세작하는 농업생산의 특징, 자급자족의 경제형식, 온당하고 질서 있는 가정·종법 질서, 天子를 중심으로 하는 정치제도, 유가를 주축으로 하는 사회윤리 삼강오륜 등은 2천 년 동안 구성상의 큰 변화가 없었다.

한국의 자연적인 조건은 중국과 아주 흡사한바 농업경제와 자급자족의 경제형식, 안정하고 질서 있는 종법 질서, 게다가 조선시대로부터 받아들여 확립한 중국과 거의 동일한 형태의 사회구조와 의식구조를 갖고 있어 근대 이전의 한·중 양국은 구별이 거의 없다고 해야 할 것이다.

이로부터 전근대적인 사고방식을 가진 여성들은 부계사회의 질서와 도덕에 의한 희생물이면서도 그러한 질서를 다른 여성에게 강요하는 가해자가 되기도 한다.

『삼대』에서 전근대적 사고방식을 가진 인물은 덕기의 모친과 덕기의 처, 그리고 홍경애의 모친 등을 들 수 있다. 태어나서 자라난 시대는 서로 다르지만 그들이 갖고 있는 생각들이 여전히 전근대적 성격을 띠는 데서 한 부류의 인물로 나누었다. 이들은 모두 자신의 운명에 회의를 가지거나 반항을 하는 일이 없이 주어진 대로 살아 나가는 소극적인 인물이다.

덕기의 모친은 오래전부터 조상훈과 부부의 의가 없어진 상태이다. 조상훈은 봉건적인 혼인제도로 하여 맺어진 아내에게 아무런 감정이 없고 홍경애나 김의경 혹은 그 밖의 수많은 여성과 엽색 행각을 벌이는 타락한 위선자이다. 그러한 남편 조상훈이 가짜형사를 시켜 금고

속의 인장을 훔쳐내고 유산 상속을 위조하려다가 경찰에 구속되는데 이때의 덕기 모친의 생각은 전형적인 봉건 여성의 의식구조를 반영하고 있다.

> 고년 — 첩년이야 한 십 년 가두어 두었다가 내놓았으면 좋겠지마는, 영감까지 들어가서 유치장 신세를 지고 있을 생각을 하니, 아들만은 못 하여도 가엾은 생각이 든다. 세상이 마음대로 되었으면 덕기부자는 오늘 저녁으로 놓여나오고, 고년과 경애만은 하다못해 일 년만이라도 경을 뽀얗게 치고 나왔으면 시원하기도 하려니와, 그러느라면 영감도 마음을 잡고 여러 해 버스러졌던 의취도 돌아서게 되련마는……(『삼대』, p.434).

그녀에게는 사회나 민족이라는 개념은 있어본 적 없으며 그토록 실망스런 남편이지만 그래도 자기에게 돌아와 줄 것을 기대하는 봉건적인 안방마님이다. 그는 봉건적 가부장제도와 윤리도덕이 규정한 대로 가족을 떠나서는 아무런 생각을 가져본 적이 없으며 이미 사실상 해체된 가족에 대해 계속 환상을 가진다. 원래의 사고방식을 고치지 않는 한 그에게는 다른 어떤 공간이 주어지지 않기 때문이다. "네나 내나 조씨 문중에 들어앉으면 조씨 집이 늘어가고 창성하여 가게 할 책임이 있지 않느냐. 나는 팔자가 사나워서 이 지경 됐다마는, 너두 내 대를 물려서야 네 신세는 고사하구 조씨 집이 무에 되겠나 생각을 해 보렴!"(『삼대』, p.411) 며느리에게 하는 그의 말은 여성으로서의 자신의 가치를 전혀 의식하지 못한, 봉건적인 가족주의를 옹호하는 시대에 뒤떨어진 사고방식을 그대로 전해 주고 있다. 그러하기에 히스테리적으로 불만을 터뜨리고 남편을 질책하기도 하지만 그의 남은 생애는 어떠한 변화도 더는 있을 수 없다.

덕기의 처는 나이로 치면 신세대이지만 여전히 봉건적인 전통사상에 물젖은 수동적인 여성이다. 그는 지식은 없으나 마음씨는 착하고 무던한 여성으로 그 점 때문에 덕기에게 얼마만큼은 인정을 받는다. 필순이 때문에 시어머니가 나무라자 "첩을 얻건 어쩌건 맘대루 하라죠. 제가 압니까./세상에 첩 얻는 남자가 하나둘이겠습니까마는, 첩을 두기루 제 죄 될 거야 무어 있습니까? 얻으면 얻나 보다 하죠."(『삼대』, p.411, p.412)라고 체념한 듯이 이야기한다. 필순이의 출현으로 하여 그의 앞날이 어떻게 될지 소설은 독자들에게 서스펜스를 설정해 주고 있다. 그러나 이러한 수동적인 여성의 운명은 더 이상 좋아질 수는 없음이 명백하다.

그런가 하면 홍경애 모친은 그 자신이 영감의 첩장가나 다름없는 三娶이었고 경애는 전무후무한 이 三娶소생이었다. 한번 깨어져 내려온 성 관습은 쉽게 다음 대에서도 용납할 수 있게 된다. "경애는 애초에 상훈이와 그렇게 된 것이 모친이 상훈이의 돈에 장을 대고, 그래도 좋을 듯이 귀띔을 하기 때문에 용기가 나서 내뻗어 버린 것이지, 만일에 모친만 다잡아서 안 된다고 뿌리치고 다른 데로 시집을 보냈다면 오늘날 이렇게는 안 되었으리라고 생각하는 것이다."(『삼대』, p.365) 그의 모친은 "자기 남편 때 일을 생각하고 은인이라 하여 그것을 딸의 몸으로 갚겠다는 생각인지 혹은 명예 있고, 아니 그까짓 명예라는 것은 무엇 말라 뒈진 것이냐ー돈 있는 사람이니 이 사람의 첩장모 노릇이라도 하여 두면 죽을 때 육방망이는 못 써도 마주잡이를 해서 나가지는 않으리라는 속다짐으로인지……. 그러나 저러나 이 속다짐이 무엇보다도 앞을 섰던 것이다."(『삼대』, p.80)

그런가 하면 『태평천하』에서는 거의 모든 여성이 다 이러한 인물이고 평면적인 인물로 묘사되고 있다. 윤주사의 본처 고씨, 종수와 종학의 처, 서울아씨 등은 모두 봉건 혼인제도의 피해자이지만 전혀 이러한 상황을 개변할 의사가 없다. 고씨가 시아버지와 앙탈을 하기도 하지만 그 역시 부계 권력구조 안에서의 자신의 위치를 가지지 못한 것에 대한 불만일 뿐이다. 서울아씨도 아버지의 뜻에 따라 시집갔다가 과부가 되었지만 재혼은 꿈도 꾸지 못한다. 1930년대라는 시대적 환경에서 그들이 가지고 있는 사상과 사고방식은 그야말로 너무나 시대에 뒤떨어진 낡은 관념이다.

『격류삼부곡』에도 역시 많은 전근대적 사고방식을 가진 여성이 등장한다. 할아버지가 돈으로 사서 자신을 시중들도록 한 陳姨太가 가장 대표적인 인물이다. 그는 첩으로서 가정 내에서 세력이 없고 그의 지위와 권력은 고씨 노인에 의지해야만 한다. 또한 자식도 없기에 가정 권력 각축장에서 매우 고독하다. 그는 세대적으로 우세가 있으나 가족 내에서의 위치는 아주 난처하며 사실은 여성 중에서도 차등 지위에 있고 업신여김을 당하는 비천한 위치에 있다. 할아버지가 있을 때에도 첩이기에 권력에 참여하는 것이 정당하지 못했지만 할아버지가 죽은 후 그는 더욱 의지할 데가 없게 되며 고씨 집의 자식을 양자로 세워 가정에서의 권력과 위치를 공고히 하려고 한다. 그러나 『삼대』의 수원 댁과 다른 점은 수원 댁이 돈을 위해 첩으로 들어왔고 돈을 위해 조의관을 독살하기에 이르고 조의관이 죽자 집을 떠난 것에 비해 陳姨太는 가족 내에서의 위치를 지키려고 무진 애를 썼지만 어떻게 할 수 없게 되자 집을 떠난 것이다.

그와 서로 결탁한 넷째와 다섯째 삼촌댁 왕씨, 심씨 역시 가족제도의 피해자이면서도 다른 사람에게도 피해를 주는 인물이다. 그들 자신이 가족제도의 노예이고 남성의 억압을 받으며 자주적인 권리가 없지만 다른 한편 다른 사람의 비극을 조성하는 데 참여하기도 한다. 그들은 가족 내부의 모순을 일으키고 시비를 걸며 이간질하는 등 자신의 이익과 은총을 위해 다툼질하는 욕망의 노예인 것이다.

覺新의 계모 周氏와 셋째 삼촌댁 張氏, 그리고 覺新의 고모 張마님 등은 인내하며 모든 것을 운명으로 받아들이는 여성이다. "세상일은 모두 그렇게 된 거야, 여의치 않은 일이 얼마나 많다구. 모든 것은 운명에 달렸어. 누구도 원망할 수 없어. 어쨌든 여자는 박명할 수밖에 없어. 여자들 태반은 모두 이렇게 지내온 거야. ……나는 다음 세상에 다시 여자로 태어나지 않기를 바랄 뿐이다."[73] 周氏의 이 말은 여성의 운명과 자신의 처지에 대한 명석한 깨달음을 보여주며 무거운 비애의 감정도 드러낸다.

이들은 조금씩 얼굴은 달라도 모두 봉건적인 사상과 사고방식에 얽매여 소극적으로 모든 것을 운명, 팔자소관으로 돌려 버리며 남성적인 질서에서 한 발자국도 벗어나지 못하고 종족 번영의 도구, 아내, 딸, 어머니로서만 살아가는, 독립적인 인격과 주장을 가지지 못한 전근대적인 여성들이다.

2) 피해자

『삼대』와 『태평천하』에 나오는 여성들은 거의 모두가 봉건적인 질서와 도덕의 피해자들이다. 그러나 빠진의 붓끝에서 묘사된 일련의 특수한 유형의 피해자들은 독자적인 문화적 미학적 가치를 지닌

---

73) "人世間的事情就是這樣安排的. 不如意的事多得很. 一切全憑命運, 誰也怨不得誰. 橫豎做女人的就免不了薄命. 大半的女子都這樣經歷過來的. ……我只求來生再不要做一个女子." 『봄』, p.67.

다고 할 수 있다.

　빠진이 묘사한 여성 형상의 문화적 함의는 중국 현대의 계몽적인
색채가 뚜렷하다. 현대의 계몽사상은 원래의 사상 전통과 질서의 권
위성을 동요시킨다. 사람들은 새로운 시각으로써 원래의 전통과 도
덕규범의 '악'과 '죄'를 발견하고 전통에 대해 격렬한 반대를 하게
된다. 등급이 삼엄한 윤리구조에서 여성은 최하층에 있으며 남성의
세력범위에 있는 한 발언권이 없다. 여성의 비극의 근원은 작가의 말
에 의하면 어느 한 개인이 아니라 제도가 조성한 것이다. 작가는 봉
건 가족제도의 합리성에 대한 전반적인 부정이라는 전제 아래 새로
운 인도주의적인 시각으로 여성의 비극적 운명을 발굴해 냈기에 전
통문학에서 나타난 반역의식보다 훨씬 철저하고 단호할 수 있었다.

　빠진은 다른 처지와 성격의 선량함과 아름다움을 가진 피해자를 묘
사하여 작품의 비극성을 조성하고 있다. 梅, 瑞珏, 蕙, 鳴鳳 등은 모
두 이러한 인물로서 자아보호능력이 없고 그들이 사랑하던 사람도 그
들을 보호해 주지 못한다. 가족이라는 봉건왕국에서 그들은 자신의
운명을 지배할 권리가 없었고 인생은 잔혹하게 부정과 유린을 당했
다. 梅는 覺新과 서로 사랑하고 있었지만 어른들의 한 번의 말다툼으
로 혼사가 틀어지고 말았고 부모의 결정대로 시집을 갔다가 과부가
된다. 覺新은 나약한 성격으로 하여 반항도 못 해 보고 자신의 권리
를 주장하지 못하여 사랑하는 사람을 잡지 못한다. 고통에 시달리면
서도 梅는 覺新의 생활에 영향주지 않으려고 혼자 우울하게 살다가
죽는다. 그의 짧은 일생과 우울한 청춘은 여성의 슬픈 운명을 상징한
다. 瑞珏은 가장들의 뜻대로 시집왔지만 다행으로 마음씨 좋은 覺新
을 만나 서로 사이좋게 지낸다. 梅의 자리를 대신할 수는 없지만 아

름답고 선량하고 부지런한 그는 覺新의 호감을 자아내고 한동안 평온한 생활을 한다. 그는 현처양모형의 여인으로서 본분을 다하고 남편을 이해하고 그의 근심을 덜어준다. 그러나 할아버지의 시신이 집안에 있는데 해산하면 액('血光之災')을 당한다는 미신 때문에 밖에 나가 해산하다가 어처구니없이 난산으로 죽는다. 覺新은 사랑하는 여성들의 행복을 바라지만 그 자신의 연약함으로 하여 그들을 구할 수 없었고 자신의 눈앞에서 그들이 죽어 가는 것을 보면서 아무런 방법도 없다. 이종사촌 여동생 蕙도 覺新을 사랑했지만 覺新의 보호를 받지 못하고 종법사상이 특별히 농후한 집에 시집가서 아무런 자유도 없이 불행하게 살다가 죽는다. 고씨 집이 아닌 외가의 처녀인 蕙의 이야기는 이러한 박해와 불행의 보편성을 설명하는 좋은 예이다.

하녀인 鳴鳳에게 있어서 고씨 집에서의 지위와 처지, 성격, 희망 등은 서로 심한 갈등을 일으키는데 작가는 선량하고 아름답고 겸손한 이 소녀의 소박한 희망과 현실의 불행을 대조시켜 강한 비극적 색채를 만들어 내고 있다. 그도 여느 아가씨들처럼 살고 싶었고, 도련님인 覺慧를 사랑하지만 현실적으로 실현될 가망이 없었다. 馮樂山의 첩으로 가게 되자 그는 覺慧의 도움을 바라지만 스무 살도 안 된 유치하고 단순한 도련님인 覺慧는 일이 바빠 그의 사정을 헤아리지 못한다. 결국 그는 죽음으로 불공평한 운명에 반항한다. 그 외에도 순종적인 婉兒는 鳴鳳의 대신으로 첩으로 가서 모진 학대를 받으며 倩兒는 고생만 하다가 병에 걸렸지만 주인들의 무관심으로 처량하게 죽어 간다.

고씨 집의 아가씨 淑貞은 전형적인 가족제도의 희생양으로서 생의 활력을 잃고 언제나 자비심과 고독, 공포와 우울함에 사로잡혀 있다.

부부가 싸우게 되면 아들이 없는 沈씨는 그 화풀이를 딸에게 하고 딸을 미워하고 구박한다. 윗세대 앞에서 그는 두려움에 떨고 같은 세대 앞에서도 그는 자신의 전족(纏足)을 보면서 열등감을 느끼고 자신의 앞날에 대해 공포에 쌓여 있다. 나이 어린 그녀는 이러한 억압과 고통을 이겨내지 못하고 끝내 우물에 뛰어들어 자결하고 만다.

이토록 소설에서는 아름답고 선량하고 연약한 수많은 여성들의 죽음을 묘사하면서 이러한 아름다운 생명을 앗아가는 불합리한 제도와 도덕에 강력한 항의를 제기한다. 이 점은 한국 가족사소설에서는 크게 나타나지 않는 사상경향이다.

3) 저항적인 신여성

가족사소설들이 모두 1930년대의 소설인 까닭에 우리에게 더욱 중요한 것은 저항적인 신여성의 형상이다.

『삼대』에서 새로운 세대의 여성 가운데 홍경애, 필순을 전근대적인 여성과는 좀 다른 인물로 볼 수 있다. 물론 여성인물 가운데 피해자가 아닌 사람을 찾기 어렵지만 그들은 나름대로의 변화와 저항적 성격을 가지고 있으므로 저항적인 신여성이라는 다른 부류의 인물로 나눈다.

이상적인 여성상으로 제시되고 있는 홍경애는 애국지사의 딸이며 조상훈에 의해 농락당한 불행한 여성이기도 하다. 교역자이고 애국지사이며 재산을 학교에 희사하고 소작농들을 탕감시켜 주던 호협했던 부친이 죽자 경애네 집은 조상훈의 도움을 받게 되고 결과적으로 경애는 상훈과 불륜관계를 맺게 되며, 이로부터 일하던 학교로부터 소외되고 생활난에 부대끼게 된다. 조상훈이 도와준 것에 대한 경애네의 보상심리와 경애 모친의 은근한 바람이 그들을 파국으로 몰아갔다. 모친과 달리 경애는 완전히 위선의 탈을 벗어 버리고 파렴치하게 변한 조상훈에게 아무런 기대도 걸지 않으며 바커스 여급으로 일하면서 가정을 이끄는 가장의 역할을 한다. 그는 구식 가장의 통제도 받지 않고 자신이 곧 가장이 되며, 삶에 대한 강한 애착과 강한 생활력으로 자신을 둘러싸고 있는 굴레와 간섭하는 형태를 거부하면서 순수한 사랑과 사회활동에도 열심인 신여성으로 커 간다. 물론 기나긴 고뇌와 갈등의 과정을 거쳤지만 새로운 만남, 새로운 세계와 연관되면서 봉건적인 의식을 떨쳐 버리고 자아를 찾아간다. 그는 국외 독립단체와 국내의 단체를 연결시켜 주고 그 후에도 간접적으로 그들의 활동에 참여하며 평등한 기초에서 병화와 사랑을 키워 나간다. 따라서 그는 봉건적인 가족의 굴레와 도덕의 규범에서 자유로운 자신의 운명을 자신이 결정하는 독립적인 인격체로 전환한 적극적인 인물이다.

필순도 역시 학교를 다녔고 아버지가 주의자이며 가정의 경제를 떠맡고 공장에 다니며 집 안에만 있는 구식여성과는 다른 여성이다. 그에게서 특별한 반항의식을 찾아보기는 어렵지만 그가 사회생활을 하면서 실제상 가족의 경제를 책임지고 있고, 또 어머니와 마찬가지로 사회주의와 민족주의의 중간입장을 가지고 있으며 필요시 도와 나설 수도 있다는 점에서 자신의 생각을 가지고 있고 가족의 범위를 벗어나서 사회적인 범위에서 행동할 수 있는 신식여성이라는 것을 알 수 있다.

개화기의 계몽단계를 거쳐 여성은 자신의 주인으로, 주체로 될 그러한 시기를 맞았다. 그러나 그들의 앞에 또다시 나선 것은 날로 정규화되어 가는 자본주의식의 도시 시장이었다. 그들이 금방 얻은 자유는 시민가정 여성과, 도시생활의 색정 시장 속 상품이라는 역할체계의 사이에 끼게 된다. 가장의 역할은, 아들이 없는 상황에서 홍경애와 필순이가 맡게 되지만 그들이 식민지적인 도시시장에서 맞게 되는 것은 시민가정의 여성 혹은 상품이 되는 역할 사이의 얼마 없는 틈새뿐이다. 자본주의 도시의 성적 역할에 대한 여성의 반란은 사회의 주된 의식형태의 비호를 잃게 되는데 그것은 대중을 기치로 하는 주도적 문화조류의 한 부분도 아니고 개성해방을 추구하는 남성들의 반봉건전통에도 그다지 부합되지 않기 때문이다. 그들의 목소리는 너무나 미약하며 따라서 그들의 반항과 사회적 참여는 여전히 남성적인 질서에 대한 개입으로 실현될 수밖에 없다. 즉 필순은 자신의 일이 있기는 하지만 덕기의 첩이 될 위험성을 안고 있고 홍경애의 사회활동은 準남성적인 성격을 강하게 풍긴다.

완전히 상품으로 전락된 여성인물로는 수원댁을 들 수 있다. 그는 돈으로 사온 첩이고 돈을 위해 첩으로 들어앉았으며 돈을 위해 조의관을 독살까지 한다. 봉건가족의 순응적인 여성과 달리 그는 일종의 식민지적인 자본주의 시장의 상품이다. 물론 조의관의 각도에서는 가족을 번성하게 하고 아들을 더 낳아줄 수 있는 도구일지 몰라도 그를 첩으로 판 일당에게 수원댁은 상품일 뿐이다.

『태평천하』의 여성인물은 앞에서 이야기한 대로 거의 평면적인 인물이고 새로운 의미의 저항적인 여성은 찾아보기 힘들다. 윤주사의 관철동 첩 - 옥화가 순종적이지만은 않고 밤에는 여학생으로 가장하고 사창굴에 드나드는 등 주관성이 있어 보이기는 하지만 그것을 저항적인 신여성이라고 하기에는 많이 부족하다. 작가도 옥화와 종수의 만남을 배치하여 패륜적 행위를 풍자하려는 데 목적이 있는 것 같고 의도적으로 색다른 여성상을 묘사한 것 같지는 않다.

중국의 신해혁명, 5·4운동은 부친의 역사를 종말 짓고 남성가장 형상을 통치지위에서 끌어내렸으며 이어서 부권하의 모든 상징체계를 타도의 대상으로 하였다. 봉건예교와 질서를 전복하는 5·4 시기는 진정한 의미에서의 중국 여성의 탄생기이다. 여성은 노예에서 주인으로, 물체로부터 주체로, 타자의 타자로부터 자신이 되는 그러한 시기를 맞았다. 그러나 일부 지방의 완고한 봉건세력 앞에서 그들의 해방은 결코 쉽지 않았다.

『격류삼부곡』에서 가장 뚜렷한 주견을 가진 여성은 琴이다. 그녀는 고씨 집 성원은 아니나 고모 딸로서 그 집에 많이 드나들면서 젊은 여성들에게 큰 영향을 끼치고 위안을 준다. 琴 역시 아버지가 부재한 상황에서 선량한 어머니의 비호 밑에서 자유로운 사상을 가진 적극적인 여성으로 자라난다. 물론 학교 교육의 중요성과 급변하는 시대의 영향을 배제할 수 없다. 『인형의 집』역시 그녀에게 큰 힘을 준 작품이다. 그녀는 남녀공학을 하는 외국어전문학교에 가고 싶어 하고 단발을 하고 싶어 하며 覺民과 자유연애를 하며 잡지사의 활동에도 참여하여 글도 쓰고 편집에도 참가한다. 이것은 단발한 여성이 다른 곳으로 떠나야 하고 귀족 처녀가 공원에 가는 일도 큰 야단을 맞을 정도로 보수적인 도시의 환경에서는 대단한 이변일 수밖에 없다. 그녀는 비교적 자유로운 처지에서 고씨 집의 집에만 갇혀 있는 자매들에게 많은 신선함을 가져다주고 힘과 용기를 불어넣어 주는 극히 중요한 인물이다. 또 그녀는 2부에서 覺民과 함께 淑英을 봉건

혼인의 굴레에서 벗어나도록 도와주고 그녀의 탈출에 직접 참여한다.

淑英은 琴보다는 적극적이지 못했지만 覺慧라는 가족의 반역자가 이미 집을 떠난 상황에서, 覺民과 琴의 거듭되는 영향과 고무를 받아 끝내 자신을 극복하고 가정의 굴레를 벗어나서 새로운 천지로 나아가는 여성이다. 淑英에게는 봉건적 질서를 엄격히 지키는 克明이라는 아버지가 있다. 克明은 신랑의 아버지와 잘 안다는 이유 하나로 부랑자인 그 집 아들에게 딸을 시집보내려 한다. 淑英은 아름다운 희망을 가지고 있으면서도 극복하기 어려운 전통적인 질서와 아버지의 권리 때문에 절망하고 죽음까지도 생각한다. 그의 심리와 사상의 여러 차례 반복은 낡은 질서의 강대함과 최하층에 있는 발언권이 없는 여성으로서의 처지 때문이며, 覺民과 琴의 작용으로 끝내 낡은 자아를 이겨내고 봉건가족이라는 감옥을 벗어나 覺慧가 있는 상해로 간다. 2부는 거의 淑英의 독립적이고 자유로운 인격의 성장을 보여주었다고 할 수 있다.

覺新의 막내 여동생 淑華는 입체적인 인물이라고 하기는 어렵지만 고씨 집에서 바른 소리를 가장 많이 하는 사람이다. 그녀는 아버지가 일찍 세상을 떠나고 계모 밑에서 자랐으며, 아버지 자리를 대신하는 장남 覺新이 마음씨 좋고 연약한 사람인데다가 막내여서 두려움이라고는 없고 외향적이고 단순하며 낙관적이다. 그녀는 아직 어리고 가족 내에서의 역할이 적어서 그만큼 소설에서의 역할도 크지 않다.

이상에서 여성인물군을 고찰해 본 결과, 중국 소설에서 나타난 인물들은 계몽적인 성격이 강하며, 작가는 삼엄한 등급사회에서 가부장적인 가족제도와 윤리도덕의 피해로 죽어 간 수많은 선량하고 아름다운 여성들을 묘사하는 것을 통하여 봉건 가족제도와 도덕에 대한 공소와 억압받는 여성에 대한 강렬한 동정을 보여주었다. 소설 속의 저항적인 여성들은 강대한 봉건세력과의 힘겨루기에서 힘겨운 싸움을 거쳐 자신을 되찾으려 했으며 그중 유일하게 나타난 琴의 사회 활동은 잡지편집에 참여하여 봉건군벌의 압제를 반대하는 정도이다.

이에 비해, 한국의 소설들에서의 여성들은 원래의 질서에 순응하는 인물을 적지 않게 묘사하고 있지만 자신이 피해자이면서도 다른 사람에게 상처를 주는 그런 유형은 거의 없으며 그저 현 상태를 그대로 반영하는 수준이고 특별히 심한 피해를 입은 인물은 없는데 이것은 작가가 여성인물을 그다지 중심적인 위치에 두지 않았음을 보여준다. 그리고 저항적인 여성들은 봉건적인 질서에서 벗어나야 하는 동시에 이미 자본주의 도시 시장의 위협을 받고 있음을 볼 수 있다. 일부 여성이 가장이 되고 자신의 노동으로 벌어먹고 살고는 있지만 성적 상품이 될 가능성이 도처에 잠복해 있고 여성의 사회적 활동은 자신의 가치를 위한 것이 아니라 이미 나라와 민족을 위한다는 중성적이고 집단적인 활동에 포함된다.

한·중 가족사소설의 이와 같은 방대한 인물群을 비교해 보면, 중국의 인물들은 철저한 문화적인 '아버지 죽이기'인 5·4운동 전후를 배경으로 하고 있기에 계몽적인 성격이 강하며, 강대한 봉건세력과 그의 식인적인 본질, 도덕을 강력하게 비판하며 젊은 반역자들의 최후 승리를 보여주고 있다. 한국의 소설은 1930년대 전후를 배경으로 하고 있기에 인물들은 봉건에 대한 배격뿐만 아니라 식민지적인 근대에 대한 저항이라는 두 가지 짐을 지고 고민하고 있으며 비극적인 여성인물이나 가족 내에서의 여성의 처지에 대한 관심은 그다지 중요하지 않은 듯하다. 가족주의는 중국과 같은 그러한 철저한 혁명단계를 거치지 않은데다 일본식 근대화의 원인으로 어쩌면 더욱 강화되었기에 한국소설에서는 가족주의를 개혁적으로 계승하려는 중간입장의 인물이 등장하기도 하지만 가장의 대가족 내에서의 권위는 명백하게 힘을 잃어 가고 있음을 보여준다. 중국소설에서 나타난 젊고 단순한 반항아들의 승리는 한국 소설에서 찾아보기 힘들고 그 연장선상에서 훨씬 복잡한 현실에서 갈등하고 고민하고 투쟁하는 젊은이들을 볼 수 있으나 그들의 앞날은 결코 아름답지만은 않다.

2. 구성 층위

　구성은 소설의 기본 골격이며 표면 구조에 해당한다. 아리스토텔레스의 비극의 여섯 요소 가운데 하나인 미토스 (Mythos, 행동의 짜임새), 오늘의 플롯에 해당하는 개념은 아래와 같다. "전체는 시작과 중간과 끝을 가지고 있다. 시작은 스스로 다른 것을 뒤따를 필요가 없는 것으로, 그 시작으로부터 자연스럽게 다른 것이 되거나 생겨난다. 끝은 반대로, 스스로 다른 것으로부터 되거나 생겨나면서도, 필연적으로, 아니면 일반적으로 그로부터는 더 이상 아무것도 생겨나지 않는 존재다. 결국 중간은 시작의 뒤에 오고 끝의 앞에 오는 존재다."[74] 그는 "행동의 부분들은, 만약 단 한 부분이라도 위치를 바꾸거나 빼 버리면 전체가 바뀌거나 흩어지도록 그렇게 짜여야 한다."[75]고 중요성을 강조하였다. 그 후의 이론가들은 "한 편의 소설에 나타나 있는 행동의 구조"(브룩스/워렌), "여행에 대한 지도"(페린), "이야기의 척추"(스탠튼), "이야기의 핵"(슐테 자세/베르너) 등등으로 표현하고 있으며[76] 그 유형에 대해 역사적 형태와 전기적 형태(스콜즈/켈로), 팽팽한 플롯과 느슨한 플롯(이스트먼), 열려진 플롯과 닫힌 플롯 등등

---

74) Aristoteles, *Poetik*, Stuttgart 1972, p.33.

75) 위의 책, p.35.

76) 김천혜, 『소설구조의 이론』, 문학과지성사, 1990년, pp.173 - 174.

으로 나누고 있다. 에밀 졸라와 같은 자연주의 작가는 극적 효과를 일으키거나 정점을 갖는 플롯을 거부했고 20세기의 많은 소설들은 플롯을 추방하거나 해체시켜 극단적으로 느슨한 플롯이나 사건이 없는 경우를 보인다(김천혜, 1990:174 - 177).

가족사소설은 역사적 형태(사건위주)보다는 전기적 형태(인물 위주)에 속하며 상대적으로 느슨한 플롯에 속한다고 할 수 있다. 이것은 자연주의 소설의 영향을 많이 받은 것과도 관계가 있다고 여겨진다.

가족사소설의 특성상 종적으로는 가족의 역사, 그리고 횡적으로는 가족 내부의 갈등과 가족과 사회의 관계가 구조화된다. 한국의 1930년대 말에 등장한 가족사·연대기소설처럼 아주 뚜렷하게 연대기적으로 긴 시간적 흐름을 빠른 속도로 묘사하지는 않지만 작품에서 설정한 외적인 시공간과 관계없이 소설들은 여러 가지 방식으로 가족의 역사를 독자에게 전달하면서 신구 세력의 갈등을 보여주며, 횡적으로도 가족 내부의 모순과 가족과 사회의 모순, 갈등을 사실적으로 묘사한다. 그러나 세 작가는 구성에 있어서 각각 독자적인 특성을 구현하고 있다.

우선 세 편의 소설의 외형을 간단히 비교하여 살펴보기로 한다.

아래의 표에서 『집』, 『봄』, 『가을』 세 작품을 『격류삼부곡』으로 통합하면 모두 123장에 1630,000자가 되는 대하소설이 된다. 시간적으로도 3년에 가까우므로 세 소설 중 제일 긴 시간을 묘사하고 있다. 또한 매 부마다 맺는말이 있어 독립적으로 닫힌 플롯임을 알 수 있다.

제목	삼대	태평천하	집	봄	가을
머리말과 맺는 말	없음	없음	머리말과 결말	머리말과 결말	머리말과 결말
장 구분	42장, 소제목	15장, 소제목	40장	33장	50장
작품의 길이	약 400,000자	약 200,000자	약 470,000자[77]	약 510,000자	약 650,000자
외부 시간	겨울~이듬해 봄	전날 오후~이튿날 오전	1920년 겨울~1921년 초	1922년 봄~1923년 초	1923년 가을

장편소설은 단편에 비해 팽팽한 플롯을 이루지 못하고 느슨한 경우가 많으며 거기다가 염상섭이나 빠진은 자연주의 소설의 영향을, 채만식은 탈춤, 판소리 등 조선의 전통적인 예술의 영향을 받은 것으로 보기 때문에 발단, 전개, 정점, 결말로 확실하게 구분할 수 없는 경우도 있다. 그래서 본서는 시간과 공간, 일상성을 잣대로 하여 구성을 살펴보려고 한다. 물론 시간과 공간은 작품 내에서 밀접히 통합되어 있겠지만 분석의 편의상 따로 나누어 분석하기로 한다.

가. 삼단적인 시간 구조

가족사소설은 한 가족의 여러 세대에 걸친 이야기를 적으므로 보통 시간의 흐름에 따라 이야기를 전개한다. 『격류삼부곡』이나 『삼대』는 기본적으로 시간의 흐름에 따라 이야기를 서술하고 있지만 『태평천하』는 시간적인 구분이 구성에서 중요하지 않다고 생각하기에 이 부분의 논의에서는 제외한다.

---

77) 중국어로 된 소설은 글자 수×1.6으로 계산했음.

1) 『삼대』 – 시간적 繼起性에 의한 3단 연쇄체 구성

『삼대』는 시간적으로 덕기가 일본에 가기 전, 일본에 간 후, 일본에서 돌아온 후, 이렇게 세 부분으로 나눌 수 있다. 시간적으로 연결된 이 세 부분은 연쇄체 고리를 갖고 있다.

토도로프는 작품의 의미를 형성하는 최소단위를 서술명이라 하고 서술명제를 통합시키는 상위 모티브를 연쇄체 고리라 하며, 그 상위 모티브들이 모여 하나의 주제망을 형성하는 작품구조가 되는데 인물과 인물 사이의 갈등은 연쇄체 고리의 사건구조로 나타나게 된다고 하였다.[78] 여기에 따라 『삼대』를 다음과 같이 3개의 연쇄체로 구분할 수 있다. 일본에 가기 전은 제1연쇄체로서 제1장 – 제11장이며, 덕기가 일본에 간 후의 일은 제2연쇄체로서 제12장 – 제24장이며, 덕기가 귀국한 후의 일은 제3연쇄체로서 제25장 – 제42장이다.

제1연쇄체의 내용을 간단히 간추리면 이 작품의 주요한 인물들이 거의 다 등장하고 그들의 내력이 소개되며 가족 내부의 오래된 갈등이 소개되거나 계속된다. 이야기가 시작되자마자 「두 친구」에서 이 소설의 가장 중요한 인물인 제3세대의 덕기와 병화가 등장하며 그들이 함께 바커스에 가서 홍경애를 만나면서 아버지 조상훈이 간접적으로 제기된다. 이어서 조상훈, 필순, 경애의 딸 등이 차례로 등장하고 조의관, 조상훈, 경애, 병화 등등의 내력이 독자에게 소개된다. 이 부분은 사건의 발단부분에 속하며 주로 덕기 가족 내부의 갈등을 다루고 있고 그들 가족과 사회와의 관계는 암시되고 있다.

조의관의 가족 3대의 관계는 그 밖의 사람들과의 관계 속에서 비

---

78) Tzvetan Todorof, 『구조시학』, 곽광수 역, 문학과지성사, 1977, pp.96 – 105.

취지고 있다. 즉 소설이 시작되자마자 병화가 등장하게 되며 조부는 푸시시한 머리를 한 그에게 불만을 나타내면서 손자에게 친구를 잘 사귀라고 한다. 그러나 덕기에게는 거의 유일한 친구이다. 병화를 통해 조손간의 가치관의 차이가 감지될 수 있다. 그 다음 등장한 홍경애는 아버지의 첩이었고 그의 내력에 대한 소개를 통해 덕기는 아버지에 대해 좀 더 알게 되고 또한 불만을 갖게 된다. 돈을 갈취하기 위해 창훈 등이 대동보소 문제를 제기하면서 조상훈과 조의관의 갈등은 심해진다. 조의관의 유교적인 행동규범, 도덕원칙과 상훈의 기독교적인 가치관 사이의 모순은 타협점을 찾을 수 없을 뿐만 아니라 상훈의 타락과 위선까지 더하여 조의관의 신임을 잃어버리고 거기다가 창훈 등의 부추김으로 하여 상황은 점점 더 악화된다. 조의관의 눈 밖에 난 상훈은 아들의 호감을 사서 재산문제에서 이득을 챙기려 하나 역시 홍경애의 자식을 책임져야 한다는 덕기의 주장과 갈등이 생겨 여기저기서 충돌만 하게 된다. 여기에 며느리보다 젊은 수원댁과 며느리와의 불화까지 더하여 가족 구성원 사이의 관계는 아주 불안하고 유교적인 대가정의 화목과 인내라는 요구와는 거리가 멀다. 한마디로 제1세대와 제2세대의 갈등은 주로 가정 내적인 인물에 국한되는 반면 제3세대의 덕기와 조부, 아버지와의 가치관의 차이는 가정 외적인 인물과의 관계에서 나타난다. 이로부터 이 가족과 사회와의 관계가 암시된다.

제1연쇄체에서 우리는 봉건적인 가족주의를 고집하는 조의관과 그가 싫어하는 사회주의자 김병화, 타락한 개화주의자 조상훈과 그가 매정하게 버렸지만 자신의 노동으로 살아가려고 애쓰는 홍경애 등 대립되는 인물군과 그 사이를 두루 이어주는 조덕기를 볼 수 있다.

조부가 고집하는 가족주의는 조손 3대의 가치관의 차이로 하여 이미 그 존속이 어렵다는 것을 미리 짐작하게 한다.

제2연쇄체는 사건이 확대되고 심화되는 단계로서 가족 내부의 갈등에서 사회적인 모순 갈등으로 면이 넓어지고 사건이 복합적으로 진행된다. 조씨 집에서는 덕기가 가 버린 뒤, 조상훈의 자포자기와 가면을 벗고 완전히 타락한 모습이 많은 분량으로 묘사되고 있으며 수원댁을 위주로 하는 일당의 재산을 위한 암투가 박차를 가한다. 그런가 하면 덕기의 필순이에 대한 감정이 그녀를 공부시켜 주련다는 편지를 통해 전달된다. 이 가족과 연관된 홍경애가 조상훈을 골탕 먹이는 행위를 통해 조씨 가족의 부패한 일면이 무자비하게 폭로될 뿐만 아니라 그녀의 연줄로 국외와 국내의 독립운동가들이 만나게 되고 활동을 시작하게 되며, 김병화는 원삼이를 자기 쪽으로 끌어당기고 교양하며 필순이 역시 모스크바 유학을 보내려고 한다. 이 부분에는 김병화와 조상훈, 홍경애의 활동이 많아지는데 특히 홍경애를 통하여 조씨 가족이 사회적인 사건과 자연스럽게 연결되고 사회적인 갈등과 사건이 자연스럽게 전면에 드러나게 된다.

이 부분에서 조상훈은 가면을 완전히 벗고 이미 사회의식이 사라진 극도로 타락한 모습을 보이고 있는 반면 김병화는 국내의 정세로 하여 운동이 잠시 침체된 상황에서 조심스레 기회를 기다리다가 경애의 연줄로 적극적인 활동을 개시하면서 사회참여의 상승세를 보인다. 식민지라는 억압적인 사회환경은 양심적인 지식인에게 암울하기는 마찬가지겠지만 병화는 위험을 무릅쓰고 힘에 겨운 싸움을 비밀리에 준비한다. 조상훈의 타락과 병화의 적극적인 사회활동은 홍경애와의 관계 속에서 펼쳐진다. 홍경애는 독립투사의 딸이고 독립운동을 하는 친척이 있지만 우선은 홀로 서기에 더욱 고심인 여성이다. 바커스에서의 수입으로 생활이 어려워 딸을 핑계로 조상훈에게서 돈을 받아내려고 하기도 하며 병화에게 피혁을 소개만 시켜 주고는 자신은 완전히 발을 빼려고 한다. 병화에게 감정이 있으면서부터 그와 같이 일을 하게 된 것이며 그전부터 혁명가였던 것은 절대 아니었다. 따라서 홍경애는 제2연쇄체에서도 여러 사람을 연결시켜 주는 아주 중요한 역할을 하며 여성문제에 대한 작가의 입장을 일정하게 보여 주는 역할을 한다. 다른 한 명의 여성인물 필순은 아버지가 독립투사이지만 사회에 대한 관심이 별로 없다. 성격적인 원인도 있겠지만 아버지가 딸은 자신이 걷던 길을 가지 않게 하려는 데도 원인이 있다. 그는 모스크바 유학에는 흥미가 없고 덕기가 공부시켜 준다는 데만 관심이 있으며 김병화의 심부름 정도나 겨우 하는, 사회운동과는 거리가 있는 인물이다. 필순 역시 덕기와도 관계되면서 병화, 경애 등 조씨 집 외의 인물들과도 연관성을 갖고 있다.

제2연쇄체에서의 사건구조는 조씨네 가족 내부의 계속되는 갈등과 그 밖의 병화의 적극적인 사회활동으로 중첩되는 구조를 이루고 있다. 한편으로 조의관과 그의 재산을 탈취하려는 수원댁 등 일파와 역시 재산에 관심이 많은 조상훈 사이의 신경전이 날카롭게 전개되고 다른 한편으로 식민당국을 대상으로 하는 국내외 독립운동가들이 비밀리에 접촉을 하고 활동을 시작한다.

제3연쇄체에서 사건은 더욱 발전하고 점차 절정에 달하며 마지막에 일정한 해결을 본다. 조의관은 직접 사당과 금고열쇠를 덕기에게 전하며 조의관의 비소중독사건의 전모가 밝혀진다. 조의관의 죽음 전후 덕기와 수원집, 덕기와 상훈은 심각하게 갈등하나 덕기의 온건주의와 포용정신으로 갈등은 해결을 본다. 그러나 병화, 경애, 장훈 등과 경찰 당국의 갈등은 정점으로 치달아 끝내 장훈의 자살을 불러오며 그로 하여 사건은 독립운동가의 처절한 실패로 일단락 짓게 된다. 신문 연재본에 의하면 필순은 산해진 가게 안의 모든 물건이 얼어붙고 솥 안의 밥까지 얼어붙은 것을 보면서 울음을 터뜨리고, 장훈이 모든 죄목을 뒤집어쓰고 죽었지만 새로 발견된 국내에서 제조한 듯한 폭탄으로 하여 병화와 경애의 석방은 묘연하게 된다. 원본대로라면 소설은 열린 플롯, 즉 결말이 없이 정점에서 끝나 버린 구조라고 할 수 있다. 그러나 해방 후의 단행본대로라면 덕기의 노력으로 아버지 등은 석방되고, 병화와 경애도 석방될 희망이 있게 되며 산해진도 덕기의 도움으로 다시 열게 되고 필순이네 집도 덕기가 맡게 되므로 모든 일을 확실하게 다 결말지었다고 할 수 있다.

조씨 집의 모순은 주로 돈과 관계되는데 조의관의 돈을 차지하기 위한 수원집의 행동은 열쇠가 덕기에게 전달됨으로 하여 사실상 실패하게 되며 비소중독혐의로 감옥에 들어가게 된다. 이 갈등에서 덕기는 돈을 보호하기 위한 노력은 했지만 정면충돌은 거의 하지 않았으며 비소중독도 덮어두고 감옥에 있는 서조모를 서조모라는 이유 하나만으로 석방시키려 한다. 아버지와의 갈등도 역시 마찬가지다. 가족을 유지하는 돈을 지키기 위해서만 아버지의 말대로 하지 않으며 다른 면에서는 언제나 아버지 대접을 하려 한다. 아버지가 유서를 고쳐서 돈을 가지고 도망하려다가 잡혀 들어갔지만 역시 석방하도록 노력하고 아버지로 대우한다. 덕기의 이러한 태도로 조씨 집의 갈등은 충분히 격화되지 못하고 두루뭉술하게 결말을 맺는다. 그러나 병화, 경애, 장훈 등과 식민당국과의 갈등은 극도로 긴장하고 첨예하게 진행되다가 병화네의 일방적인 참패로 끝난다. 일제를 뒤엎으려는 독립운동과 식민지 당국의 싸움은 타협이란 있을 수 없기 때문이다. 장훈의 자살과 병화 등의 구속 상태는 실패가 확연하지만 (폭탄과 관계되는) 시험관에 대한 언급으로 독자들은 이러한 탄압에도 여전히 억세게 살아남아 반항운동을 계속하는 사람이 있다는 확신을 가지게 되며 희망을 가지게 된다. 신문연재본의 비극적인 결말은 개정본보다 훨씬 현실적이고 강한 인상을 준다고 생각된다.

조씨 가정의 사건과 사회적인 사건은 덕기가 마무리를 하는 식으로 끝난다. 정총대며 방면위원 등 친일적인 일을 하던 할아버지의 후광으로 덕기는 기무라 과장을 매수하여 석방운동 겸 돈을 지켜준 것에 대한 감사를 표시한다. 덕기 역시 할아버지와 닮은, 돈을 지키기 위해서는 친일도 할 수 있는 기회주의적인 성격을 가진 보수적인 인물이며 조상숭배는 어떨지 모르지만 가족주의와 가장노릇은 결코 포기하지 않을 것으로 보인다.

제3부분에서 나타난 세 사람의 죽음은 나름대로 상징적인 의미가 있다. 조의관의 죽음은 봉건적인 세대의 몰락과 세대교체를 말해 준다. 그러나 열쇠를 물려받은 덕기가 있기에 가족은 계속 존속해 나갈 것이라는 것을 보여준다. 필순 아버지의 죽음은 독립운동 세력 내부의 모순 갈등으로 인한 불필요한 희생이다. 그의 죽음은 아무런 결과도 가져오지 못하고 아무런 의미가 없다. 거기에 비해 장훈의 죽음은 비장한 죽음이다. 그는 어느 한두 사람을 위한 것이 아니라 시험관을 지키는 자신의 책임을 다하려고 죽는다. 그의 죽음은 그와 같은 신념을 가진 사람들이 그 시각도 계속 활동하고 있다는 정보로 하여 더욱 값지다.

이와 같이 3개의 연쇄체로 된 이 소설은 기타 두 편의 가족사소설에 비해 짜임새가 훨씬 더 팽팽하다고 할 수 있다. 사건의 시작과 전개, 정점 및 결말이 뚜렷하며 수직적인 가족 내부의 갈등과 수평적인 사회적인 갈등이 복합적으로 연계되면서 전개되는가 하면 표면적인 남성 중심의 사건구조 이면에 홍경애를 중심으로 하는 여성문제도 제기되고 있다. 윤석달은 『삼대』가 등장인물들의 다각적인 갈등구조 속에서 사회성과 역사의식이 구체화된 점을 높이 평가했다.

2) 『격류삼부곡』 – 인물 모티브를 위주로 하는 삼부작 구조

『격류삼부곡』은 인물을 중심으로 한 소설로서 제1부 『집』은 覺慧의 각성을 다룬 소설이라고 할 수 있으며 제2부 『봄』은 淑英의 의식 변모 과정과 각성 및 가출을 그렸고 제3부 『가을』은 봉건 대가족의 몰락과 그 와해과정을 주로 그리고 있다. 제1부부터 계속 등장하는 覺新과 覺民, 琴 역시 중요한 인물이다. 소설에서 覺民과 琴의 성격과 의식 역시 많은 성장과 변화를 가져온다. 즉 이 삼부곡은 시간적인 순서에 따라 覺慧와 淑英, 覺民, 琴 등의 성장과 각성 과정을 보여주는 성장소설적인 특징을 가진 소설이다. 위에서와 마찬가지로 연쇄체로 나눈다면 매 한 부의 소설이 하나의 연쇄체라고 할 수 있다.

제1연쇄체 – 『집』은 覺慧가 가장 중요한 인물인데 고씨 집의 세 형제인 覺新, 覺民, 覺慧의 행동을 중심으로 사건이 전개된다. 覺新은 장손으로 이미 결혼하여 자식이 있고 윗세대와 동생들 사이에서 마음고생을 많이 한다. 시대적 영향을 받아 동생들을 이해할 수는 있지만 가부장적인 질서에 반항하기에는 너무나 나약하여 부저항주의

로 모든 것을 참고 지낸다. 그래서 사랑하는 梅와 결혼하지 못하고 그의 불행과 죽음을 지켜보기만 해야 하며 윗세대의 봉건적 미신에 순응하여 아내가 성 밖에서 해산하다가 난산으로 죽지만 얼굴조차 보지 못한다. 둘째 覺民은 琴과 서로 사랑하지만 할아버지가 다른 사람과 혼사를 마음대로 정하자 覺慧의 부추김과 도움으로 가출하여 목적을 달성한다. 셋째 覺慧는 반항심이 가장 강한 청년으로서 사회적인 활동, 이를테면 군벌의 압제를 반대하고 잡지를 만들고 혁명적인 극을 하는 등의 일에 적극적이며 하녀 鳴鳳을 사랑한다. 그러나 역시 나약성을 보이며 유치하고 단순하여 鳴鳳의 자살을 막지 못한다. 이 외에도 소설은 제2세대의 타락과 사회의 혼란, 축첩제도의 폐해 등을 사이사이에 서술하면서 고씨 노인의 죽음과 覺慧의 가출을 묘사하고 있다.

　제2연쇄체-『봄』은 淑英과 覺民, 琴, 覺新 등이 주요 인물로서 이야기를 끌고 나간다. 克明은 딸 淑英을 방탕하기 그지없는 陳克家의 둘째 아들에게 시집보내려고 한다. 淑英은 자신의 운명 때문에 고민하나 覺民과 琴, 그리고 覺慧의 편지는 그에게 용기를 주며 覺民과 琴의 여러 면의 깨우침과 진보적인 서적의 영향으로 끝내 집을 뛰쳐나간다. 그와 반대로 蕙는 覺新을 몰래 사랑하지만 아버지 周伯濤의 결정에 순응하여 시집가며 시댁의 억압적인 분위기 속에서 우울하게 살다가 병으로 요절한다. 또 이때의 覺民은 제1부에서보다 훨씬 더 진보하여 적극적이고 결단성이 있으며 사랑에만 집착하지 않고 집단적인 성격이 강해지며 琴도 고씨 집에 자주 드나들면서 계몽자의 역할을 담당한다. 소설은 계속하여 봉건가족 내부의 갈등과 제2세대의 타락, 나어린 제3세대인 覺英, 覺群, 覺世 등의 후안무치함을 폭로하였으며 淑貞과 枚를 비롯한 나약한 피해자들, 사회적인 혼란 등을 곁들여 서술하고 있다.

제3연쇄체 - 『가을』에서도 역시 覺新, 覺民, 琴 등이 주요 인물로 등장한다. 覺民과 琴은 여전히 계몽자의 역할을 하면서 사회적인 활동에 점점 더 깊숙이 참여한다. 覺民은 이기적이고 타락한 윗세대와 과감히 맞서 싸우며 기민하고 침착하게 대처하여 상대방을 제압한다. 覺新은 여전히 새로운 사상을 이해하고 불행한 처지의 자매들을 동정하면서도 대가족의 몰락을 슬퍼하고 윗세대에 순응만 한다. 소설의 마지막에 가서 그는 끝내 한 번 반항한다. 죽음밖에 더는 길이 없기에 되돌아서서 삼촌들의 무리한 요구를 거부한 것이다. 그러나 그는 여전히 나약한 잉여인간으로 남는다. 이 소설은 또 무능하면서도 완고한 봉건가장인 周伯濤의 아들 枚가 아버지의 뜻에 무조건 순응하며 그의 뜻대로 일찍 결혼하고 제때에 치료를 받지 못하여 요절하는 장면도 자세히 묘사하고 있다. 그 밖에도 淑貞의 자살, 제2세대의 계속되는 후안무치한 생활, 제3세대가 제2세대의 그러한 행위를 닮아가는 상황, 가족 내부의 모순, 청년들의 사회적인 활동, 사회적인 혼란 등 방대한 내용이 담겨져 있다.

이 소설들에서는 신구 세력 사이(제1, 2세대와 제3세대), 군벌세력과 청년학생들 사이의 모순과 낡은 세력 내부의 여러 갈래로 되는 갈등을 설정하여 강대한 듯하나 실은 속이 빈 구세대와 성장하는 신세대를 보여주고 있다. 세 부의 소설은 시간적인 순서에 따라 사건이 진행되며 1부와 2부의 청년들의 가출, 1부에서 3부에 이어지는 피해자들의 속출, 제2, 3세대의 타락과 방탕함, 가족 내부와 사회의 모순 등등으로 하여 봉건 대가족이 필연적으로 몰락하고 붕괴됨을 보여주고 새로운 의식을 지닌 청년들의 성장을 보여주고 있다.

이상의 소설은 매 한 부가 다 장편소설이므로 따로 그 구조를 고찰할 수도 있다.

특별히 『집』은 완전히 독립적인 소설로 볼 수 있는 작품으로서 다시 5개의 연쇄체로 나눌 수 있다. 1－6장은 인물관계와 환경에 대한 설명이고 7－30장은 갈등의 전개, 위기라고 할 수 있으며 31－35장은 절정, 36－37장은 하강, 38－40장은 결말로 볼 수 있다.

제1연쇄체(1－6장)에서는 단순하고 유치하나 대담한 覺慧, 좀 성숙했지만 覺慧보다 대담하지 못하고 사회적인 참여의식이 강하지 못한 覺民, 覺慧가 사랑하는 鳴鳳과 覺民이 사랑하는 琴, 그리고 장손의 위치에서 고민하는 이중성격의 覺新 등에 대해 소개하고 있다.

제2연쇄체(7－30장)에서는 가족과 사회의 여러 가지 모순 갈등과 비합리성들을 느슨한 구조로 펼쳐 보이고 있다. 覺新이 사랑했던 梅는 과부가 되어 돌아와 우울하게 살아가며 그들은 서로가 깊은 사랑의 아픔을 겪는다. 覺慧는 鳴鳳이 하녀이기에 자신들 사이에 가로막힌 신분적인 장벽 때문에 고민한다. 군벌의 할거로 사회는 극심한 혼란 속에 있으며 사람들은 전쟁의 공포에 떤다. 覺慧를 포함한 학생들은 군벌의 압제에 반항하여 동맹휴업에 들어가고 청원활동을 벌인다. 이로 하여 할아버지와 覺慧는 충돌을 일으키며 覺慧는 집에 연금된다. 할아버지가 鳴鳳을 馮樂山의 첩으로 선물하게 되자 鳴鳳은 자살하고 覺慧는 큰 타격을 받는다. 覺民도 할아버지가 馮樂山의 조카딸과 결혼시키기로 언약하여 모순 갈등은 점점 더 격화된다.

제3연쇄체(31－35장)에서 覺民은 동생의 적극적인 부추김과 도움을 받아 일시적인 가출을 단행한다. 그리하여 갈등이 완전히 표면화되며 다른 한편 梅는 병으로 죽게 된다. 그런가 하면 할아버지가 가장 총애하던 막내아들의 외도가 들통이 나자 할아버지는 큰 타격을 받으며 병으로 드러눕게 된다. 병을 고치는 데 의사가 아니라 무당을 불러 푸닥거리를 하는데 병자는 더 고통스러워하며 覺慧는 당돌하게 맞서 싸운다. 할아버지는 죽으면서 覺慧와 覺民을 용서해 주고 覺民의 혼사는 다시 얘기하지 않기로 한다. 이로써 젊은 세대는 처음으로 승리를 거둔다.

제4연쇄체(36 - 37장)에서 覺新의 아내 瑞珏은 해산을 하게 되는데 할아버지의 죽음으로 그 관이 집에 있는 동안 집 안에서 해산하면 액(血光之災)을 당한다는 미신 때문에 성 밖으로 쫓겨나가 해산한다. 그러다가 결국 난산으로 죽지만 의사는커녕 남편인 覺新도 아내의 죽어가는 모습조차 보지 못한다.

제5연쇄체(38 - 40장)에서는 세 형제의 성격을 대조시켜 그들의 운명은 성격과 관계됨을 보여주며, 覺慧가 집을 탈출하여 상해로 가는 것으로 끝난다.

제2부는 1 - 5장, 6 - 29장, 30 - 32장, 33장 등 4개 부분으로 나눌 수 있다. 1부분은 陳씨네 집에 시집가기로 된 淑英의 고민과 그에 대한 覺民, 琴의 교양, 그리고 覺慧의 편지가 소개된다. 淑英과 비슷한 처지의 순응적인 외갓집 처녀 蕙도 등장한다. 2부분에서는 느슨한 구조로 계속되는 淑英의 고민과 고통, 제2세대와 3세대의 타락, 봉건적인 도학자들의 무력함, 가족 내부의 복잡한 갈등과 사회적인 혼란 등을 묘사하면서 동시에 나약하고 순응적인 피해자─淑貞, 枚, 蕙, 특히 蕙의 불행한 운명을 보여준다. 蕙는 覺新을 사랑하면서도 아버지를 거역할 수 없어 봉건가족의 이기적이고 무능하며 괴상한

성격을 가진 사람에게 시집가서 시달림을 받는다. 그런가 하면 覺民은 점점 더 사회활동에 적극적이 되며 잡지사 편집활동과 전단 살포 등 군벌통치를 반대하고 봉건을 반대하는 운동을 벌인다. 제3부분에서 蕙는 끝내 치료를 제대로 받지 못하고 죽게 되며, 淑英은 집에서 공부하는 것도 선생이 청년이라는 이유로 아버지로부터 금지를 당하며 결혼날짜도 강제로 결정된다. 淑英 등과 그의 아버지 克明을 대표로 하는 세력 사이의 모순은 더는 해결의 여지가 없게 된다. 제4부분에서 淑英은 몰래 준비를 마친 覺民, 琴의 도움으로 집을 떠나 상해로 간다.

제3부는 삼부곡 중에서 가장 느슨한 구성으로 되었는데 비교적 중요한 사건들을 간추린다면 제2세대와 제3세대의 점점 더 심해지는 낭비벽과 방탕함, 그리고 1, 2세대의 이기주의, 허약한 몸으로 어린 나이에 결혼하는 枚와 그의 결혼 후의 생활 및 그의 죽음, 淑貞의 죽음, 覺新의 계속되는 인내와 양보, 覺民, 琴 등 청년들의 활발한 사회활동, 覺民과 제2세대 사이의 몇 차례의 충돌 등등이다. 결말은 48 - 50장이라고 할 수 있는데 할아버지가 세상을 뜬 후 가장이 된 克明은 병이 있는 데다 동생들과의 충돌로 화병까지 나서 죽게 된다. 그에 따라 화원이 딸린 대저택은 克定과 克安의 주장으로 팔리게 되고 마지막 재산분배 때 克定, 克安과 克明의 아들 覺英 사이에 마찰이 생기며, 克定과 집을 파는 데 동의하지 않는 覺新이 충돌이 생기자 覺民은 그들과 한바탕 치열한 공방전을 벌이며 끝내 그들을 꺾는다. 克定 등이 분풀이를 覺新에게 하려고 하자 覺新도 더는 참을 수 없어 그들의 요구를 거부한다. 이로써 대가족은, 제3세대인 覺慧, 淑英 등은 가출하고 覺民은 강렬한 반봉건사상을 가지고 있으며 覺新은 대

가족의 해체를 슬퍼하지만 무력하고, 게다가 같은 제3세대인 나어린 覺英, 覺群 등은 공부는 하지 않고 방탕한 등 결국은 후계자가 없어 필연적으로 몰락하고 붕괴하게 된다. 봉건 대가족 내부의 돈과 권력을 위한 모순 갈등 역시 대가족의 붕괴를 촉진한 중요한 원인이 된다.

이 소설은 빠진의 소설 가운데서 가장 길고 짜임새가 매우 느슨한 소설이지만 많은 인물과 사건들은 모두 봉건 대가족의 몰락과 붕괴라는 주제를 표현하는 데 직접, 간접적으로 기여하고 있다.

성장소설이란, 주인공이 그 시대의 문화적, 인간적 환경 속에서 유년기부터 청년기에 이르는 동안에 자기를 발견하고 정신적으로 성장해 가는, 이를테면 자신을 내면적으로 형성해 가는 과정을 묘사한 소설이다. 가족사 성장소설은 이러한 것이 가족사소설의 형태를 통하여 구현되는 소설 유형을 일컫는 것이다. 따라서 여기서는, 가정과 외부 현실을 각각 전경과 후경에 배치하는 것이 가족사소설의 기본적인 방법인 만큼, 주인공의 정신적 성장도 이 두 가지 환경의 영향을 동시에 받게 된다.[79]

인물을 모티브로 하는 이 삼부작은 제3세대의 각성과 성격 발전 과정을 중심으로 하고 있기에 성장소설적인 요소를 갖고 있다고 할 수 있다. 물론 유년부터의 성장을 다룬 것은 아니고 길어야 3년여의 시간을 다루고 있어 성장과정이 많이 생략된 상태이긴 하지만 소설 속의 인물의 성장과 각성 과정을 비교적으로 고찰해 보기로 한다.

이들의 성숙과 각성은 주로 가정과 학교, 사회환경 등에서 이루어지며 교우관계도 무시할 수 없는 요소로 작용한다. 覺慧와 覺民은 아버지가 부재한 상황에서 할아버지가 직접적인 영향을 미치며 또한

---

79) 서영식, 「한일 근대 가족사소설 비교 연구」, 고려대 박사논문, 1998년, pp.106 - 107.

아버지를 대신하는 맏형 覺新도 영향을 준다고 할 수 있다. 淑英은 아버지 克明의 완전한 통제 속에 있으며 琴은 아버지도 없고 할아버지도 안 계신다. 여기서 아버지 혹은 할아버지들은 긍정적인 영향을 미치는 것이 아니라 부정적인 영향관계에 있다. 그들은 모두 극단적으로 전제적인 성격을 가진 봉건 도학자들이기에 젊은이들의 반항을 불러일으킨다. 물론 이것은 그들이 모두 차남이나 막내 혹은 딸로서 가정에서 약한 고리이며 장손이 아니기에 가능하다고 할 수 있다. 장손인 覺新과 외갓집 周伯滔의 외동아들 枚는 모두 가장들의 영향을 심하게 받아 그 그늘을 벗어나지 못하고 고민하고 주눅 들고 순종하기만 한다. 아버지와의 관계는 정신적, 의지적, 사상적으로 성장하는 데 영향 준다.

다른 가족 구성원들의 영향도 무시할 수 없다. 고씨 집에 사는 젊은이들, 거기에 늘 오는 琴에게 제2세대의 타락과 내부 갈등은 심각한 영향을 주며 일차적으로는 혐오감을 가져다준다. 제2세대는 사실 봉건적인 예의도덕을 지키는 것도 아닌 극단적인 이기주의자들일 뿐이다. 큰형의 애인이었던 梅의 죽음과 특히 사랑했던 鳴鳳의 죽음은 覺慧에게 결정적인 작용을 한다. 때로는 나약하고 때로는 넘을 수 없는 장벽 때문에 회피하기도 했지만 그 결과는 사랑하는 사람을 죽음에서 구해내지 못했고 그것이 그의 반항의지를 더욱 굳게 한다. 거기다가 형수 瑞珏이 미신을 믿는 윗세대의 주장 때문에 죽게 되자 그는 집을 떠날 결심을 확고히 하게 된다. 淑英은 제2세대의 파렴치하고 타락하고 이기적인 면들을 늘 보아왔으며 앞의 사람들의 죽음을 겪었을 뿐만 아니라 또 같은 처지의 친척인 蕙의 죽음도 지켜보게 된다. 사랑하는 사람을 앞에 두고 괴벽하기로 소문난 낯모를 사람한테 시집가서 우울하게 살다가 비참하게 죽으며 죽어서도 절간에 방치된 채 묻히지 못하는 그의 일생은 淑英에게 반면적인 자료로 작용한다. 覺民과 琴은 삼부에 다 등장하면서 많은 사람들의 죽음을 보아왔다. 특히 아름답고 선량하고 연약한 여자들의 죽음은 그들에게 깊은 정서적 영향을 주고 그들의 분노와 반항심을 더 굳혀 주었다고 할 수 있다. 梅, 鳴鳳, 瑞珏, 蕙, 枚, 淑貞, 海臣, 하녀 倩兒 등 너무나 많은 젊은 생명의 스러짐은 覺民이 봉건 대가정에 대한 미련을 버리게 하며 자신이 살고 있는 도시의 폐쇄적이고 고루한 환경을 벗어나 새로운 공기를 마실 수 있는 곳으로 갈 결심을 하게 한다. 이 점에 있어서는 琴도 마찬가지다.

이들의 성장과 변화에 중대한 역할을 한 것은 학교에 가서 사귀게 된 친구들과 진보적인 잡지, 서적들이다. 이들은 인물의 시야와 행동 영역을 사회로 확대시키는 다리작용을 한다. 覺慧와 覺民은 외국어 전문학교에 다니며 그들에게는 비슷한 사상을 가진 많은 친구들이 있다. 그들은 진보적인 극을 연출하고 잡지를 꾸리며 군벌에 대항해 동맹휴학을 하고 시위와 청원을 진행한다. 覺慧는 그들의 활동에 적극 참여하는 열성분자이다. 그들 형제는 또 진보적인 잡지를 얻을 수 있는 것은 다 얻어서 구독하고 서양소설, 이론서, 극 등을 많이 접촉하여 개성해방과 평등사상 등을 소유하게 된다. 琴은 여자학교에 다니는데 학교분위기는 覺慧네와 비할 수 없지만 전반적인 사회적인 분위기의 영향으로 역시 진보적인 학생들과 교류하며 覺民과 연애하면서부터 覺民과 함께 사회활동에 참여한다. 그러나 淑英은 학교는 커녕 집 밖에 나가는 것도 금지된 상태에서 覺民과 琴을 가장 의지할 만한 친구로 한다. 그녀는 覺民과 琴을 통하여 서양소설과 잡지들을 보고 한 번은 몰래 覺民 등의 잡지사 구성원들이 공원에서 회의하는 모습을 보기도 한다. 집 밖을 나간다는 자체가 큰 위험을 감수해야 한다는 점에서 淑英의 사상의 결정적 변화는 쉽지 않음을 알수 있다.

覺慧와 覺民, 琴에게 있어 이성 관계는 성격발전에 중요한 역할을 한다. 覺慧는 鳴鳳과의 연애에서 나약함과 모순을 보여주고 일을 핑계로 회피하기도 했으며 첩으로 가게 된 鳴鳳이 결국은 그의 도움을 받지 못해 자살하자 큰 타격을 받는다. 이 일로 그는 결정적인 변화를 가져와 正面적인 대결에 나선다. 覺民과 琴은 서로의 사랑을 원동력으로 하면서 함께 위험한 사회활동에까지 적극 참여한다. 크게 저항적이거나 과단성을 보이지 않던 覺民은 琴과의 사랑을 지키기위해 동생의 격려와 도움으로 가출하며 소신을 굽히지 않고 사랑을 지켜낸다. 이들은 서로가 영향을 주면서 점점 성숙해지고 굳세어지며 노련해진다.

성장소설에서 주인공들이 자신의 내부에 있는 불만이나 지향을 행동으로 표출하는 데 확신이 없을 때 교사들과의 만남은 주인공의 지향을 확고히 정착시키는 데 의의가 있다. 그러나 이 소설들에서는 교사가 직접 등장하지 않는다. 覺慧와 覺民이 다니는 학교의 교사들은모두 진보적인 사상을 가진 사람들이며 신문화운동의 가장 급진적인사상가의 한 사람인 吳 선생이 교사로 온다는 정도로만 언급되고 있다. 그러나 이 몇 마디만으로도 교사의 중대한 영향을 가늠할 수 있다. 琴이나 淑英에게 있어서 이와 비슷한 역할을 하는 것은 바로 覺慧의 편지와 覺民이다. 覺慧는 상해에 간 후 혁명당 혹은 사회주의단체에 가입한 것으로 짐작되며 그의 편지는 집에 있는 젊은이들에게 대단한 영향력을 행사하고 있다. 淑英이 집을 떠날 수 있은 결정적인 원인은 覺慧와 覺民, 琴의 영향 때문이다. 집 밖을 나서본 적이라곤 거의 없는 어린 처녀가 그토록 먼 길을 떠나기로 결정한 것에는 계몽자의 역할을 한 그들의 영향이 가장 컸다.

이상으로 세 부의 소설에서 제3세대 인물들의 성격발전과 성장을 성장소설의 잣대로 비교 분석해 보았다. 그들의 성장은 많이 생략된 상태이긴 하지만 성격의 변화와 일정한 정도의 완성을 보아낼 수 있으며 얼마간 성장소설적인 면을 찾아볼 수 있다.

이 소설의 처음에서 끝까지 나오는 覺新은 어쩌면 삼부곡의 진정한 주인공이라고도 할 수 있다. 그의 장남형 성격은 중국문학사에서 가장 대표적인 이중성격으로서 중국지식인의 전형 혹은 중국의 잉여인간형이란 평을 듣고 있다. 그만큼 그의 성격은 방대한 소설 구조 속에서 거의 시종일관하게 모순되어 있으며 동정과 비난을 동시에 받는다. 전체 소설이 끝나고 맺는말에서도 그는 여전히 잉여인간으로 남는다. 즉 대가족이 해체되어 그를 괴롭히는 사람도 별로 없지만 商業場이 불탄 후 마땅한 직업도 없어 조상의 재산에 의해 살아가는 사회에 아무런 가치가 없는 사람이 되었을 뿐이다.

『삼대』는 다른 두 편의 장편소설에 비하여 볼 때 비교적 팽팽한 구조를 가지고 있으며 시간의 흐름에 따라 3개의 연쇄체로 구성되어 있다. 거기에 비해『격류삼부곡』은 느슨한 구성이며 시간의 흐름에 따라 삼부곡으로 구성되어 있다. 『삼부곡』은 인물을 모티브로 하여 성장소설적인 면을 보이고 있으며 제1부는 覺慧, 제2부는 淑英을 중심으로 사건이 진행되고 전반에 걸쳐 覺民과 覺新이 등장하면서 이야기를 끌고 나간다. 그러나 모두 연대기적인 성격이 뚜렷하지 않으며『격류삼부곡』에서의 인물도 사실 성장과정이 많이 생략된 상태여서 가족사·연대기 소설이나 가족사 성장소설로서는 미흡하다.

나. 이항 대립적인 공간구조

공간은 소설 구조의 틀 속에 들어오게 되면 시간과 결합하게 되고 등장인물의 행위와 연결되어서 그 의미가 다양하게 변형되기 때문에 소설의 공간을 논의한다는 것은 소설의 모든 것을 논의해야 하는 결과가 된다. 특히 장편소설의 경우 공간의 기능이 더욱 확대된다. 작가는 소설의 공간과 시간, 그리고 인물의 성격을 치밀하게 계획할 수 없고 다만 특정의 환경 속에 인물을 투입하고 거기에 적절한 대응을 모색함으로써 작품을 전개한다. 그런 점에서 소설에서의 사건의 전개란 한 공간에서 다음 공간으로의 이동이란 말로 표현할 수 있다. 즉 소설에서의 사건 전개는 공간과 공간의 선형적 또는 입체적 이동인 것이다. 그런 점에서 소설의 공간은 소설의 모든 요소를 포괄하는 핵심이다.

소설에서의 공간은 "인물이 서 있는 장소와 배경으로서의 의미론적 측면에서부터 소설의 구조적 특성, 서술방식의 특성, 나아가 하나의 세계가 구축되어 독자에게 전달되는 과정을 포괄하는 개념"[80]이 된다고 할 수 있다. 어떤 면에서는 인격화된 추억과 희망으로 채워진 곳이고 동시에 행위를 포함하는 그릇이다. 그리하여 "공간의 성질로부터 행위의 성질을 추론할 수"[81] 있게 된다.

---

80) 황도경, 「이상의 소설공간」, 김상태 편, 『한국현대소설론』, 학연사, 1993, p.300.
81) 유인순, 「김유정의 소설공간」, 김상태 편, 위의 책, p.328.

유리 로트맨은 예술 텍스트의 내적 요소가 이항적 의미대립의 원리에 지배를 받는 점에 대해 아래와 같이 말했다. "텍스트의 여러 요소의 내적 조직의 기초에 있는 것은 이항적 의미대립의 원리라는 것을 쉽게 증명할 수 있다. 즉 세계는 부자와 가난뱅이, 가족과 타인, 정통파 교인과 이단, 교육받은 사람과 무식한 사람, 적과 동지, 자연에 속해 있는 사람과 인간사회에 속해 있는 사람과 같이 구분될 것이다. 텍스트에 있어 이들 세계는 거의 예외 없이 공간적으로 표현된다."82) 소설의 공간을 이항적 의미대립으로 유형화하면 축소지향의 공간과 확대지향의 공간, 수직공간과 수평공간, 생리적 공간(물리적 공간)과 인식에 의한 공간(심리적 공간) 등등 외에도 저항공간과 순응공간, 내면공간과 외면공간, 개인적 공간과 집단적 공간, 여성공간과 남성공간, 폐쇄공간과 개방공간 등 수없이 많다. 본서에서는 소설의 공간을 가족적인 공간과 사회적인 공간, 물리적 공간과 심리적 공간, 축소지향의 공간과 확대지향의 공간, 저항공간과 순응공간 등에 비추어 분석하려고 한다.

1) 수직적인 가족공간과 수평적인 사회공간, 순응공간과 저항공간의 대립

세 편의 가족사소설은 모두 가족적인 공간을 중심에 놓고 묘사하면서 동시에 그것을 사회적인 큰 배경에서 다루고 있다는 점에서 동일하다. 순응적인 가족공간은 또한 구체적인 저항공간과 대립시켜 묘사되고 있기도 하다.

먼저 『삼대』에서 조의관네 집은 순응적인 공간이면서 수직적인 가

---

82) Yuri Lotman, La Structure, 홍성암, 「소설의 공간 설정과 작가의식」, 『현대소설연구』 5집, p.54에서 재인용.

족공간이다. 조의관과 가치관이 다른 상훈은 따로 살고 있고 어떤 원인에서든지 조부를 따르는 손자네가 같이 살고 있다. 수원댁도 겉으로는 역시 조의관에게 절대 순종적이다. 봉건적인 가장의 권위를 따르는 공간이고 유교적인 도덕과 행위규범을 지키는 공간이며 체제 순응적인 공간이다. 가계를 이어 나갈 수 없는 아들은 배제되고 손자가 한 대 건너뛰어 조부의 바통을 이어받게 된다. 이것은 봉건적인 질서와 전통이 유지되고 가족의 정체성을 지켜 나가려는 비교적 폐쇄적인 공간이라고 할 수 있다.

그러나 그 당시는 식민지적인 근대성이 형성되는 시기로서 양반제도는 오래전에 이미 폐지되었고 전반 사회는 일제의 식민지로 전락되어 심각한 민족적 위기에 처했는바 민족의 정체성이 보장되지 못하고 국권을 잃은 상태에서 조의관은 자기 한 가족만 지켜 나가면 그만이라는 식이다. 그는 을사조약 북새판에도 양반을 사고 식민지적인 압제가 심해지는 현실에서 족보에 금칠하고 대동보소를 맡는 등 역사의 흐름에 위배되는 행위를 하면서도 조상의 돈이 아닌 자신이 번 돈으로 이런 일을 한다고 하여 아무런 부끄럼이 없다. 심지어 비소중독으로 병원에 입원하면서도 집안 차례 지낼 일에 더 신경을 쓰는 인물이다. 가족의 영속을 위해 그는 나이는 생각지 않고 아들 하나를 더 얻고 싶다는 소원을 가지고 있으며, "아들 낳는다는 보험만 붙은 계집이면 또 하나 얻어도 좋겠다는 속셈"(『삼대』, p.82)도 가지고 있다. 이처럼 시대에 뒤떨어진 사고방식을 갖고 있는 家長 조의관을 대표로 하는 조씨 가족은 사회적인 흐름에 역행하고 있다.

작품은 수직적인 가족공간과 대립되는 수평적인 사회관계를 대표하는 구체적인 공간으로 산해진을 묘사하고 있다. 이 두 공간은 서로 타협 불가능한 이질적인 공간으로서 이념적으로도 대립되는 공간이라고 할 수 있다. 조씨네 가족은 혈연에 기초를 둔 가족공동체이지만 후자는 동지애로 결속된 일종의 정치적 공동체라고 할 수 있다. 이보영은 "종래 염상섭 연구에서 소홀히 되어 온 「산해진」의 의미는 『삼대』에서의 인간관계와 주제를 이해함에 있어서 매우 중요하다. 그것은 조의관 집 가족과는 대조적인 성격을 가진 소집단의 문제, 우연의 가족이라는 문제와, 일제 식민지시대 지하운동의 전략과 그 양상이라는 문제까지도 제기해 오기 때문이다."83)라고 하였으며 김윤식도 소설의 기본적인 대립을 조씨 가족의 '가정 중심적인 삶'과 김병화 쪽 인물들의 '사회 중심적인 삶'의 대립으로 보았다.84) 김진실은 이 두 공간을 '몰락하는 소시민적 가족공동체'와 '부상하는 사회주의적 이념공동체'85)로 명명하기도 한다.

가족공간은 앞에서 지적한 것처럼 조의관의 반역사적, 반사회적 행적으로 하여 몰락의 운명이 예시될 뿐만 아니라 아들과 손자 모두가 시대착오적인 사고를 가지고 있기는 마찬가지여서 더욱 그 운명을 벗어날 수 없다. 나라를 잃고 민족의 정체성을 잃어버린 현실에서 한 가족의 영속과 양반의 지체를 빛내려는 행위는 무위한 집념일 뿐이며 그것은 아래 세대와의 마찰을 빚어낼 수밖에 없다. 아들 조상훈은 아버지의 유교적인 사유방식과는 대립되는 기독교적인 사상을 가졌지만 역시 시대의 낙오자이긴 마찬가지다. 그는 아버지의 돈으로 독립운동가를 돕고 학교에 기부하는 등 좋은 일을 하기도 하고 교역

83) 이보영, 『난세의 문학』, 예지각, 1991, p.328.
84) 김윤식, 『염상섭 연구』, 서울대출판부, 1987, p.538.
85) 김진실, 「염상섭의 〈삼대〉연구」, 서강대 석사논문, 1996, pp.31 - 59.

자이기도 하며 양반 행세를 반대하고 제사에도 참여치 않는 반봉건적인 경향도 가지고 있지만 거기에는 젊은 시절 유행을 따라 공명심과 허영심에 의해 행동한 일면도 적지 않다. 그는 자신의 성격적인 흠집 때문에 타락하며 덕기의 사상적 결함을 이용하여 조의관이 남겨 놓은 재산을 축내기만 한다. 덕기는 아버지의 타락을 시대적인 한 계점에서 찾으려고 하지만 그것은 구차한 이유에 지나지 않을 뿐이다. 그런가 하면 덕기 역시 성격상 큰 결함을 가지고 있다. 그는 기독교학교를 다녔지만 믿지는 않으며 봉제사를 우선으로 하는 조부에게도 저항하지 않는다. 학교에 늦게 가게 돼도 급해하지 않으며 그렇다고 제사를 지내는 등 일도 조부의 기대만큼 잘할지 의문스럽다. 또 아버지에게 불만이 있지만 부자관계의 윤리는 지키려고 한다. 즉 여기저기 다 영합하려 하며 할아버지만큼은 아니지만 기본적으로 봉건적인 가족주의와 가장제도를 옹호하는 인물이다. 다른 한편 그는 아버지와도 많이 닮아 있는데 필순이를 처음 본 순간부터 호감을 갖게 되고 공부를 시켜 주겠다고 하며 필순이 가족을 많이 도와주고 필순이 아버지가 사망한 후 그들 가족을 맡게 된다. 아버지의 先行이 있었기에 똑같은 잘못을 범하지 않으려고 애쓰지만 감정은 아버지의 그것과 거의 같은 궤적을 가고 있다. 그는 부잣집 상속자임을 다행스럽게 여기면서 기득권을 지키기 위해서는 친일적인 행동도 할 수 있는 보수적인 인간이며 조상훈과 마찬가지로 집안에서는 철저히 봉건적인 가장일 인물이다.

이들 가족공간과 대비되는 「산해진」은 이념적 관계를 중심으로 하는 수평적(동시대적)인 한 축도를 구성하고 있다. 심퍼사이저인 덕기를 제외하면 김병화를 주축으로 하는 이 공간은 홍경애, 필순 가족과 원삼 등이 형성하고 있으며 피혁이나 장혁 등과도 연관되어 있다. 이들은 주로 젊은이들이고 특히 의식상에서 동조할 수 있는 집단이다. 이들은 개인적으로 가족적인 구속이 거의 없는 상태이다. 김병화는 이미 가출하여 식민지 사회를 큰집으로 삼는 운동가이고 피혁이나 장훈에 대해서는 정확한 정보가 없지만 신분적으로 안정된 가정이 있을 수 없으며 홍경애와 필순은 그녀들 자체가 가장이며 그 부친들은 모두 동일한 사상경향으로 가족이 몰락하게 되었다. 이들 새로 이루어진 집단은 봉건적인 가족과는 완전히 다른 인간관계를 형성하고 있는데 그 대표적인 예로 홍경애와 병화의 관계를 들 수 있다. 홍경애는 조상훈과 갈라진 후 가장으로서 생계를 위하여 술집에도 나가지만 생활이 어려워 조상훈이 다시 접근하는 기회에 돈을 갈취할 생각도 하고, 김의경을 질투하기도 한다. 그러나 독립투사 아버지와 친척들의 영향을 받았을 그녀는 필요시에 비밀적인 일에 참여하여 피혁과 병화를 연결시켜 주기도 한다. 그 과정에서 그녀는 병화와 서로 감정이 생기지만 동지적 관계로 만족하며 마음을 다잡는다. 그들의 동지애는 가족주의의 편협한 범위를 벗어난 훨씬 성숙되고 사회적인 관계이다. 동지적인 관계를 넘어선 이성적인 사랑관계라고 해도 그들의 관계는 평등하고 이해타산이 없으며 미래지향적인 관계로서 봉건가족 내부의 수직적이고 교환적인 이성 관계와 질적으로 다르다. 이러한 동지적 관계는 병화, 경애와 장훈 사이에서 확인할 수 있으며 후에 합세한 원삼에게까지 확대된다. 이보영은 「산해진」의 중요성이 결말로 갈수록 증대되는 것은 물질주의적 이해타산에 대조되는 인격적 인간관계의 도덕적 우월성을 말해 주며 횡보의 리얼리즘의 강한 도덕성을 말해 준다고 보았다(이보영, p.330).

이기적인 가족 공간의 몰락과 동지적 관계의 사회적 공간인 「산해진」의 부상은, 체제 순응적인 조씨네 가족공간에 비해 「산해진」이 현 체제에 대한 저항을 목적으로 생겨났다는 데서 정치적인 의미를 가진다. "그러나 누가 뒤처져 남을 건가? ……자네보다는 나일세. ……내가 산다는 것은 내가 가진 사상이 산다는 말이요 내가 가진 소위 이데올로기가 산다는 말일세. ……더 새롭고 더 안정한 일류 생활로 나가는 큰 계단으로서 가치가 있음을 의심하는 자네와 및 자네의 동류는 뒷발길로 걷어차고 시대는 앞으로 나가는 것일세. ……나는 다만 시대에 끌려가는 시대의 동화자일 따름일세. ……시대라는 큰 수레에 타기를 꺼리는 자네와 자네 이하 사람에게 어서 올라타라고 군호하고 재촉하는 임무를 우선 맡았다는 것일세(신문연재본 123회)." "당장 고통을 견디지 못하여 죽는 것은 아니다. 몇십 명의 동지를 대신해서 죽는다는 것도 말이 안 된다. 그들 개인이나 그들의 가족을 불행과 고통에서 건져 주려는 그따위 희생적 정신이라는 것은 미안하나마 내게 없다. 나는 다만 조그만 시험관 하나를 죽음으로 지킬 따름이나 그 시험관은 자기네 일의 결정적 운명을 좌우하는 것이요. 지금 이 시각도 몇몇 우수한 과학적 두뇌를 가진 동지들이 머리를 싸매고 모여 앉아서 연구를 계속하는 것이다. 이 연구와 실험도 미구불원에 성공할지도 모른다. 이것을 죽음으로 지켜 주는 것이 지금 와서는 나의 책임이다. 그것 하나만으로도 내 죽음은 값이 있는 것이다. 그러나 그 시험관의 결과를 못 보는 것만은 천추의 유한이다. 하지만 그 역시 내 눈으로 보자던 것도 아니었다. 어차피 성 불성 간에 그 시험관과 함께 이 몸도 없어질 것은 벌써 각오하였던 것이 아닌가……(208회)." 이와 같은 병화의 편지와 장훈의 독백은, 조씨 가문

과 같은 봉건가족의 몰락과 새로운 시대의 필연적 도래를 암시하며
새로운 공동체와 그 구성원들이 갖추어야 할 자세 등을 알려 준다.
경찰의 주시와 검거로 끝내는 체포되고 희생까지 생기는 비극을 맞
지만 이 공간이 의미를 가지는 것은 병화나 장훈이 개인이 아니라 한
집단을 대표하고 있고 그들은 시대적인 추세를 제시하고 있다는 점
이다. 연재본의 결말에서 제시한 '외국에서 들어온 것 같지 않은 폭
탄'은 그들 조직이 살아 있고 활발히 지하운동을 진행하고 있다는 것
을 독자에게 암시한다. 따라서 비극적인 결말이 사실은 희망적이기
도 하다. 이로써 외견상 유지되어 가는 체제 순응적인 가족공간과 일
망타진된 저항적인 「산해진」은 사실상 정반대되는 앞날을 가지고 있
다고 볼 수 있다.

『태평천하』는 『삼대』보다 몇 년 뒤에 창작된 탓으로 식민지적인
환경이 많이 열악하여 작가의 공간 설정도 영향받은 것으로 보인다.
이 소설 역시 위와 마찬가지로 순응적인 가족공간이 위주로 묘사되
고 있으며 그 외에 시골, 윤주사의 집과 일본 등 공간도 설정되어 있
다. 소설은 아들과 손자는 없지만 며느리, 손자며느리, 증손자까지 한
집에 있는 가장제 대가족의 필연적인 몰락과 붕괴에 중점을 두면서
그와 대립되는 공간을 은폐적으로나마 설정하고 서로 대립시키고 있
으며 윤직원을 대표로 하는 이 가족 공간의 몰락에 중요한 영향을 주
도록 배치하고 있다.

철저히 수직적인 관계에 있는 이 가족은 윤직원이 모든 것을 한 손
에 거머쥐고 있다. 보기에 그럴듯한 이 가족 역시 조손 3대의 시대착
오적인 인식과 특히 막내 손자 종학의 이단적인 행동으로 그 몰락이
예견된다. 윤직원은 판무식꾼 윤용구가 대푼변 돈놀이와 곱장리를 놓

는 등 방법으로 번 돈을 물려받아 역시 '체계변이며 장리변'을 놓는 등 방식으로 폭리를 취하여 부자가 된 사람이다. 그는 가장으로서 경제권을 틀어쥐고 있으며 구두쇠지만 '가문을 빛나게 할 사업'에는 돈을 아끼지 않는다. 첫째로 족보에다가 도금을 하는 데 돈 이천 원이나 들였지만 그것을 보아주는 사람도, 말해 주는 사람도 없고 보니 득실이 상반이었고, 둘째는 자신이 향교의 직원 벼슬을 한다. 掌議들에게 사음이며 농토 같은 것을 주고 직원이 되었지만 역시 그에게 큰 이익은 없고 그저 이름 위에 직함이 붙었을 뿐이다. 셋째는 양반과 혼인을 하는 것인데 한바탕 큰기침을 할 만하지만 그에게 어떤 실리를 가져왔는지 확실치 않다. 네 번째 군수와 경찰서장 배양을 제외하면 세 가지 사업은 거의 아무런 사회적인 효과도 없는 일이라고 할 수 있다. 혹자는 조의관과 달리 윤직원이 양반을 사고 족보에 도금한 것은 사회적인 지위를 높여서 돈을 벌고 지키는 데 이롭게 하기 위해서라고 하지만 사실 그가 양반을 사든 족보에 도금하든 그의 내력을 알 만한 사람은 다 알고 있고 며느리까지 그의 비천한 신분을 들먹거리는 마당에 그것이 사회적으로 어떤 방패막이가 된다는 것은 의심스러운 일이다. 즉 그는 그렇게 구두쇠이면서도 황당하게 아무런 가치를 가져올 수 없는 일에 돈을 써 버리며, 반시대적인 행위를 한다.

아들 윤주사는 가족 내에서는 아버지의 家督權을 물려받지 못하고 사회적으로도 할 만한 일이 없는 처지에 조상의 재산을 무한정 축내기만 한다. 그는 현실사회에 대한 정확한 인식도 없고 사회에 진출할 만한 능력도 없으며 어떤 상황에서 돈을 어떻게 써야 하는지도 모르는 사람이다. 살림살이를 할 줄 모를 뿐만 아니라 세상이 어떻게 돌아가는지 통 모르고 지내며 남이 빚을 얻어 쓰는 데 도장을 눌러

주면서도 공공사업에는 한 푼도 낼 줄 모른다. 그러면서 도박으로 하루 저녁에 수천 원씩이나 날려 보내고 첩도 둘씩이나 두고 있다. 거기다가 손자 종수까지 거의 똑같은 인물이다. 윤직원의 기대를 구실로 돈을 타내서는 주색잡기에 탕진하며 절반 이상을 중개인에게 갈취당하면서도 별 대책이 없다. 이러한 허망한 자식들 때문에 윤직원 가족의 몰락은 정해진 거나 다름없다.

이 가족공간과 대립되는 공간으로 첫째, 시골을 들 수 있다. 시골에 있을 때 윤직원 가족은 언제나 화적들이나 수령들의 토색질에 시달려야 했다. 특히 화적들에게 여러 번 재물을 약탈당하고 윤용규는 화적의 손에 죽기까지 했다. 화적들 가운데는 그의 작인도 있었고 그들은 '호미와 쇠스랑을 다루던' 솜씨에 가지각색 사람들로 구성되었는데 이들의 행동은 억압받는 최하층 인간들의 자연발생적인 반항으로 볼 수 있다. 중년에는 또 양복청년 혹은 권총청년들에게 돈을 뺏긴 적이 있는데 영수증을 써놓고 간 이런 청년들은 독립군일 것으로 평가되고 있다. 그 밖에도 시골에는 그의 착취를 당하고 있는 작인들이 있다. 착취를 당하는 일방으로서의 작인들은 윤직원 가족과 대립적이 아닐 수 없다. 윤씨 가족의 치부와 작인들 혹은 화적, 독립군의 활동은 첨예한 대립관계에 있으며 윤직원은 경찰서 무도장을 지어주고 소방대에 기부하는 등 권력층에 기대어 가족 공간을 유지하고 이익을 지켜왔다. 서울이라는 식민지적인 질서가 비교적 확고한 공간으로 이사 오면서 식민지시대에 순응적인 윤직원은 태평한 세월을 보내게 되는데 이로써 이 가족구조의 반민족성이 드러난다.

윤창식이 거주하는 곳은 다른 하나의 대립적인 공간인 셈이다. 두 첩의 집에서 왔다 갔다 하는 그는 친척이나 친구에게 돈을 털어주거나 빚문서에 도장 눌러 주는 일 말고는 도박을 하는 데 하루에 수천 원 잃고도 근심이 없다. 그와 종수는 돈을 아득바득 모으고 착취하는 윤직원에게는 '만리장성을 허무는' 일만 할 뿐이다. 제2, 3대의 무위도식과 방탕함으로 윤씨 가족을 이어 나갈 후계자가 없다는 데서 가족공간의 필연적 몰락을 예시한다.

가족공간과 대립되는 가장 중요한 공간으로는 종학이가 공부하고 있는 동경이다. 소설에서는 전보 한 장이 전부지만 이 공간은 체제 순응적이고 수직적인 가족공간에 가장 첨예하게 대립되는 저항적인 공간이요, 수평적인 사회공간이다. 이것은 또한 봉건가족주의 이념에 대립되는 사회주의 이념을 상징하는 공간이기도 하다. 종학은 동경에 간 후 돈을 좀 헤프게 쓰고 이혼을 해 달라고 조르기도 하고 이상한 낌새를 보이기도 했는데 이것은 그가 동경에 간 후 얼마 안 되어 이미 저항적인 활동을 하고 있었다는 증거가 된다. 윤직원의 사업 일환인 정략결혼에 반대하여 이혼을 요구하는 것은 이 가족공간의 해체를 요구하고 원래의 질서를 거부하는 것이며 가장 중요한 것은, 윤직원이 제일 큰 기대를 걸었던 종학이 아이러니하게도 바로 그가 제일 미워하는 사회주의자가 되어 체포된 것이다. 윤직원의 치부와 재산을 보호해 주는 식민지 체제에 대한 저항이 가족 내부에서 생긴 것은 반민족적이고 전제적인 윤직원에게 어쩌면 피할 수 없는 운명이기도 하다.

『태평천하』는 소설의 편폭이 가장 짧고 또 사회적인 원인으로 대립적인 공간에 대한 묘사가 너무 적기는 하지만 작가의 뜻은 명확하다고 볼 수 있다. 윤직원의 가족 공간에 가장 큰 타격을 준 대립적인 공간은 사회주의 이념을 대표하는 공간으로서 내부로부터 썩어 가던 이 가족공간은 동경에서 날아온 전보 한 장에 거의 허물어지며, 그

가족이나 식민지 사회에 대립되는 가장 유력한 세력은 사회주의라는 것에 명확한 암시를 하고 있다. 종학은 체포되었지만 소설은 그것으로 사회주의의 실패를 보여주려고 한 것보다는 윤직원 가족의 몰락에 역점을 두고 있는 것이다.

『격류삼부곡』은 방대한 양으로 고씨 가족의 일상생활을 서술하고 있다. 이 작품 역시 대립적인 공간에 대한 묘사가 상대적으로 적은 편이다. 봉건왕국을 방불케 하는 고씨네 집은 가장 대표적인 수직구조이며 전제적이고 봉건적이며 폐쇄적인 공간이다. 모든 권력은 할아버지에게 집중되어 있으며 항렬과 연령에 따라 엄격한 신분제도가 유지되고 있고 외부와 차단되어 있다. 이 공간에서는 모든 사람이 수직구조에 따라 윗사람에게 절대적으로 순종해야 한다. 이 공간과 대조적으로 설정된 공간으로는 군벌혼전으로 불안한 사회적인 공간과 학생들이 꾸리는 잡지사, 상해라는 새로운 열린 공간 등을 들 수 있다.

고씨 집도 위의 두 소설에서와 마찬가지로 그 자체만으로도 몰락의 운명을 피해 갈 수 없다. 克定과 克安은 방탕한 생활에 돈을 물쓰듯 하면서 가장 혹은 가족성원으로서의 책임은 관심 밖이다. 克定은 심지어 딸 淑貞이 우물에 뛰어들어 자결한 상황에서도 첩의 집으로 가 버리는 인간이다. 그들에게 중요한 것은 돈을 한 푼이라도 더 가지는 것이며 봉건 대가족의 존속이나 전통, 조상의 가업 등에는 모두 신경 쓰지 않는다. 바로 그들이 克明이 죽기 전부터 공관을 팔지 못해 안달을 하고 克明이 화병으로 죽자마자 집을 팔고 재산 나누기에 혈안이 된다. 제3세대인 覺民과 覺慧는 가족의 반역자이고 覺新은 생각만 하고 행동을 못 하는 나약한 인간이며 그 아래 覺英, 覺群, 覺世 등등은 모두 제2세대의 방탕하고 파렴치한 생활을 본받아 아주 어린 나이지만 공부는 뒷전이면서 하녀를 희롱하고 무례하기 짝이 없으며 돈만 밝히는 등 싹수가 없는 인물들이다. 이 대가족에는 克明이 죽자 봉건적인 도통을 이어갈 사람이 없게 된다. 제1, 2세대 역시 부패하고 이기적이어서 겉으로라도 유지되던 대가족의 화목은 조부가 죽자마자 깨져 버리고 심한 모순 갈등으로 하여 대가족은 흩어질 수밖에 없게 된다.

상대적으로 안정적인 고씨 집과 대립되는 군벌 할거의 불안한 사회적인 공간은 이 가족 공간의 유지에 직접적인 위협이 된다. 서로 자신의 지역을 확대하려는 군벌들의 혼전은 끊이질 않고 전쟁은 도시에까지 미치어 총알과 대포알이 공관을 직접 위협한다. 무고한 사람들이 눈앞에서 죽어 나가고 담장이 허물어지고 기와나 유리창이 깨지는 상황은 대가족의 안정적인 생활을 뒤흔들어 놓는다. 더욱 중요한 것은 계속되는 혼란으로 시골에 있는 농민들의 소작료를 거둬들이는 데도 어려움이 크고 양식 값도 떨어져서 수입에 큰 영향을 주는 것이다. 이러한 관계로 돈을 한 푼도 벌지 않으면서 제일 물 쓰듯이 했던 克定은 밭을 싸게 팔아 버리고 돈이 부족하자 결국은 또 공관을 팔자고 조르게 된다.

이보다 더욱 중요한 수평적인 사회공간으로는 覺慧, 후에는 覺民이 참여한 청년들의 모임이다. 청년들은 군벌을 반대하고 일본 상품을 배격하며 봉건사상을 반대하는 여러 가지 활동을 하게 되는데 그중에서 잡지사의 활동이 가장 두드러지다. 覺慧네는『黎明週報』를 창간하여 새로운 사상을 소개하고 불합리한 낡은 제도를 비판하는 글을 싣는데 그들은 모두 인도주의와 사회주의의 영향을 받아 사회를 개혁하고 인류를 해방한다는 거대한 책임을 어깨에 짊어졌다(『집』,

pp.201 - 202). 覺民이 참가하는 편집회의는 무정부주의적 색채를 띤 것으로 회의는 형식이 없고 회장도 없으며 토론에 의해 결정하고 자유롭게 자기 의견을 발표한다. 다른 견해는 있었으나 다툼은 없었다. 『봄』 21장에서 覺民 등 利群週報社 성원들은 북경이나 상해의 사회주의 단체의 도움을 받아 均社를 성립하고 「均社선언」을 발표한다. 이 단체를 통하여 그들은 유인물의 인쇄, 배포 및 연극공연 등 활동을 전개한다. 利群週報社 성원들이 모여서 일할 때의 기쁨과 일체감을 작품은 여러 곳에서 묘사하고 있다. "그들은 함께 모여 이러한 일을 할 때, 무언가를 얻기 위해서 하는 것은 아니었다. 주기 위해서, 공헌하기 위해서 하는 것이었다. 그들은 스스로 활력이 넘쳐흐르는 것을 느꼈다. 그들은 이러한 힘을 개인적인 즐거움을 구하는 데 소모하고 싶지 않았다. 그들은 부패한 제도가 얼마나 많은 사람을 괴롭히는지 보아왔다. 그래서 민중의 슬픈 울음소리 가운데서 안락한 꿈을 꾸고 싶지 않았다. 그래서 그들은 이러한 기회를 찾아 그들의 힘을 바치고자 하는 것이다. 조건도 보수도 상관없이 그들은 양심의 위안만을 구했다. 왜냐하면 그들은 이제 정의의 계시를 받았다고 믿기 때문이다. 심지어 그들은 이타적인 행위에서도 속죄의 표시를 보았을 뿐이다. 왜냐하면 그들은 자신의 특권이 다른 사람을 더욱 고통스럽게 한다고 믿었으며 자신의 平安이 다른 사람의 고통 위에 이루어진 것이라고 믿었기 때문이다."(『가을』, p.327) 민중의 고통 속에서 개인의 안일을 구하지 않은 것은 불평등한 사회제도에 대한 반항이라 할 수 있다. 노동은 신성한 것이라고 믿는 그들은 영어선생보다 재봉기술, 식자기술을 배우거나 이발사가 되려고 한다. 즉 그들은 육체노동과 정신노동을 동등하게 여기고 泛노동주의를 제창한다. 또한 서로의 견해가 같

지 않아도 상대방의 의견을 충분히 존중해 준다. 이 공간은 "마치 이
상적인 가정과 같이 화목했고 사랑이 흘러넘쳤다. 공동의 신념이 그
들을 묶어 주었으며 모두들 같은 영혼을 지니고 있었다. 가장 귀중하
고 보배롭게 여기는 것이 같았으므로 그들은 서로 진심으로 대할 수
있었다."(『집』, p.260) 이것은 구성원의 자유로운 협의와 평등한 협력
에 기초를 둔 건전한 조직[86]이다. 그들은 "지금까지 이렇게 자유롭고
통쾌하게, 그리고 편안하게 호흡해 본 적이 없었다. ……그들의 <자
신>은 점점 사람들 사이에 융화되어서 그들은 전에 없었던 역량을 얻
게 되었다. 그들은 이때 정말로 사람들을 따라 어디든 갈 수 있었으며
극도의 위험이나 희생을 치러야 된다 해도 기꺼이 치를 작정이었다."
여기서 볼 수 있듯이 행복은 개인의 향락이나 이기적 쾌락에 있는 것
이 아니라 민중 속에서 진리와 정의를 위해서 분투할 때만 얻어지는
것이다. 작가의 사상을 대변해 주는 이러한 공간은 고씨 집과 정반대
의 위치에 있다. 이곳은 절대적으로 평등한 공간이며 권위와 전제가
없고 서로 존중하며 각자가 자신의 의지에 따라 일에 참여하고 자신
보다 남을 위하여 일한다. 이러한 공간이 覺慧와 覺民을 키워냈고 고
씨 집과 같은 전제적이고 수직적인 공간과 대립되는 것이다. 같은 목
적과 영혼을 가진 생기발랄한 이러한 청년들의 집단은 속으로 이미
부패해져 자체적으로도 해체의 위기에 처한 대가족에 비해 훨씬 강한
생명력과 전투력을 가지고 있다.

　이 밖에도 상해로 표현되는 열린 공간 역시 대가족이라는 공간에
무시로 활력을 불어넣고 그 붕괴를 촉진하는 힘이다. 覺慧가 있는
상해라는 이 공간은 봉건세력이 강대한 成都와 대조되면서 覺慧의

---

86) 芾甘, 『從資本主義到安那其主義』, 平社, 1930, p.261.

편지와 함께 가족 내의 성원들에게 영향을 끼친다. 구체적인 묘사는
아주 적지만 覺慧가 혁명당이 되었다거나 사회주의 단체에 가담하여
회의차 항주에 갔다는 등 정보는 상해라는 공간이 대가족과는 상반
되는 이질적인 곳임을 보여준다. "거기에서는 새로운 모든 것이 자라
나고 있다. 거기에는 새로운 운동이 있고 수많은 민중이 있으며 또
편지로만 만난 열정적인 젊은 벗들이 있다."(『집』, p.372) 2부에서
淑英이까지 상해로 떠나면서 상해는 가족의 대립공간으로 작용한다.

이상과 같이 세 편의 가족사소설은 모두 가족이라는 공간을 중점
으로 묘사하면서 대립되는 공간을 설정하여 가족공간의 위기를 가속
화하고 그 몰락의 운명을 사회적인 저항공간, 이념적인 대립공간과
의 관계 속에서 보여주고 있다.

2) 축소 지향적인 공간과 확대 지향적인 공간, 물리적인
공간과 심리적인 공간

세 편의 소설은 모두 사회적인 공간과의 연계 속에서 가족이라는
공간을 다루고 있는 점은 동일하지만 결과적으로 『삼대』는 축소 지
향적인 공간 설정이라고 할 수 있고 기타 두 편은 확대 지향적이라고
할 수 있다. 그 외에도 『격류삼부곡』은 물리적인 공간과 심리적인 공
간의 교차적인 배치로 사건이 이어지는 특수한 구조를 가지고 있다.

『삼대』는 소시민적 가족공동체의 몰락과 사회주의적 이념공동체
의 부상을 보여주고 있다고는 하지만 그것은 어디까지나 작가의 리
얼리즘의 강한 도덕성을 말해 줄 뿐이고 작가 자신의 내면인식으로
는 여전히 덕기가 대표하는 서울 중산층의 보수적 가족주의를 긍정

하고 있다. 주인공인 덕기는 할아버지에게서 사당과 금고 열쇠를 물려받는데 그가 조상을 어느 정도 섬길지 의문이긴 하지만 그는 명확한 거부를 하지 않았다. 즉 금고 열쇠는 당연하게 기쁘게 받은 셈이다. 종학이나 覺慧, 覺民의 재산에 대한 태도에 의하면 그들의 조상이 축적한 부는 다른 사람을 착취한 것이며 다른 사람의 고통 위에 세워진 행복은 행복이 아니다. 그 외에도 더욱 중요한 것은 종학 등이 한 가족이나 개인보다 사회에 대해 더욱 큰 관심을 가지며 이타적이고 자기희생적이라는 것이다. 즉 덕기는 다른 소설에서의 제3대와는 완전히 달리 조상의 재산을 지키고 가족을 이어 나가며 가장의 자리를 기쁘게 이어받는다. 또한 인격적으로 존중을 받을 수 없는 아버지를 봉건적인 윤리대로 잘 대해 주고 그 권위와 체면을 세워 주려고 한다. 『삼대』는 식민지라는 민족적인 현실보다는 자기 한 가족의 재산을 지키고 가족을 이어 나가며 자신을 보존하기 위해서는 친일도 할 수 있는 덕기를 이상적으로 묘사하고 있는데 이것은 가족주의를 긍정하는 보수적인 경향으로서 축소 지향적이라고 할 수 있다.

　『태평천하』는 사회적 공간에 대한 묘사가 양적으로 너무 적기는 하나 한 가족의 이익과 재산을 지키는 것에만 관심이 있는 철저히 이기적이고 물신주의적인 家長 윤직원과 그의 폐쇄적인 가족을 풍자의 대상으로 설정하였기에 그 대립 면에 대한 작가의 일정한 긍정을 읽을 수 있다. 물론 소설에서는 종학이가 대표하는 사회적인 저항공간에 대한 어떠한 판단도 유보하고 있고 긍정적인 인물이 거의 없기는 하다. 그러나 소설에서 윤직원과 경손이의 입을 빌려 작가가 종학이를 素描적으로 얼마간 윤곽을 그려주고 있다는 것을 간과하면 안 된다. 종학은 이 집에서 유일하게 똑똑한 인물이고 공부를 잘했고 쓸

만했으며 첩을 두려 하지도 않았고 돈도 함부로 쓰지 않았었다. 윤직원이나 경손의 시각을 믿어야 한다는 문제점이 있기는 하지만 소설의 인물이 모두 부정적인 상황에서, 또 당국의 검열을 통과하기 위하여 작가가 할 수 있는 최선의 방법이 아니었을까 하는 추측도 가능할 듯싶다. 보충할 만한 것은 채만식이 동반자 작가로서 사회주의 계열의 이상주의에 젖어 있었으며, 그의 1930년대 작품들이 그러한 고발문학으로 일관되어 있다는 것이다.87) 『탁류』에서도 치열한 고발정신을 확인할 수 있으며, 일제에 의해 검열에서 삭제 내지 압수당한 작품만도88) 희곡 『심봉사』(1936년) 등 3편이 되며, 소설도 18편이나 되는데 이것은 1930년대를 전후한 그의 문학정신이 민족정신에 입각한 사회주의 계열의 고발문학이었기 때문이다. 즉 주관적인 판단이 될 우려가 있지만 봉건적인 가족주의에 대한 풍자와 몰락의 운명에 대한 묘사, 그 대립 면에 있는 종학에 대한 일정한 긍정으로부터 『태평천하』는 확대 지향적인 공간이라고 할 수 있다.

이에 비해 『격류삼부곡』은 확실하게 확대 지향적 공간이라고 할 수 있다. 『격류삼부곡』역시 대가족의 불합리하고 모순 갈등에 찬 공간과 대조되는 저항적인 공간, 학생들로 조직된 평등하고 자유로우며 이타적이고 헌신적인 공간을 이상적인 집으로 묘사하여 그러한 공간에 대한 갈망을 보여준다. 가족 내부의 거의 모든 성원들이 자유를 위하여 혹은 자신의 이익을 위하여 대가족의 해체를 바란다. 봉건적이고 닫힌 대가족은 시대적으로 더 이상 존재해 나갈 수 없게 된 것이다. 이와 반대로 작가는 수평적으로 같은 나이 또래 젊은이들이

87) 신상성, 『한국가족사소설연구』, 경운출판사, 1992년, p.175.
88) 김윤식, 『채만식』(작가론 총서12), 문학과지성사, 1984년 pp.199-215.

형성한 사회적인 집단을 이상적으로 묘사하면서 강한 긍정을 보여주고 있다. 그 외에도 주인공들이 봉건 대가족을 반대하여 떠나가는 상해라는 열린 공간을 대안으로 제시하여 소설이 분명하게 확대지향적임을 말해 주고 있다.

한국의 가족사소설과 다른 점은 『격류삼부곡』에 전통적인 「스토리소설(情節小說)」에 비해 훨씬 많은 분량의 심리묘사가 들어간 점이다. 이것은 인물을 주 모티브로 하여 소설을 전개시켜 나가는 근대소설의 특징이기도 하다. 삼부작은 사실 覺慧네 형제를 중심으로 이야기가 전개되고 있으며 1부는 覺慧와 覺民이 학교에서 돌아오는 것으로부터 시작하여 覺慧가 집을 떠나는 것으로, 2부는 淑英의 혼사가 정해진 것으로부터 시작하여 그가 집을 떠나는 것으로 되었으며 3부는 覺新이 편지를 쓰는 것으로부터 시작하여 역시 그의 편지로 끝난다. 즉 覺慧, 淑英, 覺新이 각각 주인공이 되면서 覺民, 琴 등 많은 숫자의 인물이 등장하고 있다. 소설은 이러한 인물들의 심리를 외부적인 묘사뿐만 아니라 내면적인 심리공간의 묘사를 통하여 보여주고 있는데 그것들은 서로 결합하여 심리적인 하나의 선을 이루어 나간다.

어떤 면에서 소설의 사건은 한 공간에서 다른 한 공간으로의 이동이라고 할 때, 빠진 소설에서 물리적인 공간과 심리적인 공간은 서로 교차되면서 복합적인 형태를 이룬다. 서양의 심리소설은 구성형식에서 이전과 다른 예술적인 추구를 가지고 있는데 심리활동이 주관적이고 隨意性을 갖고 있고 비교적 큰 파동과 도약이 있어 그것을 반영하는 심리소설의 구성형태는 늘 모종의 불규칙성을 띠게 된다. 빠진은 이러한 외래적인 심리표현 방식을 인용하여 전통적인 서사구조의 균형 있고 규칙적이고 질서 있는 形式美의 속박을 타파하였으며 소설에서 많이는 허실이 교차되고 불규칙적인 듯한 배치를 이루고 있다. 예를 들어 『집』의 1부분에서 覺慧는 집으로 돌아오는 도중 학교에서 준비하고 있는 극을 어떻게 하면 잘할 수 있을까 생각하다가 "점점 기이한 광경에 빠져 들어간다. 홀연 그의 눈앞의 모든 것이 변했다."(『집』, p.3) 그의 눈앞에는 극에서 나오는 여관과 인물들이 등장하며 그는 극중의 인물이 된다. 3장에서는 鳴鳳이 覺慧 때문에 시간을 지체했다가 覺慧의 어린 동생 淑華의 꾸지람을 듣고 일하러 간 후 覺慧의 내면공간으로 돌입하여 鳴鳳이와 琴에 대한 覺慧의 생각을 거의 2쪽에 걸쳐 묘사하고 있다. 그는 자기 때문에 鳴鳳이 꾸지람을 들은 것으로 하여 미안해하고 동생의 태도에 불만을 느낀다. 그의 앞에는 아름다운 얼굴에 언제나 순종적이고 아무런 불평도 담지 않은 소녀의 얼굴이 떠오른다. 그러다가 방에서 들려오는 여성의 목소리가 들리자 다른 한 소녀의 얼굴을 떠올린다. 그것은 반항적이고 열렬하고 굳세며 모든 것을 참지 않는 琴의 얼굴이다. 그의 눈앞에는 처음 그 얼굴이 더욱 크게 나타난다. 이러한 내면공간의 묘사로 하여 사건의 흐름이 한동안 단절된다. 그런가 하면 4장은 鳴鳳의 내면세계만 쓰고 있다. 소설은 覺慧뿐만 아니라 覺新, 覺民, 鳴鳳, 淑英, 梅 등 인물들의 내면공간도 물리적인 공간에서 진행되는 사건의 흐름 과정에 수시로 개입시켜 시간의 흐름이 정지되게 하며 독자들이 인물의 심리 공간을 엿보게 하여 그들의 언행에 대한 이해를 돕게 한다. 심리적인 공간은 사건 당시의 심리적인 묘사가 위주이기는 하지만 추억이나 환각, 꿈, 그리고 편지, 일기 등을 통하여 드러나기도 한다. 환각이나 꿈 등 잠재의식이 드러나는 공간을 포함한 내면적인 공간은 물리적인 공간에서 생긴 불합리와 모순 갈등으로 유발되며 많은 경우 물리적인 공간과의 직접적인 대립을 보여주거나 현실로 인한 조화할 수 없는 갈등으로 고민하는 것을 보여준다. 물리적인 공간이 전제적이고 억압적일수록 인물은 더욱 내면적인 공간에 진입하게 되고 이러한 공간은 인물의 고민을 해소시켜 주거나 갈등 가운데서 각성하고 성장하도록 하기도 한다. 물리적인 공간과 내면적인 공간의 빈번한 교체는 시공간적인 순서를 깨뜨리기도 하나 전체적으로 보면 기본적인 구조는 여전히 뚜렷하다.[89] 심리적인 공간은 단절된 이야기 흐름이 내재적인 연관성과 완전성을 가지게 해 주기 때문이다. 소설에서는 물리적인 공간에 대한 서술이 主線이고 심리적인 공간에 대한 묘사가 副線으로 작용한다.

다. 플롯의 입체화와 일상성의 재현

세 편의 가족사소설을 비교해 보면 그중 염상섭의 소설은 기타 소설에 비해 이야기 줄거리가 뚜렷하고 플롯이 비교적 팽팽하게 짜였다. 그러나 다른 두 편의 소설은 플롯이 느슨하여 전통적인 이야기 구성원칙에 잘 들어맞지 않으며 사건이라기보다는 가장 일상적인 생활의 이야기들을 재현하고 있다는 점에서 유사성을 가진다.

전통적인 스토리소설은 이야기 줄거리를 중심으로 전개되며 사건의 발단과 전개, 위기, 정점, 결말 등으로 나눌 수 있다. 그러나 근대적인 소설은 인물을 위주로 하면서 여러 가지 문학 유파의 영향을 받

---

89) 袁振声, 『巴金小说艺術论』, 南开大学出版社, 1987, 8부분 - 结構艺術을 참조.

아 사건이 완결성을 가지지 않거나 질서와 규칙이 파괴되고 전반적인 서술구조가 불규칙적으로 되는 등의 경향을 보이기도 한다.

채만식 소설은 극적인 양식,[90] 영화적인 기법[91]을 도입했고 판소리의 영향을 받았다는 연구결과가 있는데[92] 이러한 결과로 그의 소설은 독특한 예술적인 향기를 풍긴다고 할 수 있다. 채만식은 극작품도 많이 쓴 작가로서 『태평천하』와 유사한 구조를 가진 작품으로는 『落日』(1930), 『사라지는 그림자』(1931), 『螳螂의 傳說』(1940) 등이다. 채만식이 소설과 극 양식 사이의 상호작용을 작품으로 실현한 대표적인 예가 『태평천하』라고 할 수 있다. 소설은 하루 남짓한 시간에 사건을 전개하기 위해서는 장면적인 구성에 여러 삽화를 배열하는 식으로 할 수밖에 없었을 것이며 그로 하여 구성이 산만하다는 평을 듣게 된다. 소설의 각 부분이 통일된 유기적 구성이 아니라는 견해도 있지만 이 소설을 쉽게 풀이하면, 윤직원이라는 구두쇠가 있는데(1 - 3) 그의 가족의 내력은 이러이러하며(4) 그 가족의 일상적인 생활은 이러하고(5 - 9) 윤직원을 포함한 가족성원들의 윤리적 파탄과 낭비벽 등 문제로 "만리장성의 한 모퉁이가 허물어지고" 있으며(10 - 13) 윤직원의 노력과 무관하게 종학의 배반으로 파국을 맞는(14 - 15) 이야기이다. 즉 윤직원이라는 구두쇠 가족의 역사와 현재, 몰락하게 될 전망을 특별한 사건 없이 일상적인 생활화면들을 영화적 기법으로 재현하는 과정에 드러내고 있다. 특히 제일 믿던 종학이가 일본에서 체포되어 윤직원이 절규하는 것으로 끝나는 마지막 부

---

90) 우한용, 『채만식소설 담론의 시학』, 개문사, 1992년, pp.172 - 219.
91) 김성수, 「1930년대 소설에 나타난 영화적 기법」, 『현대소설연구』 6, pp.347 - 370.
92) 여기에 대해서는 많은 연구자들이 다 동감이라고 생각한다.

분은 극적이라고 할 수 있으며 마지막의 무너짐을 향해 제반 요소들이 유기적인 연관관계를 가지고 있다고 할 수 있다. 문제는 소설 외적인 방법들을 도입하면서 전통적인 플롯과 다른 양상을 보이고 있다는 것이다.

소설에서는 먼저 윤직원의 행동에 대한 풍자적 묘사가 이루어지고 그 내력이 소개된다. 그는 평민출신의 친일 대지주이고 고리대금업자로서 부친의 피로 점철된 재산을 굳게 지키려는 욕망을 가지고 있는 구두쇠이다. 다음 그의 가족의 일상이 소개되는데 식구들의 불만과 상호 반목, 그리고 일제를 등에 업고 비합법적인 수단으로 치부하는 행위가 드러난다. 그리고 동시적 진행수법으로 윤직원과 그 자손들의 방탕한 행위가 묘사되면서 이 가족의 파탄을 예고한다. 윤직원은 14살짜리 童妓를 구슬리고 있고 경손이는 돈을 얻을 궁리를 하며 두 동서는 바느질하고 서울아씨는 『추월색』을 읽는다. 경손이는 끝내 서울아씨에게서 돈을 얻어내서는 증조할아버지 방에 있는 춘심이를 불러내어 연애행각을 벌인다. 창식의 관철동 첩 옥화는 이 집에 놀러 왔었다는 증거를 남기고는 여학생이라고 속이고 사창가에 갔다가 마침 서울에 돈 가지러 올라와 오입질하고 있는 종수와 만난다. 아들 창식은 도박에 정신이 팔려 아들이 체포된 것에도 관심이 없다. 여기에 불안한 소식을 전하는 전보가 독자들에게 일종의 암시를 준다. 바로 이 부분이 영화적 기법과 관련되어 주목을 받는 장면이다. 이는 도저히 한 장면 안에 성격이 다른 사건을 둘 이상 내세울 수 없는 19세기 서구 리얼리즘의 플롯 규칙에 어긋난다고 할 수 있다. 저녁 먹을 즈음해서부터 특히 밤 9시에 네 장소에서 동시에 벌어지는 사건을 나열하는 것은 충돌하는 두 장면을 결합하는 몽타주 기법과 관련된 것이다(김성수, p.365). 작가는 마지막 파국 직전에 역시 병렬적 전개, 동시적 진행 장면을 묘사하고 있다.

> 그럭저럭 8시가 되자 윤직원 영감은 안으로 들어가서 조반을 먹고 나와 다시 그럭저럭 9시가 되어 옵니다. ……윤직원 영감한테는 그새와 마찬가지로 새로이 '행복된' 오늘입니다. …….
> 행복과 만족까지는 모르겠어도 윤직원 영감 이외의 다른 식구들도 죄다 평온무사한 것만은 적실합니다.
> 태식이는 골목 밖의 구멍가게에 나가서 맘껏 '오마께'를 뽑고 사먹고 하니 무사태평을 지나 오히려 행복이요.
> 경손이는 간밤에 춘심이로 더부러 '람데부'를 하면서 2원 돈을 유흥하던 추억에 쌔여 시방 학과에도 여렴이 없는 중이요.
> 서울아씨는 「추월색」을 일직암치 들고 누웠으니 오만 시름 다 잊었고. …….
> 윤 주사는 도합 4,500원을 마작으로 펐으나 5천 원도 못 되는 것. 술 사먹은 폭만 대면 그만이라고 새벽녘에야 든 잠이 시방 한밤중이요. 자고 있으니까 동경서 온 그 전보의 사단도 걱정을 잊었고.
> 다아 이렇습니다. 이렇고 다시 윤직원 영감은……(『태평천하』, p.469).

마지막 줄은 영화에서의 디졸브 기법인데 디졸브(dissolve)란 두 개의 영상이 이중인화되어 교차되는 장면전환기법이다. 두 개의 쇼트(shot)가 완전히 뒤섞일 때까지 첫 번째 영상이 점차 사라지면서 두 번째 영상이 이중인화로 점차 나타나는 기법이다. 서술자는 모두 8명의 모습을 묘사한 뒤 윤직원의 모습으로 돌아오기 위해 의도적으로 말을 흐리는 수법을 사용한 것이다. 소설은 11 – 13장에서 밤 9시라는 시각에 네 곳의 상황을 서술하고 다음 날 아침 9시에는 동시에 여덟 곳의 상황을 서술하고 있다. 이러한 동시적 진행방법은 아이젠슈타인의 몽타주 기법으로 설명할 수 있다. 서로 충돌하는 두 개의 장면을 통해 새로운 의미를 표현하려는 작가의 의도가 있다는 것이다. 즉 행복해 보이는 윤직원의 일상이 주변 가족들에 의해 불행해지고 있으며 가정의 안정과 평화가 결정적으로 깨질 것이라는 것이 암시되어 있는 것이다(김성수, 1997: 366 - 367).

작가는 이러한 영화적 기법으로 온 가족의 '평화'와 '행복'을 묘사하고 마지막에 치명적인 타격을 주는 것으로 극적인 효과를 노린 것이다. 이로써 소설은 특별한 사건이 없이 느슨한 구조로 평민 출신의 친일 지주와 그 가족의 아주 평범한 일상에 대한 파노라마적인 묘사를 통하여 그들의 필연적인 몰락의 운명을 그리고 있다.

빠진의 소설은 장편 대하소설로서 단편이나 중편처럼 구성이 치밀하게 짜인 상태에서 쓸 수가 없었을 것이다. 그는 전통적인 스토리소설에서 이야기 줄거리가 모든 국면을 독점하는 닫힌 형태를 타파하고 심리적인 요소가 능동적으로 구성에 개입하고 간섭하도록 하였으며 횡적인 조합과 종적인 연결의 예술적인 기능을 충분히 발휘하였다. 외래의 심리표현 형식을 받아들여 전통적인 줄거리소설의 구성을 개혁하는 것은 5 · 4신문학이 탐구한 새로운 형식미의 중요한 측면이다. 그의 소설은 이 면에서 효과적인 예술적인 시도를 했다.

빠진은 자아의 강렬한 토로를 중시하고 내심에 대한 깊이 있는 해부를 강조하는 작가이다. 그는 소설에 대량의 심리적인 요소를 투입하는데 늘 이야기를 서술하는 방관자의 신분으로 냉정하고 침착하게 제재를 다루지 못한다. 그는 여러 번 "나는 내가 반드시 어떤 형식을 채용해야 할지 생각할 겨를이 없다",[93] "나는 여태껏 어떻게 '구성'을 해야 할지 생각해 본 적이 없다."고 했으며 『집』에 대해서도 "'구성'이라는 것에 대해 생각해 본 적이 없다."[94]고 말했다. 이와 같이

---

93) 巴金. 「我的自剖」, 『巴金論創作』, 上海文藝出版社, 1983, p.15.

주관적인 '충동'에 의해 습작하는 방식은 그의 자연미에 대한 추구를 보여줄 뿐만 아니라 예술적인 구성에 대한 심리적인 요소의 지위와 작용을 강조하는 심미적인 의식을 보여준다. 즉 그는 내심 감수의 표출에 따라 작품을 만들어 내는 것이다. 빠진이 보여준 새로운 예술구성은 내면과 외면, 주관과 객관, 허와 실이 서로 교차하고 중첩되는 복합적인 형태라고 할 수 있다.

횡적으로 볼 때 빠진은 전통적인 서사구조가 추구하는 조화, 균형, 질서 등 형식적인 미의 원칙의 속박을 타파하고 허실이 엇갈리며 불규칙적인 듯한 형태를 이루고 있다. 전통적인 서사구조가 줄거리의 유기적 총체성, 시공의 一緯性과 순서를 추구하지만 서양의 심리소설은 주관적 隨意性과 波動, 跳躍 등 특성을 가진 심리활동을 반영하므로 구성이 늘 불규칙성을 나타낸다. 빠진의 경우도 이와 같다. 서방의 현대건축, 공예미학에서는 이미 균형과 규칙, 질서를 파괴하는 심미적인 의향이 나타나 새로운 미학원칙으로 고전주의의 심미표준을 부정했었다. 그들처럼 빠진은 소설을 구상할 때 줄거리만 중시하는 직선적인 사유방식을 타파하고 외부적인 것과 내부적인 것을 결합시켜 복합적으로 구성을 짰다.

종적인 면에서 빠진은 이야기 줄거리와 심리, 이 두 가지 선이 서로 보충하고 이어지도록 하였다. 사건의 흐름이 순서에 따라 유기적으로 배치되어 고리 모양으로 구성되는 전통소설과 달리 빠진의 소설은 이야기의 자연적이고 정상적인 논리과정이 파괴되어 이야기 흐름이 단절이나 도약을 나타낸다. 이것은 필연적으로 구성의 느슨해짐을 가져오는데 은폐적인 심리적 선은 단절된 이야기 흐름에 내재적인 연

94) 巴金, 『巴金論創作』, p.497.

관과 완전성이 있도록 해 준다. 한마디로 빠진은『문학연구회』의 작가들처럼 객관대상의 유기성과 전체성을 중시하지도 않고『창조사』의 성원들처럼 구성형식의 주관성과 자유를 숭상하지도 않았다. 그의 소설이 플롯이 느슨해지는 경향이 있고 구성의 직능이 상대적으로 약화되기는 하였지만 서양의 심리소설에 비하면 그렇게 변화무쌍하거나 몽롱하지는 않다. 시공성의 각도에서 볼 때 그의 소설은 앞에서 언급한 것처럼 환각이나 꿈 등 잠재의식이나 회상 등 심리적인 공간을 많이 묘사하여 시공의 순서가 깨어지기도 하는데 전체적인 작품의 구성에서는 그래도 여전히 뚜렷한 시공간적인 구분이 있다.

『격류삼부곡』에서『집』을 예로 분석한다면『집』의 구성상의 특징은 장면의 조합으로 소설의 기본 틀을 짜고 사건의 변화와 심리의 흐름을 두 가지 선으로 한 것이다. 빠진의 처녀작『멸망』은 영화감독이 영화를 찍듯이 서로 연관되지 않는 장면을 묘사한 후 마지막에 묶어서 작품으로 만든 것이다.『집』도 마찬가지로 장면묘사의 작용이 두드러지다. 소설은 사건의 흐름에 서술의 중점을 둔 것이 아니라 이야기를 몇 개의 장면으로 나누어 장면묘사에 중점을 두었다. 식사장면, 마작을 노는 장면, 학생들의 반항, 설을 쇠고 용등놀이를 즐기는 장면, 군벌혼전, 鳴鳳의 자살 등등 매 하나의 장면은 하나의 생동감 있는 이야기이다. 소설은 사건의 전형적 의의가 있는 장면을 선택하여 장면묘사로 이야기를 이끌어 내며 이러한 장면으로 소설을 형성한다. 채만식의 경우와 마찬가지로 빠진도 역시 장면을 동시적으로 배치하여 강한 희극적인 효과를 일으키게 한다. 15장에서는 고씨 노인을 위시한 사람들이 융숭하게 조상에게 제를 지내는 장면과 장씨 부인네 집에서의 梅의 슬픔에 찬 탄식을 동시에 묘사하고 있다. 분위기가 상반되고 서로 내적 연관이 있는 장면의 조합은 작품의 성토와 풍자의 힘을 강화할 뿐만 아니라 작품의 공간적인 확장에서 연관성과 전체성을 가지게 한다. 소설의 3, 4, 5장은 모두 동일한 어느 추운 겨울밤의 이야기이다. "이경을 알리는 무겁고 슬픈 징소리가 울릴" 때, 覺慧 형제는 가정의 질곡 때문에 고민하고 鳴鳳은 암흑 속에서 슬피 울고 있었으며 琴은 희망의 파멸로 "절망하여 울음이 터질 것 같았다." 25, 26, 27장 역시 그 공포의 밤중에 일어난 일이다. 琴은 비극적인 앞날을 생각하고 소리 내어 통곡하고 覺慧는 서재에서 가정의 그물을 벗어나지 못하여 초조해하며 화원에서는 하소할 데 없는 鳴鳳이 인생과 사랑에 대한 무한한 미련을 안은 채 차가운 호수에 뛰어든다. slow motion식의 장면의 연결(慢移長鏡頭式的場景連綴)이라고 할 수 있는 이러한 몽타주 수법은 자연스럽게 한 화면에서 다른한 화면으로 넘어가면서 대가정의 혼탁한 본래의 모습을 유지하도록하며, 비록 장면의 길이와 색조, 인물은 다르지만 모두 슬픈 분위기로 일관되어 이러한 화면들이 더욱 높은 의미에서의 완전함과 조화로움에 도달하도록 한다.

대량의 심리요소의 개입은 장절 내부와 장절 사이의 이야기 흐름의 단절을 초래하지만 이러한 단절은 다시 인물의 의식과 정서가 이어준다. 즉 이야기의 연관성이 표면상에서 볼 때 약화된 듯하지만 작품의 내재적인 연계는 강화되었으며 이야기의 감화력을 높인다.

이 소설의 구성상의 다른 한 특징은 우회적이고 곡절적인 논리적 진행과정이다. 다시 말하면 일상적인 생활화면의 거듭되는 되풀이 속에서 변화와 발전이 생기고 마지막에 결정적인 대전환이 생기는 것이다. 강대한 봉건세력과 상대적으로 힘이 약한 반항아들은 거듭되는 일상 속에서 충돌하면서 점차 힘의 변화를 가져오며 마지막에 젊은 반역자들은 일정한 승리를 가져오게 된다. 『집』의 앞 30장에는 3차의 비교적 큰 사건이 있을 뿐이다. 학생운동의 발생, 군벌의 혼전, 鳴鳳의 자살 등이다. 그 외에는 모두 너무나 평범한 일상적인 일이다. 이 3차의 사건은 발생시간이 서로 많이 떨어져 있고 매번 사건이 일어난 후 작가는 일부러 긴장한 정서를 누그러뜨린다. 학생운동이 지나간 후 소설은 "학생운동의 바람이 점점 가라앉았다." "覺民은 여전히 매일 저녁 고모 집에 가서 琴에게 영어를 가르쳐 주었다. 覺慧는 여전히 집에 갇혀 신문을 읽었다."고 쓰고 있다. 모든 것이 원래대로 회복된 것이다. 군벌혼전 이후 "공포의 시기는 재빨리 지나가고 평화적인 통치가 회복되었다. 사람들은 이전처럼 평화롭게 생활하면서 전쟁을 악몽쯤으로 생각했다." 이로써 공관은 다시 평온함을 되찾았다. 鳴鳳이 자살한 후 작가는 여전히 긴장한 정서를 가라앉게 한다. "고씨 집에서, 이 대공관에서 鳴鳳의 죽음과 婉兒의 출가는 재빨리 사람들에게 잊혀졌다. 동시에 발생한 이 두 가지 일은 그들의 생활에 영향을 주지 못했다." 큰 사건이 별반 없는 일상성적인 사건들의 반복적이고 우회적인 진행과정에서 인물의 의식은 천천히 변화를 가져오며 이 대공관을 허물어뜨릴 '격류'가 차츰 형성되는 것이다. 이러한 이야기들은 비슷하면서 점점 심도가 깊어지는데 불만과 분노는 점점 커 가고 가라앉았다가 다시 부활하여 끝내 대담한 반항 행위가 생기게 되며 그와 마찬가지로 대가정은 이러한 일상성의 반복과 크고 작은 충돌을 거치면서 점점 부패해지고 쇠약해져 결과적으로 해체되고 마는 것이다. 전체 삼부작에는 수많은 비극이 묘사되는데 하나의 비극적 사건은 그 자체로서 의미가 있을 뿐만 아니라 그

전 사건의 심화가 되고 다음 사건의 전조가 된다. 이렇게 점차 심화하도록 하여 충분히 준비된 후 이야기의 변화에 접근하는 장편구조는 높은 심미적인 가치를 가진다.

　이상과 같이 세 작품의 구성 층위에 대해 살펴보았다. 염상섭과 빠진의 소설은 대체적으로 시간적인 흐름에 따라 세 부분으로 나누어 고찰할 수 있으며 더욱이 염상섭의 소설은 플롯이 비교적 잘 짜인 연쇄체 구조를 이루고 있다. 거기에 반해 빠진의 소설은 느슨한 구조에 플롯의 파괴와 단절을 발견할 수 있으며 이러한 단절은 다시 심리적인 공간에 대한 묘사로 하여 이어지고 전체 구성은 외면적인 사건과 내면적인 심리라는 두 가지 선으로 진행된다. 불규칙적인 빠진 소설의 구성은 심리소설의 영향과 관계된다고 볼 수 있다. 그 밖에도 빠진의 소설은 일상적인 사건을 반복적이고 점층적으로 다루고 있으며 그것들을 주로 장면묘사를 통하여 보여주고 있다. 그의 소설에서는 서술보다 장면묘사가 더욱 중요시되며 어떤 경우에는 동시에 여러 곳의 장면을 보여주는 영화적인 기법을 사용하고 있다. 이러한 점은 채만식의 소설과 동일하다. 채만식의 소설은 시간적으로는 극적인 구조에 가깝다고 할 수 있으며 일상적인 생활화면들을 주로 장면묘사로 보여주고 있다는 데서 전통적인 플롯을 해체한다고 할 수 있다. 그 역시 동시 다발적인 이야기를 영화적인 몽타주 기법으로 보여주며 극적인 결말을 배치하여 극과 영화와 소설 기법의 혼합적인 양상을 보이고 있다.

3. 서술 층위

카이저는 서사 문학의 원초적 상황을 "어떤 화자가 일어났던 어떤 일을 청중에게 이야기하는 것"[95])으로 정의하고 있다. 서사문학은 화자(서술자, 설화자)가 어떤 이야기를 청자나 독자에게 피력하는 것을 기본 구조로 하고 있으며 화자는 소설의 서술 주체이다. 이 화자의 문제는 작가의 소설 기법을 고찰하는 데 있어서 매우 중요한 문제이다.

토마스만은 「요셉과 그의 형제들」이라는 강연에서 소설 속에 등장하는 논의나 논평이 "작가 자신의 발언이 아니고 작품 자체의 발언"[96])이라고 말함으로써 작가와 화자의 구별을 분명히 하고 있다. "이 화자는 작중인물과 마찬가지로 작가에 의하여 창조된 독자적인 인물이다. 이 화자에게 본질적인 것은 이야기의 중개자로서 소설의 가상 세계와 작가와 독자가 생존하고 있는 현실 세계의 중간 지점에 자리를 잡고 있다는 것이다."[97]) 1인칭 혹은 3인칭 소설은 대개 화자가 소설세계와 어떤 관계를 갖느냐 하는 관점에서 결정되며, 화자 문제는 시점 문제와도 불가분의 관계에 있다. 시점은 화자가 사건을 어

---

95) Wolfgang kayser, *Das sprachliche Kunstwerk*, Bern, 1971, p.349, 김천혜, 앞의 책, p.70에서 재인용.

96) Thomas Mann, *Schriften und Reden zur Literatur, Kunst und Philosophie 2*, Frankfurt a. M. 1968, p.382.

97) F. K. Stanzel, *Typische Formen des Romans*, Göttingen 1972, p.16.

떻게 보느냐 하는 시각의 문제로서 어떤 위치에서 보느냐 하는 위치의 문제이기도 하고 어느 인물에 초점을 맞추느냐 하는 초점의 문제이기도 하며 화자가 작중인물의 마음속에 어느 정도로 들어가느냐 하는 능력의 문제이기도 하다.

이 부분에서는 가족사소설의 화자, 시점(혹은 초점화), 내포작가 등을 고찰하면서 작가들이 어떠한 서술기법으로 자신이 드러내고자 하는 주제와 내용을 서술하고 있는지 살펴보려고 한다.

가. 3인칭 전지적 시점의 변용

세 편의 가족사소설은 전통적인 시점 이론으로 볼 때 모두 3인칭 전지적 시점으로 되어 있다. 그러나 구체적인 작품에서 그것들은 고정 불변한 것이 아니라 상황에 따라 외부적 초점화 혹은 내부적 초점화로 되어 있거나 간혹 3인칭 제한적인 시점으로 되기도 하면서 다양한 모습을 보이고 있다.

1) 초점화의 이중성 – 『삼대』

『삼대』는 3인칭 전지적 시점으로서 전체적으로는 외적 초점화 또는 화자 초점화에 해당된다.

초점자는 인식의 주체일 뿐이며 시점은 서술의 주체까지도 포괄한다. 엄밀하게 말하면 초점자는 스토리를 바라보는 일을 하고 화자는 그 초점화의 결과를 독자에게 전달하는 일을 맡는다. 외적 초점화의 경우 이 두 가지 일은 같은 존재가 하지만 내적 초점화의 경우는 각기 다른 존재가 행한다.[98] 『삼대』의 화자는 사건의 전말을 잘 알고 있으며 시·공간적으로 제약을 받지 않고 대상을 인식한다.

경애가 바커스에서 자정이나 되어 집에 돌아와 보니 병화는 조금 전에 갔다 하고 건넌방의 피혁군은 자는지 문을 첩첩이 닫고 감감하다.
"주무세요?"
하고 소리를 쳐 보았으나 대답이 없었다. …….
이튿날 이른 아침에 문도 안 열어 놓아서 문을 흔드는 소리에 부엌에서 불을 지피고 있던 모친이 나가 보니 얌전한 처녀애가 보따리를 끼고 덮어놓고 들어서면서,
"홍경애 씨 계시죠?"
하고 묻는다. 모친은 멀뚱히 치어다보다가,
"들어가 보우."
하고 문을 지치고 들어왔다.
"얘 내다봐라."
모친이 안방에다 대고 소리를 칠 새도 없이 건넌방에서 먼저 덧문이 펄썩 열리더니 피혁군이 중대강이 같은 시퍼런 머리를 쑥 내밀며,
"새문 밖에서 오셨수? 이리 주슈."
하고 보따리를 냉큼 받으면서,
"춘데 애쓰셨소이다."
하며 인사를 한다(『삼대』, pp. 247 – 248).

위의 인용문은 3인칭 시점으로 철저히 외적 초점화가 지켜지고 있다. 화자는 스토리 외부에서 사건을 인식하고 지각하고 있으며 기록자적인 시각에서 이야기를 전개하고 있다.

그런가 하면 소설은 또 적지 않은 부분에서 내적 초점화, 다시 말하면 인물의 시각에서 사건을 인식한다.

---

98) S. Rimmon – Kanan, 『소설의 시학』, 최상규 역, 문학과지성사, 1985, pp.113 – 128 참조.

㉠ 한약이면 달여서 사랑에 내올 때까지 일일이 감독도 할 수 없거니와 그
중간에 몇 사람의 손을 거치느니만큼 안심이 아니 되는 것이다. 사랑에서
자기 눈앞에서 달이게 한다면 누구나 변괴로 여길 것이요, 자기의 심중을
들추어 내보이는 셈쯤 될 뿐 아니라 도대체 양약처럼 몇 번에 잘라 먹는
것이 아니다. 한약이란 한 번에 쭉 마셔 버리는 것이니까 오장에 들어가
만 놓고 나면 그만이다. 다시 무를 수가 없다. ……(p.135).

㉡ ─ 나도 남 모를 위선자다…….
……아까 병화가 남의 마음을 꼭 집어내서 '감정을 청산하고 유혹에서
벗어나려는 수단'이라고 하던 말이 남의 폐부를 찌르는 듯이 아프고도
시원하다. 그러나 유혹에서 벗어나려는 그 노력도, 그 사람을 위한다는
것보다는 자기를 위한 일이 아닌가? 이기적이다. 역시 위선자다……
(p.403).

㉢ 그러나 그자가 정말 무슨 계획을 가지고 국외에서 숨어 들어온 자라면 무
슨 계획일꼬? 응할까? 안 응할까? 그것도 문제지만 그렇다면 단단한 결심
과 각오가 있어야 할 것 같다.
어쩐지 몸이 으슬으슬한 것 같기도 하나 이러고 무위하게 지내는 판에 일
거리가 생겨서 막다른 골목에 든 운동을 다시 뚫어나갈 수 있게 된다면
활기가 생겨서 도리어 다행하기도 하다(p.194).

㉣ 지금 맑은 정신으로 생각하면 일전 밤에 키스를 하고 댄스를 한 것이 어
렴풋하고 취중에 상훈이 보라고 일부러 한 일이지만 그렇다고 후회를 하
거나 꺼림한 생각이 들지는 않는다.
어느 모를 보아서 그런지 병화가 첫눈에 흉하지 않고, 일전 만났을 제 덕
기에게 들은 말이지만 자기 부친과 신앙 문제로 충돌이 되어서 그 모양으
로 떠돌아다닌다는 것이 동정을 끄는 것이다(p.165).

㉤ ─ 그런 남부럽지 않은 아내에 자식이 있는데 무에 심심하구 갑갑할꾸?
하며, 그 말에 솔깃하여진 자기 마음을 어리석다고 스스로 코웃음을 쳐보
았다. 언제라도 덕기가 총각이거나 독신 생활을 하는 남자라고 생각한 것
은 아니나, 처자를 갖추고 호강스럽게 사는 양을 보기 전과, 본 뒤가 마음
에 여간 달라진 것이 아니다. ……그렇게 생각하면 덕기의 그 친절이란
것도 요새 돈푼 있는 집 자식들의 비열한 취미나, 심심 파적으로 하는 농
락은 아닌가 하는 생각이 든다. 잘못하면 자기도 홍경애 짝이나 되면 어
쩌려는구? ……(p.394).

앞의 인용문은 서술자보다는 인물의 시각으로 되어 있다. 즉 외적인 초점자로부터 내적인 초점자로 옮겨진 경우이다. ㉠에서는 조의관이, ㉡에서는 조덕기가, ㉢에서는 김병화, ㉣에서는 홍경애, ㉤에서는 필순이 초점자이다. 이러한 인물－초점화 방식은 소설에서 많이 발견되는데 주요 인물은 거의 다 초점자로 되어 자신의 감정과 마음을 드러내고 일정한 세계관을 드러낸다. 즉 내포작가는 일시적으로 서술자를 전달자에서 반성자(reflector)로 바꿔 그 반성자의 위치에 해당 인물을 자리 잡게 함으로써 인물의 시각에서 이야기 세계를 지각의 대상으로 삼아 초점화를 행한다.

소설은 서간체 양식을 수용하여 인물이 잠시 1인칭 서술자가 되도록 하기도 한다. 덕기와 병화의 편지가 그것인데, 편지는 1인칭 서술을 통하여 각자의 세계관을 아주 자세히 독자들에게 소개한다.

> ……고무 공장에 보내는 것도 아니 되었으나 그래도 자네 댁 같은 유산 계급이나 중산 계급의 가정에 며느리로 들여보내는 것보다는 낫다고 생각하네. 공장 안에서는 그래도 제 생활이 있으나 중산 계급 가정에 들어가서는 마네킹 걸이 되니까 말일세. 자네가 만일에 빈궁한 서생이었다면 혹시 삼십 퍼센트까지는 필순이를 사랑할 자격이 있었을지?(p.153)
> ……투쟁은 극복의 전 수단이 아닐세. 포용과 감화도 극복의 유산탄만 한 효과는 있는 것일세. 투쟁이 전선적, 부대적 행동이라 하면 포용과 감화는 징병과 포로를 위한 수단일세(p.198).

이러한 편지는 필순이와 홍경애에 관하여, 이데올로기적인 경향이나 여성관에 대하여 광범위하게 자신의 의견을 피력하고 있는데 병화와 덕기의 이러한 편지를 통하여 독자들은 두 인물의 입장이나 관념에 대하여 자세히 이해할 수 있게 된다. 즉 단번에 많은 정보를 알려 주며, 특히 인물의 사상적인 경향이나 세계관에 대한 정보를 제공하는 역할을 한다.

주요 인물에 대해서는 이처럼 편지의 형식까지 이용하여 인물의 내부에 깊숙이 들어가지만, 소설은 일부 인물에 대해서는 일정한 거리를 유지하면서 언제나 객관적인 시선으로, 즉 외부적인 시선으로만 바라보고 있다. 즉 제한된 3인칭시점이라고 할 수 있다.

소설에서 피혁은 외부적인 시각에서 묘사되고 있을 뿐 독자는 그가 무슨 생각을 하는지 알 수 없다. 그저 화자가 보여준 것으로부터 나름대로 추측만 할 수 있을 뿐이다. 장훈에 대해서도 역시 외부적 시점에서 객관적으로 보여주기만 한다. 그들에 대한 정보는 언제나 지연되고 있는데, 피혁이라는 인물은 등장하기 전에 경애가 병화를 데리고 가면서부터 독자들의 호기심을 자극하며, 등장해서도 실명과 신분이 나타나지 않으며 그 후 얼마간 이야기가 진행된 후에야 이우삼이라는 것이 드러난다. 장훈 역시 마찬가지다. 「진창」에서 이미 등장하였지만 소설 속 인물들조차 그가 누군지 잘 몰랐고 그 다음 장인 「장훈이」에 와서도 한참 다른 이야기가 서술된 후 병화의 입에서 장개석이라는 별명이 나오며 병화 역시 그 인물에 대해 시원스레 해석을 하지 않는다. 그러다가 그 청년이 직접 찾아오면서 전면에 등장하지만 여전히 말을 극히 아끼고 그의 사상은 베일에 가려져 있다. 병화를 비롯한 사람들을 구타한 원인에 대해서만 서술자가 구구히 설명할 뿐이다. 계속하여 소설은 피혁이 장훈이를 만나 무엇을 했을까 하는 궁금증을 불러일으켜 놓고 결국 아무런 해답도 주지 않으며 특히 육혈포를 두고 갔다는 것을 독자들에게 알려 준다. 그러나 장훈이 입을 열지 않음으로 하여 역시 왜 그것을 두고 갔는지 알 수가 없다. 이러한 상황은 장훈이 죽을 때까지 계속되는데 죽기 전의 장훈의 심리묘사에서는 또 시험관이라는 것이 새로 제기된다. 그러나 이 시험관이 무엇을 뜻하는지 화자를 포함해서 누구도 확실하게 알려 주지 않는다. 이러한 수법은 신문연재소설이라는 특징상 운동권 인물들을 등장시켜 긴장감을 획득하는 동시에 정보를 얼마간씩 흘리면서 독자의 호기심을 자극하여 그들이 계속하여 소설을 읽도록 유도하려는 목적에서 이루어진 것일 수도 있다.

다른 한편, 초점화가 단지 이야기 세계 내의 사건과 정황을 지각하는 것에 그치지 않고 일정한 심리적 국면과 이념적 국면을 지향하는 행위라면, 소설에서 초점화 역할의 제한은 곧 일정한 감정과 이념의 지향성에 대한 제한이라고 할 수 있다.99) 즉 내포작가는 다른 인물에 대해서는 여러 가지 정보를 자세하게 전달하면서도 좌익 인물에 대해서는 정보를 전달하는 데 아주 인색하다. 장훈의 죽기 전의 심리묘사는 인물 초점화에 가깝다고 할 수 있지만 그의 사상은 여전히 정면으로 드러나지 않고 자살 직전의 심리만 얼마간 드러낼 뿐이다. 화자는 또 엄격한 표시(실선-)를 하여, 이 부분이 장훈의 심리에 대한 묘사 부분임을 알려 줌으로써 화자-초점화에 종속되도록 하였다. 이 소설은 3인칭 전지적 시점에서 서술되었기에 작품의 내포작가가 전체적으로 초점화의 정도와 방식을 장악하고 있으면서 좌익 운동가들에게는 제한되거나 불완전한 초점자의 역할을 부여했다고 할 수 있다.

작가가 가족의 문제와 사회적인 문제, 다시 말하면 세대의 문제와 민족운동의 문제를 소설의 두 갈래 선으로 삼고 있기에 이 두 문제가 초점화의 중요한 대상이라는 것은 당연하다. 소설은 가족과 관계되

---

99) 林明鎭, 「〈삼대〉의 서사담론에 관한 연구」, 『현대소설연구』 7, p.234.

는 문제에 대해서는 적극적으로 초점화를 행하지만 이데올로기 국면에 대해서는 화자의 객관적이고 제한된 시각으로만 보여주면서 좌익 운동가들의 사상이나 구체적인 활동에 대해서는 뚜렷하게 제시하지 않는다.

한마디로 이 소설은 주로 스토리 외부에서 서술을 하면서도 조의관 가족의 구성원을 위주로 초점이 바뀌기도 하며 이러한 인물 시각으로의 전환을 통해 인물의 내부까지 깊숙이 들어가 그들의 생각, 감정, 세계관 등을 독자들에게 드러내 보인다. 그러나 조씨 가족과 직접적인 관계가 없는 인물에 대해서는 인물 초점화가 아주 적게 행해지고 있으며 정보의 전달에 있어서도 아주 인색하고 불충분하다.

2) 권위적인 화자와 설화체 서술방식 - 『태평천하』

『태평천하』역시 3인칭 전지적 시점으로 되어 있으며 화자는 다른 두 작품보다 훨씬 더 신적이고 권위적이다. 이 소설도 외부-초점화, 서술자-초점화로 되어 있으면서 간혹 내부적 초점화, 인물시점으로 바뀌는 경우도 있지만 전체적으로 『삼대』나 『격류삼부곡』과는 다른 양상을 띠고 있다. 채만식처럼 '이야기하기'에 관심을 집중한 소설가가 없다고 평가될 만큼 작가는 객관적인 시각보다는 전통적인 이야기 형식과 판소리와 같은 서사구조를 본뜬 설화체 형식을 취하고 있다.

> 저 계동의 이름난 장자(富者) 윤직원 영감이 마침 어디 출입을 했다가 방금
> 인력거를 처억 잡숫고 돌아와 마악 댁의 대문 앞에서 내리는 참입니다.
> 간밤에 꿈을 잘못 꾸었던지, 오늘 아침에 마누라하고 다툼질을 하고 나왔던

지, 아무튼 엔간치 일수 좋지 못한 인력거꾼입니다.

여느 평탄한 길로 끌고 오기도 무던히 힘이 들었는데 골목으로 들어서서는 빗밋이 경사가 진 20여 칸을 끌어올리기야, 엄살이 아니라, 정말 혀가 나올 뻔했습니다.

이십팔 관하고도 육백 몸메! ……내려선 것을 보니, 진실로 거판진 체집입니다. ……얼굴도 좋습니다. ……나이? ……올해 일흔두 살입니다(『태평천하』, pp.374 - 375).

1장 「윤직원 영감 귀택지도」는 소설에서 대표적인 장면묘사라고 할 수 있는데 여기서는 주로 외부 - 초점화로 되어 있으면서 밑줄 친 부분과 같은 내적 - 초점화도 보이고 있다. 즉 윤직원 영감과 인력거 꾼의 심리를 번갈아 드러내 보이면서 화자 - 초점화가 행해지고 있다. 또한 장면묘사는 보통 '보여주기'로 되어 있다는 통념과는 달리 화자가 얼굴을 내밀고 '말하기'로 많이 간섭하고 있다. 윤직원이 체중을 재게 된 경과와 인력거꾼이 그가 탄 인력거를 대문 앞까지 끌고 온 것은 화자가 알려 주고 있으며 '거판진 체집'과 '얼굴', 그리고 나이와 차림새 등에 대해서도 화자가 전면에 나서서 소상히 묘사해 주고 있는데 이로 하여 서술 시간은 한동안 정지하게 되며 독자들은 화자의 의도에 따라 이야기를 이해하게 된다. 이 소설은 다른 곳은 물론이고 가장 대표적인 장면묘사 부분도 객관적이 되지 못하고 내포작가가 엄밀하게 통제하면서 언제나 끼어든다. "이십팔 관하고도 육백 몸메!" 같은 것은 독자가 보고 판단하도록 하는 것이 아니라 화자가 친절하게 알려 주는 것이며 "나이?" 하고 묻는 것은 내포독자와 말을 거는 화자로서, 이 소설의 화자는 전통적인 소설에서의 해설자와 비슷한 역할을 한다.

화자의 권위성은 동시에 여러 곳의 인물을 재현하는 영화적 기법에서 더욱 잘 드러난다. 앞에서 예를 든 것과 같이 밤 9시에 네 장소에서 동시에 벌어지는 사건을 나열할 뿐만 아니라 이튿날 아침 9시, 마지막 파국 직전에 역시 병렬적 전개, 동시적 진행 장면을 묘사하고 있다. 동시에 8명의 상황을 파노라마적으로 보여주는 서술기법은 그야말로 가장 권위적이고 전지적인 서술자만이 할 수 있는 일일 것이다.

『태평천하』는 중요한 인물의 속마음을 간접 화법이나 분석적 서술을 통해 화자가 자주 드러내 보여주고 있는데 다른 소설과 구별되는 것은 설화체 서술방식의 강화로 하여 내적 초점화 방식이 아주 적다는 것이다. 거의 모든 것이 이야기꾼으로서의 화자에 의해 이야기되고 보여지고 평가되기에 내적 초점화는 크게 작용하지 못하고 있다.

프리드만에 의하여 '요약적 서술'과 '직접적인 장면제시'로 분류된 바 있는100) '말하기'와 '보여주기'는 어느 것이 우월하다기보다는 어떤 경우에 효과적으로 사용될 수 있는가 하는 측면이 더욱 중요하다. 『태평천하』는 이러한 '요약적 서술'과 '직접적인 장면제시'가 교차되고 뒤엉켜 있으며 이로 하여 '보여주기'를 위주로 하는『삼대』의 객관적인 서술과 비교된다. 즉『삼대』의 서술자는 객관적인 관찰자이기를 고집하지만 채만식 소설의 화자는 관찰자일 때도 있지만 전면에 나서서 끼어들기 좋아하는 해설자이기도 하다. 위의 예에서 인력거를 타고 대문 앞에서 내리는 윤직원에 대한 묘사는 극적인 장면제시에 속한다. '방금' '마악' '내리는 참입니다'라고 하여 객관적인 시각에서, 화자가 숨겨진 상태에서 보는 듯이 그리고 있다. 그러나 얼마 안 있어 '체집'에 대해 설명하면서 "얼핏 알아듣기 쉽게 빗대면"

---

100) Norman Friedman, "Point of View in Fiction", Philip Stevick ed., *The Theory of the Novel*(The Free Press, 1967), pp.118-119.

하고 화자가 앞에 나서서 설명을 한다. 소설은 이렇게 화자가 '보여 주기'와 '말하기'를 곁들여 인물을 묘사하고 상황을 제시하며 사건을 전개시켜 나간다.

'보여주기'와 '말하기'가 복합적으로 작용하고 있다는 것은 화자가 전통적인 이야기문학의 맥락과 닿아 있음을 증명한다. 소설은 '이랍니다', '합니다', '앉습니다', '못견딥니다' 등 현재 시제를 써서 청자들을 맞대고 이야기를 들려주는 식으로 되어 있으며 "그러나 그렇다고 깔보지는 마십시오. 그래 보여도 그 애가 요새 그 연애를 한답니다."(p.380), "이놈이 썩 묘하게 생겼습니다."(p.384), "관중이 없어서 웃어주질 않으니 좀 섭섭한 장면입니다."(p.385), "윤직원 영감이 젊은 윤두꺼비 적에 겪던 격난의 한 토막이 대개 그러했습니다."(p.393), "고씨는 말하자면 이 세상 며느리의 썩 좋은 견본이라고 하겠습니다."(p.399) 등 고전소설의 투식어를 장면 전환의 사이사이에 끼워 넣어 구연방식이라는 서술방식을 차용하고 있다. 윤용구와, 윤직원의 과거에 대한 서술부분인 4장을 분석하면 전체적인 구조는 역시 장면제시와 요약적 서술이 반복되는 양상임을 알 수 있다. 장면 묘사는 독자를 작품 속에 끌어들이고 긴장감을 고조시키며 요약적 서술은 장면에 대한 설명으로 긴장을 풀어주고 독자들이 이야기 속에 몰입하는 것을 방해하면서 그들이 일정한 거리를 유지하도록 한다. 이러한 반복적인 구조는 판소리 사설의 이중구조와 완전히 일치한다.[101] 주지하다시피 판소리 사설은 크게 노래로 불리는 '창'과, 창과 창 사이에 삽입되는 말로 하는 대목인 '아니리'로 나뉜다. 창으로 처리되는 부분은 상황적 의미, 정서가 강화·확장되는 대목이고 화

---

101) 이용남, 「〈태평천하〉의 서사론적 연구」, 현대소설연구 7, p.179.

려한 운문으로 되어 있으며, 아니리는 요약서술이고 설명이 주를 이룬다. 판소리도 전체적인 서술방식이 창과 아니리의 반복구조로 되어 있으며 긴장과 이완의 반복 구조라고 볼 수 있다.

이상에서 살펴본 바와 같이 『태평천하』는 화자 – 초점화가 절대적으로 강화되고 인물 초점화는 약화되었으며 화자의 권위가 확장된 형태이다. 화자는 판소리 사설의 구조를 차용하여 보여주기와 말하기를 반복적으로 교차시키는 방법으로 긴장과 이완의 구조를 이루고 있으며 전통적인 이야기 소설에서처럼 청자에게 이야기를 들려주는 듯한 설화체 서술방식으로 스토리를 전달하고 있다. 따라서 독자는 너무 긴장할 필요 없이 편안한 마음으로 일정한 거리를 두고 이야기를 들을 수 있게 된다.

3) 시점의 전이와 다각적인 초점화 – 『격류삼부곡』

앞의 두 편의 소설에 비하여 볼 때 『격류삼부곡』은 『삼대』와 더 비슷하다고 할 수 있으나, 서론과 결말이 첨가되고 편지와 일기체 형식이 도입되었으며 분석적 심리서술[102])이 대량으로 행해지는 등 원인으로 하여 시점의 전이와 다각적인 초점화가 이루어지고 있다. 그런가 하면 보여주기, 즉 장면에 의한 제시가 서술과 교차적으로 많이 나타나면서 전통적인 서술방식과는 다른 양상을 나타내고 있다.

전체적으로 화자 – 초점화, 즉 3인칭 외부적 시점에서 이야기가 서술되고 있기는 하지만 삼부곡은 매 부마다 서언과 결말이 있어 작가

---

102) 분석적 심리서술은 전지적 시점의 화자가 특정 인물의 느낌이나 생각을 자신의 담화로 보고하는 것을 말한다. 이때 작중인물의 느낌이나 생각은 화자에 의해 여과되어 독자에게 전달된다(Susan S. Lanser, *The Narrative Act*, Princeton Univ. Press, 1981, p.188).

의 목소리, 즉 내포작가가 직접 텍스트 표면에 등장한다고 할 수 있다. 서언들은 대개 창작 동기나 작가의 세계관, 작품의 주제적인 경향 등을 여러 방식으로 보여주고 있어 여기서 등장하는 것은 화자가 아닌 작가에 해당되며, 결말은 보통 앞에서 서술한 스토리의 결과를 독자들에게 전달해 주고 있어 화자와 비슷하면서도 작가와도 가깝다. 내포작가의 극화는 작가의 작품에 대한 관념적 태도를 분명히 밝힘으로써 텍스트의 교훈적 계몽성을 더욱 높이는 동시에 독자에게 독서의 방향을 제시하는 효과를 낳는다. 즉 텍스트의 창작의도, 주제의 설명 등은 독자가 작가의 신념과 주제에 맞추어 스토리를 이해하도록 만들며 따라서 작가의 의도가 최대한 반영된 독서행위를 유도한다.103)

5·4운동 이후의 중국 현대소설은 형식상에서 이야기 중심으로부터 인물중심으로 옮겨 갔으며 이야기 위주의 단순한 외적 시각의 소설은 독자의 수요를 만족시키지 못했다. 자신의 심경을 고백하는 내적 시각의 소설이 한때 유행하였으며 또 점차 내외 시각의 교차되는 형식이 출현하였다. 빠진도 초기에는 1인칭소설을 많이 썼고 내외 시각이 교차되는 서술방식은 그의 소설의 주요한 특징이기도 하다. 그는 우선 '사람의 마음을 발굴'하는 것을 예술의 중요한 직능으로 생각했고 이러한 목적과 수요로부터 인물 「내심」의 분석을 매우 중시했다. 그는 서양의 문학작품을 많이 읽으면서 특히 심리묘사 방면에서 영향을 많이 받았으며 "일반적으로, 나는 인물의 심리에 대해 묘사를 많이 하고 외모에 대해서는 적게 묘사한다."104)고 말한 적 있다. 따라서 그의 소설은 인물의 심리에 대한 서술이 하나의 은폐된

---

103) 구수경, 『한국소설과 시점』, 아세아문화사, 1996, p.85.
104) 花建, 「我是把文藝作爲武器進行戰鬪的」, 『文學報』, 1984年 2月 9日.

흐름이 되어 작품을 관통하고 있으면서 때때로 표면에 드러난다고 할 수 있다. 이러한 인물의 심리는 독백이나 자유연상, 내부적인 인물 초점화 또는 편지, 일기, 환각, 꿈 등을 통하여 드러난다. 편지, 일기 등 형식은 여러 번 채용되었을 뿐만 아니라 편폭이 길어 거의 1인칭 서술자 시점으로 전이했다고 말할 수 있으며 인물의 독백이나 심리묘사도 역시 한 장 내내 한 인물의 심리만 보여줄 때가 있어 3인칭 시점이라고 하여도 사실은 1인칭 시점이나 다름없는 경우도 있다. 그러므로 기타 두 편의 가족사소설에 비해 시점이 전이되거나 인물—초점화가 훨씬 강화되어 다각도로 서술이 진행되고 있으며 전통적인 소설에 비해 말하기보다는 보여주기가 많은 비중을 차지하고 있다.

화자의 시점은 대체로 가족이라는 울타리를 많이 넘어서지 않는다. 가족 내적인 일과 인물에 대해서는 직접적으로 상세하게 묘사하고 있지만 가족 밖의 일은 가족 내부에서 밖으로 내다보는 시각이거나 간접적으로 전달되며 장면적인 제시보다는 요약된 말하기로 되어 있다.

"성안의 군대가 또 패전했대요. 듣자 하니 장군단장의 군대는 이미 북문 밖까지 왔대요." …….
"시가전이 또 벌어지는 건 아니겠지요?" …….
"저는 방금 부상병들을 들고 육속 성에 들어오는 걸 봤는데 숫자가 얼마나 되는지 모르겠어요." 覺民은 격동되어 말했다. "정말 끔찍해요. 그들은 피가 질벅해 가지고 들 것에 누워 있었는데 어떤 사람은 손이 없고 어떤 사람은 다리가 끊어져서 오면서 내내 피를 흘리고 줄곧 신음하고 있었어요. ……."
열시쯤 되자 쨍쨍한 소리가 갑자기 울렸다. ……홀연 총소리가 크게 터지면서 몇 번 연속하여 울리다가 또 조용해졌다. 짧은 시간이 지난 후 총소리는 또 울리기 시작하였는데 이번에는 매우 밀집하여 큰비가 내리는 듯하였다. 때로 총알이 지붕을 날아 지나면서 "쌩쌩" 소리를 냈다. 총알에 여기저기의 기와가 깨어지고 나가 떨어졌다. …….

"우르릉", 유다른 우렛소리가 공기를 진동하였고 잇달아 또 "와르르", "와르르" 하는 소리가 들렸는데 마치 무수한 강철 조각들이 공중에서 휘뿌려지는 듯하였고 집 전체가 그로 하여 흔들렸다(『집』, pp.159 - 162).

이 부분은 군벌들의 전쟁을 보여준 것으로서 사회적으로 큰 사건인 전쟁이 가족 내부적인 시각에서 묘사되고 있다. 얻어들은 소문과 길에서 본 일, 그리고 지붕을 날아 지나는 총알과 담을 무너뜨리는 폭탄 등이 화자에 의해 전달되고 있을 뿐 직접적인 전쟁 장면은 알 수 없다.

그런가 하면 이러한 거듭되는 군벌혼전, 그들의 농민에 대한 행패, 시골에서 횡행하는 화적떼, 몸을 숨긴 소작인들과 소작료를 거둬들이는 일 등은 인물들의 간단한 대화로 전달되고 말 뿐이다.

고씨네 집 외의 가정이나 인물에 대해서도 거의가 다 요약서술이나 작중인물에 의해 간접적으로 알려질 뿐이다. 봉건적인 도학자이고 위선자인 馮樂山은 고씨 노인이나 克明 등이 매우 떠받들지만 첩으로 간 婉兒의 서술로 그의 이기적이고 위선적이며 변태적인 성격이 드러나게 된다. 淑英이 시집가기로 된 陳克家의 집 역시 하인들의 입을 통하여 진상이 드러나는데 陳克家와 그 아들이 한 여성을 농락하다가 임신이 되자 그녀를 아들의 첩으로 들여앉혔다는 것이다. 그 외에도 克安과 克明이 집 밖에서 첩살림을 하고 도박을 하며 타락한 생활을 하는 것도 직접 묘사되지 않고 있으며 覺慧가 떠나간 상해의 상황도 覺慧의 편지를 통해 얼마간 알려질 뿐이고 구체적으로 서술되지 않고 있다.

그러나 가족 내에서 있은 일은 아주 일상적인 일도 비교적 자세하게 서술되고 있다. 설, 보름, 단오 등 명절을 쇠고 조상에게 제를 지내는 일, 세대 사이의 모순 갈등과 돈을 위한 알력, 부부싸움과 하인 사이의 다툼, 젊은이들의 고민 등등 일들이 다 화자가 자세히 보여주는 내용들이다.

가족 외적인 인물이나 사건 가운데 일정한 편폭을 차지하는 것은 覺慧나 覺民이 참여하는 학생들의 활동이다. 그들의 청원, 시위 활동, 잡지사 편집모임, 전단 배포, 극의 연출, 잡지의 발행 등 일들은 가족적인 일들의 사이사이에 삽입되어 서술되고 있다. 그러나 양적으로 가족 내부의 일에 대한 서술에 비할 수 없다.

『집』에서는 覺新을 비롯한 삼형제와, 그들과 사랑관계에 있는 여성들에 대해서는 분석적 심리서술이 빈번하게 대량으로 행해지고 있는데 사실 이러한 서술은 인물-초점화와 섞여 있으며 많은 경우 3인칭을 1인칭으로 바꾸어도 아무 이상이 없다. 따라서 분석적 심리서술이기는 하지만 인물-초점화와 아주 근접하며 소설은 자주 인물을 바꾸어 이런 형식으로 서술을 진행해 나간다.

(1) 내일, 모든 사람들에게 내일이 있지만 그녀의 앞에는 암흑만이 놓여 있을 뿐이다. 한 조각 한 조각 이어져 끝없는 암흑, 거기에는 내일이란 없는 것이다. ……이 모든 것은 얼마나 아름다운가! 이 세계는 얼마나 사랑스러운가! ……왜 사람들은 유독 그녀만 유린하려 하고 상처 주고 온화한 눈길을 주지 않으며 동정하지도 않고 심지어 그녀를 위해 연민의 탄식을 할 사람도 없는 것일까! ……생활 가운데서 그녀가 얻은 유일한 것은 그의 사랑이다. 이것마저도 누릴 권리가 없단 말인가? 왜 모든 사람은 다 살아 있는데 그녀는 이렇게 젊은 나이에 이 세계를 떠나야 하는가? ……(『집』, pp.229-231).

(2) "집에 돈이 많단다", "괜찮게 생겼다", "공부를 많이 못 했다", "아무래도 너를 빨리 시집보내는 게 좋겠다" 이 몇 마디 말은 번갈아 그녀의 귓가에

서 울렸다. 그녀의 눈앞에는 즉시 길고도 긴 길이 나타났는데 거기에는 젊은 여자들의 시체가 가득 누워 있었다. 이 길은 눈앞에서 아득하게 끝 없이 펼쳐져 있었다(『집』, p.215).

(3) 할아버지는 영원히 불친절한 엄숙한 얼굴을 하고 있고 陳姨太는 영원히 그 교활하고 하얗게 분칠한 얼굴을 하고 있으며 계모는 그에게 잘 대해 주나 관심이 없다. ……그는 매번 ……순결한 사랑으로 불타오르는 눈 을 보면 마음속에서 어떤 욕망이 생겨남을 느끼게 되었다. 그는 이 눈에 서 모든 것을 얻을 수 있다고 여겼으며 지어 생활의 목표를 찾을 수 있다 고 여겼다(『집』, p.203).

(4) 그는 枚 도련님의 대답에 만족할 수 없었으나 반박하지는 않았다. 그는 반박해도 소용없음을 알고 있었다. 십여 년의 엄격한 가정교육은 이 젊은 이의 심신에 깊은 영향을 주었다. 이것을 그는 누구보다 잘 알고 있었다. 그리고 그 자신이 그러한 경험이 있었다. 그의 지나간 상처는 또 기억나 서 마음이 점점 아파나기 시작했다(『봄』, p.105).

(5) 그는 이 두 세대의 사이에 타협이란 전혀 불가능함을 그제야 깨달았다. 작은 양보는 더 많은 분쟁을 불러오고 연이은 중대한 양보는 자신의 멸망 을 촉진할 뿐이었다. ……지금 覺新은 가족을 부흥시킬 책임을 그에게 맡겼는데 그가 과연 그렇게 할 것인가? "아니, 안 돼!" 이러한 목소리가 그의 마음에서 울렸다(『봄』, p.331).

이상의 예문에서 (1)은 鳴鳳, (2)는 琴, (3)은 覺慧, (4)는 覺新, (5) 는 覺民의 심리를 보여주고 있는데 이것은 한 인물의 위치에 고정되 어 인물의 내심을 드러내는 것으로서 외적 초점화보다는 인물-초 점화에 가깝다. 물론 3인칭으로 되어 있지만 긴 단락으로 된 인물의 내심에 대한 서술은 인물의 마음속에 깊숙이 들어가 있으며 그들은 자신의 눈으로 외부 세계와 외부의 인물을 바라보고 자신의 생각이 나 감정, 판단 등을 나타낸다. 이들 제3세대 젊은이들의 생각과 세계 관, 고민 등은 전반 삼부작에서 시시로 초점화되어 드러난다. 한 어 머니한테서 태어났지만 서로 다른 성격을 가진 세 형제에 대한 대량의 분석적인 서술은 소설의 구조가 잘 짜이지 못했다는 평을 듣게 한다. 특히 覺慧의 일기, 覺民의 편지, 覺新의 편지, 淑英의 편지 등은 어떤 것은 너무 길어서 소설의 정상적인 흐름을 방해하고 부자연스러울 정도로 소설 속에 삽입되어 있는데 이러한 1인칭 서술시점으로의 이동을 거쳐 화자는 이야기를 진행해 나갈 뿐만 아니라 인물의 생각을 여과 없이 독자에게 보여준다.

이러한 인물-초점화에 가까운 분석적 서술은 다른 인물에게서도 나타난다. 예를 들면 王氏, 沈氏, 張氏, 克明, 고씨 노인 등도 때로는 초점자로 되어 모순 갈등과 기쁨, 분노, 실망 등을 전달한다. 그러나 총체적으로 볼 때 그들에 대한 묘사는 거의 초상묘사와 행동묘사 등 외관적인 데 머물러 있으며 그들의 이러한 특징적인 외모와 심리성적인 동작에 대하여 화자는 객관적인 보여주기를 통하여 드러낼 뿐이다. 고씨 노인은 鳴鳳이 자결하자 婉兒를 대신 馮樂山에게 선물하며 覺慧를 학생운동에 참가하지 못하도록 연금시키고 覺民의 혼사를 마음대로 결정한다. 그는 이처럼 전제적이지만 覺慧가 본 할아버지는 "누른색의 얼굴과 벗겨진 머리"를 하고 "아주 허약해 보였으며, 몸은 힘없이 거기에 누워 있었고 좀 벌려진 입으로부터 침이 흘러나와 턱 아래의 옷을 적"(『집』, p.58)신다. 그는 覺慧와 같은 신생역량의 상대가 되기에는 너무 늙었고 패배의 운명을 벗어날 수 없는 것이다. 克安이나 克定과 같은 타락한 인간들도 겉으로만 점잖은 척하는 모습과 小旦을 집에 청해 추태를 부리는 광경을 대조적으로 보여주고 첩한테 돈을 물 쓰듯 하고 하녀나 어멈을 희롱하며 아편을 피우고 도박을 하는 등 행위에 대해 객관적으로 보여주기만 한다. 제3세대인 覺英, 覺世 등의 방탕한 행위와 저속한 말투도 삽화적으로 스토리에 삽입시키고 있다.

이상과 같이 소설은 3인칭 전지적인 시점이면서도 인물-초점화거나 분석적 서술이 많이 행해지고 있으며 간혹 시점의 전이까지 이루어진다. 그 외에도 소설은 화자가 몸을 감춘 객관적인 보여주기, 즉 장면적인 제시를 많이 이용하고 있다. 영화의 한 장면과 같은 이러한 보여주기는 스토리를 이어가고 주제를 표현하는 데 직접적으로 이바지하며 독자들이 이야기에 몰입하도록 하고 화자와 같은 감정을 느끼도록 한다. 蕙에 대한 周伯滔의 무관심과 고집, 어리석음, 1, 2세대와 3세대 사이에서 고민하는 覺新, 覺民과 克安, 克定의 말다툼 등등은 때로는 인물에 대해 분노하고 증오하도록 하거나 동정하게 하며 때로는 통쾌하고 시원한 감정을 느끼도록 하면서 작품과 독자의 거리감을 없애고 독자들이 작가가 의도한 대로 감각하고 생각하도록 한다.

나. 서술 태도와 서술 효과의 상관성

세 편의 가족사소설은 앞에서 본 대로 3인칭 전지적인 화자가 각기 다른 방식으로 독자들에게 이야기를 전달한다. 그중에서 염상섭의 소설은 가장 객관적인 입장에서 서술이 진행되었다고 할 수 있고 다른 두 편의 소설은 영상적인 장면묘사가 전체적으로 많은 비중을 차지하면서 전통적인 이야기 소설과는 구별되는 모습을 보이고 있다. 그러나 근대적인 소설의 역사가 말하기에서 보여주기에로 이행한 역사라고 하더라도 극히 객관적인 관찰자의 입장에서 화자가 모습을 감추고 진행하는 서술도 사실은 그 뒤에 내포작가가 있다고 생각할 때 그 서술은 절대적인 의미에서 객관적일 수 없다. 이 가족사소설들 역시 화자들의 상이한 서술태도에 따라 서로 다른 지향성을 드러낸 다고 해야 할 것이다.

우선 『삼대』는 작가의 객관적이고 냉정한 관찰을 토대로 하여 쓰 인 작품으로서 다른 두 작품에 비해 상당히 객관적이라고 할 수 있 다. 그럼에도 불구하고 소설에서는 화자, 내포작가 혹은 실제작가가 직접적으로 개입하는 경우가 간혹 발견된다. 즉 내포작가와 화자는 상당한 거리를 유지하고 있으면서 때로는 밀착되거나 작가가 아예 화자를 대신하여 모습을 드러내기도 한다.

(1) 사람의 마음이란 간특한 것이다. 지나는 전차 속에서 잠깐 마주 보고도 공 연히 달라는 것 없이 얄미운 사람이 있고 오고가는 길가에서 눈결에 스쳐 가는 사람도 많이 본 사람같이 눈에 익고 호의가 쏠리는 경우가 있다(『삼 대』, pp.150 – 151).

(2) 필자는 여기에 조씨 집 재산이 어떻게 분배되었는가를 잠깐 공개할 필요 가 있다(『삼대』, p.294).

(3) 그러나 덕기가 재산은 상속하였을망정 조부의 유지도 계승할 것인가? 그 는 금고 문지기는 될 수 있을지언정 사당 문지기로서는 조부가 믿듯이 그 처럼 충실할 것인가 의문이다(『삼대』, p.296).

(1)은 원래의 이야기와 크게 관계없는 일반적인 견해 혹은 과거의 경험을 내포작가가 권위적인 목소리로 서술하고 있어 일반적인 서술 태도와 다른 양상을 보이고 있다. 주인공 덕기의 필순에 대한 감정을 합리화하기 위하여 내포작가가 성급하게 끼어든 사례라고 할 수 있 다. (2)에서는 실제작가가 화자를 제치고 직접 등장하는데 이로 하여 이야기 세계 혹은 서술자 세계의 질서가 한순간 파괴되고 화자는 작

가에 의해 가려지고 만다. (3)의 경우 화자는 이야기의 전개에 대해 추측을 하면서 이야기를 하는 원래의 위치에서 독자 쪽으로 이동하여 중간에서 이야기를 중개하는 입장이 된다. 이것은 작품의 담론에 대한 고차서사105)에 가깝다고 할 수 있다. 이처럼 화자가 작가와 독자 사이에서 일정한 거리로 일관화하지 못하고 서술태도를 변화시키는 것은 내포작가의 서술전략과 무관하지 않다. 근대적인 리얼리즘 소설의 일반적인 서술기법에서 일탈된 이러한 모습은 '돈'문제와 관련하여 많이 나타난다.106) 그러나 좌익 이데올로기에 관한 서술에서는 화자가 거의 모습을 감추고 아주 객관적인 관찰자 입장에서 보여주기만 할 뿐이다. 경애가 병화를 떠보는 장면과 병화와 장훈의 대면은 거의 대화로만 이루어지면서 작가뿐만 아니라 화자도 전혀 간섭하지 않는다. 이들의 대화에서 나타나는 내용에 대해 작가나 화자는 중간적 입장을 취하면서 판단은 독자에게 맡긴다.

작가는 가족이나 돈의 문제와 좌익 이데올로기 문제에 대해 초점화하거나 서술하는 태도에서 차이를 보여주고 있는데 이러한 편향성은 전자에 대한 적극적인 개입과 후자에 대한 냉정하고 소극적인 태도에서 보인다. 다시 말하면 가족이나 돈에 관계되는 일에서 화자는 인물의 내심 깊숙이 들어갈 뿐만 아니라 작가까지 개입하여 논평하고 간섭하지만 이데올로기에 관한 일에서는 화자까지 멀리 거리를 두고 방관자적인 태도로 지켜보기만 한다.

---

105) 고차서사(meta-narrative), 제럴드 프랭스가 사용한 용어로서 '서사에 관한 담론'을 지칭한다. G. Prince, 최상규 역, 『서사학』, 문학과지성사, 1988, p.175.
106) 김윤식, 『염상섭연구』, 서울대출판부, 1987, p.536.

"나도 너희들이 생각하는 것이나 기분을 이해하지 못하는 것은 아니다. 사회의 현실상(現實相) 앞에 눈이 어두운 것도 아니다. 그러나 나는 내가 살아온 시대상과 너희의 시대상의 귀일점을 찾으려는 것이다. 쉽게 말하자면 네 사상과 내 사상이 합치되는 소위 '제삼 제국'을 바라는 것이다. ……."
이번에 덕기가 돌아와서 부친과 병화의 이야기를 하다가 사회사상 문제와 실제 운동 문제에까지 화제가 돌아갔을 때, 덕기가 부친에게 종교를 내던지라고 하니까 부친은 이와 같은 대답을 하였던 것이다.
덕기는 부친의 이러한 의견에 반대하고 싶지 않은 것은 아니었으나, 역시 구습상 부친에게 반대할 수도 없고 또 제 주제에 길게 논란할 수도 없는 터이어서 그만두었었다. 그뿐 아니라 부친이, 생각하였던 것보다는 현대 사상 경향이나 사회 현상에 대하여 아주 어둡고 무관심한 것이 아닌 것을 발견한 것이 반갑기도 하고, 부자간의 이런 토론은 처음이었으나 그로 말미암아 부친과 자기 사이가 좀 가까워진 것 같은 기쁜 생각이 들어서 그대로 웃고만 말았지만, 어쨌든 부친은 봉건시대에서 지금 시대로 건너오는 외나무다리의 중턱에 선 것 같다고 생각하였다. …….
그러므로 덕기는 부친에게 대하여 가다가다 반감이 불끈 치밀다가도 한편으로는 가없는 생각, 동정하는 마음이 나는 것이었다(『삼대』, pp.33 - 34).

이 부분은 인물 - 초점화의 방식으로 덕기의 상훈에 대한 생각을 보여준다. 교회를 못 떠나는 아버지의 이유가 납득되지는 않지만 그보다는 생각보다 아버지가 현실 정세에 어둡지 않다는 사실과 대화를 통해 상호 간의 이해가 깊어졌다는 것이 더 값진 것 같아 기쁘고 아버지의 중간에 끼인 처지가 가엾다는 생각이 든 것이다. 자신의 의견은 분명하지만 결국 덮어두고 자그마한 소득으로도 만족하는 온화한 성격을 확인시키며 상대방의 입장에 서서 이해하려고 하는 넓은 도량을 보여준다.

덕기는 자리에 드러누우며 세상이 신산하다고 생각하였다. 나이 스물 셋이 되도록 인생고초라고는 감기나 앓아 보았을까, 그 외에는 소설책이나 병화의

생활을 통하여밖에는 모르고 자라난 <u>이 청년은</u>, 사생활이나 가정일로 세상이
귀찮다거나 신산하다는 생각이 들어보기는 아마 오늘이 처음일 것이다. 모친
의 퍼붓는 듯한 푸념에 귀가 징하고 머리가 아파서 신산한 생각이 든 것인지
는 모르겠지마는…….
생각하면 모친도 가엾다. 그 푸념이 병적이면 병적일수록 더 가엾다. ……모
친의 성격, 모친의 경험, 모친의 처지로는 병이 되다시피 그렇지 않을 수 없
는 것인 것 같다. …….
부친 – 부친도 가엾다. 때를 못 만났고, 그런 시대에 태어났기 때문도 있다.
그러나 실상은 자기의 성격 때문이다. ……(『삼대』, pp.413 – 414).

이것은 덕기가 필순이 때문에 어머니로부터 '제2홍경애'소리를 듣
고 난 후의 심리묘사이다. 덕기가 신산함을 느낀다고 한 후 '……지
도 모른다'는 말로 그 원인을 여러 가지로 추측하는 것은 결코 덕기
가 아니다. 밑줄 친 부분의 '이 청년은'에서 알 수 있듯이 이 부분은
인물보다 우위에 있는 내포작가가 덕기의 마음을 분석하고 진단하는
행위로서 서술의 질서를 깨고 서술행위에 간섭하는 방식이다. 그는
어머니가 심하다고 여겨 섭섭했지만 아내와 대조시켜 어머니의 처지
나 경험으로부터 그 심정을 이해하려고도 한다. 그는 어머니를 동정
할 뿐만 아니라 아버지도 가엾다고 생각하면서 결국은 성격 탓이라
고 매듭짓는다. 사실 덕기는 아버지의 아편중독설에 대해서도 대책
이 없고 염려가 없으며 어머니에 대해서도 어쩔 수 없다고 생각하는
데 일관되게 나타나는 덕기의 자기 입장 강화 반응은 이 인물에 대한
작가의 보호 본능에서 연유된 편들기의 결과라고 할 수 있다. 작가는
덕기 입장의 합리화를 위해 시점의 변화와 내포작가의 끼어들기를
마다하지 않는 서술방식을 채용하고 있다.
  그러나 좌익 이데올로기에 관하여 작가는 정보제공에 너무나 인색

하다. 병화의 정확한 신분에 대해서는 경애의 말만 가지고 판단해야 할 것이고 피혁에 대해서도 역시 경애의 정보에만 기댈 수밖에 없다. 장훈은 어떤 신분인지 어느 파에 속하는지 역시 모호하다. 그런가 하면 홍경애가 바커스에 나가는 것이 돈이 안 된다고 하면서 어떻게 필순이 질투할 정도의 생활을 하고 있는지 알 수가 없고, 홍경애가 병화의 신분이나 그들 당의 내막을 잘 알고 있는 것을 보면 역시 운동권인 듯하지만 피혁에게 병화를 소개해 주고는 발을 빼려 하는 행위는 또 그런 인물답지 않다. 병화가 피혁의 돈으로 가게를 꾸리고 도대체 무슨 활동을 하는지, 그것이 장훈이와 관계가 있는지 없는지, 피혁은 장훈을 알고 그 집에 들르면서 왜 홍경애네 집에 와 있으면서 위험을 무릅쓰고 사람을 소개해 달라고 하고 병화를 만났는지, 피스톨은 이 사건과 무슨 관계가 있으며 시험관은 무엇이며 병화와 관계가 있는지…… 너무나 많은 미스터리를 화자는 모르는 척 그대로 남겨두고 완전히 외부적인 관찰자가 되어 시치미를 떼고 있다. 어쩌면 화자 자신도 모른다고 할 수 있다.

이로부터 송신자인 작가는 수신자인 독자에게 동일한 정보를 제공하지 않았음을 알 수 있다. '과대정보제공'은 초점자의 감정과 세계관이 강력한 지향성을 띤 채로 초점화된 것을 송신자가 적극적으로 서술상황에 개입하여 서술할 때 사용되며 이때 초점자와 송신자의 세계관이 일원적으로 통합될 가능성이 크다. 반면 '과소정보제공'의 방식으로는 그 가능성이 현저하게 적어진다.[107] 염상섭은 초점화 방식과 서술 태도에 따라 다른 분량의 정보를 제공하고 있는데 이로부터 우리는 그가 가족이나 돈 문제에 대해서는 적극적이고 직접 개입

---

107) 임명진, 앞의 논문, p.245 참조.

하여 독자와 이야기하기를 꺼리지 않지만 이데올로기 문제에 대해서는 상당히 소극적이고 자신을 드러내기를 꺼리고 있음을 알 수 있다.

『태평천하』에는 정면인물이 없고 반면인물만 등장하는데 그렇다고 하여 작가는 분노와 증오의 감정으로 서술하는 것이 아니라 오히려 경어법을 써가면서, 시공간적으로 아무런 구애를 받지 않는 특별히 전지적이고 권위적인 화자를 내세워 아이러니적인 수법으로 풍자를 진행하고 있다. 『삼대』가 객관적 보여주기를 위주로 하는 데 비해 『태평천하』에서 화자는 말솜씨 좋은 이야기꾼이 되어 언제나 친절하게 해설해 주고 의문을 풀어주며 때로는 내포작가도 등장하여 간섭한다.

이러한 주석적 서술의 특성은 서술자가 평가하는 자, 느끼는 자, 관찰하는 자가 되는 것이다. 그는 서술되고 있는 사건에 직접 참견하기도 하고 주석을 가하기도 한다. 주석적 서술자들의 참견은 이야기와 관련되는 독자의 기대를 아주 특정한 어떤 방향으로 불러일으키고 독자의 관심 방향을 조정하며 어떤 등장인물의 행동거지에 대해 회의를 품을 수 있는 소지를 심어준다. 또한 어떤 장면의 인상을 고조시킨다거나 다른 어떤 장면의 인상을 무디게 하기도 한다.[108]

채만식 소설은 윤직원을 비롯한 일가족을 중심으로 이야기를 전개하고 있다. 화자는 서두에서 직접 해설자가 되어 서술시간을 정지시키고 윤직원의 외모에 대해 상세히 알려 주고 있다. 체통이나 얼굴, 차림새 등등 외모묘사에서 화자는 상당히 우호적인 태도를 보인다.

---

108) Franz k. Stanzel, 안삼환 역, 『소설형식의 기본유형』, 탐구당, pp.35 - 39.

내려선 것을 보니, 진실로 거판진 체집입니다.

…….

얼굴도 좋습니다.

……얼굴은 불콰하니 동안(童顔)이요, 게다가 많지도 적지도 않고 꼬옥 알 맞은 수염은 눈같이 희어, 과시 홍안백발의 좋은 풍신입니다.

초리가 길게 째져 올라간 봉의 눈, 준수하니 복이 들어 보이는 코, 뿌리가 추욱 쳐진 귀와 큼직한 입모, 다아 수부귀다남자의 상입니다.

…….

"……아아니 글씨, 안 받어두 졸 뜨기 처분대루 허라던 사람이, 인재년 마구 그냥 일 원을 달래여? 참 기가 맥히서 죽겠네, 그만두소. 용천배기 콧구녕으서 마널씨를 뽑아먹구 말지, 내가 칙살스럽게 인력거 공짜루 타것댕가!

……."

…….

"즉다니? 돈 이십 전이 즉단 말인가? 이 사람아 촌에 가면 땅이 열 평이네, 땅이 열평이어!"

…….

"거 참! ……옛네 도통 이십오 전이네. 이재넌 자네가 내 허리띠에다가 목을 매달어두, 쇠천 한 푼 막무가낼세!"(『태평천하』, pp.375 - 377)

이와 같이 화자는 해설에서 윤직원을 계속 추켜세워 주고 있지만 장면으로 제시하고 있는 실제 모습은 설명과는 달리 대단히 속물스럽고 부정적이다. 화자의 표면적인 태도와 어긋나는 윤직원의 대화로 하여 인물이 희화되는 동시에 화자는 독자를 자신의 의도대로 이끌어 간다.

화자 또는 내포작가는 장면 제시의 중간 중간에 계속 개입하여 주석을 달고 서술의 상황을 독자들에게 해설한다. 인력거꾼과 윤직원의 내면세계에서 일어나는 심리변화뿐만 아니라 외적인 반응과 세세한 행위까지 일일이 보고한다. 인력거꾼이 "자네 어매가 행실이 궂었덩개비네"라는 말에 비위가 상했고 다른 사람이 그따위 수작을 하면

빰따귀를 얻어맞았을 것이며, 돈장이라는 말이 윤직원에게는 '히틀러'라든지 하는 덕국 파락호의 폭탄선언만큼 놀라운 말이었다는 것, 인력거꾼이 이십 전을 가지고 촌으로 가서 땅 열 평 사놓고서 삼대 사대 벌어먹으라고 말하려다가 참았다는 이야기나 윤직원이 이십 전짜린 줄 알고 오십 전짜리를 잘못 줄까 봐 손톱으로 싹싹 긁어 보았다는 것, 인력거꾼이 부둥부둥 떼를 쓰는 통에 역정이 났지만 마지막에 끝내 5전을 더 주었다는 등은 다 화자가 친절히 들려준 것이다.

이런 화자의 모습은 소설 전체에서 어디서나 볼 수 있다. "관중이 없어서 웃어주지 않으니 섭섭한 장면입니다", "이런 걸 미루어 보면 그는 과시 승어부(勝於父)라 할 것입니다", "대체 그 시어머니라는 종족이 며느리라는 종족한테 얼마나 야속스러운 생물이거드면 이다지 박절한 속담까지 생겼습니까."라는 대목이거나 윤직원이 가장 기대하던 종학이 투옥되었다는 사실을 알고 낙담하는 대목에 이르러 "마지막의 으응 죽일 놈 소리는 차라리 울음소리에 가깝습니다."라고 서술한 것 등은 모두 이러한 주석적인 해설자로서의 목소리이다.

그러나 전지적인 화자도 때로는 작가에게 가려지고 실제 작가가 직접 등장하는 경우가 있다. "이 이야기를 쓰고 있는 당자 역시 전라도 태생이기는 하지만, 그 전라도 말이라는 게 좀 경망스럽습니다."와 같은 서술은 화자가 아닌 실제 작가의 판단이고 견해이다. 화자의 해설까지 믿음직스럽지 못하여 아예 모습을 드러낸 것이다.

이토록 주석적인 화자와 내포작가의 무절제한 간섭으로 장면 제시 부분도 완전하게 객관적인 보여주기로만 되지 못하고 서술시간이 정지되기도 하고 서술의 반전이 일어나기도 한다. 이로 하여 독자는 이야기에 도저히 몰입할 수 없고 일정한 거리를 두고 지켜볼 수밖에 없으며 화자의 의도대로 스토리와 인물에 대해 인식하게 된다.

이러한 서술방식은 전대의 이야기 문학이나 판소리계 소설에서 흔히 볼 수 있는 방식이다.109) 이것은 전지적인 작가가 해설자의 입장을 견지하면서 완숙한 이야기꾼이 되어 독자들에게 이야기를 들려주는 방식이다. 채만식은 전지적인 작가 시점에서 전통적인 이야기 구연방식을 수용하여 해설자요 이야기꾼인 화자를 작품에 설정하고 있는 것이다. 이야기 전체에 개입하는 이러한 방식은 작가의 풍자적인 입장을 보여주는 데 효과적이다.

판소리나 탈춤에서 흔히 볼 수 있는 등장인물에 대한 조롱과 희화 장면은 소설의 여러 곳에서 발견된다. 이 소설 속의 많은 인물들은 외모부터 행위, 언어, 인식 등에 이르기까지 만화적으로 묘사되고 있는데 대부분 과장의 수법이나 아이러니 수법으로 풍자적인 효과에 이르고 있다. 일차적으로 많은 인물들의 외모는 정상적이지 못하다. 상노아이 삼남이를 보면, "우선 부룩송아지 대가리같이 머리가 곱슬곱슬하고 노랗기까지 한 게 장관이요, 그런 대가리가 어쩌면 그렇게도 큰지, 남의 것 같습니다. 눈은 사팔이어서 얼굴을 모로 돌려야 똑바로 보이고 코는 비가 오면 고개를 숙여야 합니다."(p.384), 서울아씨는 "이마가 좁고 양미간이 넓고 콧잔등은 푹신 가라앉고 온 얼굴에 검은깨를 끼얹어 놓았고 목이 옴츠라지고, 이런 생김새가 아닌게 아니라 청승맞게는 생겼습니다."(p.396), 태식이는 "사랑에 있는 상노아이놈 삼남이와 동기간이랬으면 꼭 맞게 생겼습니다. 열다섯 살이라면서 몸뚱이는 네댓 살박이만큼도 발육이 안 되고 그렇게 가냘

---

109) 조동일, 『판소리의 이해』, 창작과비평사, 1984; 정한숙, 『한국현대작가론』, 고대출판부, 1976, p.144.

픈 몸 위에 가서 깜짝 놀라게 큰 머리가 올라앉은 게 하릴없이 콩나물 형국입니다"(p.398)로 묘사되고 있다. 윤직원의 외모도 먼저 한참 추어올리고는 "이 풍신이야말로 아까울사, 옛날 세상이었더면 일도(一道)의 방백(方伯)일시 분명합니다. 그런 것을 간혹 입이 삐뚤어진 친구는 광대로 인식 착오를 일으키고, 동경 대판의 사탕장수들은 캐러멜대장감으로 침을 삼키니 통탄할 일입니다."라고 하여 슬쩍 조롱한다.

서울아씨의 『추월색』 읽기와 태식이의 교과서 읽기 등은 제외하고, 특히 윤직원은 인력거 삯 깎기, 무임승차하기, 하등권으로 상등석에 앉기, 동변 복용하기, 소변세안하기, 집 식구들과 다투기, 노소동락하여 돈 절약하기(경손이와 함께 동기 춘심이와 연애하기) 등 수많은 행위에서 외모와 재력, 돈으로 산 소위 양반이라는 체신에 어울리지 않는 모습을 보여주어 웃음을 자아낸다. 그런가 하면 "대체 거, 공자님허구 맹자님허구 팔씨름을 하였으면 누가 이겼으꼬?"라고 하여 선비들을 궁색하게 했고, "거리거리 순사요 골골마다 공명헌 정사(政事), 오죽이나 좋은 세상이여…… 남은 수십만 명 동병(動兵)을 히여서, 우리 조선놈 보호하여주니, 오죽이나 고마운 세상이여? …… 으응? ……제것 지니고 앉어서 편안하게 살 세상, 이걸 태평천하라구 하는 것이여, 태평천하! ……"(p.478)라고 하면서 일제강점기를 태평천하로 인식하고 이러한 시대가 변할까 두려워한다.

중요한 것은 이러한 인물의 우매한 언행에 대해 화자가 시종 표면적으로 편들고 있다는 것이다. 그러면서도 화자는 자신이 이야기하고 있는 것과 이야기하려는 것 사이에 상당한 차이가 있다는 것을 분명히 한다. 화자가 시치미를 떼고 이야기하고 있는 것과 그가 보여주

는 것 사이의 불일치로 하여 인물은 희화되고 소설은 풍자적인 효과
를 보게 된다. 이는 판소리의 표면적 주제와 이면적 주제의 관계와
비슷하다. 표면적인 주제가 유식한 문자로 수식된 설명을 통하여 나
타난다면 이면적 주제는 상스러운 말로 구체화되어 장면과 대화를
통해 드러난다. 그런데 표면적인 주제는 겉으로 내세우는 구실에 불
과한 반면 그 작품에서 진정으로 이야기하고자 한 것은 바로 이면적
인 주제이다.110)

이 소설의 주석적인 화자 혹은 내포작가는 작품에 전체적으로 개
입하여 해설하면서 표면적으로는 시치미를 떼고 계속 인물의 편을
들고 있지만, 한편으로는 말하려고 하는 것과 이야기되고 있는 것이
거리가 있음을 독자들에게 보여주어 내면적인 주제, 부정적인 인물
에 대한 풍자의 목적을 달성한다.

빠진은 1인칭 제한시점의 소설을 많이 썼고 3인칭 전지적 시점으
로 소설을 쓸 때에도 대체적으로 순 객관적인 시점에서 대상을 서술
하지 않는다. 그는 자기를 잊고 대상에 몰입할 줄 아는 극작가라기보
다는 시인의 기질을 가지고서 자신의 온 마음으로 세계를 포용하며
자신의 불타는 마음을 한시도 감추지 않는 작가라고 할 수 있다. 그
의 소설은 총체적으로 볼 때 억압받는 사람들에 대한 동정자의 시각
에서 한정적인 묘사를 한다고 할 수 있다. 소설 속에 서술된 모든 것
은 다 그가 직접 보았거나 마음속으로 체험한 것이며 이 시점에서 느
낄 수 없는 것은 서술하기를 회피한다. 3인칭 전지적 시점인『격류삼
부곡』에서도 작가는 인물시점의 서술방식은 아니더라도 사실 작품
속에 침투되어 있다고 할 수 있다.

---

110) 조동일 외, 앞의 책, pp.26 - 27.

우선 화자는 젊은 세대들의 행위와 심리 등을 보여줄 때 자주 주석적인 화자로 되어 친절하게 해설해 준다.

(1) 그는 갑자기 며칠 전에 프랑스 교사 鄧孟德이 수업시간에 한 말이 생각났다. "프랑스 청년들은 너희들과 같은 나이에 슬픔을 모른다." 그러나 중국 청년인 그는 이렇게 젊은 나이에 이미 슬픔에 짓눌려 버렸다(『집』, p.265).
(2) 이때 넓은 세계에는 많은 빛과 행복과 사랑이 있었으나 伯父의 零落한 집 외에는 모든 것을 박탈당한 이 겸손한 사람에게는 이 가벼운 언약만 남았을 뿐이다(『집』, p.239).
(3) 그는 그가 아직 어린애일 때 역시 부모로부터 이러한 사랑을 받은 적 있고 이러한 감격과 희망과 사랑에 찬 말들을 들은 적 있다는 것을 몰랐다(『집』, p.38).

(1)은 죽은 鳴鳳과 첩으로 간 婉兒를 위해 지전을 태우는 하녀를 본 후의 覺慧를 쓰고 있다. 이 '중국청년'이라는 주어는 서술하는 사람이 인물이 아닌 주석을 달고 있는 화자임을 보여준다. (2)는 劍雲이 覺民에게 자신이 琴을 사랑함을 고백하면서 자기가 죽은 후에 무덤에라도 같이 찾아와 달라고 부탁하고 覺民이 그것을 응낙한 후의 서술이다. 여기서 화자는 역시 넓은 세상에 많은 광명과 행복과 사랑이 있지만 '이 ……겸손한 사람은'이라고 하면서 서술에 끼어든다. (3)은 覺新에 대해 쓰고 있는데 그가 아들에게 키스하면서 뭐라고 중얼거리는 모습을 서술한 후 그의 부모도 그전에 그러했다는 것을 그는 모른다고 독자에게 알려준다. 화자는 대가족 내부의 억압받는 사람들과 반항아들에 대해 서술할 때 이처럼 자주 간여하고 주석을 달고 해석을 하면서 독자들에게 직접 더 많은 정보를 제공하려고 한다. 이 봉건 대가족의 겉모양과는 다른 공허함에 대해서도 화자는 적

극적으로 개입하여 논평하는데 이런 논평은 작가의 애증을 아주 선명하게 드러내 준다. 전쟁이 일어나 병사들의 약탈이 있을 것이라는 말에 "이 낡은 예교에 의해 유지되던 대가정은 갑자기 내부의 공허함을 드러냈다. 평소에 같이 생활하던 사람들은 재난이 닥치자 자신의 안전밖에 몰랐다."111)고 쓰고 있다.

그러나 할아버지를 비롯한 봉건의 수호자들이나 타락한 인물들에 대해 화자는 냉정하게 그들이 하는 행동과 하는 말을 보여주면서 아무런 평가도 하지 않고 서술 중에 아예 참여하지 않는다.

> ……克安은 화가 나서 붉으락푸르락 하면서 陳姨太의 흰 분을 바르고 눈썹을 그린 긴 얼굴을 쏘아보았다. 그는 입을 약간 벌리고 숨을 거칠게 내쉬는 것이 당장 그녀를 삼켜 버릴 듯했다. ……그의 얼굴은 점점 더 검푸르게 변했다. 두 눈은 시뻘개서 상대방을 노려보았다. …….
> "허튼 소리! 네가 다 무슨 물건짝인데……." 克安은 단박에 욕설을 퍼부으며 陳姨太에게 덮쳐들었으나 왕씨가 가로막았다. …….
> 왕씨는 경멸하는 듯이 (陳姨太를) 한 번 쳐다보고는 입을 삐죽하면서 기세등등해서 말했다. "너하고 말하는 사람이 없어, 누가 끼어들라고 했어? 영감님은 이미 세상 떴는데 여전히 그렇게 향기를 풍기며 다니니 누구한테 잘 보이려는 거야?"
> "내가 누구한테 잘 보이려는 건지 네가 관계할 바 아니야. 내 일은 너희들이 관계할 수 없어!" 陳姨太는 얼굴이 뻘개지며 맞대거리를 했다. …….
> 克安이 아내에게 말했다. "이 무지막지한 여자를 상대도 하지 마, 사람만 보면 마구 무니까."
> 陳姨太는 당장에 얼굴색이 변하면서 머리로 克安의 가슴을 들이받았다(『봄』, pp.157 – 158).

이 장면은 克安과 陳姨太 등이 싸우는 장면이다. 하인들의 싸움에

---

111) "這个靠舊禮敎維持的大家庭, 突然現出了它的內部的空虛: 平日在一起生活的人, 如今大難臨頭, 就只顧謀自己的安全了." p.182.

잠을 깬 克安은 陳姨太 방의 어멈을 욕하고 때리기까지 하다가 陳姨太가 오자 어멈을 쫓아내라고 명한다. 그러나 陳姨太는 할아버지를 내세우며 그의 요구를 거절하고 급기야 克安 부부와 서로 욕을 퍼부으며 다투게 되며 화가 나고 다른 방법이 없게 된 陳姨太는 克安을 들이받는다. 영화의 한 장면과 흡사한 이 부분의 서술에서 작가는 인물의 마음속에 들어가려 하지 않고 '삼켜 버릴 듯이' 등 말로 보여주기만 한다.

이 소설이 다른 두 편의 가족사소설과 다른 서술 태도 가운데 하나는 3인칭 화자가 이야기하고 있지만 사실은 작가의 목소리가 중첩되어 나타나는 경우이다.

> 그는 갑자기 이 작은 문이 힘 있는 것이 아니라 진정으로 그의 아내를 빼앗아 간 것은 다른 물건임을 깨달았다. 그것은 바로 제도였고 예교였고 미신이었다(『집』, p.347).

> "……당신은 자신의 즐거움을 다른 사람의 고통 위에 건립해야 한다고 생각해요? 당신은 돈만 내면 다른 사람의 몸을 폭죽으로 마구 지져도 된다고 생각해요? 그러니까 당신은 아직 눈을 제대로 뜨지 못했구려!"(『집』, p.146)

첫 번째 인용문에서는 覺新의 깨달음을 쓰고 있다. 아내가 죽어 가는 상황에서도 해산하는 곳에 남편이 들어갈 수 없다는 법 때문에 죽기 전에도 서로 볼 수 없게 된 覺新이 절망 속에 깨달은 것이다. 그러나 아내가 죽는 마당에 인물이 느끼는 감정치고는 너무나 추상적이어서 그 가운데 침입해 있는 작가의 견해를 발견할 수 있다. 두 번째 인용문은 覺慧의 말이다. 그는 용등놀이 하는 사람들에게 폭죽을 쏘아

화상을 입게 하는 것을 즐거움으로 삼는 행위에 대해 어떻게 생각하는지 물어본 후 위와 같이 말한다. 자신의 즐거움을 다른 사람의 고통 위에 건립한다는 말이나 눈을 아직 완전히 뜨지 못했다고 하는 말은 어쩌면 인물이 할 수도 있는 말이지만 나이와 걸맞지 않는 覺慧의 태도와 함께 어색하게 들리고 다른 사람의 목소리처럼 들린다.

이 소설의 다른 하나의 특징은 객관적인 환경에도 작가나 인물의 정서가 융합되어 있다는 것이다. 작가는 인물이나 환경, 사건에 자신의 감정을 기탁할 뿐만 아니라 때로는 직접 서정을 토로하기까지 하여 그의 문체는 '서정시와 서사시의 결합'이라는 평가를 얻고 있다.

(1) 조용한 수면이 흔들리면서 호수에서는 큰 소리가 났고 소리는 조용한 공기 가운데 오랫동안 울려 퍼졌다. 이어서 호수에서는 또 두세 마디 비명소리가 들렸다. 이 소리는 비록 매우 낮았지만 <u>그 처참한 여음은 어두운 밤 속에 스며들었다.</u> 얼마 후, 수면은 격렬하게 흔들리다가 다시 조용해졌다. <u>그저 공기 가운데 슬픈 비명소리의 여음이 남아돌면서 온 화원이 모두 낮은 소리로 우는 듯할 뿐이었다</u>(『집』, p.231).

(2) 바람은 공중에서 울부짖었는데 처량한 그 소리는 눈길 위의 발자국소리와 뒤섞여 괴상한 음악으로 들렸다. 이 음악소리는 행인들의 귀를 아프게 하면서 <u>눈보라가 오랫동안 세계를 통치하고 따뜻한 봄날은 돌아오지 않을 것이라고 경고하는 듯싶었다</u>(『집』, p.1).

(3) 이때 그는 그녀를 위해 우는 것이 아니라 자신을 위해 울었다. 방 안의 울음소리와 그의 울음소리는 한데 뒤섞였다. <u>그러나 이것은 얼마나 다른 두 가지 울음소리인가</u>!(『집』, p.347)

(4) <u>열정은 얼마나 아름다운 것인가!</u> 그것은 몇몇 젊은이들로 하여금 아주 짧은 시간 내에 모든 고난을 이겨내게 하였다(『집』, p.259).

(1)은 鳴鳳이 호수에 뛰어든 후의 묘사로서 작가는 주관적인 정서가 짙은 어휘들로 슬픈 분위기를 만들어 내고 있다. (2) 역시 환경묘

사인데 상징적인 어휘들을 사용하여 소설의 전체 분위기를 암시해 주고 있다. 즉 환경은 비관적이고 희망은 묘연해 보인다는 것을 자연 환경의 묘사 속에 함께 엮어서 보여준다. (3), (4)의 밑줄 친 부분은 서정토로로서 내포작가가 자신을 숨기지 않고 모든 것을 내려다보면서 감탄하는 것이다. 覺新의 고민과 슬픔에 대해, 그리고 『여명주보』가 停刊당했지만 즉시 利群週報로 이름을 바꾸어 내자고 합의하고 열정에 차서 행동하는 젊은이들을 보며 작가는 자신의 감정 혹은 격정을 감출 수 없어 얼굴을 내밀고 감정을 토로한다.

이 작품에서 작가의 개입이 가장 선명하게 구별되어 나타나는 부분은 아마도 ( )를 달고 진행되는 해설일 것이다.

> 새로운 청년 벗들에게서 비웃음을 당하고 나서 또 위안을 받았다. 그래서 집에 돌아와 새로운 모욕(覺慧는 이것을 '모욕'이라고 했다)을 받을 용기를 갖게 된다(『집』, p.269).

> 이때 그는 용기를 내서 입술을 그녀의 보드라운 볼(오른쪽 볼)에 대고 키스했다(『가을』, p.356).

( ) 안에서 해설을 하고 있는 이러한 서술방식은 실상 작품의 예술성을 떨어뜨리는 행위로서 서술이 어딘가 모호하거나 정보가 제대로 주어지지 못했거나 한 것을 보충하고 때로는 별로 필요 없는 서술을 덧붙여 사족이 되고 있다. 이러한 해설은 사건 속에 몰입하는 독자를 방해하여 진실인 듯이 진행되던 장면묘사가 실은 허구임을 확인시켜 주고 서술의 정상적인 진행을 파괴한다.

이와 같이 인물 시점이 아니면서도 애증의 감정이 어디에나 침투되어 있고, 젊은 세대의 반항아와 피해자들에 대해서는 친절한 주석과 논평을 하면서도 봉건의 수호자나 타락한 인간들에 대해서는 말을 아끼고 보여주기만 하는 데서 독자들은 아주 선명한 편향성을 발견할 수 있다. 이것은 대가정의 첫 번째 용감한 반역자이며 『집』의 주인공인 覺慧의 몸에서 아주 뚜렷하게 보인다고 할 수 있다.

覺慧는 나이가 어린데다(16세에서 17세까지) 갑자기 받아들이게 된 여러 가지 새로운 사조를 제대로 흡수하지 못하여 유치하고 단순하며 극단적인 경우가 많다. 그의 투쟁 대상은 언제나 남이며 자신이 아니다. 따라서 그는 자신과의 싸움을 하지 않는다. 그러나 작가는 이러한 인물의 입장에서 가정이나 윗세대, 주위의 모든 것을 바라보고 비판하고 공격하게 하면서 이 인물이 대표하는 방향이 소설의 핵이 되도록 하여 작가가 이 인물에 대한 긍정을 보여준다. 소설의 후반부에 오면서 작가는 언제나 "씩씩하게, 분개, 득의연하여, 떳떳하게, 분노, 경멸, 조소, 냉소"("昂然", "氣憤", "得意地", "驕傲地", "憤怒", "輕蔑", "嘲笑", "冷笑") 등 단어로 覺慧를 묘사하면서 그에 대해서만은 한마디 비평도 없다. 후반부에 오면서 覺慧의 견해는 곧 작가의 견해임을 느낄 수가 있다. 覺慧가 사랑의 이상을 실현하려면 반드시 가정과 정면으로 부딪쳐야 하며 이것은 그의 반봉건사상이 행동으로 나타날지에 대한 시금석이 될 수 있었다. 그러나 작가는 鳴鳳이 자살하도록 하고 覺慧는 공부와 사업이 바쁘며, 이상이 있는 청년은 연애로 하여 정력을 분산해서는 안 된다는 이유를 달아 覺慧의 감정의 책임을 덜어준다. 이 부분의 묘사는 覺慧의 책임을 피해 鳴鳳의 희생정신을 찬양하는 데로 흐른다. 覺慧는 자아반성을 많이 하지도 않고 사회와 제도를 증오하고 집을 탈출하는 것으로 방향을 바꾼다. 이러한 행동은 사실 覺慧가 가지고 있는 사상의 추상적인 성격과 봉건세력 앞에 아직도 역량이 약한 객관적인 상황에서 유래한 것이지만 작가는 할아버지와 覺民의 싸움에서 젊은 세대의 손을 들어준다. 할아버지가 총애하던 아들의 타락으로 타격을 받아 병석에 눕게 되고 자신을 진심으로 생각하는 것이 오히려 자기와 엇나가던 손자라는 것을 알지 못했다면, 할아버지 병이 중하여 돌아가시지 않았다면 覺慧와 覺民의 반항은 아무런 희망도 없고 실패로 끝났을 것이었다. 할아버지가 돌아가시고, 나약하고 순응적이던 覺新이 동생의 탈출을 위해 경제적 담보를 해 주는 이러한 장치로 覺慧는 순조롭게 자기 길을 가게 된다. 소설에서 봉건 대가족이나 혼인제도, 윤리도덕, 사회환경 등에 대한 비판은 覺慧가 담당하고 있는데 이러한 비판은 원래 독자에게 맡겨야 할 일이다. 覺慧에 대한 이러한 편향성은 2, 3부에서 覺民, 琴 등에게 쏠린다. 覺民은 몇 차례의 대결에서 멋지게 승리하게 되고 琴의 행동에는 제동을 거는 사람이 없다. 淑華는 갑자기 아주 반항적이고 대담해지며 다른 인물들이 감히 하지 못하는 말을 한다. 한마디로 작가는 인물을 두 편으로 명확히 갈라놓고 애증의 강렬한 감정을 가지고 서술을 진행하고 있다고 볼 수 있다.

소설의 세계는 작가가 이미 아주 상세하게 이야기해 버려서 독자들은 사고할 여지가 없으며 작가가 명확히 제시한 것을 접수하는 일만 남는다.

이상으로 세 편의 소설을 서술 층위에서 고찰해 보았다. 총체적으로 이 세 작품은 많은 동질성을 보이지만 또 나름대로 변별성도 가지고 있다. 이야기를 전달하는 화자의 위치는 기본적으로 가족 내부에 고정적이라고 할 수 있다. 채만식의 경우 윤직원을 풍자하려는 뚜렷한 목적의식이 있었기에 서술시각은 거의 집과 윤직원을 떠나지 않고 이야기를 엮어 나간다. 명창대회에 갔다 오고 반지 사러 가는 등 나들이에서 사회적인 문제 따위는 없으며 중일전쟁도 집 안에서 제 나름대로 파악하고 있고, 윤용구의 죽음, 독립군 청년의 내방 등은 그들이 윤직원 집에 침입한 것이며 도조를 받는 일이며 고리대를 놓는 일 등도 집 밖을 나갈 필요가 없다. 이토록 시각은 집 안에 거의 고정되었다고 할 수 있다. 『격류삼부곡』도 전체적으로 보았을 때 가족 내부에서 밖을 관찰하고 인식하는 형식으로 되었다. 覺慧와 覺民이 밖에서 하는 활동, 청원이나 잡지사 활동은 양적으로 대비가 되지 않으며 그것도 두 주요 인물과의 연계 속에서 서술되고 그들이 없는 상황에서 객관적인 관찰이 이루어지는 경우는 한 번도 없다. 이에 비해 『삼대』는 가족 내부의 시각이 절대적으로 중심에 있으면서도 앞의 두 소설에 비해 가족 외적인 위치에서도 서술을 진행한다. 즉 조씨 식구가 없는 상황에서 홍경애나 병화 등이 이야기를 이끌어 나가는 공간이 따로 설정되어 있다. 이것은 조씨 가족이라는 공간에 대조되는 다른 한 가족의 모형, 피와 유전과 관계없는 사람들의 집단이라는 점에서 피로 결속된 가족과의 대비를 위한 장치라고도 할 수 있다. 그러한 총체적인 구성에서 조씨 집 인물의 간여가 없이 순수하게 가족 외적인 인물과 사건에 대해 서술하는 부분은 상당히 적다. 『삼대』의 가족 외적인 공간에 대한 서술은 『격류삼부곡』에서 학생들의 그룹에 대한 서술보다 훨씬 강화되었다고 할 수 있다.

가족 내부에 국한된 위치에서 보는 시점은 작가들이 가족이라는 내용에는 비교적 익숙하지만 사회적인 내용, 예를 들어 부정적인 사회에 대한 구체적인 투쟁방식, 사회주의자들의 활동 등에 대해 직접적인 체험이 없었던 것과도 관련이 있으며 검열제도라는 작가 외적인 문제와도 연관된다고 해야 할 것이다. 염상섭은 식민지 당국의 엄격한 통제를 받는 상황에서 삭제되지 않을 정도로만 사회문제를 건드릴 수 있었을 것이고 채만식은 더구나 악화된 현실에서 부정적인 인물만 설정하여 표면적인 주제와 이면적인 주제를 내세워 우회적인 공격을 해야 했으므로 사회문제를 일부러 회피했을 수 있다. 물론 빠진이 거쳐 가야 했던 것은 국민당의 검열관이었지만 그들은 사실 일본의 눈치를 많이 보면서 기분 내키는 대로 하는 인간들이어서 작가는 자신의 소설을 싣는 신문에 영향을 주어서는 안 되었다. 세 명의 작가가 중간파거나 동반자 작가 혹은 무정부주의자 등으로 모두 사회주의자는 아니라는 점에서 볼 때 일정하게 사회주의적인 경향을 가진 그룹이나 인물보다는 아마도 가족생활이라는 내용이 썩 더 익숙했을 것이다. 빠진의 소설은 자서전적인 성격이 아주 농후하기 때문에 가족생활에 대한 중점적인 묘사는 너무나 당연한 것이 아닌가 싶다.

인물-초점화는 세 소설에서 다 어느 정도 다르게 보이지만『삼대』가 가장 뚜렷하고 주로 조씨 가족과 그들과 관련된 인물들에게서 나타난다. 거기에 비해『태평천하』는 인물-초점화가 별로 이루어지지 않고 있으며 간접화법이나 분석적 서술, 더욱 많이는 주석적인 화자가 전면에 나서서 해설하는 것으로 대체된다.『격류삼부곡』은 이러한 인물-초점화가 있기는 하지만 화자를 통한 분석적 심리서술이 더 많으며 주로 제3세대 인물에게서 많이 보인다. 이 소설은『삼대』와 마찬가지로 편지 형식을 삽입시켰을 뿐만 아니라 일기, 환각, 꿈 등 다양한 수법을 사용하고 있는데 편지나 일기 형식은『삼대』보다 더 많이 인용되고 때로는 한 장이 거의 일기나 편지 형식으로만 이루어질 때도 있어 1인칭 시점으로의 전이라고 해도 과언이 아니다. 이러한 인물 초점화가 『삼대』에서는 인물의 성격이나 관점, 감정 등을 분석하고 해부하여 보여주고 있고 『태평천하』에서는 간단한 심리만 드러내 줄 뿐이며 『격류삼부곡』에서는 이와 좀 달리 앞에서 지적한 여러 가지 수법을 통합적으로 사용하여 심리적인 흐름을 이루고 있다. 방대한 양의 인물의 심리에 대한 분석적 서술과 인물-초점화, 1인칭시점으로의 전이 등은 대하소설 형식의 소설 흐름에서 인물 심리의 흐름을 형성하며, 그중에서 편지나 일기 등의 형식은 직접 스토리를 전개시키고 요약적인 서술로 대량의 정보를 제공해 준다.

이러한 과정에서 화자의 서술 태도를 살펴보면, 『삼대』의 화자는 가족과 관련된 인물에 대해서는 모습을 드러내어 주석을 달고 논평을 하며 때로는 작가가 성급하게 얼굴을 내밀기도 한다. 그러나 이데올로기와 관계되는 일이나 인물에 대해서는 모습을 감추고 냉정한 태도를 취한다. 『태평천하』의 화자는 아예 모든 것을 책임지고 전달하고 보여주고 해설하고 간섭한다. 『격류삼부곡』은 주로 제3세대의 반항아와 피해자들에 대해 화자가 논평하고 끼어들며, 봉건의 수호자와 타락한 인물들에 대해서는 크게 간섭하지 않고 독자에게 장면으로 보여주면서 판단은 유보한다. 때로는 작가가 인물의 입을 빌려 성급하게 자신의 견해를 피력하기도 한다. 이 소설은 3인칭 전지적 시점에서 쓰이기는 했지만 전체적으로 작가의 그림자가 많이 비쳐지는데 이것은 전체 소설에서 느껴지는 작가의 정서로 해석할 수 있다. 소설의 여러 가지 묘사에는 모두 작가의 감정이 배어 있으며 자연환경 묘사까지도 일정한 암시성을 띠고 상징적이다. 여기에 작가가 간혹 직접 나타나 서정을 토로하기까지 하여 이 소설은 그야말로 서정시와 서사시가 결합된 소설이라고 할 수 있다. 이로부터 우리는 서술의 편향성 혹은 작가의 편향성을 감지할 수 있다. 염상섭은 덕기를 합리화하고 있고 채만식은 겉으로는 윤직원의 편을 들면서 사실은 그를 조롱하고 희화하고 풍자하고 있다. 그런가 하면 빠진은 1부에서 覺慧를, 2, 3부에서는 覺民과 琴을 긍정하고 합리화하고 있는데 覺慧(2, 3부에서는 覺民이 覺慧의 자리를 대신함)를 때로는 자신의 대변자로 만들어 이상적으로 묘사한다.

한마디로 염상섭은 객관적인 관찰자 시점을 위주로 인물-초점화를 결합하여 서술하고 있고 채만식은 완숙한 이야기꾼을 설정하여 판소리 사설식의 해설과 극적인 장면에 대한 보여주기를 혼합하여 쓰고 있다. 빠진은 객관적인 관찰자 시점에서의 서술과 심리적인 분석서술을 두 갈래 선으로 하여 이야기를 엮어 나갔다고 할 수 있다.

가족사소설이라는 점을 고려할 때 이 세 편의 소설은 모두 선대 혹은 제1세대의 치부과정을 요약적 말하기로 넘겨 버리고 자세히 서술하지 않고 있다. 소설들은 이들의 가족주의적인 이상, 즉 재산을 모으고 신분상승을 이루고 4대가 한집에 사는 등등이 일정하게 만족을 가져온 상황을 주로 보여주기를 통하여 자세하게 보여준다. 고씨 집의 정원이 딸린 커다란 저택, 부유한 살림, 몇십 명이나 되는 식구, 조씨 집의 재산을 보고 달려드는 이런저런 사람들, 대동보소를 맡는 일, 윤직원의 엄청난 재산과 3대의 소비상황, 이러한 것들은 이들 가족의 흥성을 보여주고 그것이 거의 정점에 이르렀음을 암시한다. 윤직원의 마지막 사업도 윤직원의 시각에서는 거의 이루어지고 있고 다른 상황은 더 좋아질 수 없을 정도로 대부분 가장들에게 만족스럽다. 소설은 이러한 흥성에서 몰락에로 나아가는 과정에 중점을 두고 가장 많은 양의 서술을 할애하여 독자들에게 펼쳐 보인다. 몰락을 보여주는 가장 중요한 내용은 모두 보여주기 – 장면묘사를 채용하여 생생하게 독자들에게 전달된다. 고씨 가족이 완전히 핵가족으로 세분되고 일부는 타락하여 핵가족도 유지해 나가기 어려울 것이라는 암시를 주는 데 비해 윤직원 가족은 원래와 별다름이 없는 것 같지만 이미 가세가 기울었고 조씨 가족은 덕기가 열쇠를 이어받아 원상회복이 될 듯싶지만 이미 너무나 많은 문제점을 안고 있어 그가 물려받은 재산이 언제까지 갈지, 그가 견지하는 중간적 입장을 과연 기울어짐이 없이 그대로 유지할 수 있을지 너무나 불안하다. 한마디로 이 가족사소설들은 모두 봉건적인 한 가족이 흥성에서 몰락에로 나아가는 과정을 보여주기 위주로 서술하고 있다고 하겠다.

IV

한 · 중 가족사소설과 근대성

1. 작가와 작품의 세계관 및
현실 대응 논리

    문학 창조에 있어서 세계관이 담당하는 적극적이고 능동적인 기능은 두말할 필요가 없다. 세계관은 인간의 행동규범에 대한 견해를 포함하여 자연, 사회, 인간에 대한 하나의 체계를 이룬 견해라고 할 수 있다. 필자가 선택한 한·중 가족사소설은 모두 작가와 그 시대를 대표할 수 있는 대표작으로서 가족과 사회에 대한 총체적인 묘사를 통하여 작가가 가지고 있는 세계관을 리얼하게 보여주고 있다. 세계관은 작품의 묘사 방향과 질에 영향을 줄 것이고 반대로 작품에 대한 분석을 통하여 작가의 세계관을 추리해 낼 수도 있을 것이다.

가. 중립적 세계관과 근대적 합리주의 및 보수주의

    이보영은 일제 식민지시대를 난세로 규정하고 난세에는 사회적 정의 관념이 무너져서 가치체계가 혼란에 빠져 인간성이 왜곡되고 파괴되며, 그 대표적인 것은 산업혁명 후의 자본주의 사회라고 보았다. 인간의 자유와 평등은 형식적인 헌법의 死文에 불과하고 타락한 정치권력과 자본이 유착되어 횡포를 부리는 사회이며 자본주의 국가

중에서도 자본주의적 제국주의의 침략에 희생된 식민지 사회는 극단적인 난세라고 할 수 있다.[112] 염상섭은 식민지를 극단적인 말세적 사회로 여기고 대책을 강구하는 난세의식을 가지고 살아간 전형적인 작가이다.

계급이 당면한 외적 경제적인 이해상황에 관련된 개념이라면 신분이란 무엇보다도 먼저 인간의 내적 심리적 이해상황에 관련된 개념이다. 인간행위를 직접적으로 지배하는 것은 利害이지만 이념에 따라 만들어진 세계상은 자주 그리고 결정적인 순간 행동의 방향을 결정하는 것이다. 종교적 사상적 문화적 이념이 그러한 사례이다.[113] 염상섭은 1897년 서울 중산층 가정의 8남매 중의 3남으로 태어났다. 그의 맏형 염창섭은 일본군 육군중위였는데 그 덕으로 염상섭은 일본에 유학하고 그것도 일본의 정규중학에서 공부할 수 있었다. 형이 일본군 육군중위라는 사실은 그에게 자부심과 함께 수치심을 유발하는 것이었다.

중인적 계층의식이란 종교라든가 미신(편견) 따위에도 별로 흔들리지 않으며 지식과 학문에도 흔들리지 않는다. 그들을 움직이게 하는 원동력은 오직 하나, 물질적 이해관계뿐이다. 이러한 중인적 계층의식이 곧 시민의식에로 통하며 서민의식과도 연결되어 있다. 물질적 이해관계의 체계에서 보면 통치부와 개인의 관계만 있을 뿐이다. 염상섭은 이런 사실을 명백히, 거의 생리적으로 파악한 자리에서 문학을 한 유일한 근대문인이다(김윤식, 1987: 19). 그는 어려서 한문

---

112) 이보영, 『난세의 문학』, 예지각 1991년, pp.15 - 16.

113) 오츠카 하사오, 『사회과학의 방법』, 이와나미 신서, 1966, p.82, 김윤식, 『염상섭연구』에서 재인용.

을 배울 때 둔하다고 할아버지한테 꾸중 들었다고 하였는데 이런 위악적인 태도는 탁월한 오만과 자만심, 세련과 간사함의 뒤틀림의 소산이다. 또 하나, 형 때문에 생긴 콤플렉스, 즉 자부심과 부끄러움으로 인한 위악적 태도는 그의 문학에서 자주 드러난다. 식민지 지식인으로서 온갖 불합리한 제도적 제약에 대해 저주를 하면서도 일제가 제공하는 가장 훌륭한 프리미엄을 받아 누렸던 염상섭이 위악적이고 아이러니컬한 삶과 문학적 태도를 갖지 않는다면 그것이야말로 오히려 이상할 것이다. 1919년 3월 19일 그는 오사카의 노동자 대표 이름으로 독립선언서를 쓰고 공원에서 단독으로 거사하려다가 감옥에 잡혀가고 만다. 감옥에서 나온 그는 동경과 오사카를 오르내리다가 橫濱 복음인쇄소에 취직한다. 노동자를 택한 염상섭의 결단은 일종의 자존심의 뒤틀림으로 파악할 수 있다. 노동자 대표로 독립선언서를 쓴 그 자신의 위선적 행위를 조금이라도 정당화해 보려고 한 심리적 행동일 것이다. 그의 이러한 이념설정이 그의 창작생활에 보이지 않는 견고한 구조물을 형성해 놓았는데 그것은 곧 「민족해방운동은 노동쟁의를 통한 무산자 해방운동으로 우회하는 작전」이라는 이념설정이다. 『삼대』를 비롯한 작품들은 반드시 병화와 같은 「주의자」가 등장하고 그 주의자에 대해 주인공들은 덕기처럼 반드시 공감 또는 동정심을 보여주는 구성을 갖는다. 그가 카프를 이론적으로 비판하고 「윤전기」, 「밥」 등 작품을 통해서도 비판하지만 따지고 보면 그것은 「주의자」에 대한 애착, 즉 그들에 대한 동정적 표현의 일종이었다. 이념을 민족해방에 두고 그 방편의 하나로 계급사상을 택하는 것, 이것의 구조적 변형이 염상섭 소설의 구조를 결정하고 있다. 「주의자」에 대한 심퍼사이즈 없이 그의 소설은 성립되지 않는다.

그에게 귀국 후의 활동 가운데 하나는 노동운동에 관한 논문을 쓰는 것이었다. 「노동운동의 경향과 노동의 진의」[114]는 그가 노동운동에 얼마나 깊은 관심을 가졌는지를 보여준다. 그는 "조선의 독립도 사회주의 운동과 힘을 합해야만 가능하리라"[115]라고 하면서 스스로를 한동안 심퍼사이저(sympathiser)라고 불렀다. 그 외에도 그는 시라카바파의 논객 야나기 무네요시의 글들을 국내에 소개하였는데 민족의 자존심을 회복하는 각도에서 야나기의 석굴암 예찬을 비롯한 조선인의 예술적 재능에 대한 평가는 고무적이었다.

그는 「자기학대에서 자기해방에」[116]란 글에서 정치적, 경제적, 사회적, 도덕적인 일체의 외적 해방의 發足点은 개성의 해방, 자아의 각성이라고 주장한다. 「개성과 예술」,[117] 「지상선을 위하여」(1922)에서도 개성 옹호 일변도의 평론을 펼치고 있다. 염상섭에 의하면, 자아의 각성은 근대문명의 핵심이며 각성된 자아는 기존의 모든 권위를 부정하고 우상을 타파하며 초자연적인 모든 것을 배제한다. 이러한 행위는 결과적으로 삶의 모든 환상을 제거하는 것으로서 현실폭로의 비애나 환멸의 비애라 지칭된다. 이런 심리로부터 발현한 것이 자연주의이며 개인주의 사상이다. 자연주의의 의의는 리얼리즘정신에 가깝다고 할 수 있는 데 비해 그가 '거룩한 독이적 생명의 유로'라고 한 개성의 표현은 낭만주의적 정신에 가깝다. 개성의 중요성은 궁극적으로 주관성(혹은 주체성)의 자유로운 발현이기 때문이다. 낭만주의와 리얼리즘은 자아의 각성이라는 매개를 통하여 절묘한 모

---

114) 『동아일보』, 1920. 4. 20 - 26.
115) 「횡보문단회상기」 1, 『사상계』, 통권 114.
116) 『동아일보』(제6호), 1920. 4. 6.
117) 『개벽』(22호), 1922. 4.

습으로 습합되어 있는데 이것은 리얼리즘의 정신을 가동하는 힘은 자아의 각성, 즉 근대성인데도 근대성의 주변부에 속해 있던 한국의 半봉건적 상황으로 하여 시대가 그러한 힘을 충분히 지니고 있지 못하였기 때문이다. 그는 전제적인 가부장제나 인습적인 윤리도덕을 극복의 대상으로 정했지만 한국에 있어서 근대성의 타자, 즉 비합리적인 것이라 규정된 전통적 가치는 이미 다른 힘에 의해 파괴되어 버렸거나 제풀에 꺾여 버리고 그에게 환멸만 가져다주었다.

"이와 가티 信仰을 일허버리고, 美醜의 價値가 顚倒하야 現實暴露의 悲哀를 感하며, 理想은 幻滅하야, 人心은 歸趨를 일허버리고, 思想은 中軸이 부러저서, 彷徨混沌하며, 暗憺孤獨에 울면서도, 自我覺醒의 눈만은 더욱더욱 크게 뜨게 되었다." 이러한 허무주의 의식은 첫 작품 『闇夜』, 『표본실의 청개구리』에서도 발견된다. 국가 상실의 절망감은 그의 삶의 조건이자 정신적인 분위기가 된다. 그의 모든 중요한 작품의 창작은 식민지적 허무주의를 통한 절망적 상실 감과의 비타협적인 대결이었다 해도 과언이 아니다. 그의 글에서 '처참하나 거룩한 聖殿', '거룩한 釜山'이라고 부르는 이면에는 조국에 대한 절망적 상실감을 넘어서려는 의지가 숨어 있고 그것은 바로 항일적인 저항의 의지이다. 식민지적 허무주의를 극복하기 위한 실천적 행동은 민족해방투쟁이다. 1930년대의 현실에서 양심적인 지식인의 의식은 침략자와 탄압정치에 대한 적극적인 대응이어야만 할 것이고 난세의 작가는 식민지의 근본적 문제인 일제의 조선침략과 식민지적 현상을 유지하기 위한 정책 및 그것이 초래한 사회적 모순을 냉정히 관찰하고 극복하려는 정치성이 짙은 윤리적 주제의식에서 한시도 떠날 수 없다. 횡보의 소설은 정치소설이거나 정치적 요소가 짙으며 윤리의식은 정치적 성격을 띠지 않을 수 없었다. 『표본실의 청개구리』에서 나타난 심정적인 민족의식은 『만세전』, 『E先生』에 와서 식민지 현실의 냉정한 관찰에 뒷받침된 정치적 사회적 의식으로 발전되며 대표적인 정치소설 『사랑과 죄』, 『삼대』, 『무화과』에서는 사회주의적 세계관에 공감하는 독립운동의 추진력이 된다.

『효풍』에서 "무산독재도 부인하지마는 민족자본의 기반도 부실한 부르주아들이나 부르주아 아류를 긁어모은 일당독재를 거부한다."는 말은 주인공의 입을 통해 나온 것이긴 하지만 염상섭 문학의 전반을 흐르고 있는 역사의식을 단적으로 보여주는 대목이다. 한국은 일본의 침략을 받아 다른 나라와 다른 새로운 형태의 근대를 경험하게 되었다. 非西歐 주변부 국가들에서 공통적으로 드러나는 새로운 근대에서 가장 두드러지게 드러나는 것은 부르주아들의 민족적 기반의 상실이다. 염상섭의 이들에 대한 비판은 장편소설에서 반복하여 나온다. 동시에 민족문제를 도외시하고 계급만을 강조하는 경향 역시 비판의 대상이다. 한국의 경우, 계급문제는 민족문제와 밀접한 연관을 지니고 있는데 이러한 민족문제의 심각성을 단순히 민족주의적 발상으로만 치부해 버리고 일방적으로 계급의식만을 강조한 것에 대해 강하게 비판하고 있다. 염상섭은 평론 「현대인과 문학」118)에서 근대사회가 道義가 땅에 떨어진 난세가 된 것은 현대의 '覇道'인 자본주의의 부도덕성에 기인한다고 여기면서 자본주의 사회를 극복해야 할 과제로 삼고 있다. 그는 식민지 부르주아의 타락과 물신화에 대해 비판하면서 사회주의적 세계관에 적극적으로 관심을 두었다. 그가 사회주의에 공감한 것은 식민지의 자본주의 경제체제에서의 민

118) 『동아일보』, 1931. 11. 17 – 19.

족 부르주아는 일제와 타협할 가능성이 많은 반면, 사회주의자 편의 독립운동이 더 일관성이 있고 순수하다는 통찰의 결과였다. 그에게 있어서 사회주의는 계급투쟁의 이데올로기라기보다는 시민적 휴머니즘에 속하는 민족독립운동의 이데올로기였다. 이로부터 그는 당시의 대부분의 사회주의자들이 관념의 늪 속에서 허우적거리면서 현실을 제대로 파악하지 못한 것에 대해 비판할 수밖에 없었을 것이다. 신간회의 창출 시기 그는 『사랑과 죄』를 썼는데 소설 속의 사회주의자 김효연은 긍정적으로 묘사되고 있으며 민족 부르주아를 지향하는 이해춘을 비롯한 사람들이 그를 따르는 것으로 되어 있다. 카페에서 공산주의자, 아나키스트, 니힐리스트와 만나 논쟁하는 대목에서 이해춘은 "나는 우선 김 군과 같이 민족주의와 사회주의의 중간을 타고 나가는 것이 오늘날의 조선 청년으로는 옳은 길로 들어서는 줄 안다는 말이요."라고 한다. 카프에 대해 그는 처음에는 대립적인 입장이다가 "……피압박민족의 실제행동에 양자가 합동 일치함이 각자의 운동을 일층 권위 있게"119) 할 것이라고 하여 양주동과 함께 절충파의 입장에 선다. 『삼대』가 연재되던 시점은 신간회 해소론이 나오기 시작하던 무렵으로 이때 염상섭은 『사랑과 죄』를 연재할 때의 낙관 같은 것이 많이 사라져 버리고 앞날을 막연히 바라보고 있었는데 이러한 현실운동은 『삼대』와 무관하지 않다.

『삼대』는 부르주아 집안과 사회주의 세력을 대조적으로 보여주면서 그 문제점을 파악하고 그것으로부터 떠나려고 하는 새로운 움직임을 덕기를 통해 보여준다. 조의관은 양반 출신은 아니지만 돈을 많이 벌어 근대사회에서 행세하는 인물로 일제강점기의 부르주아이다.

---

119) 염상섭, 「반동 전동 문학의 관계」, 『조선일보』, 1927. 1. 15.

그러나 사실 이러한 집안은 부패한 모습을 보이고 있는데 구성원들은 돈으로 묶여 있다. 돈으로 양반을 사고 첩을 사들였으나 결국 그로 인해 목숨을 잃는 조의관과, 생산적인 일은 하지 않고 타락한 조상훈은 부르주아들의 생활의 한 단면을 보여준다. 그들과는 달리 덕기는 합리주의적인 사고방식을 가진 중간적 입장을 가지고 자신과 사회를 다 고려하면서 새로운 방식의 삶을 열어 나가려고 한다. 그는 필순을 좋아하면서도 자신을 억제하고 사당의 열쇠를 받기는 하지만 허위적인 신분주의는 반대하는 입장이다. 금고 열쇠는 자신에게 필요한 것으로 받았을 뿐만 아니라 지키려고 하며 마르크스 보이인 병화도 도와주려고 한다. 보수적 현실주의도 수용하면서 심퍼사이저로서 민족주의와 사회주의 또는 자본주의와 사회주의의 사이에 서 있는 이념적 이중성을 띠고 있다.

소설은 목숨을 내걸고 지하활동을 하는 사회주의자들에 대해 긍정적인 입장이면서도 또 그들의 이러저러한 결점들을 객관적으로 보여준다. 필순의 부친은 집을 돌보지 못해 필순의 돈으로 겨우 살아가고 홍경애 부친 역시 가장으로서의 역할을 모르는 志士이다. 병화는 대중과 유리된 채 카페에 홍경애나 보러 다니고 자신의 노동으로 생활을 영위해 나갈 생각은 없이 덕기의 도움에 많이 의지한다. 그들이 성숙하지 못하여 서로 단합하지 못하고 파벌싸움을 하고 있지만 식민지 현실에 대항하는 싸움은 처절하고 신념은 굳세다. 신문연재본에서 병화의 사건은 비관적으로 묘사되고 있는데 작가는 현실의 참혹함 앞에서 앞날에 대한 막연한 심정을 갖고 있으며 동시에 폭탄이 등장한다는 점에서 일정한 정도로 현실에 대한 극복의지를 보여주고 있다고 할 수 있다.

가부장제적인 제도적 장치는 민족주의도 제국주의도 아닌 작가 염상섭이 선 확고한 자리이다. 그는 이 자리는 "모든 진리가 뒤집혀도 변치 않을 것"이라고 주장하고 있다. 조선조 중기 이후부터 제도적 장치로서 확립된 가부장제적 질서관은 주자학적 철학까지 가세함으로써 다른 어떤 삶의 법도보다 견고한 것이었다. 최재석은 가부장제적인 질서가 개화기에서 해방 후까지 조금도 변하지 않았음을 수신 교과서 분석을 통해 증명한 바 있다.[120] 민족주의라든가 사회주의도 이런 가부장제적인 제도가 낳은 보이지 않는 삶의 법도에 비하면 한갓 물거품이 아닐 수 없다. 그는 가부장제적 감각이 근대적 삶에 제일 구체적으로 연결될 수 있다고 믿는 사상을 막연히 '전통'이라고 불렀고 그 전통을 조금씩 수정할 수는 있지만 그 자체를 파멸시킬 수는 없다고 생각했다. 가부장제적인 보수주의, 부계사상으로서의 혈육사상 앞에서는 모든 것이 길을 비켜야 한다는 것이 가치중립성의 참 모습이며 이것은 『삼대』에서 더 뚜렷이 나타난다.

『삼대』에는 또 기독교에 관계되는 인물이 적잖게 출현하는데 기독교는 그 시대의 한국사회에서 막대한 의의를 차지하면서 적지 않은 문제점도 드러내고 있었다. 그는 인물을 통하여 기독교의 바람직한 존재양상을 제시하고 당대 기독교의 일반적인 문제점을 비판한다. 기독교를 포함한 종교 일반의 바람직한 존재양상은 시대의 변화에 대하여 무관심한 태도로 임하지도 않고 그것을 피동적으로 뒤따르는 태도로 임하지도 않으며 차라리 그것을 앞장서서 이끌어 나가고 예언자적인 열정과 지혜를 발휘하는 것이다. 조상훈은 미국에 2년이나 가 있었고 도도하게 설교하는 깨끗한 신사인데다가 재산이 있어 인기가 많

---

120) 『한국가족연구』, 민중서관, 1966, 제6장 참조.

았다. 그러나 사실 그는 타락하여 위선과 기만의 이중생활을 하고 있었다. 염상섭의 예리한 관찰의 대상인 한국의 기독교의 주류는 타계지향적이고 탈정치적인 종교였다. 이러한 기독교는 염상섭에게 있어서는 시대착오적인 과거의 유물이었고 사회주의의 문제를 둘러싼 논란은 시대의 핵심적 주제였다. 사실 그는 형이상학적이고 실존적인 차원의 문제에 대해서는 큰 관심을 표한 일이 없다. 즉 기독교적 문제의식의 핵심부분에 대한 그의 이해가 깊지 못하였다고 할 수도 있다.

나. 비극적 세계관과 풍자적 역설

우선 채만식의 초기의식, 즉 자기의식의 未정립단계 혹은 정립과정을 살펴보기로 한다. 초기적 양태란 아직 집단의 실제의식을 수렴하지도 못하고, 그런 점에서 집단의식을 역사적으로 구체화하지도 못한 단계의 양태라고 할 수 있다. 자기의식이란 언제나 존재와 의식의 변증법적 관계로 전개된다고 본다면 이는 일종의 전기적 고찰을 겸할 수 있다.

채만식은 1902년 전북 옥구군 임피면 취산리(혹은 축산리)에서 비교적 부유한 집의 6남매 중 막내로 태어나 서울 중앙고등보통학교에 들어간 17세 전까지 거기서 살았다. 그의 집안은 몇 대 전의 조상이 아전과 상종하여 장사로 치부한 사람으로서 양반이나 아전이 아닌 상인의 집안, 즉 신분은 비천하게 출발한 셈이다. 그가 자란 고장은 각종 농산물이 집산되고 5일마다 향시가 서는 상가도시이고 이웃에는 향교와 서원들을 중심으로 한 유림들의 마을이 있었다. 그의 가정 분위기는 상인이지만 양반의 예의범절을 교육받은 유교적인 것이었고 12세까지 5, 6년간은 집안에서 차려놓은 독서당에서 한문을 수학했다. 그는 가정과 마을 그리고 이웃 고을의 서로 상반되고 여러 이질적인 요소들이 뒤섞여 있는 생활환경과 언어공간에서 성장하였다.

채만식은 이미 유년기부터 기차, 철도 등을 보면서 근대 기술문명에 눈뜨고, 일제의 수탈현장을 보면서 민족적 분노를 느끼며, 관리의 농민 착취를 보며 사회주의적 이념을 싹틔울 수 있는 계기를 가지게 된 셈이었다. 그는 양반도 아전도 상민도 아니면서 실제로는 그런 여러 요소를 혼합하여 지닌 복합적인 성격의 계급에 속해 있었던 것으로 보인다. 그의 다양한 측면의 동시적 경험이 후일 그가 사회주의나 자본주의 혹은 카프에 대해서, 유교 내지 봉건유제에 대해서, 그리고 식민지하의 민족적 상황에 대해서 각각 취한 작가로서의 태도와 무관하지 않는 것으로 풀이되기도 한다. 기본적으로는 반봉건 근대 지향적이고 친사회주의적이며 민족의식적인 입장을 취하고 있으면서도 그런 입장에서 그의 주체나 의식을 확고하게 일관하여 유지하지 못하고 때로는 흔들리거나 변화된 모습을 보이기도 하였던 것이다. 그러한 동요나 변모는 물론 식민지 말기의 악화된 상황 탓도 있었겠지만 그 이전에 이미 그 자신의 계급관계, 생활환경, 언어 공간 등이 복합적이고 모호해서 일정한 형태로 안정되어 있지 못했다는 것과 상당한 연관성이 있었을 것이다.

수필 「기미 3·1날」(1946)에서는 '만세! 만세! 조선독립만세!'를 외치며 군중과 함께 시위를 하고, 해가 저물어 하숙으로 돌아와서는 상급생의 명을 받아 독립신문을 돌리게 되었던 것을 가슴 벅차게 느꼈었다고 회고하고 있다.121) 이런 민족의식적 체험과 더불어, 또 민

---

121) 『채만식전집』, 10권, pp.472-473.

족의 자주 독립 정신을 건학 이념으로 내걸고 민족의식이 투철한 송진우, 현상윤, 최두선과 같은 인사를 교사로 두고 있는 중앙고보에서 수학한 것도 그의 민족의식 형성에 알게 모르게 도움이 될 수도 있었을 것이다.

한편 부친이 그를 귀향시켜 바로 결혼하도록 한 것이 그의 발목을 묶어 놓게 되는데 본의 아닌 결혼은 그로 하여금 차차 결혼제도의 모순과 봉건 관행에 대한 강한 비판의식을 갖게 하였고 서울 유학생활에서는 그동안의 엄격한 유교적 가정교육의 테두리를 벗어나 자유를 누리게 된 해방감과 새로운 근대문물에 대한 호기심으로 자신의 근대지향 의지를 굳혀 나갔을 것이다. 이 근대지향 의지는 도쿄 유학으로 더욱 강화되었을 것이지만 간또 대지진으로 유학 1년 반 만에 학업을 중단하고 귀국하였다. 그때 한국인이 당한 학살과 수모를 보고 겪은 채만식의 민족적 분노도 컸겠지만 그보다 더욱 그를 화나게 하고 어렵게 만든 것은 귀국 후 당면한 집안의 파산이었다.

채만식의 중산층의식이 지닌 역사성은 몰락으로 특징지어진다. 그의 청년 시절에 이르러 중농 부농에 해당하는 토지를 소유했던 부친은 가족이 20여 명을 넘어서면서 가계비가 급격히 증가하고 토지조사사업과 산미증식계획 등 대지주 중심의 일제 농업정책에 직면하여 적응하지 못하고 서서히 몰락해 갔다. 그는 문학적 모색과 취업의 방책을 겸하여 처녀작 『과도기』를 탈고하며 약 반년간의 교원 생활과 2년간의 동아일보 기자 생활을 거쳐 1926－1929년에는 실업생활을 하게 된다. 이 기간에 그는 무엇보다 마르크스주의적 의식을 획득하게 되었음을 강조하고 있다.

根據薄弱한 民族的 敵愾心과 野慾적 自由主義에 沈滯된 沒落한 中産階
級의 막동이들이 如意티 못한 世上에서 그와 가티 된 것도 決코 無理는 아
니엇슬 것이다. …….
나에게는 이 三年 동안이 一生의 運命을 決定하는 가장 크고도 決定的인
時機이엇섯다. 무엇보담도 나는 그동안에 만흔 讀書를 하엿다. 처음에는 크
로포도킨을 耽讀하다가 마르크스로 옮겼다.
……또 한 가지 社會의 ……그중에도 농촌의 객관적 정세를 보앗고 보는
법을 알엇다.[122)

여기서 의미의 핵심은 그가 마르크스주의적 의식(동반자적 의
식)[123)을 얻게 되었다는 것인데 민족주의 이데올로기의 탈각과 마르
크스주의 이데올로기의 획득이 자기 나름의 현실적 계기를 통해 이
루어졌다는 것을 암시하고 있다. 그러나 그의 의식은 아직 관념적이
고 추상적인 수준을 벗어나지 못하고 있었다. 그 외에도 유·소년기
유교 교육 내지 그의 가정 분위기에 대응하는 유교적 가치관이나 취
향 같은 것도 상당 부분 지속되었던 것으로 보인다.

자전적 내용의 유작 『생명의 유희』(『문학사상』, 1975. 1)에서 k는
"조선에서 해마다 몇백만 석의 쌀이 외국으로 나가지 아니하는가. 그
런데 우리는 굶어서 죽다니? 지금 이 고을에도 부자 놈의 창고 속에
는 곡식이 늘비하게 썩어 자빠져 있지 아니한가?"[124)고 불만을 터뜨
린다. 자신의 계급적 성격으로 하여 "우리는 피착취계급이 아니니까
생산분배의 불공평 같은 것은 부르짖을 권리가 없다. 우리는 착취계
급이었다. 생산하지 않고 착취한 것을 소비만 하던 부르주아 계급

---

122) 「나의 懺悔」, 『別乾坤』, 1931. 1, pp.97 - 98 필자명은 '浩然堂人'으로 되어 있음.
123) 여기서는 사회주의 조직 단체에 가담하지 않았으나 사회주의 이념을 지향했던 지식인그룹
   을 의미한다.
124) 『채만식전집』 6권, p.434.

이었었다. ……필연적 운명이다. 우리는 멸망하고 만다. ……아! 참담한 비극이다!"125)고 절규한다. 생경하고 미숙한 형태의 마르크스주의적 역사결정론이 몰락한 중산층 지식인으로 하여금 의식의 교착상태에 빠지게 하고 있다. 이런 의식은 채만식이 지녔던 비극적 의식의 원형질이라고 할 수 있다. 가계가 이미 몰락해 버린 상태에서 그에게 마르크스주의는 민족주의보다 논리적으로 훨씬 우월하였다. 그는 1929년 12월호부터 『별건곤』의 문예담당 편집원으로 참여하면서 스스로 '프롤레타리아 문사'임을 자처하면서 다수의 경향적 작품을 양산한다. 그러나 조직적 투쟁의 대열에 선뜻 나서지 못하고 머뭇거리는 의식의 이율배반적 태도를 여전히 존속시키고 있었다. 이처럼 모순되면서도 나름대로는 강렬한 마르크스주의적 의식의 지향성을 포지했다고 자부하고 있었던 그는 '부르주아 작가'라는 비하에 침묵할 수 없었음은 당연하다. 그 유명한 동반자 작가 논쟁에서 그는 자신의 작품을 부르주아 작품이라는 함일돈의 주장에 조직체 속에 들어간 주인공의 조직적 활동을 다룬 것이기 때문에 계급적 프롤레타리아 작품이라고 주장126)한다. 그러나 자신을 '방랑작가', '룸펜작가', '동반작가', '카프작가'라고 부르는 것을 다 거부한다. 이유는 당시 조선에는 진정한 예술진영이 결성되어 있지 않은 상태에서 그에 대한 동반작가의 존재가 있을 수 없으며, 카프가 진정한 예술진영이 아니므로 카프의 일원이 되는 것을 사양한다는 것이다.127) 그는 스스로 프롤레타리아 작가로 인정되기를 바라면서도 카프의 일원이 되거나 카

---

125) 상게서, p.302.

126) 채만식, 「평론가에 대한 작가로서의 불복」, 『동아일보』, 1931. 1. 30 - 2. 10 참조.

127) 채만식, 「현인 군의 몽(蒙)을 계(啓)함」, 『제일선』, 1932. 7 - 8 참조.

프에 우호적이 되기를 단호히 거부하는 듯한 독특한 친사회주의적 입장을 취하고 있다. 그는 기존의 좌익 문예조직에 대해서는 비판적 이었지만 사회주의의 이념과 그 문학에는 우호적이었던 것이다. 이 논쟁으로 하여 그의 의식은 심정적 '동반자'로서의 의식에서 하나의 예외적 개인인 작가로서의 의식으로 전환하게 된다.

채만식의 의식이 변증법적으로 전개되는 과정에서 중심적으로 작용했던 의식의 두 가지 축은, 중산층으로서의 계층의식과 마르크스주의자로서의 진보적 지식인 의식인바, 두 의식이 지양되는 과정에서 하나의 예외적 개인으로서의 구체적인 작가의식이 성립되었다고 볼 수 있다.

아래에 그의 초기작품에서 드러난 세계관을 고찰해 보기로 한다. 『과도기』는 자기 시대가 전근대사회로부터 근대사회로의 이행 중에 있는 과도기 시대라는 뜻이다. 소설의 인물들의 삶은 한결같이 비극을 동반하면서 모순된 양상을 표출한다. 중간적 입장의 정수는 "인생을 위대한 것이라구 말하는 사람을 보면 그건 참 구역질나도록 비위가 거슬려요."[128]라고 하면서 염세적 인생관과 독신주의가 과도기 사회를 살아가는 유일한 합리적인 방법임을 주장한다. 이처럼 그는 처녀작에서 이미 사회를 중간자적 입장에서 바라보면서 염세적 인생관을 견지함으로써 비극적 태도의 맹아적 양상을 드러내고 있다. 이외에도 작품은 합리적이고 자유로운 삶을 추구하는 근대지향성을 띠고 있으며 민족자존을 짓밟는 지배자와 친일파에게 분노하는 민족의식도 내포하고 있다. 그 후 그의 전성기 리얼리즘문학이 항상 현실의 총체적 이미지 제시의 방법보다 비판적 기능을 살리는 반어의 기법

---

128) 『문학사상』, 1973. 8-9. p.209.

에 주로 의존하는 특성 역시 초기 작품의 그런 의식과 기법의 연속선 상에서 이해될 수 있다.

『별건곤』의 편집기자로 있으면서 그는 소품을 위주로 많은 글을 썼는데 마르크스주의에 깊이 傾倒함으로써 문예물의 가치를 이데올로기 선전의 가치와 동일시하기도 했다. 한편, 이때부터 사회 경제적 현실의 여러 문제의 측면들을 드러내려고 노력하였는데 농촌과 도시 빈민의 궁핍상을 보여주면서 역사적인 소재도 포함하게 된다. 「태평천하」의 원형적 모티브를 담고 있는 「落日」129)에서 相天은 "아버지! 그런 것입니다. 저 해를 보십시오. 아침에 떠올나서 왼종일 잇다가 저녁때가 되면 저러케 지지 안습니가? 아버지는 아무리 오늘 하로가 섭섭하셔두 아무리 밤이 실으셔두 그러나 해는 집니다."라고 한다. 역사 발전에 따라서 자본주의는 필연적으로 멸망하며, 자본가 지주 계급의 몰락 역시 필연적이라는 관념적 유물사관에 기초한 것이다. 1933년 「조선일보」에 연재된 『인형의 집을 나와서』는 첫 장편으로서 일종의 '사회비극'의 양상을 띠어야 했던 것으로 사실상 실패작이라고 평가된다. 자유의 추구 그 자체는 잘못되지 않았으나 자본주의 체제의 모순 때문에 진정한 자유를 획득할 수 없다는 식의 자본주의 비판 논리를 전개해 나가다가 결말에 와서 추상적인 사회주의 옹호론을 개진함으로써 논리적 비약을 면치 못한다. 노라는 노동의 신성한 의미를 체득하고 나아가 이를 통하여 진정한 자유의 의미도 깨닫게 된다는 것이다. 삶과 보다 밀착되고 현실성이 강한 소설 『레디메이드 인생』은 높은 문학적 성과를 달성한 작품으로 평가된다.

---

129) 『별건곤』, 1930. 6.

인텔리가 아니었으면 차라리 ……노동자가 되었을 것인데, 인텔리인지라 그 속에는 들어갔다가 도로 달아나오는 것이 99%다. 그 나머지는 어깨가 축 처진 무직 인텔리요, 무력한 문화 예비군 속에서 푸른 한숨만 쉬는 초상집의 주인 없는 개들이다. <레디 메이드 인생>이다.130)

이러한 전망은 지식인의 운명이라는 시각에서 볼 때 현저히 비관적인 전망이다. 자본주의적 생산구조 내에서 적극적인 역할을 담당하지 못하는 지식인들이 사회적으로 소외당할 수밖에 없음은 당연하다. 따라서 자본제 내에서 지식인들의 운명에 대한 전망이 비관적인 것은 새삼스러운 일이 아니다. 소설에서 나오는 '되다가 찌부러진' 지스러기 주의자라는 의식은 사회주의적 전망의 권리를 박탈당해 있다는 것, 거칠지만 보다 정확하게는 사회주의 시대가 도래한다 하더라도 권익집단에 속할 자격을 잃고 있다는 것 등 암묵적 전제가 심층에서 작용하고 있는 것이다. 이러한 지적 상황에서 자본주의적인 전망도 사회주의적인 전망도 가질 수 없었던 지식인들은 그러한 비극적 교착상태를 자의식에 대한 풍자의 방법으로 방기하는 것에서 유일한 의식 정화의 길을 발견했던 듯하다. 중산계급의 역사적 운명에 대해 "아! 참담한 비극이다!"라고 탄식했듯 『레디메이드 인생』의 심층의식은 그 구조에 있어서 동질적임을 알 수 있다.

다음으로 세계관의 정립단계를 고찰해 보기로 하자. 채만식의 의식형성에 작용한 집단은 사회계층으로서의 중농층과 지적 그룹으로서의 동반자그룹이었다.

농민층의 사회구성 비율이 85%에 달하던 식민지시대에 식민지 경제사를 특징짓는 성격은 중농층의 몰락으로 요약된다. 일제가 1905~1906

---

130) 『신동아』, 1934. 5-7. p.244.

년경부터 시행한 여러 정책으로 조선의 자생적인 농업 발전의 중심 계층이 될 수 있었던 자소작 상농층은 큰 타격을 받고 종래의 농업구조는 급격히 재편당하였다. '토지조사사업'은 구래의 지주제를 온존시키면서 새롭게 대두한 서민지주, 일인지주의 지주적 지배권을 강화시켜 주었다. 일제하의 지주적 소유분해에 있어서 두드러진 양상은 '일본인 거대지주를 중책으로 한 일본인 및 조선인 대지주의 급속한 토지집적현상'[131]으로 나타나게 되었고 이러한 현상은 1920년대에 들어서면서 더욱 가속화되는 추세를 보였다. 1920년대 중반에 들어서면서 자본제적 상품 경제의 확대에 의해 농가지출이 증가되고 이에 따라 중소지주들까지도 몰락하게 되었다. 이러한 몰락은 1920년대 말부터 대두된 농업공황으로 인하여 전 농민층을 피폐화시키는 정도로 악화되었다.

이런 전제하에서 이 계층 출신의 지식인들이 사회주의 이념을 지향하게 된 것은 현실적 개연성을 갖는다. 1920년대 초반과 중반까지는 민족주의와 사회주의가 아직 제대로 분화되지 못한 상태에 있었으며 양자의 대립이 표면화된 후반기에도 '新幹會'를 중심으로 좌우합작이 추진되던 시대였으며 신간회 해소가 본격화된 20년대 말부터 중농 출신의 지식인들은 급격히 사회주의 쪽으로 傾斜하게 된다. 무정부주의와 사회주의로 대표되는 신흥사상들에 지식계급이 흥미와 매력을 느꼈던 것도 사실이며 그중 민족모순과 계급모순의 동시적 해결을 목표로 한 논리로서 사회주의가 지녔던 설득력은 그 자체가 포지하고 있는 혁명성과 더불어 정열적인 젊은 지식인들의 지적인

---

131) 姜泰勳, 「일제하의 농민층분해와 지주제전개에 관한 연구」, 서울대 대학원 농경제학과, 1985년, p.57.

욕구를 사로잡기에 충분하였던 것이다.[132] 그러나 카프 내부의 분열에 따라 '동반자그룹'의 배경이 되어 주었던 노장 세력의 몰락으로 동반자 그룹 역시 자체 내에서부터 그 사회적 지위를 위협당하고 있었다. 그들의 사회적 지위가 불안했던 것은 물적 토대가 되는 귀속계층의 전반적인 몰락이 이미 작용하고 있었기 때문이다. 취약한 경제조건 아래서 그들의 존재양태란 불안정한 룸펜지식인의 존재 양태를 벗어나기 어려웠던 탓으로 심한 동요를 겪지 않을 수 없었고 이에 따라 확고한 사회적 입장을 견지하기가 어려웠다. 보다 상위적인 상황인 세계적인 경제공황과 이로 인해 조성된 국내 정치상황, 즉 일본의 군국주의화로 본격적인 파쇼정권이 수립되어 카프는 해산에 이른다. 일정한 침묵기를 거쳐 채만식은 인텔리는 운명의 존재이며 인류에게 불을 가져다주는 행위로서의 의미 있는 행위를 수행해야 한다고 생각하였지만 결국 그가 창출해 낼 수 있는 세계관의 범주란 일종의 비극적 세계관을 벗어나지 못하였다.

골드만은 '비극적 세계관'의 사회적 성격은 어떤 사회 그룹이 '몰락'과 '위기'의 사회 구조 속에서 이럴 수도 저럴 수도 없는 상황, 즉 교착의 상황에 처하게 될 때 발현되는 것으로 파악하였는데 1930년대 중반의 사회구조 또는 사회 상황은 위의 전형적인 비극적 사회구조 또는 사회상황과 동질적인 것으로 추론된다. 채만식은 초기문학에서 이미 비극적 의식을 단편적으로 드러내고 있었다. 『레디메이드 인생』은 그 비극적 의식의 자기풍자적 발현 양상으로서 채만식 문학의 특질을 유례없이 발휘하고 있었다. '몰락의식', '위기의식'으로 특징

---

132) 서중석, 「일제시대 사회주의자들의 민족관과 계급관」, 한국민족주의논 Ⅲ, 창작과비평사, 1985. pp.303 - 316.

지어진 그의 의식은 1934 - 1936년에 걸쳐 가중되는 파시즘의 압박에 대해 분명한 저항의 입장을 취하지 못하고 교착상태로 빠져 버린다. 그는 역사의 진보적 가능성이 철저하게 부재하고 있다는 의식을 수용하며 사회주의적 전망의 기초를 형성했던 '역사적 발전의 필연성'이라는 신념을 잃어버린다. 이러한 심층적 변화로부터 형성된 비극적 세계관은 구조화 양상에서 최대한 기존이념의 내면화를 목표로 하는 것일 테지만 중도적인 입장은 협공을 당하게 되고 그가 담당할 수 있는 일은 진리가 숨어 버린 세계에서 허위의 현실을 전체적으로 드러내는 작업일 뿐이었다. 기왕의 유물론적 시각을 배제할 필요까지는 없었지만 변증법적 유물사관의 이상주의적이고 결정론적인 관념성과 도식성을 현저히 후퇴시키면서 비극적 변증법의 세계관133)에 가까워짐으로써 현실의 비극적 전개과정, 즉 역사의 과거적 맥락을 드러내려고 한다. 인간의 운명이 비극적인 역사 상황 속에서 긍정적으로 지향할 수 있는 가치는 미래에 대한 구체적 희망이라기보다는 다분히 막연하고 추상적인 '반항'으로 된다.134) '반항'의 지식인적 의미구현 방식이란 언제나 '비판'으로 귀착될 것이다. 이러한 비판 작업의 문학적 형상화는 '폭로'와 다름 아닌데 그것은 내재화된 이념에 의해서만 가능하며, 비판조차 불가능한 상황이 되면 니힐리즘에 이르게 될 것이다. 한마디로 '비극적 세계관'의 진보적 가치는 '반항'과 '비판'의 정신에 그 요체가 놓이게 된다. 희곡 「제향날」(『조광』 丁丑, 11월)에서는 역사에 대한 작가의 정확한 인식이 보이는데 근대사의

---

133) 비극적 세계관과 변증법적 세계관 사이의 중간항으로서 역사 관념을 인정하면서도 그것이 반드시 발전적인 역사인가에 대해서는 부정적이다. 골드만 『숨은 신』, 연구사, 1986, pp.45 - 46.

134) R. 윌리암스, 「비극적 절망과 반항」, 『현대비극론』, 임순희 역, 학민사, 1985년.

긍정적 움직임들이 프로메테우스적 반항으로 해석되고 있음은 작가가 근대 이후의 우리 역사 전체를 비극의 역사로 규정하고 있음을 의미한다. 갑오혁명 이후의 모든 운동에서 실패와 좌절의 양상이 주로 강조되고 있는데 이렇게 파악하는 세계관은 '비극적 변증법'의 범주를 벗어날 수 없다. 이러한 세계관으로부터 그는 몰락으로 요약되는 농민의 현실을 구체화시키고 있으며135) 「명일」에서는 주로 식민지 자본주의 체제하의 조선경제의 불공평 현상에 대한 강한 불만을 친사회주의적 입장에서 토로하고 있다. 소설은 극도의 가난에 시달리는 주인공이 생활이 어려운 자기 처지를 개탄하고 불공평한 세상을 원망한다든가, 귀금속을 훔치려다가 담력이 없어 못 훔친다든가, 동창생한테 돈을 빌려 달라는 말을 쑥스러워서 못 한다든가, 못 가진 자가 가진 자에 대해서 차별감과 박탈감을 느끼게 된다는 것을 강조하고 있다. 또 주인공이 당시 "불란서에서 불룸을 수반으로 조직된 인민전선 내각의 그 뒤 소식"을 궁금해하며136) 막연히 세계정세의 사회주의적 변화에 일말의 기대를 거는 듯하지만 "좌우간 내일이란 건 없으니까"의 독백이 말해 주듯이 지식인의 사회적 운명은 내일을 기약할 수 없는 것이라는 비극적 의식을 드러낸다. 사회주의 이념은 비극적 세계관에 압도적으로 위압당한 형국이다.

채만식이 지향했던 '리얼리즘'의 핵심은 "세계를, 사회를, 역사를, 인간을 그 전체적인 데서 그 발전적인 데서 과학적으로 인식, 파악"137)하는 것이며 그는 "문학이 적으나마 인류 역사를 밀고 나가는

---

135) 「보리방아」, 『조선일보』, 1936. 7. 4 - 22.
136) 『채만식전집』 7권, p.155.
137) 「斷章數三題」, 『조선일보』, 1935. 12. 22.

한 개의 힘일진대, 閑人의 消長꺼리나 兒女子의 玩弄物에 그칠 수는 없을 것"이라는 신념을 가지고 있었다(「자작안내」). 이것은 1930년대 후반에 이르러 역설로 표현되는데 허위의 세계를 전면에 내세움으로써 오히려 감추어져 있는 진실이 드러나게 하며 이를 통하여 세계에 대한 비판적 폭로가 성취되도록 하는 역설이 말의 아이러니에서만이 아니라 작품 구조의 차원(상황의 아이러니)에서도 이루어진다. 이것은 채만식의 풍자가 단순한 기법의 수준에서가 아니라 정신, 즉 세계관의 수준에서 생성되는 것임을 뜻한다. 즉 진리가 숨어버린 세계에서 허위의 상식이 지배적으로 되고 있고 이 허위의 상식을 수용하지 않는 한 세계의 전체성을 드러낼 수 없으며 이러한 세계에서 감추어진 진실을 드러낼 수 있는 유일한 방식은 역설의 방식이라는 것인데[138] 여기서 풍자가 생성되는 것이다. 역설은 진리가 숨어버렸고 허위만이 만연되어 있다는 인식의 비극적 세계관에서 발원한 진술 방식인 것이다.

현실에 대한 부정적 입장은 『탁류』에서 더 심화되어 니힐리즘의 영역으로 다가선다. 제목부터 현실사회의 타락한 모습을 탁류에 비할 정도로 당시 작자의 현실인식은 부정적이고 비판적이다. 『탁류』의 구조는 비극적 운명 구조라고 할 수 있다. 작품은 결말에서 '악에 대한 반항'의 의미를 구현하고자 하였는데 이와 같은 의미 부여로 작가는 비극적 세계에서 소극적 체념에 머무르지 않는 적극적 자세를 구현하려 했다. 한마디로 작품의 의미구조는 '세계의 비극성'과 그 비극성에 대한 '반항'의 의미로 요약된다고 볼 수 있다. 그러나 결국은 비극적 운명 또는 세계의 비극성을 벗어날 수 없다는 비극적 한계

---

138) L. Goldmann, *The Hidden God*, IX장 참조.

의식 또한 마무리에서 중요하게 객관화되어 있다.

『태평천하』에는 당연히 몰락해야만 되는 계급으로서의 지주계급에 대한 적대감정이 담겨 있다. 하지만 이 작품에서 구현되고 있는 현 실태는 너무나 강고한 것이어서 결코 무너질 것 같지 않은 느낌을 줄 정도이다. 작품은 윤직원을 중심으로 한 일가의 삶을 파노라마에 가까운 수법으로 묘사하고 종학의 피검을 정점으로 반전을 일으켜 결국 이 계급이 필연적으로 몰락할 수밖에 없음을 암시하도록 구성되어 있다. 이런 플롯구조는 역설(반어)구조라고 할 만하다. 주인공 윤두섭은 '자기기만적 인물'에 해당하는데 무엇보다도 무지의 인물이다. 전도되고 무지한 인물의 성격이 스스로 풍자적 효과를 발생하게 하기 위해 서술자의 태도는 흔히 '시치미 떼기'로 특징지어진다. 허위의 세계를 현상으로 인정하면서 그것의 전도된 의미가 제 스스로 발현되도록 하기 위해 서술자의 태도는 '시치미 떼기'를 전제한 구변 좋은 전달자에 머무르며 구조는 제 스스로 전도된 현실의 의미를 발현시키도록 하기 위해 '역설'적 구조를 취하게 되었다고 보인다.

봉건체제를 대표하는 수령과 치안부재를 뜻하는 화적으로부터 재산을 탈취당하고 아버지의 목숨까지 희생당한 윤직원은 사유재산과 자본제적 이윤 추구를 철저히 보장해 주는 식민지 체제에 절대적인 지지를 보내게 된다. 이러한 역사적 경험과 경제적 합목적성을 전제로 해서 형성된 이 계급의 세계관은 나름대로의 필연성과 당위성까지 갖는다. 사회관계를 볼 때 착취의 문제에서 그는 무지하며 오히려 지주적 행위를 자선행위로 여기나 그들의 착취 정도는 재산의 성장 속도가 증명한다. 그러나 이러한 급속한 치부에도 불구하고 그들의 일상의 삶은 '전도성'과 '타락'으로 특징된다. 소설은 일가의 타락상을 골고루 보여준다. 그들은 내부모순으로 적대관계가 형성되는데 돈의 가치가 절대화됨으로써 인간적인 유대마저 비본질적인 것으로 전화하며 가부장적 권위를 가진 윤직원이 모든 욕망을 독선적으로 추구하여 다른 가족들의 인간적 욕망이 희생당한다. 당대 사회에 대한 전체적인 시각으로부터 전도된 현실을 이루는 그들의 삶이기에 '타락성'을 본질로 할 수밖에 없다. 이렇게 전도되고 타락한 지주계급의 현실이 실제적인 역사발전에 의해서는 아니더라도 내부 모순에 의해서나마 스스로 붕괴하기를 바라는 것이 작품에 담겨진 願望이다. 종학의 소식은 세계의 전도성과 붕괴 가능성을 동시적으로 암시케 하는 기능을 발휘한다. 역사의 발전 가능성이 숨어 버린 시대에 바랄 수 있는 것은 이러한 전도된 세계가 스스로 망하는 것뿐이다. 이처럼 이 작품의 의미구조는 그 역설적 양상이 바로 놓임에 따라『탁류』의 의미구조와 동질적인 것이 드러난다. 태평천하를 뒤집어 놓은 의미, 그것은 비극적 세계에 다름이 아니다. 세계가 무한히 타락해 있다는 것, 그것은 악에 지배당하는 세계로서의『탁류』에 나타난 세계인식과 동질적인 것인데 이렇게 악과 타락에 의해서 세계가 지배당하고 있다는 인식은 하나의 전체로서 비극적 세계인식에 속한다고 할 수밖에 없다.

기본적으로 그는 경제적으로 균등한 사회, 정치적으로 자주적 독립국가, 그리고 생산양식상으로 반봉건적인 근대를 지향하고 있었음이 분명하다. 특히 식민지 한국사회의 경제적 불평등에 대한 항의 내지 친사회주의적 입장은 그의 주체 성격이 어떤 것인지를 해명하는데 핵심적인 바탕을 제공한다는 점에서 중요한 뜻을 지니고 있다. 그러나 그의 친사회주의는 소박한 수준의 것으로 그를 프롤레타리아 작가나 마르크스주의자라고 규정할 만한 근거가 되지 못한다. 다음 그의 민족의식은 『태평천하』, 『치숙』, 『패배자의 무덤』 등의 작품이 보여주듯이 친사회주의와 이어져 나타나고 있다. 채만식의 여성 해방론 및 반봉건적 근대지향성은 의심할 수 없지만 투명한 것으로 보이지 않는다. 『인형의 집을 나와서』가 암시하는 강력한 여성 해방론은 낡은 가족제도에 반발하여 내놓은 주장으로 정당한 것이지만 『치숙』에서 남편에 대한 아내의 태도 등은 유교적 성 차별관에서 자유롭지 못함을 보여준다. 유교가풍의 선비 출신인 『탁류』의 정주사를 희화하는 데서 유교적 가치관과 봉건적 생산양식에 대한 부정적 입장, 근대지향적 시각을 알 수 있으나 이것이 그의 윤리관의 한 부분으로 자리 잡고 있는 유교적 절제나 권위존중까지 부정하는 것이 아님은 물론이다.139)

다. 크로포트킨의 아나키즘과 개성 해방

중국 현대 작가는 자신의 작품이 과연 현실을 얼마나 개선시킬 수 있는가라는 공통의 과제에서 벗어날 수 없었다. 그 전형적인 예라고 할 수 있는 빠진은 줄곧 이 세계를 좀 더 나은 것으로 변화시키고자 하는 소망을 가지고 창작에 종사했다. 현실을 개선하기 위해서는 현실이 가진 문제점을 정확하게 진단하는 것이 무엇보다 중요하므로 작가의 현실 인식은 작품의 해석에서 큰 비중을 차지하게 된다. 현실 인식과 더불어 고려되어야 할 또 하나의 중요한 요소가 다름 아닌 작

---

139) 이상은, 이선영, 「창조적 주체와 반어의 미학」, 문학과사상연구회, 『채만식 문학의 재인식』, 소명출판, 1999, pp.12-51 참조.

가의 이상이다. 위대한 작품이라면 정확하고 생생한 사실성의 확보와 더불어 삶을 향상시키고 고양시킬 수 있는 비전의 제시가 있어야 한다. 이러한 것들은 작가의 세계관에 대한 고찰을 통하여 확인할 수 있을 것이다.

빠진[140]은 1904년 四川 成都의 봉건 귀족관리의 집에서 태어났다. 그의 어린 시절 첫 번째 선생님은 어머니였는데 그는 빈부에 관계없이 모든 사람을 사랑하라고 자식을 가르쳤다. 그의 사랑의 교육은 이미 일정한 정도로 민주적이고 인도주의적인 색채를 띠고 있었다. 그의 아버지는 知縣으로서 청렴하였던 것 같고 아내의 권고로 범인에게 가하는 육체적인 형벌과 사형을 폐지하였는데 그의 사상에도 일정한 민주적 요소가 있었다고 볼 수 있다. 빠진의 가슴에 뿌리내린 박애의 싹은 후에 전 인류를 사랑하고 억압받는 소인물을 동정하는 데로 발전한다. 그는 늘 하인과 가마꾼들 사이에서 생활하면서 불합리성을 감지하고 소박한 계급교육을 받았다. 하인 가운데 주 씨라는 가마꾼은 그의 두 번째 선생님인데 그는 언제나 자신의 충성스럽고 정직한 생활태도를 버리지 않았다. 세 번째 선생님은 외국어전문학교의 선배 吳先憂이다. 그는 경제상황이 좋은 편이지만 자신의 노동으로 먹고산다는 신조를 위해 학생생활을 청산하고 재봉일을 배운, 신앙을 위해 모든 것을 희생하는 사람이었다. 이 세 사람이 빠진의 인생관에 심어준 기본요소는 '사랑', '충실', '자아희생'이었다.

그는 또 부모가 연이어 세상 뜨면서 대가족 내부의 모순과 압박을 느꼈고 눈길을 사회로 돌려 사회제도의 불합리성을 인식하게 되었다. 그러나 지주계급 출신의 빠진은 이 계급이 멸망하기 전에 그 존재의

---

140) 원명은 李堯棠. 字는 芾甘이다. 필명은 무려 31가지나 된다고 한다.

불합리성과 죄악을 보아내고 억압받는 자의 비참한 운명을 동정하기는 했지만 한편으로는 낡은 가정과 사상 감정적으로 여러 갈래로 얽히어 있었다. 그는 이 가정을 사랑하면서도 증오하여 심한 모순에 빠졌다. 그가 할 수 있는 일은 제도와 개인을 갈라놓아 제도가 죄악의 근원임을 인정하는 것이었는데 이것은 역사유물주의 태도가 아니었다.

5·4운동의 영향으로 빠진은 많은 잡지를 구독하였는데 특히 크로포트킨의『告少年』에 매료되었다. 이 책은 빠진으로 하여금 계급압박과 착취에 대해 알게 하고 청소년들에게 사회를 선도할 이상을 가질 것을 호소하였다. 다른 한 중요한 책은 폴란드 혁명가인 캠프가 창작한『夜未央』으로 영웅주의 희생정신을 열정적으로 노래한 것이다. 이런 영향으로 빠진은 아나키즘에 경도하게 되었고 러시아 혁명적 민주주의자와 나로드니키(民粹主義) 혁명가들의 전기와 저작을 대량으로 탐독하게 된다. 家塾을 거쳐 외국어전문학교에 입학한 빠진은 비정식적인 단체 '均社'를 조직하며 아나키스트로 자처하면서 여러 사회활동에 적극 참여한다. 이때의 빠진은 주로 봉건 전제제도를 배격하고 현실의 폐해를 폭로하며 정부와 종교, 사유제의 죄악을 비판하고 아나키즘의 이상을 고취하였다. 이때 발표한 20여 수의 新詩와 한 편의 산문은 인도주의 사상으로 충만하여 있다.

아나키즘은 인간의 본질적 품성에 대한 신뢰와 개인의 자유에 대한 강한 희구, 그리고 지배의 부정을 의미하는데 사조로서의 아나키즘은 근대 산업 사회 이후에 출현한 것이다. 역사적으로 아나키즘은 기존 사회에 대해 비판을 제기하는 사상이고 바람직한 미래 사회의 전망이며, 한 사회에서 다른 사회에로의 이행수단이다. 그것은 주로 사회와의 관련에 있어서의 인간에 상관하고 있으며 그 궁극적 목표는 언제나 사회 변혁에 있다. 그 방법은 언제나 폭력적 혹은 비폭력적인 사회적 반란이다.[141] 빠진은 중국 현대 작가 중 유일하게 공개적으로 아나키즘을 신봉한다고 천명한 작가이고 이 사상은 말년에 이르기까지 지속되었기에 그의 세계관과 작품을 총체적으로 고찰하고 평가하는 데 아주 중요한 점이다.

1923년부터 그는 상해, 남경, 북경 등지에서 활동하였다. 1921년에 시작된 공산주의자와 무정부주의자의 논쟁은 더 치열해졌는데 1924년부터 빠진도 참여한다. 그리고 무정부주의 이론을 소개한 많은 책을 번역, 출판하는데 크로포트킨과 골드만(Emma Goldman)의 책이 위주였다. 『크로포트킨전집』 10권 중 5권은 그가 번역했는데 이 일은 1940년대까지 지속되었고 스스로 '크로포트킨주의자'라고 자칭하였다.[142] 빠진은 크로포트킨의 저작에서 무정부주의 이론을 그대로 받아들여 세계관의 틀을 형성하였다. 그는 또 골드만과 편지를 주고받았는데 골드만은 편지에서 자신의 봉건적 혹은 자산계급 혈통 때문에 자비심을 갖지 말며, "우리는 출생할 곳을 선택할 수 없으나 이후의 생활은 우리 자신이 지배할 수 있다. 나는 당신이 청년 반역자로서 응당 갖춰야 할 진지함과 열정을 갖고 있음을 보아냈다. 나는 당신을 아주 좋아한다."고 했다. 그의 사상은 빠진이 10월 혁명, 소련공산당 및 레닌에 대한 견해에 영향을 주었다.

빠진은 이로부터 확실한 아나키스트가 되었는데 "아나키즘은 나의 생활이고 나의 전부이다. ……과거, 현재, 미래, 나아가 죽을 때까지 아나키스트가 아닐 때가 없을 것이다."(『答誣我者書』)고 하였고 또

---

141) 죠지 우드코크, 『아나키즘』, p.11.
142) 巴金, 『자본주의에서 아나키즘에로』 前言, 平社, 1930.

계급적 출신으로 하여 마르크스 - 레닌주의에 저촉정서를 가지고 있었다. 동시에, 무정부주의 사상은 원래 매우 복잡하고 모순된 것으로 혁명적 민주주의 사상도 포함하고 있어 빠진의 세계관의 복잡성과 모순을 불러왔으며 많은 작품이 혁명적 민주주의 정신과 봉건 전제제도에 대한 강렬한 증오로 충만하게 하였다. 크로포트킨의 기본사상은 모든 '전제'에 대한 분노와 다윈의 생존경쟁설에 대한 부정으로부터 나온 것이며 이로부터 그는 국가를 부정하였다. 그것은 생물과 인류는 모두 반드시 '互助'해야 하며 국가는 인류사상 가장 잔혹한 생존경쟁의 형식이기 때문이다.143) 그의 '합리적 이기주의' 도덕관과 미학관, 철학관 및 정치에 대한 냉담, 군중에 대한 경시와 지식인의 혁명과정에서의 역할에 대한 과대평가 등등은 거의 모두 혁명적 민주주의자들로부터 영향받은 것이다. 그러나 그것들이 같은 사조라는 것은 아니며 무정부주의는 엄밀한 체계를 이루었다기보다 여러 사상의 혼합물이라고 해야 할 것이다. 플레하노프는 "바쿠닌주의는 하나의 체계가 아니다. 그것은 '라틴국가'의 여러 가지 사회주의 이론과 러시아 농민의 일부 '이상', 프루동의 국민은행과 향촌 코뮌, 푸리에와 스제빤·라씬의 혼합물이다."144)라고 지적했다.

빠진이 아나키즘을 받아들인 가운데 중요한 부분은 혁명적 민주주의 사상이다. 그에게 가장 큰 영향을 준『告少年』은 사유제와 착취계급에 대한 분노에 찬 공소와 불합리한 사회현상에 대한 깊이 있는 폭로로 충만하여 있으며 모든 경제적, 정치적, 사회적 노예제도를 뒤엎으라고 호소하고 있다. 이것은 혁명적 민주주의 정신이 넘치는 글

---

143) 루돌프·러켈,『빵과 자유』序. 巴金译文全集, 人民文学出版社, 1997
144)『우리들의 의견분기』, 北京, 三聯書店, 1961.

이라고 할 수 있다. 크로포트킨의 영향으로 빠진은 혁명적 민주주의 사상을 접하게 된 것이다. 그의 초기 사상에서 가장 뚜렷한 점은 봉건주의, 제국주의 및 낡은 사회에 대한 증오이다. 이런 감정은 집중적으로 사람이 사람을 착취하고 억압하는 사회제도에 대한 증오로 표현되며 반제 반봉건 사상은 그의 전부의 작품에 관통되어 있다. 그는 반제 반봉건적 입장이 아주 철저하였을 뿐만 아니라 중국 민주혁명의 기본임무에 대해서도 깊이 있게 이해하고 있었다. 이로 하여 중대한 문제에서 다른 무정부주의자들과 입장을 달리하게 되며 후에 공산당의 견실한 동맹자로 되는 데 기초를 닦아 놓았다. 특기할 만한 것은 그가 반봉건적인 동시에 자본주의에 대해서 아무런 환상을 품지 않았다는 것이다. 그는 자본제도는 전체 인민을 약탈하고 빼앗는다고 여겼으며 전체 자본주의 사회는 자본가가 노동자에 대한 약탈의 기초에 건립된 것으로서 반드시 자산계급에 선전포고를 해야 한다고 했다.

빠진의 민주정신과 자유에 대한 추구는 매우 강렬하였다. 이것은 그가 프랑스 자산계급 민주주의 사상의 영향을 받은 것과 갈라놓을 수 없다. 그는 루소, 볼테르와 프랑스 대혁명에 대해 연구하면서 많은 영향을 받았는데 "무정부주의 철학은 한마디로 개괄할 수 있는데 그것은 바로 '자유'이다."[145]라고 말한 적 있다.

빠진의 사회에 대한 적극적 개조의 관점은 다른 민주주의와의 근본적인 구별점이다. 그는 모든 전제제도에 대해 철저하고 비타협적인 반항적 태도를 가지고 있었다.

그의 혁명적 민주주의 사상에는 러시아 나로드니키의 색채가 농후

---

145) 巴金, 「斷頭臺上」, 『巴金全集』 第21卷, 人民文學出版社, 1993.

하다.146) 그는 "나의 初志는 집을 떠나 사회로, 인민 속으로 들어가 인민을 위해 '행복을 도모'하는 혁명자가 되는 것이었다."고 말한다.147) 그는 인민을 위해 용감히 헌신하는 영웅들에 대해 신성한 敬慕의 감정을 품고 있었다.

아나키즘 가운데의 혁명적 민주주의 사상과 나로드니키의 사상내용은 빠진의 세계관의 핵심을 이룬다. 아나키즘에서 그가 받아들인 것은 어떠한 전제형식이든 반대하는 사상과 공상적 공산주의 사회, 도덕 및 미학 이상이다. 사실 그는 바쿠닌, 크로포트킨이 가공한 푸리에식의 공상사회에 대한 이상을 갖고 있었다. 이것은 그의 세계관의 세 번째 특징이다. 이것으로 하여 그는 다른 무정부주의자들과 구별되는데 그것은 주로 국민당과 공산당, 소련에 대한 태도에서 나타난다. 빠진이 아나키스트로 자처할 때 국제 무정부주의운동은 이미 쇠락하였고 1921년 중국공산당의 성립과 함께 중국의 무정부주의자들은 신속히 분화하여 일부는 국민당에 일부는 공산당에 가입하였지만 빠진은 시종 입장을 바꾸지 않고 이론적으로 두 정당에 비판을 가한다. 빠진은 공산주의를 찬성하지만 무산계급 독재를 반대하였으며 1927년 4·12정변 이후 국민당에 대해 공개적으로 반대하고 공산당을 찬양한다. 여기서부터 그의 세계관의 네 번째 특징, 즉 당파의 分岐가 아니라 혁명민주주의자와 공산주의자 간의 같은 부분, 즉 반제 반봉건, 反전제폭정을 강조하는 점이 사상적 주류임을 알 수 있다. 빠진은 당시 무정부주의 사상과 민주주의, 혁명적 민주주의 사이의

---

146) 나로드니키(民粹主義)運動: 19세기 70년대 러시아의 귀족 중 일부 선진적 청년들이 가정을 떠나 민간으로 들어가서 군중의 혁명투쟁을 불러일으킨 일이다.

147) 『巴金選集』 후기, 人民文學出版社, 1980.

구별을 잘 몰랐었다. 그가 귀중하게 여긴 것은 바로 그것들의 공통점이었다.

그의 철학관, 사회관도 상술한 정치관과 긴밀히 연계되어 있다. 그는 18세기 프랑스 유물주의와 체르늬쉽스키의 영향을 받았기에 인본주의 사상의 유물주의자로 되었다. "나는 신의 적이다."고 한 그는 한 사람의 진정한 힘은 자신에게 있으며 "나의 하느님은 오직 하나 – 바로 전 인류이다."라고 한다. 프랑스 자산계급 계몽주의 철학사상이 인간을 중심위치에 놓고 모든 것이 사람을 위해야 하고 모든 것이 인간의 본성에서 출발해야 한다고 인정했기에 빠진은 '人類愛'를 자신의 세계관의 기초로 삼게 된 것이다. 이런 사상은 또 자연, 사회의 발전동력에 대한 기본적 이해와 갈라놓을 수 없다.

빠진은 마르크스주의적 변증논자가 아니며 포이어바흐, 크로포트킨 등처럼 모순투쟁이 사물의 전진의 동력이 아니라고 여겼다. 그들은 생물의 진화는 생존경쟁에 의한 것이 아니라 '互助'에 의거하며 인류사회의 발전도 계급투쟁이나 끝없는 쟁투가 아닌 '단결'에 의거해야 한다고 인정했다. 빠진은 때로는 계급투쟁의 필요성을 인정하면서도 '호조'를 '생의 법칙'이라고 보았다.[148] 그는 또 모순투쟁의 학설은 그다지 믿지 않았지만 발전과 진화의 관점을 가지고 있었다. "낡은 것은 멸망하고 새로운 것은 장대해질 것이다. 낡은 사회는 끝장나고 새 사회는 도래할 것이다. 광명은 암흑을 깨끗이 몰아낼 것이다."[149] 이러한 발전 진화하는 사회관은 변증유물주의의 기본원리를 떠났기에 생산력과 생산관계의 모순운동의 각도에서 사회역사를 분

148) 汪應國, 『巴金論』, p.46.
149) 巴金, 「독자에게 한 속심말」, 『湘江文藝』 1979년 제5기.

석하지 못하게 되며 본질적으로 유심주의적이다. 빠진의 역사관 역시 크로포트킨에게서 왔는데 크로포트킨은 인류사회의 모든 진보는 다 사람들의 미래에 대한 관찰에서 오며 미래에 대한 이상에서 온다고 했다. 그는 인성은 개변되지 않으며 사람들은 언제나 더 나은 생활을 동경하고 이것이 바로 자유롭게 발전하는 것이며, 미래사회에 대한 이상은 사회의 진보를 끊임없이 推動하고 그 이상은 꼭 실현된다고 생각했다. 이 사상의 영향으로 빠진의 소설은 그렇게 많은 고통과 희생이 묘사되면서도 낙관주의적인 색채가 흘러넘치게 되는 것이다. 이런 사회발전의 관점은 유심주의적이지만 사람들에게 힘을 주었다.

빠진은 체르늬쉡스키의 '합리적 이기주의'의 영향을 받았는데 이러한 도덕관의 철학적 전제는 '개체'와 '집단'을 나눌 수 없다는 것이다. 인류의 동기는 '利己'와 쾌락을 추구하는 것이며 '개체의 행복과 種類의 행복은 또 서로 합치된다.' 그러므로 '利他'와 '利己'의 구별이 없다. 이러한 신념의 실질은 이타주의인데 빠진의 도덕원리는 사실상 인류와 사회 진보를 위해 용감히 자아를 희생하는 혁명민주주의자의 도덕관이다.

빠진의 문예관은 그의 인생관에서 생겨났는데 그는 예술을 위한 예술을 단호히 부정하고 문예의 공리성을 주장한다. 이것은 "한 켤레의 구두가 성모상이나 셰익스피어에 대한 모든 정교한 토론보다 훨씬 더 중요하다."[150]는 크로포트킨의 문예관과 일치한다. 문예는 사회를 개조하고 인류 역사의 전진을 추동하는 데 이바지해야 하며 반드시 자기 내심의 사랑과 증오를 쏟아내고 인민의 喉舌과 대리인이

---

150) 크로포트킨, 『어느 혁명가의 회상』, 박교인 역, 한겨레, 1985, p.226.

되어야 한다는 것이다.

그에게 있어서 다른 하나의 결정적인 요소는 바로 애국주의 사상이다. 젊었을 때 그는 무정부주의 영향을 많이 받았지만 영향이 더 큰 것은 그래도 애국주의였었다.

한마디로 개괄하면 빠진의 초기 세계관은 여러 가지 서로 모순되는 관점, 사상의 혼합이었다. 애국주의는 작가를 추동하는 원동력이고 아나키즘은 조국을 치료하는 처방전이며 여기서 주도적 지위를 차지하는 것은 혁명적 민주주의(혹은 강렬한 니힐리즘 색채를 띤) 사상이었다. 그는 철학적으로는 유물주의자이지만 역사현상의 해석에서는 기본적으로 유심주의였다. 그의 문예관은 비판사실주의를 창작 방법으로 삼고 문예가 사회를 개조하는 투쟁을 위해 이바지해야 한다는 것이다.

빠진은 줄곧 실제 생활 속에 뛰어들어 행동 속에서 힘을 찾고자 하였고 더 유용한 일을 하고자 했다. 그러나 그가 신봉하는 아나키즘은 냉혹한 현실과 강대한 사회 체제를 변혁시키기에는 역부족이었다. 빠진은 고민에 빠졌고 실생활에서 찾지 못한 출로를 문학에서 대신 찾아보려 하였다. 첫 장편 「집」을 선두로 『신생』, 『봄 속의 가을』, 『애정삼부곡』, 『맹아』 등 많은 소설에서 그는 일본의 침략에 대한 분노, 봉건전제 가정과 전통 관념의 폐해, 농민의 참상, 탄광노동자의 생활 등을 두루 다룬다. 어떤 소설은 국민당의 심사에 걸려 몇 번 제목을 바꾸어 출판하기도 했다. 1934년 그는 자신의 작품의 힘에 회의를 가지고 고민하면서 침묵하다가 3편의 역사소설을 써서 사회개혁의 방법을 탐색해 보기도 한다. 그중 『애정삼부곡』은 작가의 신념을 표현하기 위해 쓰였다고 할 수 있는데 작가가 동료들과 함께 벌였던 아나키즘 운동을 배경으로 한 것이다. 작품에 묘사된 노동조합 활동, 교육 운동의 집회 과정, 체포, 피살, 복수 등 활동은 이러한 운동의 영향을 말해 준다.

『집』은 작자의 생활경험에 의해 창작된 것으로서 아나키즘의 이론에 의한 창작의 틀을 많이 벗어나 실생활에 접근한 소설이다. 『격류삼부곡』의 배경이 되는 5 · 4 시기는 격렬한 反전통주의를 주창하던 시기였다. 새로운 중국이 탄생되기 위해서는 보수적이고 복고적인 유교 정신 및 유교 질서가 파괴되어야만 했다. 陳獨秀는 노쇠한 문화적 기초에 대한 개혁 없이 사회적 정치적 개혁은 성공할 수 없다고 여겼고 비판의 화살을 孔敎에 돌렸다. 유교적 습속의 본질적 내용은 무엇보다도 오륜 또는 오상이고 거기에 삼강이라는 가부장적 윤리질서가 도입된다. 이러한 불평등한 가부장적 사회 질서가 정통적인 국가 통치 이데올로기로서 모든 인간을 지배 규율해 왔던 것이다. 소설의 배경은 낡은 전통사상 대신 신사상으로써 새로운 중국을 창건하고자 한 5 · 4 시기의 조류를 반영하고 있다. 두 번째로 소설은 봉건토지소유제에 기반을 둔 전형적인 봉건 종법제의 대가정을 사실적으로 묘사하면서 봉건 전제제도에 대해 비판하고 있다. 소설 속의 고씨 노인은 모든 권력과 재산, 심지어 노비의 생명까지 장악하고 있기에 누구나 다 그에게 복종해야 하며 봉건 대가정의 엄격한 신분제도 역시 젊은이들을 억압하고 있다. 항렬과 연령에 따라 신분과 지위가 결정되며 그러한 권력 구조는 절대적인 것이다. 그러나 이러한 전제적인 가족제도는 자체의 모순을 극복할 수 없어 결국 붕괴하게 된다. 『집』에서는 강대한 봉건 전제세력을 반대하도록 용기를 불러일으키려 했고 『봄』은 용기 외에도 지혜와 사회적 지지가 있어야 함을 말해 준다.

『집』에서 신세대의 역량이 이 봉건 전제 가정의 한 틈을 타파했다면 『봄』은 이미 저항의 흐름이 형성되기 시작하고 있음을 보여주며 『가을』에 이르러 신세대의 역량은 힘찬 격류가 되어 흐른다. 세 번째로 소설은 봉건윤리와 자아인식 사이의 모순을 보여주는데, 가장 전형적인 인물은 覺新이다. 그의 모순된 성격은 그 시기 지식인들의 보편적인 면모를 보여주고 있다. 그 역시 신사조의 영향을 받아 개성 해방과 자유를 갈망하지만 장손으로서 '자신'이란 존재를 가질 수 없었다. 그의 인격은 무시되어 독립적인 존재가 되지 못하고 가정에 예속된 존재로 가정의 일부분일 뿐이었다. 작가는 인간성을 말살하는 이러한 불합리한 사회와 전제적인 가정을 폭로하고 비판하려 하였다. 覺新은 신구 진영 사이에서 자신의 위치를 찾지 못한다. 『가을』의 결말에 覺新이 행복을 찾는 것으로 묘사한 것은 생활의 진실보다 예술의 진실에 충실한 것이라고 할 수 있다. 빠진은 비판적 사실주의의 한계를 타파하고 작품에 희망을 불어넣고자 하였다. 覺新과 하녀 翠環이 새 가정을 이루었다는 것은 인간평등 사상에 의한 것이며 새로운 질서의 핵가족 출현을 의미한다. 마지막으로 소설에서 가장 중요한 사상은 개성 존중 사상이라고 할 수 있다. 覺慧는 개인의 자유를 억압하고 인간성을 왜곡시키는 봉건제도의 폐해를 인식하고 거기에 반항하여 개인의 행복을 위해 노력하는 것이야말로 인간의 타고난 권리라고 생각한다. 그는 귀족 도련님으로서 하녀 鳴鳳을 사랑하는데 이것은 그녀의 인간적 가치에 대한 긍정에서 출발한 것이다. 그러나 신분적인 벽을 넘을 수 없어 고민하다가 그녀를 포기하기로 한다. 여기서 그의 연약함이 드러나며 鳴鳳이 죽은 후에야 그는 심각한 자아 반성을 한다. 이것은 당시 봉건세력의 강대함을 보여주며 인물의 의식 심층에 유교문화의 축적으로 인한 나약함이 숨겨져 있음을 의미한다. 작가는 覺慧와 같은 적극적 인물에게까지 봉건윤리가 작용하고 있음을 보여주어 그 폐해를 심각하게 드러내주고 있다. 覺慧는 또 봉건 예교에 반항하고 학생운동에 참가하며 봉건 혼인에 대한 覺民의 반항을 도와주고 귀신을 쫓는 등 미신행위에 반대해 나선다. 이러한 행동을 통해 覺慧는 다른 사람의 행복을 위해 자신의 책임을 다해야만 비로소 그 자신의 행복의 추구가 정당하게 된다는 것을 깨닫는다. 覺慧는 친구들과 함께 『黎明週報』를 창간하여 신사상을 소개하고 불합리한 낡은 제도를 비판하는 글을 싣는데 여기에 참가하는 청년들은 인도주의와 사회주의의 영향을 받아 사회를 개혁하고 인류를 해방한다는 거대한 책임을 자신들의 어깨에 올려놓았다. 李澤厚는 아나키즘의 특징은 철저한 개성 해방에 관한 사상으로서 아나키스트는 사회 혁명을 하면 즉시 개인의 절대적 자유가 실현되리라 여겨 불합리한 사회제도에 대해 격렬하게 공격했는데 이는 5·4 시기의 개성 해방 경향과 일치되어 청년들에게 널리 전파되었다[151]고 주장했다. 覺慧라는 인물이 독자에게 강렬한 공명을 불러일으킬 수 있었던 것은 바로 작가의 신념인 아나키즘 중 자유와 개성 해방을 추구하는 열정이 작가의 생활 토대와 결합되어 이념과 현실의 조화를 이루었기 때문이다. 이 외에도 소설은 남녀평등을 주장하는 민주주의 사상도 강하게 보여주고 있다. 소설은 또 젊은이들의 모임을 통해 이상적인 사회에 대해 묘사하고 있다. 아나키즘의 이상을 보여주는 잡지 이름-『利群週報』, 그리고 젊은이들의 헌신적이고 이타적인 행위 및 그들의 일할 때의 기쁨과 일체감 등은 여러 곳에서 발견

---

151) 李澤厚, 『中國現代思想史論』, 東方出版社, 1987, p.30.

된다. 그런가 하면 영어 교사를 마다하고 인쇄공이나 재단사가 되고자 하는 張惠如의 주장에서 육체노동과 정신노동을 구별하지 않는 아나키즘의 영향을 볼 수 있다. 이 단체에 대해 작가는 "이곳은 마치 이상적인 가정과 같이 화목했고 사랑이 흘러넘쳤다."고 묘사하고 있다. 아나키스트는 조직을 부정한다는 통념과 달리 빠진은 자유로운 조직의 건설을 주장했다. 이는 곧 구성원의 자유로운 협의와 평등한 협력에 기초를 둔 건전한 조직을 의미한다.[152] 즉 각 개인이 자유롭고 독립된 개체로서 상호의 이익을 위해 자발적으로 조직에 참여하게 될 때 혁명은 비로소 성공적으로 수행될 수 있다는 것이다. 진정한 행복은 민중 속에서 진리와 정의를 위해서 분투할 때만 얻어지는 것이다. 그것은 개인의 자유를 제한하는 것이 아니라 오히려 개인의 자유를 발전시키는 것이[153]라는 빠진의 이타주의적 윤리관은 『利群週報』의 성원들을 통해 구체화되고 있으며 『격류삼부곡』의 주제인 개성 해방의 추구는 이러한 이타주의적 윤리관이 뒷받침됨으로써 편협한 개인주의로 흐르지 않을 수 있었다고 할 수 있다.

	염 상 섭	채 만 식	巴 金
계 층	서울 토배기 중산층	중농─몰락	귀족 지주
신 분	가난한 지식인	가난한 지식인	지식인
직 업	노동자, 신문사기자, 잡지편집, 작가	신문사 기자, 잡지 편집, 전직작가	전직 작가, 번역가, 잡지 편집, 출판사 편집
자 칭	在大坂 한국노동자대표 심퍼사이저	푸로레타리아 문사	아나키스트

152) 芾甘, 『從資本主義到安那其主義』, 自由书店, 1930, pp.261-262.
153) 芾甘, 상게서, p.289.

	염 상 섭	채 만 식	巴 金
역사관	진보적 발전사관	관념적 유물사관	관념적 유물사관
현실인식	현실부정의식, 저항의식 (表面에 드러남)	현실부정, 비관적 허무주의색채, 저항의 내재성	현실부정, 적극적인 저 항의식, 낙관적
입 장	보수주의, 민족주의와 사회주의의 중도적 입장	반봉건, 반자본주의, 친사회주의적	반봉건, 반자본주의, 친사회주의적, 인도주의, 혁명적 민주주의.
카프(左聯)에 대한 태도	카프에 대립, 두 파의 통합을 시도	카프를 비판	左聯에 불참, 魯迅과 가까운 사이
논 쟁	민족주의입장에서 카프를 비판	동반자작가 논쟁	사회주의와 아나키스트 논쟁에 참가
모순점	자부심과 부끄러움의 뒤틀림, 일본에 대한 모순된 감정	프롤레타리아적 의식과 행동사이의 모순	아나키스트적 세계관과 행동의 출로를 찾지 못한 모순, 문학의 길로 나아감
한 계	합리주의, 보수주의	사회주의, 민족주의에 대한 인식의 한계	민주주의, 혁명적 민주주의, 아나키즘에 대한 구분의 불확실함

이들 세 작가는 모두 중산층 이상의 집안에서 태어났으나 채만식의 가정은 후에 몰락하여 극히 빈곤한 상태였고 한국의 두 작가에 비해 빠진은 경제적으로 좀 나은 편이었다. 이러한 귀족적, 小資産階級적인 입장이 그들의 모순된 성격과 사상을 결정하게 된다. 이들은 모두 언론계에 장기간 몸담고 있었으며 전직 작가나 번역가로 활동한 적도 있는데 세 편의 가족사소설은 모두 이름난 신문, 잡지에 연재된 소설이라는 점에서 유사성을 갖는다. 염상섭은 在大坂 한국노동자대표라고 자칭하면서 노동자로도 있은 적 있는데 그는 문학가보다는 사회에 대한 개혁의지를 가진 활동가로 되고 싶어 했었다. 이점에서는 빠진도 마찬가지인바 그는 아나키스트로서 활동하려고 하였으나 출로를 찾지 못한 상황에서 문학의 길로 나아간 것이다. 그는

1949년 이전에는 말할 것도 없고 공화국 성립 후에도 여전히 아나키스트적인 입장을 견지한 작가이다. 이들에 비해 채만식은 프롤레타리아 문사라고 자칭하였는데 그는 사회적인 활동을 한 경력이 거의 없고 시종 문학가로서 자신이 걸어야 할 길을 모색했을 뿐이다. 그들은 모두 소박하나마 진보적인 역사관을 갖고 있었는데 역사는 한두 사람의 의지에 의해 좌우되는 것이 아니라 자기의 발전법칙에 따라 앞으로 발전한다는 견해를 보여주고 있다. 역사발전의 동력이 무엇인가에 대해 한국작가들은 언급이 없고 빠진은 모순운동이 아닌 사람들 사이의 호조에 의해 발전한다는 아나키즘적 견해를 갖고 있는 것이 특징이다.

그들은 모두 친사회주의적인 입장을 보였는데 그러나 다 그러한 단체에는 비판적인 시각을 가지고 참여하지는 않았다는 점에서 동일하다. 염상섭은 가장 유교적인 작가로서 보수적인 면을 갖고 있었고 민족주의와 사회주의의 통합을 꾀하면서 중도적 입장을 견지하였고 채만식은 봉건적인 것과 자본주의적인 것을 모두 비판하면서 소박한 사회주의 입장을 견지하고 카프에 대해서는 비판적이었다. 빠진은 강렬한 반봉건 반전제주의 사상을 가진 작가로서 혁명적 민주주의와 인도주의 색채를 띤 아나키즘사상을 일생 동안 견지하였으며 국민당보다는 공산당을 옹호하고 공산주의를 찬양하였다. 이 작가들은 이러한 사상적 견지에서 모두 현실에 대한 강한 부정의식을 가지고 노골적 혹은 내면화하여 저항적인 자세를 보여주고 있다. 시대적인 차이로 채만식은 염상섭에 비해 훨씬 더 염세적이고 부정적이어서 마지막에는 니힐리즘적인 색채가 강하고 빠진은 그토록 암흑한 현실에서도 언제나 낙관적인 전망을 내보이면서 희망을 잃지 않고 있다.

이들은 자신의 입장을 천명하면서 사회주의자들과 논쟁을 벌인 적 있는데 사회주의자는 아니지만 모두 진보적인 입장임은 확실하며 식민지 반식민지적 현실을 극복하고 평등하고 합리한 세상을 추구하여 긍정적인 평가를 받고 있다. 그들은 또한 모두 모순된 성격을 소유하고 있었는데 염상섭은 일본 육군중위로 있는 형으로 하여 자부심과 함께 부끄러움을 느끼고 일본에 대한 감정에서도 역시 모순되어 있었다. 채만식은 사상과 행동의 불일치로 하여 괴로워했고 빠진은 자신의 세계관을 실천할 구체적인 방식을 몰라 고민하였다. 결국 이들의 모순과 고민은 창작이라는 돌파구를 통해 여실히 드러나고 있다. 그러나 이들은 시대적 역사적 원인으로 자신들이 주장하는 사상이나 학설에 대해 그다지 명확한 인식을 가지고 있지 못했다. 상술한 여러 가지 한계점이 있지만 그들은 자신의 창작활동을 통해 끊임없이 진보를 추구하고 제한된 상황에서 불합리한 현실에 대해 폭로하고 비판하면서 저항적인 태도를 견지하여 모두 자신의 문학생애에서뿐만 아니라 전반 현대문학사에서 기념비적인 소설들을 남겨 놓았다.

2. 가족사소설과 격변기의 근대사회

가족은 흔히 생물학적으로 종족을 유지하는 기능을 하며, 심리적으로 가족 구성원의 애정적 욕구를 충족시켜 주고, 경제적으로 생활의 안정을 가져다주며, 사회 문화적으로 사회적 도덕이나 관습에 적응시키는 기능154)을 한다. 1920 - 1930년대의 한국과 중국 사회는 전통적 도덕과 관습이 부정되고 근대적인 가치관이 정립되던 시기였다. 봉건사회에서 4대, 5대가 한집에 사는 대가족은 가장들의 이상이었으나 당시 대가족은 현대사회에서 요구되는 인간의 자율성과 창조성, 그리고 인간성을 기초로 한 도덕적 개인주의의 발달을 방해하는 장애물로 인식되었다.

『삼대』, 『태평천하』, 『격류삼부곡』은 모두 연재소설이다. 이런 소설들은 성격상 작가의 세계관뿐 아니라 그것을 수용하는 독자들의 기대를 반영하게 된다. 따라서 그것들은 뚜렷한 시대의식을 읽을 수 있는 사회학적 텍스트가 되기도 한다. 세 작품은 모두 四世同堂의 동양적 이상을 실현한 대가정의 구조적 모순에서 발생하는 갈등을 그리고 있다고 할 수 있다. 앞에서 고찰한 바와 같이 이 세 소설은 인물의 설정에서 아주 유사한바 전근대적인 제1세대, 타락한 제2세

---

154) 미셸 바렛, 『가족은 반사회적인가』, 김혜경 옮김, 여성사, 1994.

대, 장남형 혹은 차남형 제3세대 등등 인물과 여성인물을 부각하여 대가족이 점차 몰락하고 붕괴하는 모습을 보여주고 있다. 인물과 스토리의 유사성(세대 간 가치관의 차이와 그로 인한 갈등과 모순), 주제의식의 유사성은 당시 대가족이 해체되어 가고 있던 한·중 양국의 역사적 상황의 유사성에서 연유하는 것으로 볼 수 있다. 동일한 시기에 창작된 이런 가족사소설은 그러나 미묘한 차이점을 갖고 있는데 이것은 같은 유교문화권 혹은 한자문화권에 위치하여 동일할 듯싶으나 사실은 다른 양국의 역사상황과 문화심리가 반영된 것이라고 추정할 수 있다. 중국의 봉건제 해체는 점진적으로 자체 내에서 이루어진 반면, 한국의 봉건제 해체는 외부의 힘에 의해 일시적으로 일어났고, 중국은 반봉건 반식민지 사회이고 한국은 식민지 반봉건 사회라는 것 등은 소설의 차이점을 해석하는 데 필요한 근거가 될 것이다.

가족은 남녀 간의 결합과 그로 인한 혈연의 탄생으로 시작된 것이다. 동양에 있어서의 혈연결합체로서의 가족은 역사의 전개와 함께 독특한 방식으로 국가 권력화된 것으로 보인다. 집은 동양에서 국가의 축소된 단위로서 항상 정치와 동일한 궤도를 걸어왔다. 그런데 봉건제도가 무너지면서 동일한 차원의 가족관계는 전에 없던 위기를 맞지 않을 수 없었다.

리얼리즘 소설의 출발이라 일컫는 발자크의 『인간희극』은 돈, 성, 권력이라는 사회적 경제적 사실을 중시함으로써 당대 사회의 풍속사를 보여주고 있다. 본서는 역시 근대적인 산업사회의 상징인 돈을 비롯하여 권력과 법의 문제, 성 윤리와 여성문제, 혼인문제 등등을 나누어 고찰해 보려고 한다.155) 빠진의 소설이 1920년대를 배경으로 하고 있고 한국 소설은 1930년대 초나 중반을 배경으로 하고 있기에 많은 부분은 시간적으로 이어지는 재미있는 양상을 띠고 있다. 따라서 대체적으로 『격류삼부곡』, 『삼대』, 『태평천하』의 순으로 분석하기로 한다.

가. 가족의 권력구조

중국의 봉건왕조에 있어서 권력은 하늘이 내린 것이며 가족의 권력은 신의 위치로 격상한 조상들로부터 받은 것이다. 그래서 천자는 하늘에 제사를 지내고 가장은 조상에게 제사를 지내면서 그 권위를 인정받는 것이다.

고씨 가족에서 할아버지의 권력은 절대적인 권력으로서 여기에는 추호의 여지도 없다. 그는 모든 경제권과 결정권을 갖고 있어 그의 말은 곧 법이고 어기는 자는 대가족에서 추방될 위험에 있다. 고씨 노인은 경제권을 장악하고 있어서 매년 거두어들이는 토지세에 의하여 온 가족을 부양하므로 모두 그에게 복종하지 않을 수 없다. 자식들의 앞날도 그의 한마디 말에 의해 결정되고 여자들의 운명은 더 말할 것도 없으며 노비는 그저 재산의 일부일 뿐이다. 그는 마치 군주와 같이 모두에게 군림한다. "高 나리가 나타나자 온 집안이 즉시 조용해졌다. 克明이 폭죽을 터뜨리라는 명령을 하자 노비 文德이 대답하며 급히 달려 나가 중문 앞에서 큰 소리로 외쳤다. '폭죽을 터뜨리랍신다!' 그러자 불빛이 번쩍이더니 폭죽 소리가 갑자기 총성처럼 울

---

155) 강경구(1999) 논문 참조.

려 퍼졌다."(『집』, p.115) 이 가정의 권력 구조는 피라미드 모양처럼 가장을 정점으로 하여 구성되어 있다. 이 구조는 신분제도에 의해 유지되는데 신분은 가족구성원의 재능에 따라 구분되는 것이 아니라 항렬과 연령에 따른 것이다. 이것은 제사나 그믐날의 식탁 배열 등에서 잘 드러난다. 제사를 지낼 때의 정연한 서열을 보자.

고씨 노인이 절을 하고 나서 방으로 들어가자 이어서 큰며느리 周氏, 다음은 셋째 아들 克明, 그 다음은 셋째 며느리 張씨, 그렇게 차례대로 내려가서 다섯째 며느리 沈씨의 다음으로 陳姨太까지 절을 했다. ……그 다음은 覺新 형제들 차례였다. ……이어서 瑞珏이 淑英, 淑華, 淑貞, 淑芬의 네 자매를 이끌고 붉은 융단 위로 올라가서 절을 한다. ……그들의 절이 끝나자, 瑞珏은 다시 海臣을 데리고 붉은 융단 위로 올라가서 절을 시켰다(『집』, p.115).

음식을 먹을 때의 좌석도 순서에 따라 엄격하게 배치되는데 이것은 권력과 재산의 재분배 상황을 예측할 수 있게 해 준다. 이러한 순서는 천자를 위수로 하는 조정대신들의 배열과 유사한 모습을 띤다.

제사가 그 권력의 정당성을 확인하는 자리이기 때문에 가장들은 무엇보다도 제사를 중히 여긴다. 심지어 목숨이 경각에 달린 상황에서도 그것만은 빼놓을 수 없는 일이다.

그러나 영감은 오늘이 그믐날이라는 말을 듣자 자기 병 이야기는 고사하고 손자를 돌아다보며, "응? 오늘이 벌써 그믐이냐? 그럼 내일 다레 지낼 분별은 해놓았니?" 하고 놀라서 물었다. "이 우환 중에 올해만은 안 잡숫기로 어떻습니까?" 덕기가 이런 소리를 하니까 조부는 소리를 지르고, 내가 살아서도 이럴 제야 죽은 뒤에는 어쩌려느냐고 야단을 치는 바람에 예예하고 나온 것이다(『삼대』, p.290).

이들은 조상을 신성시하는 일이라면 큰돈을 쓰는 것도 마다하지 않는다. 조의관이나 윤직원이 양반의 족보를 사고, 조의관이 새로 생긴 조상의 묘소에 막대한 돈을 들여 치장하는 것은 다 조상을 신성화하는 작업인 것이다. 자손들은 그것을 그대로 유지할 필요가 있으며 새로운 모험이나 시도는 죄가 된다. 이로부터 변화를 터부시하는 권력의 특징이 발견된다. 자신의 특권적인 지위를 유지하기 위해서는 그 천적인 신사상과 사물, 이를테면 민주주의, 인도주의, 개성 해방, 서양의 종교, 사회주의 등등을 차단시켜야 한다. 이 점에서는 고씨 노인이나 조의관, 윤직원 모두 동일한 입장이다. 覺慧나 覺民이 학교에서 새 사상을 접하여 봉건적인 권력, 가정과 사회의 전제적인 권력에 대항해 나서자 고씨 노인은 학교가 반역자만 제조해 낸다고 훈시하고, 조의관은 아들의 종교가 조상을 부정하여 가족 내에서의 수직적 권력이 제대로 인정받지 못하여 몹시 화를 낸다. 윤직원의 권력은 조상으로부터 내려 받은 것이 아니고 돈으로부터 생겨난 것이기에 사회주의가 자신이 소유하고 있는 재산에 대해 위협이 되므로 사회주의를 극히 적대시한다.

가장으로서의 권위에 금이 갈 때 모두 화를 내지만 그 정도는 시대적으로 뒤로 가면서 점차 약해진다고 볼 수 있다. 고씨 노인의 반응은 대단한데 그 반대세력인 젊은 세대는 힘이 약하여 그 승리 여부가 매우 불투명하다. 봉건혼인에 도전한 覺民은 가족에서 쫓겨날 위험에 처해 있다. 그러나 조의관은 적어도 아들이 먹고살 수는 있게 해 주었고 윤직원 같은 경우에는 대문을 열어 놓았다고 며느리를 욕하지만 며느리는 일부러 열어 놓으며 감히 가장인 그와 다투기도 한다. 또 손자며느리가 밥을 할 때 보리쌀을 넣지 않았다고 야단치다가도 또 거짓말로 살살 구슬리기도 한다. 이런 상황은 아들이나 손자와의 대결에서도 비슷하다. 즉 고씨 노인과 같은 절대적이고 위압적인 권력구조는 한국 소설에서 보이지 않으며 가장의 권위는 점차 그 위력이 약해져 가는 듯하다.

조상을 내세우고 자손을 번성하게 하며 자식의 입신양명을 기대하는 데서 두 나라 가장들의 태도는 약간의 차이가 있다. 고씨 노인에게 있어서 조상은 강한 현실성을 갖는다. 그들이 실재하였고 대청에 늘어선 조상들의 초상화들이 여전히 현실적인 영향력을 행사하고 있기 때문이다. 방을 빌려 쓰자는 점령군에게 克明은 나갈 것을 명령하는데 이것은 '번듯한 世家로서 고을에서도 가장 명망 있는 집안'(『집』, p.191)에 남아 있는 권력 때문일 것이다. 혁명구호를 내건 군벌들은 사실 봉건 권력의 적이 아니라 친구라고 할 수 있으며[156] 전반 사회는 아직도 봉건적 권력구조가 완전히 전복되지 않았던 것이다.

한국의 상황은 이와 다르다. 조의관이나 윤직원의 조상은 사온 것이고, 의관이니 직원이니 하는 벼슬도 산 것이다. 사 온 조상과 봉건 벼슬은 권력을 생산하지 못했는데 그러한 것들이 지배하던 봉건 질서는 일본의 점령으로 하여 그 현실적 영향력이 거의 사라져 버린 상태였기 때문이다. 한마디로 조상들은 직접적이든 상징적이든 권력을 생산하지 못하게 되었다. 이러한 결핍을 보상하기 위하여 조의관은 아들을 미국 유학, 손자는 일본 유학을 시키며, 윤직원은 큰손자는 군수, 둘째는 경찰서장을 시키겠다고 일본 유학을 시킨다. 그래서 고씨 노인이 주로 옛것을 보존하기 위해 힘쓰는 데 비해 조의관이나 윤

---

156) 점령군 사령부에서는 覺慧와 그 친구들이 발간하는 주보의 반봉건적 어조가 너무 지나치다고 발행 금지시킨다.

직원은 새로운 권력의 창출을 꿈꾸게 된다.

제2세대에게 가족의 권력은 어떻게 받아들여졌는지 살펴보기로 하자. 克明은 제2세대지만 전근대적인 인물로 분류되었듯이 일본 유학을 하고 변호사 직업을 갖고 있지만 여전히 고씨 노인과 같은 세계관을 갖고 있는 인물이다. 고씨 노인이 세상 뜬 후 그가 가장이 되긴 하지만 이미 절대적인 권력은 사라지고 돈의 작용으로 하여 가족구조는 수직적이 아닌 수평적인 관계로 변화하고 있었다. 克明은 특수한 예일 뿐 제2세대의 대부분을 차지하는 인물들, 克定과 克安, 조상훈, 윤창식 등은 봉건적인 가치관을 포기했으나 자신이 계승할 수 있는 권력은 결코 포기하지 않았다고 볼 수 있다.

克定은 金陵高寓라는 집을 따로 차려놓고 기생을 첩으로 들여앉히며 克安은 小旦 張碧秀에게 집을 얻어준다. 이런 행위는 음란을 경계하는 봉건적 도덕에 어긋나며, 더욱이 고씨 노인이 중병으로 앓을 때 혹은 세상 뜬 후 얼마 안 되어 계속 淫樂을 했다는 점에서 효에 어긋나는 행위를 한 것이다. 조상훈은 '조상 奉祭祀를 개떡같이 아는' 사람이며 윤창식은 첩을 둘씩 거느리고 부친의 돈을 무제한으로 축내면서도 추호의 자책감도 없고 가족에 대한 책임감도 없다. 그러나 이들은 봉건 질서로부터 얻게 되는 권력은 그대로 계승하고 있다.

"무어 어째? 그게 자식으로서 아비에게 하는 말버릇이냐?" 하고 부친은 화를 참느라고 소리를 낮추어서, "어서 가거라! 어서 가!" 하고 돌아앉는다. 마치 제 삿날 조부가 자기에게 한 말을 대를 물리듯이 나가라고 한다(『삼대』, p.108).

이는 경애가 난 자식을 책임질 것을 권유하는 아들에게 화를 내는 것인데 봉건질서 내에서 그가 해야 할 일, 가족과 자식에 대한 책임과 효는 버렸으면서도 자식에게는 효를 요구하는 모순된 태도를 발견할 수 있다. 克定과 克安도 자신들은 부친이 병이 위독할 때와 세상 뜬 후 얼마 안 지나서 향락을 즐기면서도 상중에 분만하는 것이 액을 불러올 수 있다고 瑞珏을 멀리 내쫓는다. 또한 가장인 克明의 말은 듣지도 않고 제 마음대로 하면서도 아래 세대, 가족, 하인들에게는 절대적인 권력을 행사하려고 한다. 조상훈이 밖에서 박애와 헌신을 주장하다가 집에 들어오면 하인들에게 '해라'를 하는 것과 같다. 이들에 비해 윤창식은 구체적인 사실은 결핍하지만 아버지가 자식들 앞에서 자신의 자존심을 세워줄 것을 바라는 말에서 그 역시 가족 내에서의 권력을 요구하고 있다고 생각할 수 있다.

상훈이가 교회에 다니고 있다고는 하지만 이들 모두는 사실 가치관의 공황상태에 있다는 점에서는 동일하다. 조상훈은 반봉건적 지사로 출발하였으나 한일합방으로 반봉건보다 민족모순의 해결을 위해 분투해야 할 처지에 놓이게 되었다. 봉건세력은 원래 아주 허약하여 그 승리는 예고된 것이나 일제는 도저히 싸워 이기기 어려운 존재로서 조상훈은 교회로 도피한 것이며 이로 하여 신앙이 깊지 못하고 가치관의 공황에 빠진 것이다. 그에게서는 반봉건을 제대로 하지 못하여 봉건적 질서와 권력을 생산하는 이데올로기는 버렸으나 권력을 그대로 계승하려는 모순이 나타난다. 윤창식이나 克定, 克安의 경우는 낡은 가치관이 무력하다는 것을 알게 되었지만 대안을 찾을 생각도 없이 타락해 버린 것이다.

제3세대의 장남형 인물에 와서 권력은 다른 양상을 보인다. 覺新에게 가족의 권력은 상처를 주는 것이지만 불가항력적인 것이다. 그가 유학까지 꿈꾸며 梅와 사랑하고 있을 때 할아버지가 증손을 보고 싶고 아버지가 손자를 보고 싶다는 이유로 그는 처음 보는 여자와 결혼해야 했다. 覺新은 절망했지만 한마디도 반항하지 못했다. 그는 권력에 반항하는 순간 가족 간의 애정까지 부정하게 될 것으로 알고 있었으며 대가정의 '온건하고 사랑에 찬 껍질 속에 원망과 투쟁이 부글거리고 있다.'(『집』, p.35)는 것을 알면서도 반항할 생각을 하지 않는다. 그는 위로 대가족 가장의 예속하에 있지만 큰집의 장남으로서 큰집이라는 작은 범위에서 권력을 행사할 수 있지만 그런 욕망은 없으며 자신을 희생하여 동생들을 보호해 주려고 한다. 중국에서 과거제도가 사라지면서 청년들과 세계는 둘로 분열된다. 수신제가치국평천하의 통일적 세계는 사라지고 개인적 삶과 국가 권력은 분열되며 가족의 권력은 젊은이들에게 폭력으로 이해되기 시작한다. 가족의 권력구조는 절대적이기 때문에 어른들은 자연히 아래 세대에게 권력을 행사하게 되며 이로부터 그들이 도덕적으로 타락하지 않았다 해도, 변화를 추구하지 않기만 해도 이때 그것은 정당성을 잃고 폭력으로 변화할 수밖에 없게 된다. 가족의 권력에 대한 반항은 개성 존중 사상으로 대변할 수 있는데 覺新은 사상적으로는 새로운 사상을 받아들였지만 전통적인 가족의 권력구조에서 빠져 나오지 못하고 고민하고 이중적인 성격을 보이게 된다.

그러나 덕기에게 가족의 권력은 귀찮으면서도 고마운 것이었다. 가장으로서의 권력은 개별성을 구속하는 것이기는 하지만 한편으로 안락한 생활을 보장해 주는 것이기 때문이다. 이 점에서는 윤종수도 비슷하다고 할 수 있는데 종수는 아직 가장으로서의 위치를 물려받지 못했지만 그것은 시간문제이고 때가 되면 그는 가장이 되어 안락한 생활을 할 것이기에 권력을 거부할 이유가 없다. 이 두 인물과 覺

新의 다른 점이라면 覺新이 사랑하는 사람과 헤어져 모르는 여자와 결혼하는 것과 자신의 앞날 때문에 깊은 비애에 빠지는 것에 비해 덕기나 윤종수는 큰 고통 없이 가장의 명령대로 중매결혼을 하고 앞날에 대해서도 그렇게 심각한 갈등이 없다. 그리고 대가족을 비교해 볼 때 이들의 가족은 覺新이 살고 있는 대가족과 비교가 안 될 정도여서 그 내부의 모순갈등이 적고 그만큼 고민도 적을 수밖에 없다. 종수와 같은 경우는 아직 대가족의 권력을 잡기에는 너무 이르고 그와 경쟁하거나 재산을 쟁탈할 명확한 상대도 없기에 아무런 고민도 없다. 아무튼 덕기도 覺新처럼 가장의 권력에 타협하지만 때로는 속으로 그것을 거부하기도 한다. 조의관의 권력도 어쩌면 재산에서 나오는 것이기에 덕기는 겉으로는 조부에게 순종한다. 조부가 원하는 대로 제사를 지내기 위해 출국날짜를 늦추기도 하고 병석에 누운 할아버지를 보기 위해 기말고사를 앞두고 귀국하기도 한다. 그는 사당과 금고의 열쇠를 다 받았지만 사당지기의 임무를 맡을 생각은 별로 없었다. 覺新에게 봉건적 권력은 여전히 강한 현실적 힘을 발휘하고 있는 데 비해 덕기의 시대에 봉건 권력은 이미 힘을 잃어버리고 분위기로만 남아 있었다. 고씨 노인의 절대적인 권력의 위압적인 성격으로 그와 아들, 손자들 간의 혈육의 정은 얼마 드러나지 않는 반면 권력구조가 좀 더 느슨해진 조의관의 가정에서 덕기는 아버지와 할아버지를 대하면서 혈육의 정을 살리려고 한다.

또한 덕기는 가장의 권력을 넘겨받은 후 그것을 외부의 침입자를 몰아내는 데 썼다. 수원집을 비롯한 창훈 등 외부 침입자가 이득을 얻을 수 없도록 극히 유화적인 태도로 집안을 관리한다. 그 외에도 병화와 필순 등을 도와주는 데 사용하는데 이것은 이미 가족적인 범위를 벗어나 개인적인 방면에 권력을 행사한 것이 된다. 가족과 관계 없는 사회적인 심퍼사이저라는 신분과 사랑하고 있는 필순을 위해 가장으로서의 권력을 행사하는 것은 수직적인 권력구조가 사회적인 수평구조로 전이한 예라고 할 수 있다. 覺新과 덕기에게 권력은 진보적인 사상과 개인적인 목적을 위한 사람을 위해 쓰이는데 이러한 것들은 가족의 권력을 해체할 수 있다는 점에서 시사하는 바가 크다.

이들보다 훨씬 강력한 실천의지와 행동력을 가진 사람들은 제3세대의 차남형 인물들인 覺慧, 병화, 종학 등이다. 우선 覺慧는 가정의 권력은 사랑을 좌절시키는 힘이며, 새로운 것을 인정하지 않고 청년들을 괴뢰로 만드는 힘이고, 가정을 사막화하고 새장처럼 만들며, 마음을 터놓고 말을 할 만한 대상이 없게 만드는 힘이라고 생각했다. 그 대표적인 인물이 고씨 노인이고 가족의 부정적인 권력에 대한 정서는 고씨 노인에게 전이된다. "그러나 저 수척한 몸속에 도대체 무엇이 숨겨져 있기에 그들이 할아버지와 손자로서가 아니라 서로 적으로서 얘기하도록 하는 걸까?"(『집』, p.61) 이렇게 覺慧는 할아버지를 적으로 규정하고 "만약 지금도 희생할 필요가 있다면 우리가 아니라 그들을 희생의 제물로 삼아야 한다."(『집』, p.297)고 선언한다. 그는 할아버지가 집을 나가지 못하게 해도 뛰쳐나가 학생운동에 참가하며 覺民이 혼인제도에 반항하도록 도와주고 귀신 잡는 소동에 정면으로 맞서기도 한다. 그가 주보사의 동지들과 체험한 느슨한 조직의 감동은 가족의 친밀성이라는 이름으로 가해지는 폭력에 대조되는 하나의 대안으로 제시되고 있다.

병화의 가출 동기 역시 자신의 인생을 자신이 지배한다는 사상으로부터 야기된 것이다. 부친이 신학을 공부하라고 하자 가장의 수직적인 권력을 거부하고 집을 나왔지만 覺慧가 개인적 자유를 찾아 나선 것과 달리 새로운 권력을 지향하는 조직운동을 한다. 覺慧가 찬미하는 조직은 아나키즘적인 단체로서 그들은 어떤 형식의 권력의 지배도 부정한다. 그러나 병화와 종학을 포함한 젊은이들이 몸담고 있는 일은 새로운 권력을 위한 조직적인 활동이다. 병화의 세계에서 아군과 적군은 확실하게 나뉘며 당시의 지배 권력을 전복하는 것이 주요 목적일 것이다. 역사의 전진 앞에서 자기나 동지들은 덕기와 같은 사람들에게 시대의 수레에 빨리 올라타라고 외치는 사람이라고 하는데 혁명가들은 시대의 御者가 아니라 외치는 사람이라고 규정하고 있다(123 - 4회). 그러나 그도 때로는 타인에게 자신의 사상을 강요하는 행위를 하는데 그로 하여 덕기에게 "자네의 인생관이나 자네의 사회관 속에 들어와서 자네 생활을 하라고 강제하여서는 아니 될 것"(p.202)이라고 비판을 받는다.

가족사소설로서 가족의 권력구조가 위주로 묘사되고 있겠지만 사회적인 권력구조 역시 경시할 수 없다. 유교적인 사회에서 가족과 사회의 권력구조는 일치성을 갖고 있지만 근대적인 사회로 이행하면서 법률이라는 권력이 등장하게 된다. 빠진의 소설에는 법률에 관한 단어가 극히 적게 출현하지만 한국의 가족사소설은 편폭이 상대적으로 짧은 데 비해 법에 대한 술어들이 많이 등장하며 특히 염상섭의 소설은 두 가지 법률적 담론으로 이루어졌다고 해도 과언이 아니다.

빠진의 소설에서 사회 역사적인 환경은 아직 봉건적인 권력구조가 많이 남아 있었기에 근대적인 의미에서의 법률의 힘을 크게 느낄 수가 없다. 고씨네가 살고 있는 四川省 成都는 봉건군벌의 세력이 번갈아 점령하고 통제하고 있었는데 혁명군의 기치를 내건 군벌들은 기실 봉건적인 할거세력이었을 뿐이다. 覺慧네가 꾸리는 週報를 금지시킨 것도 법률사항에 의한 것이 아니라 통치세력의 일정한 판단에 의한 것이고 학생들의 활동을 교란하고 저지시키는 것도 법률과는 아무 관계가 없다. 유일하게 한 번 제기된 법률에 관한 이야기는 馮樂山에 관한 것인데, 그가 婉兒를 학대한다는 말에 淑華가 克明(변호사)에게 위탁하여 기소하자고 한다. 그러자 婉兒는 馮樂山이 친구의 미망인에게서 돈과 재산을 갈취하고 그로 인하여 송사를 2년간 하게 되었는데 馮樂山이 변호사 친구의 도움으로 송사에서 어떻게 이겼는지를 이야기한다. 그러면서 馮樂山은 돈과 권세가 있고 벼슬하는 친구가 많으며 王군단장도 선물을 들고 인사하러 오고 '督辦도 그를 보면 공손'(『봄』, p.88)할 거라고 한다. 봉건유지인 그를 이처럼 법률도 어떻게 하지 못하며 아직까지 강한 힘을 가지고 있는 봉건세력이 근대적인 법률의 힘까지도 억누르고 더 큰 영향력을 행사하고 있음을 볼 수 있다. 그 외에 克明과 陳克家 등은 변호사라는 것만 간단히 알려 줄 뿐 구체적인 법률적인 사항은 묘사되지 않고 있다.

이에 비해 염상섭의 소설은 법률적 해석의 공간으로 구성되어 있다고 해도 과언이 아니다.

> 지금 사건은 두 군데로 나뉘어 진행되고 있다. 병화와 장훈이를 중심으로 필순이, 경애 모녀들은 고등계에 불린 것이요, 지주사, 한방의, 최참봉들은 사법계. 덕기와 원심이 내외는 두 군데 다 걸쳐 있다(『삼대』, p.421).

여기서 고등계와 사법계라는 말은 『삼대』의 뼈대를 이루는 두 사건의 핵심을 요약하고 있다. 조의관-조상훈-조덕기의 종적인 축은 주로 상속과 관련된 법률적 서사를 이루고 조덕기 - 김병화의 횡축은 치안유지법 등이 적용되는 이야기이다. 따라서 이 작품은 상속의 성공과 운동의 실패로 요약되며 덕기는 이 두 가지 담론에 다 관련된다는 의미에서도 주인공의 위치를 차지한다. 다양한 법률적 언어의 용례는 근대 및 근대성의 문제와 곧바로 연결되는 중요한 사실이다. 왜냐하면 근대적 법 또는 법률이란 그 자체가 핵심적인 근대적 제도이기 때문이다. 이는 인간의 생활과 행동, 더 나아가 인간 자체를 근대적으로 규정하고 제어하는 것이다. 식민지 상황에서 근대적 법률은 근대성을 매개하는 대단히 유력한 장치이다. 그러나 식민지인들은 입법과 사법권에서 본질적으로 소외된 채 일방적으로 요구되는 식민지 법을 현실적인 국가의 이성으로 수용하게 될 조건과 운명에 처해 있다. 염상섭의 소설에서 법의 문제는 식민지적 근대와 그에 대한 저항을 기술하는 첨예한 한 가지 시각에 대응하는 것이다. 이것은 그가 피고로서의 중요한 한 가지 체험을 갖고 있는 것과도 관련이 있을 것이다.

근대 사회의 한 특징은 인간들이 과거 그 어느 때보다도 한층 더 세밀하고 촘촘히 구성된 법적 회로를 따라 움직이게 된다는 것이다. 근대사회는 수많은 법이 발생했고 또 계속 발생하고 있다. 입법과 사법 또는 그것을 제도적으로 시행하는 것이야말로 근대의 핵심적 특징일 것이다. 이때 인간은 언제나 현실적 이성인 법 및 법적 과정의 객체일 뿐이고 따라서 비유적으로 말해 항상 피고의 위치에 있다. 염상섭 소설의 인물들은 이런 의미에서 피고 또는 법의 객체들이며 스토리는 항상 개인이 법이라는 국가의 이성에 의해 식민화되고 있는 구체적인 장면을 보여준다. 식민지인에게 식민지 모국의 국가 이성은 타도해야 할 적, 즉 비이성이며 국가 및 국가 이성과 관계해 식민지인은 이중으로 속박된다. 법이라는 국가이성을 자기화하는 자율의 문제는 본원적으로 불가능한 것이 되는 것이다.157)

염상섭 소설은 법이라는 근대적 국가 이성의 자율적 긍정, 즉 '합법/불법'의 양상과 이를 넘어 식민지인의 본원적인 타율성을 타파하려는 초법성이라는 문제가 긴장관계를 맺고 있다. 조부의 유언에 따른 적법한 상속자로서 덕기는 합법을 대표한다. 조의관을 독살하는 수원집 등과 금고를 훔치는 조상훈은 불법으로 이들은 대립을 이룬다. 그들의 불법행위는 법적 해석 및 처벌이라는 현실적 타율을 유발한다는 의미에서 그 자체로써 식민지에 대한 일제의 지배 시스템을 작동시키는 것이며 결국 일본 국가 이성이 보유한 근대적 보편타당성의 한 측면을 역설적으로 긍정하는 것이다. 다시 '합법/불법'은 '초법/불법'의 대립으로 전화한다. 김병화 등 인물들은 민족의 독립, 즉 일제라는 자본주의적 국가에 의한 민족의 본원적 타율을 전적으로 부정한다. 불법이나 초법은 모두 일제의 사법처리 대상이 되면서 동일화된다. 즉 일제의 입장에서는 구분이 없다. 하지만 합법적인 주인공 덕기가 병화에 대한 동조는 불법과 초법을 구분하는 동시에 자신의 합법성과 자율에도 새로운 성격을 부여한다. 덕기의 동조는 김병화의 초법성을 인정함으로써 자신의 합법성 및 자율로 하여금 부재하는 민족국가의 부재하는 합법성과 자율성을 선취하도록 하는데 이때 덕기의 합법성은 일본적 국가 이성의 그것이 아니라 부재하는 한국의 근대적 국가 이성에 대한 합법성을 암시한다는 의미에서 합법

---

157) 이경훈, 「염상섭 문학에 나타난 법의 문제-그 시론적 고찰」, 『한국문예비평연구』, pp.278-306 참조.

성과 초법성은 상통한다. 다시 상속에 대해 살펴보면 이것은 일제의 민법과 관련된 것이라기보다는 일본의 국가이성에 맞서고 있는 민족의 자율적 가족이성이라는 의미를 획득하게 된다. 상속의 문제는 가족적 단위로 표현된 민족자본 및 근대적(또는 자본주의적) 보편타당성의 死守라는 의미를 지니게 되며, 또 사유재산을 핵심으로 하는 자본주의적 근대의 보편성이란 결코 일제의 국가이성과 실정법에 의해서만 구현되는 것이 아님을 웅변하는 것이기도 하다.

『태평천하』에서 합법적인 인물은 윤직원이고 불법 인물은 윤창식, 윤종수 등이며 초법적 인물은 종학이다. 윤창식이나 윤종수는 윤직원의 도장을 파서 돈을 물 쓰듯 하는데 이것은 인장 위조죄에 속하며 불법적인 행위이다. 종학이는 사회주의 운동에 참여하였기에 이것은 식민지적 국가 이성을 부정하는 것으로 초법행위이지만 일제는 불법과 같이 처리하여 체포되고 만다. 윤직원이 불법행위는 막아주면서 초법행위에 대해 노호하는 것은 『삼대』에서의 덕기의 경우와 완전히 다르다. 그는 철저히 일제의 식민지 권력에 동조하는 합법자이기 때문이다. 봉건적인 질서가 와해되면서 국가 권력에 틈이 생기고 이것을 틈타 사령과 화적들은 그들의 재산을 탈취해 갔다. 일제의 식민지 권력은 근대적인 법률의 형식으로 이러한 위험에서 윤직원을 보호해 주기 때문에 그는 다른 데는 몰라도 경찰서의 무도장 짓는 데 기꺼이 기부할 수 있고 손자가 군수나 경찰서장이 되기를 원하며 일본의 침략을 합리화하고 찬미하기까지 하는 것이다. 그가 돈을 버는 아주 중요한 한 가지 방법은 고리대금업인데 사실 이것은 '십 년 전부터 벌써 법이 금하는' '돈장사'이지만 무서울 것도 없고 "좀 까다랍겠으면 다아 달리 이러쿵저러쿵 하는 수가 얼마든지 있다." 그는 "세상이 개명을 해서" 자신의 재산을 지켜주기에 좋기는 했지만 소위 농지령이야, 소작 조정령이야 하는 법이 마련되어 가지고 소작인들이 건방지게 굴고 흉년이 들면 도조를 감해 달라 하고 도조를 올리지 못하게 하고 소작을 떼어 옮기지 못하게 하는 등 법에 대해 불만이 있다. 그래도 "도나 군이나 경찰의 권유며 간섭에는 항거를 해서는 못쓰는"(『태평천하』, p.468) 줄 알고 순응하는데 이러한 모든 것을 종합해 보면 윤직원은 철저히 식민지 국가 이성에 순응하고 그것을 옹호하면서 그 힘을 빌려 재산을 늘리고 가족에서 가장으로서의 권력도 유지하는 것이다.

한마디로 한·중 가족사소설에서 국가차원의 권력은 근대적인 법으로 표현되고 있으며 중국의 사회환경은 아직 이러한 법적인 힘이 강하게 작용하지 못하고 있고 여전히 봉건적인 도덕이 힘을 많이 행사함을 느낄 수 있다. 그리고 가족 내에서의 권력은 절대적이 되고 특별히 강대한 힘을 가지고 있어 그것에 대항한다는 것은 아주 힘든 싸움이 된다. 그러나 한국의 소설들에서 법은 이미 광범위하게 힘을 행사하고 있고 또 그것은 식민지적인 타율적인 힘이라는 데서 극복의 대상이 되며 초법적 인물의 등장은 불가피하게 된다. 이로부터 한국 대가족의 몰락과 붕괴에는 불법뿐만 아니라 초법적인 인물의 영향도 소홀히 할 수 없는데 종학의 경우가 가장 대표적이다. 덕기의 경우는 초법적인 인물 병화를 도와줌으로써 그의 합법은 초법과 연결되고 윤직원의 합법과는 다른 자본주의적 근대의 보편성에 부합되는 합법이라는 성격을 띤다. 이들 가족 내에서의 권력은 봉건적인 전통의 힘과 근대사회의 특징인 돈에 의해 행사력을 가지는데 봉건적인 질서나 도덕이 급속히 허물어지면서 돈이나 재산이 권력의 유지에 더 큰 작용을 한다. 조상훈이 훈계를 들으면서도 조의관의 집에 드나들고 덕기가 조부와 같이 생활하는 것 모두 조의관이 많은 재산을 틀어쥐고 있기 때문이다. 윤직원 가족을 이어주는 것도 어떤 가족적인 애정이나 효라기보다 돈이었고 윤직원은 이미 아래 세대에게 존경을 받거나 그들에게 위엄을 갖추지 못한 가장이다. 빠진의 소설에서 강하게 작용하던 가족 내의 수직적인 권력은 염상섭의 소설에서 강도가 약해지다가 채만식 소설에 이르면 그 힘이 더 희미해지고 수평적인 관계로 변모한다.

나. 돈의 생산과 소비

근대의 산업혁명은 산업화에 따른 물량적 세계의 점증과 그 압력으로 말미암아 인간의 가치 척도를 바꾸어 놓았으며, 돈, 재물, 이득과 같은 물질적 가치가 존중되고 추구되기에 이르렀다. 그 결과 리얼리즘문학은 경제적 측면을 배제하고는 설명할 수 없게 된다.[158] 돈이 사람들 사이를 연결시켜 주는 일반적인 매개물이 되면서부터 이전까지 다양한 감정들에 기초하였던 인간적인 유대가 특별한 목적에 국한된 비인간적인 관계로 바뀌게 되었다. 그 결과 이전까지 양적으로보다는 질적으로 평가되던 영역, 예컨대 친족관계나 미적 인식과 같은 사회생활의 영역에도 이러한 추상적인 계산이 침투하게 된다. 현금거래가 생활 속에 침투하게 되면 혈연이나 친족 또는 충성에 입각

---

158) John Vernon, *Money and Fiction*, Cornell University Press, 1984, p.17. 趙鎭基,「리얼리즘소설과 돈의 의미」,『현대소설연구』14. p.71에서 재인용.

하여 이루어졌던 유대관계는 붕괴되며 전통적으로 존재하던 수직관계는 소멸되고 수평관계로 나타나게 되는데, 이러한 수평관계는 돈의 합리성, 계산성, 비인간성과 같은 현대 정신을 상징적으로 보여주는 것이라 할 수 있다. 그 결과 돈은 사물이나 인간들 서로 간의 질적 차이를 없애 버리고 공동사회에서 이익사회로의 길을 포장하는 가장 중요한 메커니즘이 되었으며 감정과 상상에 우위를 두었던 이전의 세계관을 압도하고 말았다.[159]

앞에서 언급하다시피 돈과 권력은 상생관계에 있다. 돈과 권력은 작게는 인간의 행복, 크게는 사회적 정의에 도달하기 위한 수단임에도 불구하고 항상 그 자체가 목적이 되는 생리를 갖고 있다. 한·중 가족사소설에서 돈은 가족의 행복보다는 그 자체의 재생산을 위해 쓰이는 경향이 있다.

대귀족 지주답게 엄청난 규모로 돈을 낭비하는 것은 고씨 공관이다. 설을 쇨 때의 연회장면, 불꽃놀이, 용등놀이, 고씨 노인의 생일잔치 등등을 살펴보면 그들은 그 도시에서 명망 있는 世家라는 이름에 걸맞게 돈을 물 쓰듯 한다. 그들의 돈은 때로는 쾌감을 증대하기 위해 타인들의 고통을 사기도 한다. 정월 초아흐렛날의 용등놀이는 구리가루를 넣은 폭죽을 터뜨려 용등과 용등놀이를 하는 젊은이들의 몸을 지지면서 그들이 괴로워하는 것을 보고 즐기는 놀이이다. 이들의 사치스런 돈 쓰기는 사실 보다 많은 돈을 재생산하기 위한 투자의 일종이라고 할 수 있다. 큰 규모의 잔치는 고씨 노인에게 있어서 보다 큰 권력을 창출하는 가장 효과적인 방법이었다. 그의 생일잔치를 포함한 각종 큰 행사는 그 저택을 방문하는 손님을 대접하기 위한 것

---

159) L. A. Coser, 『사회사상사』, 신용하 외 역, 일지사, 1991. p.291.

인데 그 손님들이란 바로 馮樂山과 같은 지방 권력의 실세들이다. 그들과의 관계를 돈독히 하는 것은 봉건적인 질서가 아직 큰 힘을 행사하는 환경에서 정치적 권력을 확보하는 중요한 작업에 속하기 때문이다. 이러한 목적에서 이들의 돈쓰기는 자신의 시집을 출판하여 나눠 주고, 진귀한 詩畵를 사서 감상하고 선물하는 등 고상한 문화적 성격을 띠기도 하는데 이런 과정에 그들은 정신적 공감대를 형성하고 자기들의 집단을 공고히 한다. 돈의 재생산이라는 측면에서 볼 때 이것은 봉건질서가 지배하던 시기에 가장 효율적인 '돈 쓰기'였다고 할 수 있다. 농업이 경제활동의 중심이던 시기에 돈은 땅에서 나오고 땅은 바로 관직과 권력에서 나오는 것이기 때문이다.

『삼대』의 조의관도 가세의 과시를 위해 돈을 쓰지만 역사적인 환경은 많이 다르다. 그는 극히 인색하지만 '오입' 세 가지를 하는데 의관이라는 직함을 사고 양반족보를 만들고 묘소를 꾸미며 더 많은 자손을 보려고 수원집을 산 것 등이다. 그가 이렇게 큰돈을 들인 원인은 권력에 대한 아쉬움을 충족시키기 위한 것이지만 스스로 오입이라고 규정했듯이 이러한 행동은 돈을 확대 재생산할 수 없다. 이러한 상황은 윤직원에게서도 발견되는데 그 역시 세상에서 둘째가라면 섭섭해할 구두쇠지만 큰돈을 들여 직원이라는 직함을 사고 족보를 꾸미며 양반 집과 사돈을 맺는다. 그러나 이러한 과정을 거쳤지만 누가 인정해 주는 사람도 없고 실제적인 이득도 없어서 "허천 들린 뱃속처럼 항상 뒤가 헛헛하였다." 이러한 차이는 역시 양국의 시대적인 환경과 관련이 있다. 한일합방으로 봉건질서가 붕괴된 상황에서 이전처럼 봉건적인 신분에 의해 정치권력의 주역이 될 수 있는 길은 거의 막혀 버리고 입신양명을 통한 치부의 길은 통할 수 없었다. 비록 돈의 출처가 땅과 농사에 있기는 하지만[160] 그 재산을 만드는 과정이 결코 정치권력에 의한 것이 아니라 돈의 자본주의적 운용에 있었던 것임을 미루어 짐작할 수 있다. 이런 면에서 윤직원은 조의관에 비해 훨씬 더 자본주의적인 인물이다. 조의관은 덕기가 그만하면 가장 노릇 하는 데 필요한 지식은 장악한 것으로 보고 공부를 그만두라고 하지만 윤직원은 손자들을 식민지적인 근대사회의 권력을 얻도록 힘껏 뒤를 대준다. 그것이 직접적으로 돈을 생산하지 못한다 하더라고 그의 재산을 지켜줄 수 있기 때문이다. 물론 조의관도 고리대금업에 손을 댔을 것이라고 추측할 수 있지만 윤직원에게 고리대금업은 아주 중요한 치부수단이라고 할 수 있다. 그것이 확대재생산을 위해 쓰이지는 않지만 많은 돈을 낳아 준다는 점에서 자본주의적인 치부방식의 하나라고 할 수 있다. 그러나 중국의 경우, 봉건왕조는 붕괴되었지만 四川省과 같은 지방의 봉건적인 사회구조는 아주 견고하였고 봉건세력은 막강한 힘을 행사하고 있어 이전과 거의 차별이 없을 정도였다. 그러기 때문에 봉건 신사들은 여전히 정치권력이 돈을 버는 가장 효과적인 길임을 믿어 의심치 않았던 것이다.

제2세대의 인물들인 克定과 克安의 돈 쓰기, 조상훈과 윤창식의 돈 쓰기는 과거와 미래가 없는 사람들의 돈 쓰기로서 타락한 인물들의 낭비라고 할 수 있다. 이들의 돈 쓰기는 쾌락을 위한 것이지 재생산을 위한 것이 아니기 때문이다. 克定은 부인의 패물까지 빼돌려 밖에서 노름을 하고 아편을 피우며 따로 첩살림을 차려 놓는다. 克安 역시 小旦 역을 하는 배우 張碧秀에게 집을 따로 사 주고 옷감을 사

---

160) 조의관이 작성해 놓은 유언장에는 귀순이ー오십 석, 수원집ー이백 석 등으로 분배되어 있고 윤직원도 서자인 태식에게 천 석거리, 서울아씨는 사백 석거리 등으로 재산을 분배하고 있어서 돈의 주요 출처가 땅과 농사에 있음을 알 수 있다.

주는 데 한 번에 수백 원씩 쓰는 등 이들 형제는 좋아하는 배우들을 집에까지 청해 와서 추태를 부린다. 이들은 글씨도 잘 쓰고 일정한 봉건적인 학문이 있지만 그것들은 시대적으로 이미 가치를 상실하였기에 아무런 쓸모가 없게 되었다. 고씨 노인이나 覺慧의 아버지에게까지 주어졌던 정치적 권력은 봉건왕조의 붕괴와 함께 사라지고 克定 형제는 진사급제가 영원히 불가능해져 사회적으로 아무런 가치가 없는 사람이 되어 버렸다. 이러한 현실에서 귀족 자제로서 그들이 할 수 있는 일은 아무것도 없었고 그들에게는 돈을 벌 만한 능력도 없었다. 그러므로 克定은 자기에게 차례진 땅을 팔아먹고 아내의 패물을 빼돌리고 부친의 서화를 훔쳐 팔면서 무한정 돈을 축내기만 한다. 그들은 부친이 죽자마자 재산을 나누려 하며 克明이 죽자 또 집을 팔아 버리고 돈을 챙긴다. 확대재생산의 순환이 끊긴 돈 쓰기로 하여 그들이 조만간에 몰락할 것은 불 보듯 뻔한 사실이 된다.

조상훈과 윤창식의 돈 쓰기 역시 재생산이 안 된다는 점에서는 동일하며 조상훈은 부친의 돈 쓰기에 반대하여 그래도 사회성에 관심을 기울인 사람이다.

> "……어쨌든 세상에 좀 할 일이 많습니까? 교육사업, 도서관사업, 그 외 지금 조선어자전 편찬하는 데……."(『삼대』, p.89)

처음에 그는 확실히 공익적인 일에 돈을 썼다. 이것은 조의관의 이기적, 배타적, 사적 이익을 추구하는 돈 쓰기와 구별되는 이타적, 공동체적, 公共善을 추구하는 돈 쓰기였다. 이것은 경애 부친이 가산을 털어 학교에 기부하고 소작인들의 빚을 탕감해 주는 것과 같은 차원의 것이다. 그래서 상훈은 부친이 양반을 사고 묘소를 꾸미는 일이 시대에 맞지 않다고 하면서 반대한다. 이런 그가 타락한 것은 그가 가족 이기주의를 넘어서는 사회 보장적 돈쓰기의 가치는 알았지만 그것이 성립되기 위한 조건, 즉 그 사회에 자본의 발전이 전혀 없었다는 점을 깨닫지 못했기 때문이다. 이러한 상황에서 선구자적인 소비는 일차성적인 선행으로 끝나 버릴 수밖에 없었다. 그의 사회적 돈쓰기에 필요한 돈은 그 자신의 것이 아닌 부친의 돈으로서 부친이 동의하지 않는 한 그는 자기 자신을 먹여 살릴 능력도 없는 사람이다. 위의 상술한 한계점으로 하여 그의 사회적 의미에서의 돈 쓰기는 지속될 가능성이 전혀 없으며 그가 할 수 있는 일은 본능적 쾌락의 추구밖에 없었다. 술을 마시고 노름을 놀고 성적인 향락에 탐닉하면서 돈을 낭비하는데 이런 무절제한 향락을 지속하기 위해 금고를 털고 도주하는 행위까지 서슴지 않는다.

윤창식 역시 마찬가지다. 그는 아예 사회나 가정의 일에 무관심하며 술을 먹고 노름을 놀고 첩을 얻어 들이고 어쩌다가 한시를 지어 신문사에 투고하는 등 신선생활을 한다. 그러나 그는 부친으로부터 상속받을 돈을 미리 쓴다고 생각하고 있으며 소비성적으로 돈을 쓸 뿐이다. 그 역시 당시 상황에서 가치를 상실한 인간으로서 돈을 벌 만한 능력이 없이 쓰기만 할 뿐이다. 조상훈이 학교에 돈을 기부하는 등 사회적인 일에 돈을 쓴 데 비해 그는 공공사업이나 자선사업에는 죽어도 돈을 내려 하지 않는 철저히 개인적이고 폐쇄적인 타락한 인물이다. 이러한 점에서 윤창식은 克安이나 克定과 별 차이점이 없다.

이들 돈 쓰기에 차이점이 있다면 克定, 克安, 창식과 조상훈 사이에 차이가 있는데 앞의 부류는 버젓하게 첩살림을 하는 데 비해 조상훈은 자식이 생기자 경애를 버린다. 이로써 상훈은 좀 더 자본주의적인 성격을 가지고 있으며, 거기에 사회적인 돈 쓰기도 시도했다는 점에서 과도기적인 한 전형이라고 할 수 있다.

제3세대의 장남형 인물인 覺新과 덕기, 종수의 돈에 대한 태도는 또 다른 양상을 띤다. 覺新이 대가족의 질서에 희생된 젊은이들을 위해 돈을 쓴다면 덕기는 개인적 우정과 사랑을 위해 돈을 쓰며 종수는 완전히 개인적인 향락을 위해 돈을 쓴다. 覺新은 열아홉 살에 새로 이룬 가정을 위해 회사원 생활을 하면서 월급 30원을 받는다. 이것은 전적으로 처자를 위해 쓰는데 이 중에서 覺新은 일부를 떼 내어 專制로 인해 멀어지는 혈연관계를 봉합하는 데 쓴다. 또 梅의 장례식을 도맡아 치름으로써 그녀의 영혼을 달래 주기 위해, 봉건가정을 박차고 떠나는 覺慧와 淑英을 위해 돈을 쓰는 것이다. 그는 이를 통해 위기에 처한 가족관계의 봉합을 시도하고 있다. 그러나 덕기의 돈은 가족 외적인 사람들에게 사용된다. 주로 사회주의 운동에 나선 김병화의 생활을 돌봐주며, 그 외에 필순이 부친의 병원비와 장례비를 내준다. 폐쇄적인 대가족의 돈은 덕기의 손을 거쳐 외부로 흘러나가는데 이로 하여 그는 병화와 우정을 쌓고 필순의 사랑을 얻는다. 덕기의 돈 쓰기는 가족과 사회를 소통시키는 역할을 한다. 그가 고등과장 등 사람들에게 돈을 쓰는 행위는 집사람들과 병화네의 석방을 위한 것이기도 하지만 한편으로는 가족의 기득권을 보호해 주는 데 대한 감사표시로서 윤직원이 자신의 재산을 보호해 주는 일제에 영합하는 행위와 큰 차이가 없다고 해야 할 것이다. 윤종수는 이들과 달리 그 아버지 윤창식과 똑같은 생활을 한다. 그의 돈은 철저히 개인의 향락을 위하여 낭비될 뿐이다. 제3세대의 인물가운데서 종수는 가장 평면적인 인물이라고 볼 수 있다.

이들의 차이점을 개괄한다면, 우선 覺新은 자신의 노동으로 번 돈을 희생하여 흩어지는 대가족을 봉합하는 데 쓴다. 그는 대가족이 흩어지는 것을 애써 막으려 하며 어쩔 수 없이 흩어져야 할 때 몹시 슬퍼한다. 覺慧가 가출하려고 할 때 그는 처음에 반대하였고 또 이를 지연시키려고 갖은 노력을 하며 覺慧의 태도가 단호하여 계속 반대한다면 형제간의 관계도 금이 갈 상황이 되자 어쩔 수 없어 돈을 대주기로 하고 가출을 동의한다. 큰집의 가장으로서 어른들의 꾸지람을 듣겠지만 覺慧는 자신과 형제애로 연결되어 있으므로 대가족은 그래도 깨진 것이 아니라는 생각에서 동의한 것이다. 덕기의 돈은 자신이 번 것이 아니며 대가족에 속한 것이었다. 그는 대가족의 해체를 애써 막으려 하지도 않았고 가족을 축소시키며 돈을 가족과 재산을 보호하는 데 사용하고 자신의 심퍼사이저의 입장과 사랑을 위해 사용한다. 윤종수는 이러한 모든 것과 상관이 없고 오로지 자신의 향락만을 위해 조부의 돈을 엄청난 속도로 축내고 있다.

마지막으로 覺慧, 병화와 종학의 돈에 대한 태도를 살펴보자. 覺慧는 집에 있을 때 친구들과 함께 돈을 얼마간씩 분담하여 週報를 발간한다. 그의 친구 張惠如는 옷을 전당잡혀 회비를 내기도 한다. 覺慧가 집을 떠날 때 친구들은 돈을 모아 여비를 대주기로 하는데 한마디로 覺慧와 그의 친구들은 이타적으로 돈을 쓴다. 그러나 覺慧는 자신이 추구하는 개인주의를 가능케 하는 자기부양능력이 없다. 그가 가출하고 그 후에 생활하는 데 드는 비용은 큰형이 대주어야만 한다. 즉 覺慧는 자신이 기대어 살아가는 것을 부정해야 하는 모순을 안고 있다. 이 점은 그의 형 覺民도 마찬가지다. 그가 봉건혼인을 반대하여 집을 잠시 나갔지만 자기부양능력이 없기에 그 싸움은 실패할 확률이 더 높았다고 볼 수 있다. 결과적으로 할아버지가 혼담을 취소하기로 했지만 그것은 행운이었다고나 해야 할 것이다. 병화 역시 독자적으로 생활을 유지하기 어려운 상태인데 가족의 도움을 받을 수도 없고 직업도 없다. 덕기의 도움이 없다면 어떻게 살아갈지가 궁금한 인물로서 역시 자신이 기대고 있는 것을 부정해야 하는 모순에 처해 있다. 그는 러시아에서 들어온 돈을 받아 혁명조직의 재건에 사용하는데 돈에 대한 태도는 조직적이고 이타적이라고 할 수 있다. 윤종학은 직접 소설에 등장하지 않지만 이상의 두 청년과 비슷하다. 그 역시 윤직원, 자신이 반대하는 계급에게서 돈을 타서 그것을 반대하는 일에 사용하는 모순점을 안고 있다.

1세대가 돈의 재생산을 위해 나름대로 노력한 데 비해 2세대, 3세대는 그것을 소비적으로 낭비하고 축내기만 한다. 이들 세 가족의 2, 3세대에서 돈을 재생산하는 인물은 거의 없다.『격류삼부곡』에서 특징적인 부분이 있다면 그것은 覺新의 아버지가 西蜀實業會社의 주주였고 고씨 노인을 비롯하여 覺新의 아버지, 克明, 覺新 등이 모두 실업회사의 주식을 갖고 있다는 것이다. 克明은 유일하게 예외인데 변호사 사무소에 다니며, 불안정한 사회환경과 시대적인 원인으로 땅에서 나오는 돈이 이전보다 못하고 안정성이 적기에 실업회사의 주식을 사기로 한다. 이로부터 이들 가족의 적지 않은 사람들은 돈을 자본주의적인 방식으로 투자하고 있음을 알 수 있다. 이에 비해『삼대』의 조의관이나 덕기는 주로 돈을 보호하는 데 주의를 기울이고 있다. 덕기가 어떻게 돈을 재생산할지는 묘사되지 않았지만 식민지 사회환경에서 그 돈을 재생산은커녕 보존도 매우 어려울 것으로 보인다.『태평천하』의 윤직원은 가장 자본주의적인 사유를 가진 인물로서 돈 그 자체를 유일한 목적으로 하여 생활하지만 그가 재생산하는 속도보다 자식들이 낭비하는 속도가 훨씬 빨라 그 전망이 암울하다.

이 세 집의 봉건 대가족 가운데서 고씨 가족은 봉건적인 수직관계가 가장 확실한 가족이었다. 고씨 노인이 살아 있을 때 이 가족은 수직적인 신분질서가 엄격했고 권력구조가 피라미드식으로 명확하게 이루어져 있었다. 그러나 고씨 노인의 사망과 함께 형제들은 재산을 나누는데 이전의 친족관계, 혈연관계는 금전관계로 이행하기 시작하며 수직적인 가족관계는 수평적인 관계로 변화한다. 형제 사이의 관계는 몇 푼 안 되는 돈 때문에 금시에 변화하며 모든 것이 돈에 의해 결정된다. 부친의 서화나 골동품은 원래 그대로 보존해야 했지만 克定은 후에 누가 혼자 독차지할까 봐 즉시 나눌 것을 제의하며 대저택은 부친의 심혈이 깃든 곳으로서 절대 팔지 말라고 했음에도 불구하고 克定, 克安 형제는 克明과 여러 번 다투면서 끝내 팔아서 돈을 챙긴다. 아래의 장면은 돈에 의해 변화하는 형제의 감정을 잘 보여준다.

"金冬心의 서화는 공동장부의 것이야, 네가 마음대로 갖고 나가 팔 수 없어, 넌 물어내야 해." 克安도 얼굴이 굳어져서 말했다.
"공동장부의 것은 나도 한몫 있잖아." 克定은 철면피하게 대답했다.
"넌 한몫밖에 없어, 우리, 明軒(覺新)까지 해서 모두 네 몫이잖아! 너 물어내야 해!"克安은 엄한 소리로 말했다. 그의 얼굴은 갑자기 검어졌다.
克定은 화가 난 모양을 하고 일어나 가려고 했다.
"너 도대체 어쩔 테야?" 克安은 갑자기 일어서더니 책상을 탕 치며 높은 소리로 말했다.
克定은 좀 당황하였지만 애써 두려워하지 않는 듯한 모양으로 대답했다. "그럼 내가 20원을 내놓으면 되잖아. 다 5원씩 가지면 서로 믿지지 않는 거야."
克安은 만족스레 머리를 끄덕이고는 앉아서 그의 팔자수염을 쓰다듬었다. 그의 검누른 얼굴은 웃음으로 하여 색깔이 많이 좋아졌다(『가을』, p.23).

陳姨太와 王씨는 서로 앙숙이었지만 王씨가 陳姨太의 재산을 탐내어 자기 아들을 그가 데려가도록 한 후에는 갑자기 친해진다. 왕씨는 화를 내려다가도 陳姨太가 갖고 있는 큰 집과 그 안의 물건만 생각하면 얼굴에 웃음을 띠고 陳姨太를 대할 수 있었다. 이처럼 대가족은 항렬에 의한 수직적인 관계보다 돈에 의한 수평적인 관계가 실질적으로 작용하게 된다. 조의관이나 윤직원의 가족도 겉으로 보기에는 수직적인 관계이지만 실상은 그러한 관계가 이미 실제적인 힘을 잃었고 돈에 의한 관계가 형성되어 있다. 상훈이나 덕기, 창식, 종수 등이 부친 혹은 조부를 따르는 것은 경제적인 원인 때문이지 봉건적인 孝관념에서 우러나온 것이 아니다. 창식이나 종수는 거의 모든 경우 돈 문제 때문에 윤직원을 찾아온다. 이러한 인간관계로 하여 대가족은 더 이상 존속해 나가기 어려우며 소형의 가족 혹은 핵가족으로 분열될 수밖에 없다.

다. 가족의 성 윤리

1) 가족과 성

성과 결혼은 가정을 구성하는 가장 중요한 조건의 하나이다. 성은 대체로 번식, 쾌락, 애정의 추구를 내용으로 한다.161) 한·중 가족사소설에서는 시대적 성격에 따라 성의 이러한 세 가지 측면 중의 어떤 한 측면이 두드러지게 나타난다고 할 수 있다. 이것은 여성의 사회·

---

161) 한상범, 『성의 사회학』, 언어문화사, 1976, pp.100－105.

경제적인 지위의 변화와 무관하지 않다.

제1세대의 고씨 노인과 조의관, 윤직원에게 성은 어떤 역할을 하였는지 보기로 하자.

고씨 노인은 상처한 후 자신을 시중들게 하기 위해 陳姨太를 돈으로 사왔다. 마치 하녀를 사들이는 것처럼. 그들은 첩을 사기도 하지만 鳴鳳이나 婉兒를 선물하는 것처럼 친교를 위해 서로 성을 선물로 주고받기도 한다. 이러한 특수한 신분으로 하여 陳姨太는 항상 집식구들한테 비우호적이었고 신경을 곤두세우고 자그마한 일에도 싸우면서 불화를 일으킨다. 그의 성적 역할은 쾌락의 변형된 형태, 즉 고씨 노인을 시중들고 이야기를 들어주는 것이었다. 그도 자식을 낳은 적이 있지만 일찍 죽어서 이 대가족에서 그의 지위를 보장해 줄 수 있는 사람은 고씨 노인밖에 없다. 그러므로 고씨 노인이 앓아눕게 되자 그는 누구보다 정성으로 기도를 드리고 아들들에게 굿을 하고 귀신을 쫓을 것을 바란다. 그러나 그러한 굿은 환자를 고통스럽고 무섭게 하여 도리어 역작용을 일으킨다.

고씨 노인도 사실은 젊은 시절에 황당한 일을 한 적이 있으며 늘 小旦배우들을 데려다가 같이 사진도 찍고 그들의 공연을 감상하고 상을 내리기도 했다. 그는 성을 번식, 쾌락과 친교를 위한 수단으로 이용하고 있었다.

조의관은 수원집을 이만 냥이나 주고 사들였다. 수원집의 성 역할은 자식을 낳고 쾌락을 제공하는 것이었다. 그는 귀순이를 낳았고 병석에 누운 조의관에게 큰 의지가 된다. 그러나 조의관은 아들을 낳는다는 보장만 되어 있으면 또 첩을 들이고 싶어 할 정도로 번식에 많은 관심이 있다. 그가 수원집에 크게 의지하고 있지만 수원집은 돈을 유일한 목적으로 하고 팔려온 사람이기에 재산에만 관심이 있고 모든 언행은 더 많은 돈을 얻어내기 위한 것이다. 그러므로 그는 결국 수원집에게 독살당하기에 이른다.

윤직원의 경우, 그는 상처한 후 수많은 여자와 관계하였는데 그러한 행위는 완전히 쾌락원칙을 위한 것이다. 그는 대지주라는 권세를 이용하여 성을 공급받거나 직접 돈을 주고 성을 사기도 하였는데 돈을 아끼기 위해 비용이 적게 드는 童妓를 농락하기도 한다.

고씨 노인이나 조의관은 모두 번식이나 쾌락을 위해 성을 샀지만 고씨 노인은 陳姨太에 대해 완전한 지배권을 가지고 있었으며 그가 죽은 후에도 陳姨太는 자기에게 상속된 재산을 가지고 분가해 나갈 수 없었다. 대가족이 완전히 분가한 후에도 그는 고씨네 자식을 데려다가 자기 아들로 삼아 이 대가족과의 유대를 지속하려고 한다. 사회의 권력구조와 가족의 권력구조가 아직 괴리되지 않은 상황인 것이다. 그에 비해 수원집의 경우 주로 번식을 위해 성을 상품으로 산 것이기에 그녀에게 남긴 유산은 자손에 대한 책임을 다하는 것을 조건으로 한다. 그래서 "수원집에게 남긴 유산을 자신의 3년상이 끝난 뒤에 내어줄 것을 지시한 것"(『삼대』, p.296)이다. 이것은 여성의 성이 그래도 봉건적 지배에서 풀려 있다는 것을 보여준다. 즉 성이 상품화되어 있다는 것이다. 그러나 그녀의 성은 자손의 번성을 위해 사들여진 것으로서 과도기적인 것이다. 윤직원의 경우는 완전히 쾌락 원칙에 의해 성을 사들이지만 때로는 봉건적인 방식으로 성을 상납받는다는 데서 여전히 봉건적인 방식과 자본주의적인 방식이 결합된 형태라고 할 수 있다.

다음으로 제2세대의 인물들이 성에 대한 태도를 살펴보기로 하자.

克明은 철저히 유교적인 도덕을 지키는 인물로 그려져 있어 예외적이다. 기타 두 형제는 표면적으로는 유교적 가치관을 따르는 신사들로서 그들에게 성은 자손번식의 의미를 강하게 띤다. 克定은 아내가 시집올 때 데려온 하녀 喜兒를 희롱하다가 들키게 되자 첩으로 삼아서 그의 몸에서 아들을 본다. 그전에 그는 이미 밖에서 기생 '월요일'에게 집을 사 주고 金陵高寓라는 이름을 번듯이 써 붙여 놓는다. 밖에 기생을 따로 숨겨 놓고 있는 사실이 드러나서 고씨 노인이 그더러 뺨을 치라고 하자 克定은 꿇어앉아 제 손으로 양쪽 뺨을 친다. 그는 봉건적 도덕을 버렸지만 그 질서 밖으로 나갈 만한 용기는 없었다. 그의 표면적인 이유는 아내가 딸 淑貞밖에 낳지 못해서 아들을 보련다는 것이다. 고씨 노인이 세상을 뜨자 그들 형제는 아무런 거리낌 없이 쾌락적인 성을 즐긴다. 그들은 점점 쾌락적인 성에 탐닉하는데 두 형제는 밖에서뿐만 아니라 집에서 기회만 있으면 하녀나 어멈을 희롱한다. 克定이 파렴치한 데 비해 克安은 좀 더 은밀하게 즐길 뿐이다. 그런가 하면 그들은 남자 같지도 않고 여자 같지도 않은 小旦 배우들을 집에 청해다가 돈을 써가며 잘 보이려고 하며 克安은 그중 한 사람에게 집을 마련해 주고 옷감을 끊어주는 데 한 번에 수백 원씩이나 쓴다. 이러한 취미는 어딘가 동성애적인 성질을 띠는데 그 당시 봉건적인 귀족계급에게는 풍류라는 이름으로 광범위하게 받아들여진 것으로 보인다. 이들의 성은 가족 내에서 주인의 권리를 빌려 얻어지거나 가족 외에서 돈으로 사지만 집을 마련해 주는 행위로 보아 아직도 봉건적인 성격을 많이 가지고 있다고 할 수 있다.

그들에 비해 조상훈은 성을 통한 봉건적인 자손번식이라는 개념은 없는 것으로 보인다. 미국 유학을 다녀온 그는 유난히 부친의 봉건적인 행위를 크게 반대하는데 성에 관해서도 자본주의적인 사상영향을 많이 받은 것으로 추측해 볼 수 있다. 그는 덕기의 공부에 별로 관심이 없었고 돈 때문에 그의 장래를 고려해 보았을 뿐이다. 경애가 자식을 가지자 자기 자식이 아니라고 하면서 그를 버리는 행위에서도 그가 부친과는 본질적으로 다르다는 것을 알 수 있다. 그는 성을 오로지 쾌락의 도구로 이해하고 있는데 성에 대한 봉건적 관점을 버렸지만 아직 애정으로서의 성의 개념을 형성하지 않은 상태이다. 윤주사 역시 성을 쾌락의 도구로만 이용한다. 첩이 둘씩이나 있지만 그 외에도 요정에 출입하는데 자식에 대해서 아무런 관심도 없다. 종학이 피검되었다는 소식을 듣고도 그는 노름에 더 정신이 팔려 있다.

克定 형제가 번식과 쾌락에 목적을 두었다면 상훈이나 창식은 쾌락의 세계에만 몸담고 있다.

제3세대 장남형 인물인 覺新과 덕기, 종수는 어떤 태도를 보이고 있는가? 覺新은 열아홉, 덕기는 열여덟에 조부의 명령으로 결혼하는데 자식을 낳아 가족을 이어 나가는 번식의 목적을 위해서이다. 종수 역시 조부의 명령으로 어느 양반집 딸과 결혼하는데 조부의 목적은 가족을 이어 나가는 번식의 목적 외에 양반과 사돈을 맺는다는 목적에서도 결혼을 시킨 것이 틀림없다. 覺新과 덕기는 모두 가정 밖에 사랑하는 사람이 있다. 그러나 종수는 그저 쾌락을 위해 성을 살 뿐이다.

覺新은 결혼 전에 이종누이인 梅를 사랑했었다. 그러나 대가족 공동체 사회에서 결혼은 일종의 가족거래였으며 개별적인 애정이란 상상할 수도 없었다. 모든 결혼은 어른들이 결정하는데 두 집 모친 사이의 말다툼으로 하여 그들의 혼사는 성사될 수 없게 되고 그들은 따로 얼굴도 『모르는 사람과 결혼한다. 覺新은 새로운 학문을 배우고 신사상을 접수하고 있었으며 회사에 취직하여 돈을 버는 등 개인주의적 요소도 가지고 있었지만 더욱 중요한 것은 그가 가족에서 장손의 위치, 큰집의 장남으로 가장의 위치에 있다는 것이다. 그는 한편으로 이전에 그의 부모가 그랬던 것처럼 아들의 탄생과 성장을 기뻐하며 다른 한편으로 梅를 잊지 못하고 괴로워한다. 그는 사랑을 선택할 만한 용기가 없었고 사랑을 버릴 만큼 매정하지도 못했다. 그는 번식적 성을 상징하는 아내와 애정적 성을 상징하는 애인 사이에서 괴로워하다가 결국은 둘 다 잃고 만다. 梅는 과부로 살면서 사랑의 고통으로 시달리다가 병에 걸려 죽고 瑞珏은 두 번째 번식의 의무를 이행하다가 죽는다. 그는 蕙와도 서로 사랑하면서 가부장제도와 혼인제도의 벽을 넘지 못하여 아무런 노력도 하지 못하고 헤어지며 蕙 역시 성격이 좋지 못한 남편과 까다로운 시댁의 학대, 그리고 사랑에 대한 절망으로 일찍 죽는다. 覺新은 사랑을 추구하고 싶어 하나 용기가 없어 결국은 사랑하는 사람들을 다 잃어버린다.

덕기 역시 일찍 결혼하여 자식을 가졌다. 그 자신의 자식에 대한 태도는 알 수 없으나 그는 홍경애가 낳은 아이에 대해 비상한 관심을 가지는데 그 애가 조씨네 자손이라는 이유 때문이다.

> 그리고 역시 조가로 태어난 다음에는 십 년 후, 이십 년 후에 아무도 돌아볼 사람이 아주 없어진다면 나마저 시치미 뗄 수도 없지 않소. 이왕이면 잘 길러 놓아야지(『삼대』, p.56).

그는 성을 통해 자손을 번식한다는 관념에 수용적인 태도를 보이지만 그 혼인이 애정에 기초한 것이 아니기에 밖에서 필순을 사랑하게 된다. 혼수상태에 빠졌을 때에도 필순의 이름을 부를 정도로 애정을 느끼지만 그는 결코 가정을 버릴 수 없는 인물이다. 그는 가족주의를 반대하는 사람이 아니라 새로 구성하려는 보수적인 인물이기 때문이다. 게다가 그의 아내는 첩을 얻는 일은 자기가 알 바 아니라는 태도이며 언제나 수긋하게 처신하고 조용하고 순종적인 여자이다. 覺新이 瑞珏과의 공동생활로 사랑이 생겨난 경우와 달리 덕기와 그 아내는 애정이 아닌 의무로 연결되어 있다고 추측된다. 그 윗세대와 달리 이들은 봉건적인 축첩행위로 사랑문제를 해결할 수 없다. 그들에게 있어서 가족과 애정은 남녀 서로 간의 온전한 점유로 가능한 것이라는 인식이 확립되었기 때문이다.

평면적인 인물인 윤종수에게는 이러한 고민이 없다. 그도 번식의 목적으로 결혼했지만 애정에 기초한 것이 아니기에 첩을 두고 또 밖에서 성을 사서 향락을 누린다. 그의 인식은 아버지세대의 인식과 同軌에 있어서 시대적으로 많이 뒤처져 있다.

빠진은, 가족의 의무와 사랑 사이에서 갈등하다가는 다 잃어버리고 만다는 견해를 보여주고 있고 염상섭은 그 갈등을 해결하지 못한 채 미래를 향해 열어두고 있다는 점에서 차이가 있다. 덕기에게 남겨준 이 숙제는 사실 너무나 어려운 문제가 아닐 수 없다.

이들 장남형 인물에 비해 차남 覺民은 훨씬 용감하다. 고씨 노인이 결정한 혼인과 자신의 사랑 사이에서 더는 타협점을 찾지 못한 그는 가정을 버리고 애정을 선택한다. 물론 그는 장남도 아니고 가장도 아니어서 책임이나 의무가 적은 편이다. 그러나 이러한 선택을 한다는 것은 사실 모험이 아닐 수 없다. 왜냐하면 그가 가정을 버릴 경우 생존이 직접 문제가 되기 때문이다. 그럼에도 그는 가출을 단행하는데 이 가출은 결국 가장에게 허락을 요구하는 행위일 뿐이며 그가 가족을 이탈하겠다는 것은 아니다. 만일 고씨 노인이 끝까지 용서하지 않고 그를 가족에서 축출할 경우 어떤 태도를 취할지, 그의 미래는 어떻게 될지는 아주 비관적이다.

마지막으로 제3세대의 막내아들들인 覺慧와 병화, 종학을 고찰해 보자. 覺慧는 어릴 때부터 함께 자란 하녀 鳴鳳과 고종사촌누이 琴을 다 좋아한다. 그러다가 그의 감정은 鳴鳳 쪽으로 기울어지는데 하녀라는 신분에도 불구하고 그에게 사랑을 고백한다. 그러다가 학교에서 다른 젊은이들과 함께 낡은 세력과의 싸움을 선도하는 '일'을 시작하면서 그는 일과 사랑의 충돌을 느끼고 고민한다. 사회적 임무와 애정 사이에서 그는 결국 일을 선택하는데 이것은 어쩌면 그들 사이의 넘을 수 없는 장벽을 의식한 잠재의식에서의 나약한 선택일지도 모른다. 鳴鳳과의 사랑을 지키려면 엄청난 노력과 용기가 필요한 상황에서 그의 후퇴는 어쩔 수 없이 비극으로 이어진다. 鳴鳳이 馮樂山의 첩으로 가지 않는다 해도 그들의 사랑은 이루어질 확률이 아주 적다. 사회적인 자유와 평등, 인도주의를 위해 자신의 사랑의 자유를 희생해야 한다는 것은 너무나 유치한 생각이 아닐 수 없다. 소설은 또 覺慧의 꿈을 통해 鳴鳳이 설사 귀족 집 아가씨라고 해도 봉건적인 가부장제와 혼인제도로 하여 그들의 결합이 어려울 것이라는 점을 보여준다. 覺慧가 마지막에 집을 떠나가는 것은 대가족에 대한 부정, 즉 대가족의 붕괴를 의미한다.

이와는 반대로 병화는 일과 사랑의 결합을 꾀한다. 그는 처음 홍경애에 대해 특별히 진지한 태도는 아니었으나 점차 그에게 끌리게 되며 후에는 홍경애의 과거와 신분을 알면서도 거기에 얽매이지 않고 계속 그를 좋아한다. 이런 점은 覺慧와 비슷하다. 그러나 그는 覺慧보다 훨씬 더 어려운 상황에서도 일과 사랑을 다 얻으려 한다. "일을 팔아서 사랑을 살 수는 없으나 일은 일이고 사랑은 사랑이다. 사랑까지 얻고야 말겠다는 욕심이다."(『삼대』, p.194) 그들의 사랑은 같이 지하활동에 간여하면서 더욱 깊어졌다고 할 수 있다. 병화가 가출은 했지만 그것은 가부장적인 가족에 대한 반항으로 인한 것이며 그는 결코 가족을 부정하지는 않았다. 그는 평등한 기초에서의 새로운 남녀관계를 희망하고 있었다.

윤종학은 앞의 두 사람과 달리 이미 조부의 명령으로 가족의 번식을 위하여 결혼한 상태이다. 그러나 그는 사랑에 기초하지 않은 가정을 부정하면서 이혼을 여러 번 요구하였으며 그렇다고 윗세대나 종수처럼 봉건적인 축첩형식으로 그 모순을 해소하려고도 하지 않는다. 그는 첩을 두지 않았던 것이다. 이로부터 그 역시 사랑에 기초한 새로운 가족을 바라는 인물임을 알 수 있다.

종학에 대한 묘사가 너무 적기에 무리한 추측은 삼가기로 하고 覺慧와 덕기의 차이점은 결국 작가들의 가치관과 밀접한 관계가 있다. 빠진은 무정부주의자로서 모든 억압과 전제를 반대하였는바 봉건적인 질서와 가부장제는 타도의 대상이었다. 그에게 더욱 중요한 것은 막강한 세력을 가진 봉건세력과의 싸움이었다. 중국의 당시 사회가 반식민지 반봉건사회이고, 四川省의 경우 제국주의의 영향이 아주 적게 미치어 주로 봉건을 반대하는 싸움이 묘사된 데 비해 염상섭이 그리고 있는 사회는 식민지 반봉건사회로서 복잡한 시대상황은 투쟁의 전개방식에도 큰 영향을 끼친다. 진정한 가족애, 남녀 간의 애정을 차단하는 장애물들 가운데는 조의관 등이 대표하는 봉건질서, 상훈이 대표하는 부르주아, 여기에 고등과장이 대표하는 일제 등까지 포함된다고 할 수 있어 싸워야 할 상대는 복잡한 다수이다. 覺慧가 가출한 후 覺民이 주요한 반항아로 되면서 빠진은 覺民과 琴의 관계를 이상적으로 묘사하고 있는데 이들의 사랑관계는 자유와 평등의 기초에서 공동의 목표를 향해 나아가면서 이상적으로 묘사되고 있다. 병화와 홍경애의 관계도 전에 없던 새로운 이성관계로 규정된다. 병화는 새로운 내용과 형식의 가족 구성을 꿈꾸고 있는 사람이다.

2) 전통적인 혼인제도와 여성문제

세 편의 소설이 모두 봉건 혼인제도와 여성문제에 대해 얼마간씩 언급하고 있지만 그중에서 이 문제를 중요하게 긴 편폭으로 다루고 있는 것은 『격류삼부곡』이다. 소설은 3부에 걸쳐 거의 모두 혼인문제로 인한 갈등과 폐해를 보여주고 있다고 해도 과언이 아니다.

중국의 전통혼인의 일반적인 원칙은 부모의 명령과 중매인의 중매에 의한 결혼이다. 먼저 중매인이 중매하고 부모가 결정하며 당사자들은 아무런 결정권이 없다. 가장은 경제권을 장악하고 있기에 아들은 그것을 물려받기 전에는 생활을 부모에게 의존해야 한다. 이런 이유로 부모는 자녀의 운명을 주재할 수 있고 자녀들의 혼인도 부모 마음대로 결정할 수 있었던 것이다.[162] 여자들은 시집가기 전에 부모에게 의존하고 시집가서는 남편에게 의존하며 남편이 죽으면 아들에게 의존해야 했으므로 더욱 비참한 처지에 있었다. 『시경』에서는 남자

---

162) 張樹棟, 李繡領, 『中國婚姻家庭的嬗變』, 浙江人民出版社, 1990. p.76.

가 부인을 얻는데 반드시 부모의 허락을 거쳐야 하며 그래야만 정식 혼인이 될 수 있다고 말하고 있다. '父母之命'과 마찬가지로 '媒妁之言'도 매우 중요한데 周나라 때부터 혼인의 필수조건이 되었다.

이러한 혼인제도는 5·4운동 시기에 젊은이들의 강한 불만을 자아냈으며 그들은 혼인의 자유를 주장하였다. 특히 젊은 여성들은 전통혼인에 반대하여 집을 나가거나 자살하는 경우가 많았다. 그렇다 해도 완전히 본인의 의사에 따라 결혼하는 경우는 매우 적었고 남녀가 교제하여 결혼에 이르더라도 대부분 부모의 동의를 얻어야 했다.

『격류삼부곡』은 高覺新이 錢梅芬, 李瑞珏, 周蕙 등 세 여성과의 애정, 혼인관계 및 高覺民, 高淑英의 항거를 통하여 전통혼인의 폐해와 젊은이들의 각성을 보여준다. 覺新한테는 중매가 많이 들어 그의 아버지가 중매 선 사람의 체면도 있고 하여 며느리를 제비 뽑는 형식으로 결정한다. 覺新은 마음씨 고운 瑞珏을 만나 행복하게 살지만 梅는 일 년 만에 과부가 되어 돌아와서 고통스럽게 살다가 죽는다. 梅의 불행을 보면서 覺新도 몹시 괴로워하고 瑞珏도 마음이 편치 않다. 瑞珏이 죽은 후 覺新과 蕙는 서로 사랑하게 되지만 역시 부모의 명령과 중매쟁이의 중매가 그들을 갈라놓는다. 蕙의 혼사는 어려서 정해 놓은 것인데 상대는 아버지 동료의 아들로서 아버지의 상관이 중매하였다. 그 남자의 인품과 성격이 좋지 않은 것을 알면서도 周伯滔는 체면 때문에 혼사를 그대로 진행한다. 蕙는 결혼 후 고통스럽게 살다가 병으로 비참하게 죽는다. 覺新은 양심의 가책을 느끼고 고통스러워하지만 그는 그러한 제도를 깨뜨릴 아무런 힘도 없었다.

그와는 달리 覺民은 조부가 마음대로 친구 馮樂山의 조카딸과 혼인을 결정하자 琴과의 사랑을 지키기 위해 과감하게 집을 나간다.

내 결혼은 마땅히 내가 결정해야 해, 나는 지금 아직 젊고 공부를 해야 할 때야, 지금 결혼하고 싶지 않아. ……할아버지 얘기는 하지마. 나는 나의 길을 갈 거야.[163]

위의 인용문에서 覺民이 이미 자아의식을 가지고 있음을 알 수 있다. 자신의 일은 자신이 결정하고 할아버지가 간섭할 수 없으며 자기의 길을 갈 것이라는 말은 覺新의 생각과 행동의 괴리에 비해 얼마나 큰 진보인지 모른다. 그의 승리는 자아각성이 거둔 승리로서 이 전제적인 대가족의 젊은이들에게 한줄기 희망의 빛을 던져주었다. 제2부『봄』에서 淑英 역시 전통혼인에 항거하여 覺民과 琴의 도움으로 覺慧가 있는 상해로 떠난다. 제2부는 淑英을 주인공으로 하고 있는데 그가 여자이기 때문에 가정과 예교의 속박은 더욱 심하였고 그녀가 각성하고 결심을 내리기까지, 또 집을 떠나기까지 무수한 곡절과 반복을 거듭하지 않을 수 없었다. 남자들과 달리 여자들은 학교에도 다니지 못했고 자연히 새로운 사물과 사상을 접할 길이 없었으며 대문 밖을 나갈 기회도 얼마 없어 새장 속의 새와 같은 생활을 했다. 그가 각성하는 데는 覺民과 琴의 영향이 절대적으로 작용했다.

『삼대』나『태평천하』의 봉건가족 내부의 젊은이들도 거의 모두 전통적인 혼인제도에 따라 결혼했다. 소설들에서 그들의 혼인과정이 생략되어 있긴 하지만 가장의 결정에 따라 결혼한 것은 확실하며 결혼 후의 생활은 행복하지 못하다. 덕기는 가정 밖에서 사랑하는 사람을 발견하고 고민하며 종수는 축첩생활을 하고 종학은 이혼하려고 한다. 병화만이 결혼하지 않았고 또 가출했으므로 그를 결혼하라고

---

163) 我的親事應當由我作主. 現在我還年輕, 正是應該讀書的時候, 我不愿成家……不要再提爺爺了. 我要走我自己的路(『집』, p.276).

강박할 사람도 없지만 병화는 성격적으로 자신의 의지에 따라 사랑을 선택할 만한 인물이기도 하다. 그는 자신의 감정에 기초한 자유로운 남녀관계를 추구한다. 두 편의 소설은 직접적으로 혼인제도를 비판하고 있지는 않지만 부정적인 시각인 것만은 확실하다.

다른 하나의 중요한 사회적인 문제는 여성문제인데 소설에서 제기된 것은 여성교육문제, 남존여비문제, 엄격한 신분등급제도문제 등등이다. 중국의 전통사회에서 여성들은 가정교육만 받고 학교교육은 받지 않았으며 가정교육도 '삼종사덕'과 같은 전통 예교에 대한 교육이었다. 19세기 말에 남녀평등사상이 들어오면서 여성교육문제가 중시를 받았으며 1907년 청 정부는 女學章程을 발표하고 여학교를 설립하였다. 그러나 대다수 여학교는 예교 보존을 교육방침으로 하였다. 민국 이래로 초등학교에서는 남녀공학을 했지만 중등 이상 학교는 일률적으로 남녀공학을 허가하지 않았으며 일반대학은 여자들의 금지구역이었다. 5 · 4 이후 대학과 중등학교의 남녀공학이 제기되고 1920년 2월 북경대학에서 처음으로 9명의 여학생을 문과 청강생으로 입학시켰다. 1922년 남녀공학은 정식으로 제도화되었다. 소설 속의 琴은 '一女師'의 학생으로 외국어전문학교에서 이듬해 여학생을 모집한다는 소리를 듣고 제일 먼저 등록하겠다고 한다. 사실 琴이 학교에 다니는 것도 다 큰 처녀가 길에 나다니며 閨範을 잃었다고 뒷공론을 듣고 있었고 그것은 그의 어머니에게 많은 부담을 주었다. 그런데 남녀공학의 학교에까지 다닌다는 것은 어머니부터 동의하지 않았고 전반 사회적인 분위기가 용납하지 않았다. 고씨 집의 여자들은 집 밖에도 마음대로 못 나가며 覺新의 계모 周씨는 일생 동안 성 밖에 한 번 나가보았을 뿐이다. 그것도 봉건미신으로 瑞珏이 성문 밖에서 해산하게 되어 나가본 것이다. 소설은 3부에서 淑華도 학교에 입학하는 것으로 설정되어 있다. 淑華가 학교에 다니는 일에 대해 周씨는 처음에 반대하였으나 覺民과 琴 등의 설명을 듣고 승낙하게 되며 가장인 克明은 내키지는 않았지만 이미 가정 내의 큰일에 대해서도 제대로 처리하지 못한 상황이라 적극적으로 반대할 면목이 없었다. 淑華가 가장의 동의를 얻었다는 것은 가장의 권위가 힘을 잃었음을 설명한다.

한국의 가족사소설에서 여성교육문제는 정면으로 제기되지는 않았지만 홍경애나 필순이 가정이나 사회의 큰 방해 없이 모두 일정한 교육을 받은 여성이라는 점에서『격류삼부곡』의 여성들보다 자유롭다고 할 수 있다. 그것은 1920년대 초와 20년대 말 혹은 30년대 초라는 시간적인 차이에서 생겨난 구별점인 듯하다. 다른 의미에서 중국의 봉건 질서가 자체 내에서 허물어지면서 그 세력이 일정 기간 계속 힘을 행사하고 천천히 역사무대에서 물러간 것과 달리 한국의 경우는 외세에 의해 한 번에 무너져 버린 것 때문일 수도 있다. 이들이 받은 교육이 어떤 성질의 것인지는 불명확하지만 교육을 받았기에 그들은 나름대로 자신의 입장과 사상을 가지고 나름대로의 삶을 살아가고 있으며 경제적으로 자립을 꾀하고 있다. 이 점은 여성이 자유를 획득하는 데 아주 중요한 요소라고 할 수 있다.

중국은 수천 년 동안 男耕女織의 농경사회를 유지해 왔다. 이러한 봉건적인 분업은 여성의 지위를 격하시켰고 유교적인 윤리도덕은 그것을 확고하게 고착시켜 왔다. 남존여비사상은 5·4 시기뿐만 아니라 지금까지도 극복해야 할 과제의 하나이다. 소설에서 이 사상을 극명하게 보여주는 실례는 淑貞의 운명이다. 克定의 딸인 淑貞은 부모가 싸울 때마다 어머니의 화풀이 대상이 된다. 沈씨는 아들을 낳지 못하여 남편으로부터 무시를 당하고 또 남편의 첩질에 화가 나지만 자신을 대신하여 화풀이해 줄 아들이 없다는 이유로 언제나 딸을 구박한다. 그런데다가 그는 전족을 했다. 전족은 봉건 통치계급들이 여자를 희롱하는 데서 비롯된 산물이며 여성을 감금하는 도구이기도 하다. 이 가족에서 淑貞의 발만이 높이 솟은 기형적인 발이었다. 淑貞은 매번 자신의 발을 볼 때마다 심한 고통을 느꼈는데 다른 사람들은 그의 고통을 이해하지 못한다. 淑貞은 이러한 여러 가지 고통을 참다못해 15세의 나이에 우물에 뛰어들어 자결하고 만다.

한국도 남존여비의 사상이 보편적으로 존재하였겠지만 『삼대』나 『태평천하』에서는 그것을 중요한 테마로 다루지 않고 있다.

이 외에도 빠진의 소설은 엄격한 신분등급제도로 인한 하녀들의 비참한 처지를 많은 필묵을 들여 묘사하면서 평등사상을 고취하고 있다. 주인들은 하녀를 물건 취급하여 선물할 수도 있고 마음대로 학대하거나 내쫓을 수도 있었다. 하녀들은 때로는 주인들에게 점유당하거나 젊은 도련님들에게 희롱당하기도 하며 병에 걸리면 돈이 많이 든다고 좋은 의사도 불러오지 않으며 죽으면 거적에 싸서 내다 묻게 한다. 빠진은 이들도 사람이고 이상과 꿈이 있으며 아름다운 마음씨를 가지고 있음을 설파하면서 그들의 처지를 동정하고 그러한 제도에 강한 불만을 보여주고 있다. 한국의 소설들에는 하녀들이 독립적인 인물로 등장하지 않는데 그것은 그들의 가족 규모와 사회적인 환경, 즉 봉건적인 구조가 아닌 자본주의적인 구조와 관계있다고 여겨진다. 즉 하녀나 어멈은 돈을 받고 일하는 사람으로 주인이 生死權을 틀어쥔 봉건시대와 다르기 때문이다.

한·중 가족사소설이 다루고 있는 것은 봉건적 이데올로기가 지배력을 잃어가고 새로운 근대적인 질서가 확립되던 격변기의 가족관계의 변화이다. 중대한 역사적인 전환기인 만큼 그 변화는 세대에 따라 달라지며 손자세대에 와서는 장남형과 차남형도 그 차이점을 보인다. 조부세대의 봉건적 가족주의는 아들 세대에 와서 거의 다 허물어진다. 그들은 의무는 버리고 권리만 행사하려고 하는데 낡은 가치관은 이미 버렸고 새로운 가치관은 형성되지 않았기에 가치관의 공황상태에 빠져 타락한다. 손자세대의 장남형 인물들은 자유 평등 박애사상과 개성 해방 사상의 영향을 받았지만 행동은 결국 가족관계에서 자유롭지 못하다. 이들은 원래의 가족질서를 부정하지도 못하고 새것과 낡은 것 사이에서 고민하며 과도기적인 성질을 띤다. 차남 혹은 막내형 인물들은 봉건적인 가정에서 가장 박약한 고리로서 그들은 의무와 책임이 적은 편이다. 그들은 대가족을 부정하거나 뛰쳐나옴으로써 가족성원으로서의 의무와 책임을 다 버리며 그로써 봉건 대가족의 해체를 실천한다. 이 과정에 근대적인 상징인 교환가치로서의 돈은 그 자체가 목적이 되면서 수직적인 가족관계를 해체하여 수평적인 이해관계로 변화시키며 봉건대가족의 해체에 일조한다.

역사적으로 볼 때 가족의 형태는 사회적, 경제적 조건에 따라 변화되어 왔다. 전체 사회의 이데올로기적 특성과 무관한 가족 가치관은 독자적으로 재생산될 수 없다. 이런 점에서 한·중 가족사소설이 다루고 있는 대가족주의의 붕괴는 역사적 사건임에 틀림없다. 그러나 이것은 봉건적 가부장적인 대가족의 파산을 의미하는 것이지 가족제도를 부정하는 것은 아니다. 覺慧는 가족들에게 많은 미련을 갖고 있고 覺民과 琴은 상해로 가고 싶어도 琴의 어머니 때문에 잠시 그 결정을 유보하고 있다. 덕기가 가족을 새롭게 재구성하려는 것은 말할 것도 없고 병화 역시 새로운 형식의 가정을 이루려고 희망한다. 『격류삼부곡』의 마지막에서 覺新은 하녀인 翠環과 결합하는데 그 방식은 주인이 하녀를 조카에게 선물한 형식이지만 사실 그들은 새로운 형식의 가정을 이룬 것이며 覺新이 그렇게 여길 뿐만 아니라 覺民을 비롯한 형제들도 그렇게 여기고 翠環을 형수로 대해 준다. 한마디로 가족사소설들은 봉건적이고 가부장적인 대가족제도의 붕괴는 불가피한 것으로 보고 있고 새로운 형식과 새로운 내용의 참신한 가족제도의 건립을 암시하고 있으며 그러한 가정은 필연적으로 소규모 혹은 핵가족 형태가 될 것이라는 것을 보여준다.

V

한 · 중 가족사소설의 비교문학사적 의의

한·중 두 나라의 문학은 그 첫 시작부터 긴밀한 연계를 가지고 있었고 고대사회를 거쳐 중세기, 근대초기에 이르기까지 서로 영향을 주고받으면서 발전해 내려왔다. 그러나 근대사회에 진입하면서 두 나라 사이의 문학교류는 뜸해지고 1920-1930년대에는 거의 그 관계가 단절되어 영향관계가 없이 제각기 자기의 길을 개척해 나갔다고 할 수 있다. 그러나 유구한 세월을 같이한 유교적 문화를 그 전통으로 하는 두 나라 문학은 또한 서구와 러시아, 일본의 영향을 동일하게 받으면서 여전히 많이 닮은꼴의 문학작품을 대량으로 양산해 냈다. 따라서 1930년대 초에 한·중 양국에서 동시에 출현한 근대 가족사소설은 우연의 일치라고만 볼 수 없다고 생각된다. 동일한 시기에 출현한 동일한 장르의 장편소설형식으로서의 근대 가족사소설은 동방문학 자체 내의 비교를 통해 그 보편적인 법칙성을 찾아내는 데 아주 중요한 역할을 할 것으로 기대된다.

첫째, 1930년대의 한·중 가족사소설은 양국의 비교문학 분야에서 연구범위의 확대를 위해 조건을 제공해 주었다. 지금껏 한·중 양국의 비교문학 연구는 영향관계를 위주로 하고 있고 직접적인 교류가 끊긴 현대문학은 비교가 많이 이루어지지 않고 있다. 개별적으로 진행되고 있는 작가 대 작가의 비교연구가 시작되었다고 할 수 있는데 가족사소설과 같이 동일한 장르, 동일한 모티브의 장편소설로 비슷한 창작특징을 가진 작품에 대한 비교연구는 아직 거의 이루어지지 않았다고 할 수 있다. 중국의 경우는 더욱 말할 것도 없는데 비교연구는 거의 다 서구나 러시아 등 나라의 작품과 이루어지고 있으며 한국 현대문학과의 비교는 전혀 이루어지지 않고 있다.

비교문학의 영향연구와 평행연구는 이미 넓은 시각의 종합적인 연구의 수요를 만족시키지 못하고 있으며 시공관념을 초월하고 학과 사이의 경계선을 초월하며 문학자신의 한계를 초월하는 종합적인 비교연구가 이미 당대의 비교문학 연구를 위해 새롭고 더욱 광활한 연구영역을 개척하였다. 실제상 특정분야를 초월한 비교문학 연구는 영향연구, 평행연구, 유추연구 등 각종 방법을 하나로 융합시켜 여러 분야의, 언어와 문화를 초월한 종합적 비교의 층위에 도달하는 것이다.164) 본서는 직접적인 영향연구의 범위를 벗어났지만 진정한 의미에서의 종합적인 비교문학 연구라고 말하기에는 아직 이르다. 그러나 필자는 양국의 문학작품을 분석함에 있어서 어떤 한두 가지 연구방법에 얽매이지 않고 문화, 사회, 역사, 이데올로기 등에 관한 여러 가지 학술분야와의 연계 속에서 동질성과 이질성을 연구해 내려고 시도하였다. 이것은 이후 더욱 넓은 범위에서 진정한 포괄적이고 종합적인 비교문학 연구를 진행하는 데 전초적인 작업이 될 수 있으리라고 생각한다.

둘째, 葉維廉은 비교문학에 대해 "문화와 나라 사이를 초월하는 문학작품 및 이론 사이에서 공동의 문학법칙(common poetics)과 공

---

164) 王寧, 『比較文學與當代文化批評』, 人民文學出版社, 2000年, pp.4-5.

동의 미학적 據點(common aesthetic grounds)의 가능성을 찾는 것이다."[165]라고 했다. 구미계통의 비교문학은 단일한 문화체계로서 사상, 감정, 정서 등 면에서 모두 한 가지 전통에 의지하고 있다. 즉 구미문화의 심층을 파헤치면 많은 근원적인 면에서 완전히 한 문화체계 - 희랍, 로마 문화체계에서 출발한다. 그렇다면 동양문학 가운데서 동일한 문화체계, 즉 유교문화권, 한자문화권에 속하는 중국과 한국의 문학은 공동한 문학 발전 법칙과 미학적 근거를 가지고 있을 것이라고 추정할 수 있을 것이다. 그리고 이러한 문화적 교류는 한 확정된 형태로 다른 한 문화의 형태를 정복하는 것이 아니라 서로 존중하는 태도로 쌍방의 형태에 대해 깊이 요해하는 것이다.[166]

위의 연구를 통해 우리는 한·중 가족사소설은 많은 동질성을 가지고 있다는 것을 확인할 수 있다. 이들은 동일한 시대에 나타난 동일한 장르의 장편소설로서 제재, 주제, 수법, 창작경향, 사회환경과의 관계 등에서 모두 놀라운 유사성을 갖고 있다.

(1) 한·중 근대 가족사소설은 1930년대 초기에 나타난 새로운 장르로서 전반 현대문학에서 장르의 확대를 가져왔다. 한·중 양국의 현대문학은 1920년대에 단편소설 혹은 산문이 많이 창작된 데 비해 1930년대에는 가족사소설을 포함한 많은 장편소설이 창작되어 주축을 이루고 있다. '문학사란 곧 장르사'[167]라고 할 때 하나의 새로운 장르의 등장은 필연적으로 역사적이고 사회적인 획기적 전환기의 반영이 될 것이며 장르로서의 문학성은 문학사의 역사성과 맞물리게

---

165) 葉維廉, 「尋求跨越中西文化的共同文學規律」, 黃維樑, 曹順慶 編, 『中國比較文學學科理論的墾拓』, 北京大學出版社, 1998, p.83.

166) 葉維廉, 앞의 논문, pp.83 - 87 참조.

167) P. Hernadi, *Beyond Genre*, Comell Univ. Press, 1972.

된다.168) 근대 가족사소설이라는 소설형식은 장편/대하소설로 연대기적 기법에 의한 외재적 장르성을 획득하고 있다. 자기적발 대상으로서의 가족의 역사, 즉 세대의 지속을 통해서 한 가족의 융성과 쇠퇴의 반복적인 순환의 과정을 서술함으로써 변천하는 사회와 역사와 인간과의 밀접한 상호관계를, 나아가서 그 전망을 담아내고 있는 서사형식을 가질 때, 필연적으로 장편화하지 않을 수 없는 장르성을 획득한다.

이러한 장르의 소설을 창작한 세 명의 작가들은 민족주의 작가(염상섭), 동반자적 작가(채만식), 혁명적 민주주의 사상을 가진 아나키즘 작가(빠진)들로서 모두 가족이라는 원형적 혈연공동체의 특수성을 발견하여 식민지 혹은 반식민지 반봉건적인 상황을 극복하고자 하였다. 한마디로 가족사소설이 확보하고 있는 크로노토프로서의 서사공간은 이념을 융합할 개연성을 지닌 문학사적 수용단위로서 주목된다.

(2) 개인들의 삶을 통해 한 시기의 사회상을 총체적으로 파악하고 묘사하려는 것이 리얼리즘 문학의 기본정신이라고 할 때, 가족의 역사와 운명을 통해서 시대적 변동과 사회적 변화양상을 드러내 보이고자 한 가족사소설은 현대소설사에서 리얼리즘 문학의 정신을 확대, 심화시키는 데 기여했다고 할 수 있다.169)

『삼대』는 작가가 세계를 보는 방식을 탁월하게 드러낸 작품으로서 동시적 시간을 포괄적인 축으로 하여 식민지 현실을 바라보는 각 세

---

168) 백영근, 「가족사소설의 문학사 서설 – 현대 가족사소설의 문학사 수용문제를 중심으로」, 서울 산업대학교 논문집, 제47집, 1998, 7, p.474.

169) 신상성, 『한국 가족사 소설 연구』, 경운출판사, 1992, p.228.

대들의 세계관, 현실인식을 냉정하게 묘파해 나간 탁월한 리얼리즘의 서사공간을 확보하고 있다. 근대사회의 동인으로서의 시민성에 대한 관심, 그들이 조우하는 시공간의 삼각관계,[170] 민중성의 언어가 돋보이는 묘사적 남용, 그 언어적 지루함 속에 간과할 수 없는 비판과 부정의 정신적 맥락, 이 같은 리얼리티가 특유의 현실파악을 추구하면서도 중인의 한계상황을 벗어나지 않고 냉정하게 식민지 현실에는 어떤 생성도 금지되었음을 투시하고 있다.[171] 소설의 리얼리즘의 정신은 발자크가 자신이 속한 계층이나 자신의 현실적인 입장과 관계없이 현실을 묘사했기에 훌륭한 리얼리스트라는 평가를 받은 것과 마찬가지로 작가의 계층과 입장을 초월하여 객관적으로 현실을 반영하고 인물을 형상화하였기에 식민지시대의 가장 뛰어난 작품이라고 평가받고 있는 것이다.

『태평천하』는 특유한 기법으로 독창적인 리얼리즘 정신을 확보한 작품이다. 소설은 반어, 과장, 풍자, 아이러니 등 수법을 사용하고 있을 뿐만 아니라 판소리 사설의 방법을 도입하여 전통과 현대의 융합을 시도하고 있으며 작가의 개입이 없는 객관적이고 냉정한 태도라는 재래의 리얼리즘 소설의 서사방식을 역행하여 작가가 적극적으로 개입하고 논평을 하는 등 독특한 채만식식의 사실주의를 구성하고 있다. 이러한 독특한 형식은 검열과 삭제의 압력을 피하면서 강렬한 현실비판의 목적을 이루어 민족문학의 새로운 기법을 모색해 낸 것이라고 할 수 있으며 그 외에도 경어식 구어체 서술을 하여 민중언어적 성취에 도달한 점도 역시 소설이 도달한 성취라고 할 수 있다. 외

---

170) 김종균, 「염상섭소설의 구조」, 『한국근대작가의식연구』, 성문당, 1980, p.207 참조.
171) 백영근, 앞의 논문, p.478.

래사조에 대한 단순한 모방이 아니라 전통적인 것과 외래적인 것을 융합시키고 사회적인 환경의 제약을 교묘하게 에돌아 현실비판이라는 소기의 목적에 도달한 이 소설은『삼대』와 함께 한국 현대문학사에서 가장 우수한 민족문학의 하나라고 평가받는다.

『격류』는 5·4 이래 중국의 현대문학사에서 가장 우수한 현실주의 작품 가운데의 하나이다. 빠진은,『집』은 "한 편의 사실적인 소설"이며 "나는 일반적인 관료지주가정의 역사를 썼다. 四川분지의 成都는 당시 바로 이러한 가족들이 집결된 도시였다. 이런 가정에서 어른들은 청나라 때의 관원이었고 아래 세대는 부친이나 조부의 재산으로 사치하고 안일한 생활을 하고 있었으며 젊은 세대들은 이런 '象牙의 감옥'에서 뛰쳐나오려 했다."고 말했다.172) 즉 작가는 현실생활을 진실하게 반영하였을 뿐만 아니라 전형화라는 재창조의 과정을 거쳐 작품을 구성하였다. 고씨 공관은 구중국 봉건사회의 축도라고 할 수 있으며 이 대가족의 붕괴는 시대적인 특징을 반영하고 있다. 작품의 주인공 高覺慧도 1920년대 초기의 중국 선진청년의 전형인바 그의 생활경력은 동시대 착취계급 출신 반항아들의 동질적인 경력을 포괄하고 있다. 그들은 연애 혼인의 실패, 개성 해방에 대한 추구로부터 시작하여 점차 자신이 속한 계급의 암흑성을 인식하고 마지막에 단연코 가정을 이탈하여 시대의 흐름에 합류하며 혁명이라는 용광로 속에서 자신의 위치를 찾는다. 覺慧는 근 백 년 이래 중국의 선진적인 지식계층이 걸어온 길을 대변하고 있다.

세 편의 소설은 나름대로의 특징을 보유하면서도 리얼리즘 소설로

---

172) 曼生,「論巴金〈激流三部曲〉的現實主義」, 南京大學學報(哲學社會科學), 1980. 4, pp.27 - 28.

서의 보편성을 확보한 우수한 작품이며 각기 자국의 현대문학사에서 특기할 만한 위치를 차지하고 있다.

(3) 근대 가족사소설은 시대와 사회의 영향으로 생겨났고 또 그러한 전환기의 사회를 반영하고 있으며 부정적인 사회에 대한 저항의식을 드러낸다는 점에서 일치함을 보여주고 있다.

우선 근대 가족사소설은 두 나라의 1930년대라는 특수한 사회적 환경의 영향 아래에 나타난 산물이다. 한국의 1930년대는 식민지 말기에 해당하며 식민 당국의 가시적 탄압이 노골화되고 카프와 같은 영향력을 가진 단체가 해산되기에 이르며, 이러한 창작 조건에서 탄압과 검열을 회피하기 위해 작가들은 세심하게 창작 방법에 유의하게 되고 결과적으로 창작방법의 다원화와 작품의 기교 상승을 가져오게 된다. 모든 정치적 경제적 문화적인 단말마적 상황에서 인간 삶의 최초이며 또한 최후의 토대로서 가족이라는 지속적인 삶의 원천을 떠올리게 되며 이는 소박한 의미인 「혈연공동체」 이상의 의미를 가진다. 가족사소설은 1930년대라는 이러한 사회 역사적인 환경에서 현실극복의 의지를 담는 한 가지 방식으로 채택된 소설형식이었다. 이 시기의 중국에서는 사회 역사적인 거대한 변동이 일어났는데 서방 공업문명의 충격으로 상해를 중심으로 한 연해도시들은 자본주의모식의 현대화 과정이 가속화되고 있었으며 내륙의 넓은 농촌 지역의 봉건적인 宗法통치(및 생활방식)는 굳게 고수되는 중에도 동요가 생기고 있었다. 이러한 변동은 중국 사회의 모든 구석구석, 모든 계층의 운명과 사상, 감정, 심리에 거대한 충격을 주었고 중심도시로부터 편벽한 벽지까지 사회생활을 크게 뒤흔들어 놓았다.[173] 1927 -

<hr>

173) 錢理群, 溫儒敏, 吳福輝 著, 『中國現代文學30年』 北京大學出版社, 2001, p.208.

1937년이라는 시간은 중국 현대문학의 두 번째 시기에 해당하며 문학의 여러 가지 주제의 공존 시기였다. 左聯의 정치화와 新月派(우파), 모더니스트, 신감각파 등의 예술추구가 병존하였고 1920년대의 인생표현, 개성의식, 세계문학에의 관심, 침울한 애상 등으로부터 정치적 개입, 집단의식, 민족문학으로의 복귀, 전진적 격정으로의 전환이 뚜렷해졌다. 이 시기 빠진은 여전히 5·4 이래의 지식인들의 반봉건적인 전통을 견지하고 이러한 전통과 현실비판을 결합시켰는데 그의 창작은 시종 현실투쟁의 정신으로 충만하여 있었다.

다음으로 가족사소설은 가족을 모티브로 하면서 가족이라는 프리즘을 통해 격변기의 사회를 충실하게 반영하고 있다. 한·중 근대 가족사소설은 외국의 가족사소설과는 달리 가문의 혈통이나 유전적 인자보다는 사회 역사적인 환경이 가족의 운명을 결정한다는 사상을 표현하고 있다. 최재서는 '가족사소설이 사회와의 관계에서 파악'되어야 함을 특징짓고 있고[174] 이재선도 "(그것은) 사회적인 결정론이 가족의 흥망성쇠의 요인이 되는 경우가 허다한 것이다. ……가족사소설 자체의 본래적 관심의 대상인 사회적 상황과 역사의 변천을 지적하지 않을 수 없다."[175]고 하여 1930년대라는 시대가 낳은 가족사소설의 발생론적 장르성을 극명하게 지적하고 있다. 세 편의 소설은 모두 전통적인 사회에서 근대사회에로 진입하는 과정에서 겪는 인물들의 갈등과 근대적인 요소들이 봉건 대가족에 대한 영향관계를 여러모로 묘사하고 있다. 특히 근대적인 경제구조가 어떻게 가족에 영향을 주고 대가족을 허물어뜨리는가에 대한 것은 어느 소설에서나 가장 많은 양

---

174) 최재서, 「가족사소설의 이념」, 『인문평론』, 2권 2호, 1940. 2, p.97.

175) 이재선, 「가족사소설의 전개」, 『한국문학의 해석』, 새문사, 1981, pp.125-126.

을 할애하여 보여주고 있는 부분이다.『삼대』는 가문창달을 위한 돈 쓰기, 기부나 낭비만 일삼는 돈쓰기, 낭비는 없지만 증식이 없으며 궤도를 이탈한 돈쓰기 등 조씨 일가의 소비행위를 보여주면서 식민지 근대사회에서 민족자본은 관리능력의 무능과 구조적 폐쇄회로에 막혀 몰락의 길을 걸을 수밖에 없음을 보여준다. 혈연관계로 맺어져야 할 가족관계는 돈을 매개로 하여 맺어지는 수평관계로 전이하고 있으며 식민지 현실에서 재부의 축적은 일제라는 권력층에 기대지 않고서는 불가능하다는 것을 알 수 있다.『태평천하』역시 윤씨 일가의 가족관계를 인륜적인 인간관계로 맺어진 정신문화적 공간이 아니라 돈의 논리로 이성을 잃어버린 물질문명적 싸움터의 공간으로 그림으로써 돈이 혈연공동체까지 해체시킬 수 있음을 부각시키고 있다. 윤직원의 유일한 목적은 재부의 축적이며 이러한 축적은 식민지 권력층과의 영합을 통해 이루어질 수 있었다.『격류삼부곡』에서 家는 곧 사회를 대표하고 가족제도는 사회제도를 대표하며 집에 대해 쓴다는 것은 곧 사회에 대해 쓰는 것이 된다. 고씨 가족은 전체 사회를 상징할 수 있다. 오랜 역사를 가진 이 봉건 대가족은 20세기 초에 이르러 근대 중국사회와 마찬가지로 자본주의적인 요소를 가지게 된다. 그들은 땅 외에도 성안에 있는 가옥과 회사, 은행주식 등을 가지고 있으며 제국주의의 침입과 군벌혼전, 학생운동, 새로운 사상의 전파로 하여 봉건제도의 경제기초가 흔들리게 되자 자본주의 경영방식으로 쏠리게 된다. 이러한 자본주의 세력의 충격으로 봉건 종법사상도 와해되어 가는데 '君不君, 臣不臣, 父不父, 子不子'한 상태가 된다. 봉건제도는 경제기초로부터 상부구조에 이르기까지 전에 없던 도전에 직면하며 그것의 멸망은 "필연적인 추세로서 경제관계와 사회환경이 결정한 것"176)임을 보여주고 있다.

이러한 가족사소설이 발표된 시기는 대량의 작품이 양산되고 많은 문예지와 잡지, 신문들이 창간되고 발행되던 시기였으며 저널리즘을 바탕으로 한 독자층이 확보되어 소설이 상품으로서의 위치를 얻게 된 시기이기도 하다. 직업작가도 생기고 중국의 경우 출판업도 자리를 굳혀가고 있어 자본주의적인 체재가 확립되어 가는 시기였다. 이러한 사회적인 환경 속에서 세 편의 가족사소설은 모두 연재소설로서 독자층을 의식하고 창작되었고 검열과 삭제를 회피하기 위해 많이 고심하였으며 이로부터 일부 비평가들에 의해 통속소설이라는 평가를 듣게 된다. 한·중 가족사소설은 이러한 여러 면에서 모두 유사성을 가지고 있다.

(4) 1930년대의 가족사소설은 단순히 한 시대에 부침했던 역사적 장르가 아니며 현재와 관련성을 가지고 있다. 과거의 문학유산은 현재와의 관련으로서 소중한 것이다. 한국의 현실상황은 1930년대와 외면에서 많이 닮아 있다. 선진 열강의 심각한 경제적 압력과 침투, 외래문화의 점령, 분배의 불평등, 농촌의 현황, 저항 등등은 1930년대와 내적인 상통점도 있어 현재의 문제를 인식하고 해결하는 데도 일정한 기여를 할 것이다. 중국의 현실상황 역시 1930년대와 많이 닮아 있다. 반봉건이라는 임무는 아직도 유효하며 경제 문화 여러 면에서의 현대화(혹은 근대화)를 추구하는 과정에서 나타나는 문제들은 1930년대의 전환기에 나타났던 문제들의 연속이라고 할 수 있다. 이것이 시대의 변화에도 불구하고 빠진 소설이 언제나 많은 독자를 확보하고 있는 원인일지도 모른다.

---

176) 巴金, 「〈家〉에 관하여」(十版代序), 『집』, p.385.

한국에서 1930년대 초기에 나타난 가족사소설이 30년대 말에는 가족사·연대기 소설이라는 형식으로 연이어 창작되며[177] 1960년대 이후에는 안수길의 『북간도』, 박경리의 『토지』 등으로 이어져 가족사 소설의 개화를 가져온 기초작업이 되었다는 점에서도 중대한 역할을 했다고 할 수 있다. 중국에서도 빠진의 소설에 이어 1940년대에는 老舍의 『四世同堂』, 路翎의 『부호의 자식들』 등 장편대하소설이 창작되었으며 林語堂이 국외에서 영어로 집필한 『京華烟雲』 역시 가족사소설이라고 할 수 있다. 따라서 빠진의 가족사소설도 현대와 당대에 이르는 가족사소설의 기초작업을 했다는 점에서 그 중요성을 인정받을 수 있다.

셋째, 한·중 가족사소설은 상술한 동질성을 갖고 있어 동양문학으로서의 보편성을 확인시켜 줄 뿐만 아니라 다른 문화와 전통의 관계로 각기 개성도 가지고 있다고 할 수 있다.

우선 작가들의 세계관과 현실인식의 차이로 하여 작품의 사상적인 경향은 서로 다르게 나타난다. 염상섭은 보수주의적인 입장에서 전통적인 가족주의를 옹호하고 보존해 나가려 하며, 채만식은 봉건적인 대가족주의를 반대하는 메시지를 전달하고 있으나 그 대안에 대해서는 언급하지 않았다. 빠진은 봉건적인 대가족주의를 가장 강력하게 부정하고 비판한 작가이며 새로운 평등한 관계의 핵가족을 그 대안으로 제시하고 있다. 세 작가 모두 가족사소설이라는 형식을 통해 불합리한 사회에 대한 부정과 저항의식을 표현하려고 하였지만 특히 빠진의 경우, 가장 직접적인 창작 동기는 오랫동안 봉건 대가족

---

177) 여기에 귀속시킬 수 있는 작품으로는 김남천의 『대하』, 이기영의 『봄』, 한설야의 『탑』, 이태준의 『사상의 월야』 등이다.

에서 생활하면서 느꼈던 강렬한 애증의 감정이 소설을 쓰지 않을 수 없게 한 것이다. 가슴속에 쌓인 고통, 분노, 저주, 동정, 사랑 등 감정은 그가 봉건 가족제도와 도덕의 죄악을 폭로하고 운명에 반항하며 아직도 그러한 제도와 도덕의 희생물로 살아가는 젊은이들을 구하려는 욕망을 가지게 하였다. 이로부터 그의 소설은 자전적인 색채가 강하며 3부곡 가운데 첫 번째 소설은 강렬한 낭만주의 색채를 띠고 있다. 한국의 작가들은 봉건적인 질서를 포함한 식민지 근대사회의 불합리성을 부정하고 비판하고 있으며 그러한 사회에 대한 저항은 전망이 밝지 못하여 작품의 분위기가 대체로 어둡다고 할 수 있다. 여기에 비해 빠진은 여전히 실제적인 힘을 행사하고 있는 봉건질서와 세력을 주 공격대상으로 삼았으며 그것들의 몰락의 운명에 대해 확신을 가지고 있었기에 매 부 소설의 결말은 언제나 낙관적으로 처리되었다.

다음으로 한·중 가족사소설은 각기 다른 전통을 가지고 있고 외래문학과의 영향관계도 일정한 차이가 있는 것으로 판단된다. 한국은 가문소설이라는 소설형식이 이미 존재하고 있었으나 가문소설은 사회에 대해 큰 관심이 없이 가문의 권세와 명예를 후손들에게 알리려는 것을 목적으로 하고 있다. 가문소설은 근대 초기에 와서 그러한 목적보다 사회에 대한 지극한 관심을 드러내고 있으며 가족을 통해 사회를 보여주면서 새로운 가족사소설이라는 형식을 창출해 냈다. 중국의 전통소설 가운데 가족의 흥망성쇠의 역사를 서술한 대표적인 소설『홍루몽』은 가문의 흥망성쇠는 순환적인 것으로 어쩔 수 없는 현상이라는 순환의식을 가지고 있다. 빠진의 소설은『홍루몽』의 영향을 무의식간에 많이 받았지만 폐쇄적인 순환이 아닌 대가족에 대한 파괴와 앞으로의 발전을 보여주고 있는 점에서 진일보 성숙된 모습을 보인다고 할 수 있다. 이들 양국의 소설가들은 모두 『루공 마카르 일가』, 『카라마조프 형제들』, 『부자』 등 많은 서구소설의 영향을 받았고 한국 작가의 경우 일본 작가들의 영향도 많이 받은 것으로 알려지고 있다. 빠진은 중국 현대소설가들 가운데서 외래적인 영향을 가장 많이 받은 작가라고 자칭하는데 외국 소설에 대한 편중적인 판단과 접수로 하여 영향을 받은 면과 정도가 어쩔 수 없이 크다고 해야 할 것이다.

작가의 개성이 가장 잘 드러나는 것으로 우리는 창작기법을 들 수 있다. 다 같은 사실주의 작품이지만 빠진은 심리소설의 영향으로 분석적인 서술을 대량 사용하고 장면묘사와 영화의 동시적 기법 등을 많이 이용하고 있으며 낙관적인 전망을 펼쳐 보이면서 끝을 맺는다. 그런가 하면 염상섭은 객관적이고 냉정한 자세로 현실을 그대로 드러내 보이면서 빠진보다 한 걸음 더 나아간 상태임을 알려 준다 (1940년대의 빠진의 소설은 염상섭식의 객관적 재현과 비슷한 분위기를 풍긴다.). 채만식 소설은 판소리 형식과 동시적인 영화적 기법, 적극적인 작가적 개입을 도입하면서 독특한 그만의 개성을 연출하고 있다. 이러한 점들은 작가들의 개성에 속하는 것으로서 변별성에 속하는 것들이라고 할 수 있다.

이와 같이 한·중 근대 가족사소설은 비교문학사상에서 중요한 위치를 차지하고 있으며 그에 대한 연구는 동양문학의 보편적인 법칙을 찾아내는 데서도 중요한 역할을 할 것이다.

VI

결 론

가족은 그 개념이나 구성 양식이 지역이나 시기에 따라 다르고 시
간의 흐름에 따라 해체와 변천을 거듭할 수는 있겠지만 문학의 영원
한 주요 소재라는 점은 변하지 않을 것이다. 가족을 소재로 한 문학
작품은 어느 나라, 어느 시기에나 대량으로 출현하였고 그중에는 세
계적인 명작도 수두룩하다.

　서구의 정신은 일찍부터 혈연이나 지연에 의한 특수주의적인 집단
보다 보편주의적인 원리에 서 있는 결사체를 강조함으로써 가족이
특별히 강조되지 않았고 일본 사회는 가족보다 집단 또는 국가 위주
의 전체주의가 지배적이어서 비교적 가족에 대한 관심이 적었다. 그
러나 중국과 한국 사회는 고대로부터 서구적 근대정신에 대한 자각
을 토대로 한 근대, 가족의 개념이 해체된 현대에 이르기까지 '가족
주의' 가치에 의해 주도되고 규율되었다. 한·중 양국의 가족주의는
가족 집단을 다른 집단이나 개인보다 우위에 두는데 이러한 가족주
의는 한편으로 개인주의와 대립하게 되며, 다른 한편으로 민족주의
내지 국가주의와 배치된다. 이러한 가족주의는 전원의 결속이 절대
적으로 필요했던 생산체제를 가진 농경생활로부터 비롯되고 있다.
양국은 또한 가족 위주의 사고방식을 제도화한 유교를 국가의 공식

적 통치이념으로 삼으면서 가족주의를 강화하는 결과를 가져왔다.

이처럼 가족주의가 그 어느 나라보다 강화된 양국의 문화는 1930년대에 이르러 동시에 근대적인 문학 장르인 가족사소설을 탄생시켰다. 한·중 두 나라의 문학은 오랜 기간 영향관계에 있었고 양국은 모두 유교문화권, 한자문화권에 속했던 나라로 문화적인 분위기가 비슷하였으며 근대에 이르러 외래 제국주의의 침입과 자국 내부의 근대화과정에 따른 변화와 모순에 직면하게 되었다. 이로부터 양국의 문학발전은 많은 유사성을 보이고 있는바 동일한 시기에 출현한 동일한 장르의 장편소설을 연구하는 것은 양국문학의 동질성을 확인하고 그 공동의 법칙성을 찾아내는 데 큰 도움이 될 것이다.

가족사소설은 가족소설의 하위 장르로서 '한 세대를 구성하는 가족의 이야기가 아닌 그 이상의 확대된 가족의 이야기로 이야기의 배경이 되는 시대상을 구현하고 동시대의 이념이나 가치 그리고 전통을 다양하게 수용하여 역사적으로 서술하는 소설 작품'이라고 할 수 있다. 이러한 소설은 중국의 명나라 이래의 백화소설, 한국의 가문소설을 그 토대로 하면서 서구의 소설과 일본소설의 영향을 받아 창작된 것으로 보인다. 그러므로 현대문학에 나타난 가족사소설은 근대적인 리얼리즘소설로서 전통적인 가족소설과 구별되며 식민지 반봉건사회와 반식민지 반봉건사회의 동방나라들에서 생겨난 형태로서 서구의 그것과 일정하게 차이점을 갖고 있다. 한·중 가족사소설은 근대화 과정에 진입하는 격변기의 사회상을 반영하면서 당대의 가족사소설까지 포괄할 수 있는 장르로 확고히 자리를 굳혔다.

한·중 가족사소설의 서사 구현 양상은 인물, 구성, 서술 세 가지 층위로 나누어 고찰되었다. 소설에 나오는 인물유형은 모두 전근대적인 인물과 타락한 인물, 제3세대의 장남형 인물, 차남 혹은 막내형 인물로 나뉘며, 그중 빠진의 소설은 특별히 여성에 대해서 많은 지면을 할애하여 묘사하고 있다.

전근대적인 인물은 대체적으로 냉혹하고 전제적이며 가족주의를 고수하는 사람들로서 첫째, 한·중 가족사소설에서 나타난 가부장의 신분은 차이를 보인다. 중국의 가부장들은 모두 귀족 사대부 출신이나 한국의 가족사소설은 평민이나 하층민을 가부장으로 내세워 사회적인 혼란을 틈타 부를 축적한 비귀족적인 인물들이 한사코 신분상승을 도모하고 가족의 영속을 꿈꾸며 축재에 강한 집착을 보이고 있음을 알려 준다. 중국은 그때까지 봉건귀족이 강대한 세력을 가지고 있었고 한국은 양반들이 철저히 몰락하여 그 대신 새로운 계층인 평민 부자들이 역사무대의 주역이 되었다는 것으로 이해할 수 있을 것이다. 둘째, 경제적인 여유가 있는 중국의 가부장들은 고시나 古文을 짓거나 감상하고 서화를 수집하고 극을 관람하는 등 취미를 즐기며 풍류스럽게 살고 있지만 한국의 새로운 귀족지주들은 대부분 시간을 돈을 벌고 관리하는 데 허비한다. 셋째로 양국의 가부장들은 하나같이 냉혹하고 전제적인 가장으로서 보수적이고 완고하며 위선적이다. 한국의 가부장들이 자기 가족밖에 모르는 편협함을 보인다면 중국의 가부장들은 사회적인 관계도 무척 중시하며 가족 내부뿐만 아니라 외부에서도 봉건적인 질서와 윤리도덕에 어긋나는 일에 대해 간섭한다. 넷째로 봉건적인 가부장들은 대사회적인 면에서도 한결같이 반민주적인데 민주적이라는 근대적 사상이 그들의 봉건 가부장이라는 권위 자체를 위협하기 때문이다. 한국의 가장들에게서만 보이는 반사회적이고 반민족적인 경향은 한국의 유교적인 전통과도 연관성이 있고 또 보수적인 중산층의 현상유지의 측면으로도 고찰할 수 있다. 전근대적인 인물들은 모두 역사의 뒤편으로 물러나야 할 봉건적인 대가족제도를 옹호하고 전제적인 가장으로서의 권위를 영원히 지키려 하며 그것을 지속시켜 나가려는 욕망을 갖고 있다. 한·중 양국의 가족사소설에서 나타나는 아버지 형상은 과거 한 시대의 전형이고 배척당할 낡은 질서의 대상으로서 문화적인 상징부호라고 할 수 있다.

타락한 인물들은 모두 선대에 축적해 놓은 재산에 기대어 안일한 생활을 하면서 무위도식하는 인간들이다. 빠진의 소설에 등장하는 타락한 인물들은 잔인하고 이기주의적인 특징이 뚜렷한 데 비해 한국의 소설에 나오는 인물들은 악한 사람이 아니다. 그들이 가지고 있는 동일점은 초기의 조상훈을 제외하고 모두 사회에 대해 무관심하다는 것이다. 그 밖에 모두 방탕하며 그들이 받은 교육이 거의 봉건적인 지식에 국한된 점도 같다. 조상훈만이 미국유학을 해서 신식교육을 받았고 그로부터 사회에 대한 관심도 컸었음을 볼 수 있다. 그러나 타락한 정도는 한·중 양국의 소설에서 묘사된 정도가 거의 비슷하다. 노름이나 마작을 하고 선대의 재산을 훔쳐내는 일 같은 것은 양국 소설에 다 나타나고 있다.

제3세대의 장남형 인물들은 모두 갈등하는 이중인격자로서 비슷한 학력에 일정한 직업을 가진 적 있거나 가지려고 준비 중이며 모두 나약하고 순응적이며 선량하다. 중국의 장남형 잉여인간들이 자기희생적이고 가족주의적이며 가정적인 데 비해 한국의 이중성격의 장남형 인물은 자기 타산적이고 합리주의적이며 가족주의 성향이 중국보다 약한 편이고 보다 사회적이며 돈에 강하다. 중국의 장남형 인물들이 봉건의 속박에서 헤어나기 힘들어하고 근대적인 사고방식에 길들여지지 못한 반면 한국의 인물들은 훨씬 더 근대적이라고 해석할 수 있다.

현대문학사에서 나타난 특수한 문학현상은 차남 혹은 막내아들이 보통 저항적 인물이라는 것이다. 이들의 출신은 중산층 이상이며 장남형보다 교육 정도가 높고 전문성을 띤 새로운 지식인층이다. 그들은 모두 20세 좌우로서 유치하나 막내로서의 대담성과 과감성, 단순함과 열정을 갖고 있으며 내면과 행동이 일치한 특징을 가지고 있다. 覺慧와 覺民이 때로 개인주의적이며 자유, 평등, 인도주의 등 계몽적인 사상에 치우친 반면에 병화와 종학은 사회주의 운동을 한다는 점에서 미루어 보아 집단주의 성격이 강하고 자기희생정신이 있는 것으로 추정할 수 있으며 개성 해방이나 자유사상 외에 사회주의 사상을 접수하고 적극적으로 실천해 나가고 있는 점에서 다른 양상을 보인다. 그들은 모두 '孝'와 '順'을 거부하는 봉건가족의 반역자이면서 동시에 봉건군벌 혹은 일제의 압제를 반대하는 사회의 반역자들이다. 그들은 필연적으로 가족에 얽매이지 않고 가족에 용납되지 않는바 주동적으로 가출하거나 가족에 의해 쫓겨난다. 『격류삼부곡』에서 가족의 반역자들의 활동은 가족 내에서의 반항에 많이 집중되고 그들이 사회에 진출한 후의 목표와 활동이 명확하지 않은 데 비해 병화의 형상에는 사회에서의 구체적인 활동목표와 실천이 반영되었기에 그 연장선에 있다고 할 수 있다. 이들은 문화적인 전환기에 있어서 가치관의 변화를 보여주는 상징물로 등장하며 순수한 열정과 생기와 생명력으로 작품에 생기를 불어넣어 주고 독자들에게 희망을 심어준다.

부계사회에서 여성들은 시종 통치를 당하는 성별이었으며 종족을 이어가는 도구로서 남성의 질서 속에 편입될 뿐이었다. 소설에서 전근대적인 여성들은 부계사회의 질서와 도덕에 의한 희생자이면서도 그런 질서를 다른 여성에게 강요하는 가해자가 되기도 한다. 빠진의 소설은 또한 수많은 선량하고 아름다운 여성들이 봉건질서와 도덕의 피해자가 되었음을 알려 주고 있다. 그 외에도 소설들에는 강한 반항 정신을 가진 여성인물이 등장하여 이야기 구성에서 중요한 역할을 한다. 한국 작가들은 여성인물을 그다지 중심적인 위치에 두지 않았으며 저항적인 여성들은 봉건적인 질서에서 벗어나야 하는 동시에 이미 자본주의 도시 시장의 위협을 받고 있음을 볼 수 있다.

다음, 작품의 구성은 시간과 공간, 일상성을 잣대로 분석하였다. 『삼대』는 다른 두 편의 장편소설에 비해 비교적 팽팽한 구조를 가지고 있으며 시간의 흐름에 따라 3개의 연쇄체로 구성되었으나 『격류』는 느슨한 구성이며 시간의 흐름에 따른 삼부곡으로 구성되었고 또한 인물을 모티브로 한 성장소설적인 면도 보이고 있다. 그러나 모두 연대기적인 성격이 뚜렷하지 않으며 『격류삼부곡』에서의 인물도 사실 성장과정이 많이 생략된 상태여서 가족사·연대기 소설이나 가족사 성장소설로서는 미흡하다. 세 편의 소설들은 모두 가족적인 공간을 중심으로 그것을 사회적인 배경에서 다루고 있으며 순응적인 공간은 또한 구체적인 저항공간과 대립되고 있다. 조의관의 집은 순응적, 수직적인 공간이고 산해진은 이념적 관계를 중심으로 하는 수평적, 저항적 공간이다. 소설은 이기적인 가족공간의 몰락과 동지적 관계의 사회적 공간의 부상을 묘사하고 있다. 『태평천하』 역시 수직적이고 순응적인 가족공간과 수평적이고 저항적인 사회공간인 시골, 동경을 대립시켜 묘사하고 있다. 『격류』에서의 수직적인 가족공간은 훨씬 더 절대적이며 시간의 흐름에 따라 그러한 질서가 파괴되는 것을 느낄 수 있다. 이에 대조되는 사회적 공간은 학생들이 꾸리는 잡지사와 상해라는 열린 공간이다. 그 외에 『삼대』는 축소 지향적인 공간이라고 할 수 있고 기타 두 편은 확대 지향적이라고 할 수 있으며 『격류』는 물리적인 공간과 심리적인 공간의 교차적인 배치로 사건이 이어지는 특수한 구조를 가지고 있다. 빠진의 소설은 느슨한 구조에 플롯의 파괴와 단절을 발견할 수 있으며 이러한 단절은 다시 심리적인 공간에 대한 묘사로 하여 이어지고, 전체 구성은 외면적인 사건과 내면적인 심리라는 두 가지 선으로 진행된다. 소설은 또 일상적인 사건을 반복적이고 점층적으로 다루면서 서술보다 장면묘사를 중요시하며 동시에 여러 곳의 장면을 보여주는 영화적인 기법을 사용하고 있다. 채만식의 소설 역시 일상적인 생활화면들을 주로 장면묘사로 보여주고 있으며 동시 다발적인 이야기를 영화적인 몽타주 수법으로 보여준다. 채만식 소설은 극과 영화와 소설 기법의 혼합적인 양상을 보이고 있다.

　서술 층위를 고찰해 보면 소설은 모두 3인칭 전지적 시점으로 되어 있지만 서로 다른 표현양상을 보이고 있으며 인물이나 사건에 대한 화자의 태도도 같지 않음을 발견할 수 있다. 『삼대』는 외적 초점화와 내적 초점화가 교차되는 2중성을 띠고 있으며 좌익인물에 대해서는 제한된 3인칭시점으로 묘사하고 있다. 작가는 가족이나 돈의 문제와 좌익 이데올로기 문제에 대해 초점화하거나 서술하는 태도에서 차이를 보여주고 있는데 이러한 편향성은 전자에 대한 적극적인 개입과 후자에 대한 냉정하고 소극적인 태도에서 드러난다. 작가는 덕기 입장의 합리화를 위해 시점의 변화와 끼어들기를 마다하지 않는 서술방식을 채용하고 있다. 『태평천하』의 화자는 가장 권위적이며 작가는 전통적인 이야기 형식과 판소리의 서사구조를 본뜬 설화체 형식을 취하고 있다. 소설의 주석적인 화자 혹은 내포작가는 작품에 전체적으로 개입하여 해설하면서 표면적으로는 시치미를 떼고 계속 인물의 편을 들고 있지만, 한편으로는 말하려고 하는 것과 이야기되고 있는 것이 거리가 있음을 독자들에게 보여주어 내면적인 주제 – 부정적인 인물에 대한 풍자의 목적을 달성한다. 『격류』는 『삼대』와 비슷한 양상이지만 시점의 전이와 다각적인 초점화가 이루어지고 장면 묘사가 강화되었다. 화자는 제3세대 젊은이들에 대해 많은 양의 분석 서술을 진행하며 그들의 행위와 심리에 대해서는 주석적인 화자가 되어 친절하게 해설하나 봉건의 수호자나 타락한 인물에 대해서는 될수록 냉정하게 보여주기만 한다. 또한 화자의 서술이나 인물의 대화에 작가의 목소리가 중첩되어 나타나는가 하면 자연환경 묘사에도 작가나 인물의 정서가 융합되어 있다. 주인공 覺慧는 때로 작가의 대변인이며 2, 3부에서는 覺民과 琴이 작가의 긍정을 받는 인물이 된다. 세 편의 소설에서 이야기를 전달하는 화자의 위치는 기본적으로 가족 내부에 고정적이라고 할 수 있다. 그중 『삼대』는 가족 내부의 시각이 절대적으로 중심에 있으면서도 다른 두 소설에 비해 가족 외적인 위치에서도 서술을 진행한다. 이러한 서술은 『격류삼부곡』에서의 학생들의 그룹에 대한 서술보다 훨씬 강화되었다고 할 수 있다. 가족 내부에 국한된 시점은 작가들이 가족이라는 내용에는 비교적 익숙하지만 사회적인 내용, 예를 들어 부정적인 사회에 대한 구체적인 투쟁방식, 사회주의자들의 활동 등에 대해 직접적인 체험이 없었던 것과도 관련이 있으며 검열제도라는 작가 외적인 문제와도 연관된다고 해야 할 것이다.

가족사소설이라는 점을 고려할 때 이 세 편의 소설은 모두 선대 혹은 1세대의 치부과정을 요약적 말하기로 넘겨 버리고 가족주의적인 이상이 일정하게 만족을 가져온 상황을 보여주기를 통하여 자세하게 드러내 준다. 소설은 흥성에서 몰락으로 나아가는 과정에 중점을 두고 그러한 내용은 모두 보여주기, 장면묘사를 채용하여 생생하게 독자들에게 전달한다. 한마디로 가족사소설들은 모두 봉건적인 한 가족이 흥성에서 몰락으로 나아가는 과정을 보여주기 위주로 서술하고 있다고 할 수 있다.

작가들의 세계관은, '중립적 세계관과 근대적 합리주의 및 보수주의 입장'(염상섭), '비극적 세계관과 풍자적 역설'(채만식), '크로포트킨의 아나키즘과 개성 해방사상'(빠진)으로 요약할 수 있다. 귀족적, 소자산계급적인 입장은 그들의 모순된 성격과 사상을 결정하게 된다. 이들은 비슷한 경력에 모두 연재소설의 형식으로 가족사소설을 발표하였다. 작가들은 모두 소박하나마 진보적인 역사관을 갖고 있었는데 역사는 한두 사람의 의지에 의해 좌우되는 것이 아니라 자체의 발전법칙에 따라 앞으로 발전한다는 견해를 보여주고 있다. 그들은 모두 친사회주의적인 입장을 보였지만 그러한 단체에는 비판적인 시각을 가지고 참여하지 않았다. 염상섭은 가장 유교적인 작가로서 보수적인 면을 갖고 있었고 민족주의와 사회주의의 통합을 꾀하면서 중도적 입장을 견지하였으며 채만식은 봉건적인 것과 자본주의적인 것을 모두 비판하면서 소박한 사회주의 입장을 견지하였고 카프에 대해서는 비판적이었다. 빠진은 강렬한 반봉건 반전제주의 사상을 가진 작가로서 혁명적 민주주의와 인도주의 색채를 띤 아나키즘사상을 일생 동안 견지하였으며 국민당보다는 공산당을 옹호하고 무정부공산주의를 찬성하였다. 작가들은 이러한 사상적 견지에서 모두 현실에 대한 강한 부정의식을 가지고 노골적 혹은 내면화하여 저항적인 자세를 보여주고 있다. 시대적인 차이로 채만식은 염상섭에 비해 훨씬 더 염세적이고 부정적이어서 마지막에는 니힐리즘적인 색채가 강하고 빠진은 그토록 암흑한 현실에서도 언제나 낙관적인 전망을 내보이면서 희망을 잃지 않고 있다. 이들은 사회주의자는 아니지만 모두 진보적인 입장임은 확실하며 식민지 반식민지적 현실을 극복하려 하고 평등하고 합리한 세상을 추구하여 긍정적인 평가를 받고 있다. 그들은 또한 모두 모순된 성격을 소유하고 있었으며 시대적 역사적 원인으로 자신들이 주장하는 사상이나 학설에 대해 그다지 명확한 인식을 가지고 있지 못했다.

1920－1930년대의 한국과 중국 사회는 전통적 도덕과 관습이 부정되고 근대적인 가치관이 정립되던 시기였다. 세 편의 소설은 모두 연재소설로서 작가의 세계관뿐만 아니라 독자들의 기대를 반영하게 되어 뚜렷한 시대의식을 읽을 수 있는 사회학적 텍스트가 되기도 한다.

소설에서 가정의 권력 구조는 가장을 정점으로 하여 피라미드식으로 구성되어 있다. 이 구조는 신분제도에 의해 유지되는데 신분은 가족구성원의 재능에 따라 구분되는 것이 아니라 항렬과 연령에 따른 것이다. 대가족의 제2세대는 봉건적인 가치관을 포기했으나 자신이 계승할 수 있는 권력은 결코 포기하지 않았으며 제3세대의 장남형 인물은 새로운 사상은 받아들였지만 전통적인 가족의 권력구조에서 빠져나오지 못하고 이중적인 성격을 보이게 된다. 유교적인 사회에서 가족과 사회의 권력구조는 동일성을 갖고 있지만 근대적인 사회로 이행하면서 그것은 법률이라는 권력으로 대체된다. 중국의 사회환경은 아직 이러한 법적인 힘이 강하게 작용하지 못하고 있고 여전히 봉건적인 도덕이 힘을 많이 행사함을 느낄 수 있다. 그러나 한국의 소설들에서 법은 이미 광범위하게 힘을 행사하고 있고 또 그것은 식민지적인 타율적인 힘이라는 데서 극복의 대상이 되며 초법적 인물의 등장은 불가피하게 된다. 빠진의 소설에서 강하게 작용하던 수직적인 권력은 염상섭의 소설에서 강도가 약해지다가 채만식 소설에 이르면 그 힘이 더 희미해진다.

리얼리즘문학은 경제적 측면을 배제하고는 설명할 수 없게 된다. 현금거래가 생활 속에 침투하게 되면 혈연이나 친족 또는 충성에 입각하여 이루어졌던 유대관계는 붕괴되며 전통적으로 존재하던 수직관계는 소멸되고 수평관계로 나타나게 된다. 돈과 권력은 상생 관계에 있다. 고씨 가족의 사치스런 돈 쓰기는 사실 보다 많은 돈을 재생산하기 위한 투자의 일종이다. 지방의 권력 실세들과의 관계를 돈독히 하는 것은 봉건적인 질서가 아직 큰 힘을 행사하는 환경에서 정치적 권력을 확보하는 중요한 작업에 속하기 때문이다. 조의관과 윤직원의 신분상승을 위한 행동은 돈을 확대 재생산할 수 없다. 비록 돈의 출처가 땅과 농사에 있기는 하지만 그 재산을 만드는 과정이 주로 돈의 자본주의적 운용에 있었던 것이다. 이런 면에서 윤직원은 조의관에 비해 훨씬 더 자본주의적인 인물이다. 제2세대의 인물들의 돈쓰기는 타락한 인물들의 낭비이며, 제3세대의 장남형 인물에서 覺新은 자신이 번 돈을 희생하여 흩어지는 대가족을 봉합하는 데 쓰고 덕기는 조부의 돈을 가족과 재산을 보호하는 데와 자기 개인을 위해 사용하며 윤종수는 오로지 향락만을 위해 돈을 낭비한다. 마지막으로 막내형 인물들은 이타적으로 돈을 쓰나 자신이 기대어 살아가는 것을 부정해야 하는 모순을 안고 있다.

성과 결혼은 가정을 구성하는 가장 중요한 조건의 하나이다. 성은 대체로 번식, 쾌락, 애정의 추구를 내용으로 한다. 한·중 가족사소설에서는 시대적 성격에 따라 성의 이러한 세 가지 측면 중의 어떤 한 측면이 두드러지게 나타난다고 할 수 있다. 이것은 여성의 사회·경제적인 지위의 변화와 무관하지 않다. 제1세대에게 성은 번식, 쾌락과 친교를 위한 수단으로 이용되고 있었다. 제2세대의 인물들 중 克定 형제가 번식과 쾌락에 목적을 두었다면 상훈이나 창식은 쾌락의 세계에만 몸담고 있으며 아직 애정으로서의 성 개념을 형성하지 않은 상태이다. 제3세대 장남형 인물들은 어른의 명령으로 번식의 목적을 위해 결혼하나 모두 가정 밖에 사랑하는 사람이 있다. 마지막으로 제3세대의 막내아들형 인물인 覺慧는 대담하게 하녀를 사랑하나 일과 사랑 사이에서 갈등을 느끼고 현실적인 벽 앞에서 나약해져 결국 사랑을 잃고 만다. 그러나 병화는 일과 사랑의 결합을 꾀하며 결코 가족을 부정하지 않고 평등한 기초에서의 새로운 남녀관계를 희망하고 있었다. 윤종학 역시 사랑에 기초한 새로운 가족을 바라는 인물임을 알 수 있다.

『격류삼부곡』은 봉건혼인제도와 여성문제에 대해 아주 중요하게 다루고 있는데 3부가 거의 모두 혼인문제로 인한 갈등과 폐해를 보여주고 있다고 해도 과언이 아니다. 중국 전통혼인의 일반적인 원칙은 부모의 명과 중매인의 중매에 의한 결혼이다. 여자들은 시집가기 전에는 부모에게 의존하고 시집가서는 남편에게 의존하며 남편이 죽으면 아들에게 의존해야 했으므로 더욱 비참한 처지에 있었다. 그 외에도 빠진의 소설에서 여성문제는 중요한 사회적인 문제로 등장하는

데 소설에서 제기된 것은 여성교육문제, 남존여비문제, 엄격한 신분 등급제도문제 등등이다.

한마디로 근대 가족사소설들은 봉건적이고 가부장적인 대가족제도의 붕괴는 불가피한 것으로 보고 있고 새로운 형식과 새로운 내용의 참신한 가족제도의 건립을 암시하고 있으며 그러한 가정은 필연적으로 소규모 혹은 핵가족 형태일 것이라는 것을 보여준다.

본 연구가 가지는 비교문학사상의 의의는 아래와 같다. 첫째, 1930년대의 한·중 가족사소설은 양국의 비교문학 분야에서 연구범위의 확대를 위해 조건을 제공해 주었다. 비교문학 연구는 영향관계를 위주로 하던 데서 벗어나 동일한 장르, 동일한 모티브의 장편소설에 대한 비교 연구로 범위를 넓혀 나가는 것이 필요하다. 둘째, 비교문학은 "문화와 나라 사이를 초월하는 문학작품 및 이론 사이에서 공동의 문학법칙과 공동의 미학적 근거의 가능성을 찾는 것"으로서 한·중 가족사소설은 많은 동질성을 가지고 있음을 확인할 수 있다. 그 동질성을 개괄하면 다음과 같다. (1) 가족사소설은 1930년대 초기에 나타난 새로운 장르로서 전반 현대문학에서 장르의 확대를 가져왔다. 1920년대에 단편소설이 많이 창작된 데 비해 1930년대에는 가족사소설을 포함한 많은 장편소설이 창작되었는데 가족사소설이 확보하고 있는 서사공간은 이념을 융합할 개연성을 지닌 문학사적 수용단위로서 주목된다. (2) 개인들의 삶을 통해 한 시기의 사회상을 총체적으로 파악하고 묘사하려는 것이 리얼리즘 문학의 기본정신이라고 할 때, 가족의 역사와 운명을 통해서 시대적 변동과 사회적 변화양상을 드러내 보이고자 한 가족사소설은 현대소설사에서 리얼리즘 문학의 정신을 확대, 심화시키는 데 기여했다고 할 수 있다. (3) 가족사소설은 시대와 사회의 영향으로 생겨났고 또 그러한 전환기의 사회를 반영하고 있으며 부정적인 사회에 대한 저항의식을 드러낸다는 점에서 일치함을 드러내고 있다. 가족사소설은 1930년대라는 사회 역사적인 환경에서 현실극복의 의지를 담는 한 가지 방식으로 채택된 소설형식이며 가족이라는 프리즘을 통해 격변기의 사회를 충실하게 반영하고 있다. 한·중 가족사소설은 외국의 가족사소설과는 달리 가문의 혈통이나 유전적 인자보다는 사회 역사적인 환경이 가족의 운명을 결정한다는 사상을 표현하고 있다. (4) 1930년대의 가족사소설은 단순히 한 시대에 부침했던 역사적 장르가 아니며 현재와 관련성을 가지고 있다. 이들은 현재의 문제를 인식하고 해결하는 데도 일정한 기여를 할 것이며 가족사소설의 개화를 가져온 기초작업이 되었다는 점에서도 중대한 역할을 했다고 할 수 있다. 셋째, 한·중 가족사소설은 서로 다른 문화와 전통의 관계로 각기 개성도 가지고 있다고 할 수 있다. 우선 작가들의 세계관과 현실인식의 차이로 작품의 사상적인 경향이 같지 않으며 직접적인 창작동기와 작품의 전반적인 분위기, 전망 등에 있어서도 차이점이 있다. 다음으로 한·중 가족사소설은 다른 전통을 가지고 있고 외래문학과의 영향관계도 일정한 차이가 있는 것으로 보인다. 한국의 가문소설과 중국의『홍루몽』, 그 외에도『루공 마카르 일가』,『카라마조프 형제들』,『부자』등 많은 소설은 작가들에게 영향을 주었고 한국 작가의 경우 일본작가들의 영향도 많이 받은 것으로 알려지고 있다. 이로 하여 작가들의 개성은 각기 다른 예술기법으로 나타나고 있다.

이와 같이 한·중 근대 가족사소설은 비교문학사상에서 중요한 위치를 차지하고 있으며 동양문학의 보편적인 법칙을 찾아내는 데도 중요한 역할을 할 것이다.

한·중 양국에서 1930년대에 출현한 새로운 장르인 가족사소설은 현시점에까지 꾸준히 창작되고 있는바 이러한 소설들에 대한 체계적인 검토와 연구는 양국의 문학적인 동질성과 법칙성을 찾아내고 근대화 과정을 거치면서 서서히 변화되어 온 사회 문화적인 총체적 모습을 고찰하는 데도 아주 큰 가치가 있을 것으로 기대된다.

참고문헌

1. 기본자료

巴金, 『家』, 『春』, 『秋』, 人民文學出版社, 2002.
徐開壘, 『巴金傳』, 上海文藝出版社, 1991.
巴金, 『巴金選集』 上－下, 人民文學出版社, 1980.
채만식, 동서한국문학전집 5, 『태평천하』, 동서문화사, 1987.
염상섭, 『三代』, 어문각, 1995.
『인문평론』, 『별건곤』, 『동아일보』, 『조선일보』, 『문학사상』 등.

2. 한국 논문과 저서

강경구, 「가족, 돈과 권력과 성의 삼중주」, 중국학보 40집, 1999.
경영호, 「〈삼대〉, 〈태평천하〉에 대한 연구」, 충북대 석사논문, 1981.
김성수, 「1930년대 소설에 나타난 영화적 기법」, 『현대소설연구』 6, 1997.
김애영, 「1930년대 가족사소설연구」, 경남대 석사논문, 1994.
김이숙, 「한국가족소설연구」, 서강대 석사논문, 1981.
김정애, 「한국 현대 가족사소설의 유형연구」, 청주대 석사논문, 1992.
류종렬, 「1930년대말 한국 가족사 연대기 소설 연구」, 부산대 박사논문, 1991.
박경숙, 「현대가족사소설연구」, 홍익대 석사논문, 1986.
배기정, 「1930년대 '가족사 년대기 소설' 연구」, 경북대 석사논문, 1989.
서영식, 「한일 근대가족사소설 비교연구」, 고려대 박사논문, 1998.
송기섭, 「유교적 가치의 몰락과 통속적 서사－〈탁류〉와 〈태평천하〉론」,

『현대소설연구』 10, 1999.

신영길, 「1930년대 한국 가족사소설 연구」, 충남대 석사논문, 1990.

윤석달, 「한국 현대 가족사소설의 서사형식과 인물유형연구」, 고려대 박사논문, 1992.

이훈, 「채만식소설연구」, 서울대 석사논문, 1981.

이대규, 「1930년대 한국가족사소설연구」, 『어문학연구』, 1984.

이용남, 「〈태평천하〉의 서사론적 연구」, 『현대소설연구』 7, 1997.

이재홍, 「1930년대 가족사소설연구」, 숭실대 석사논문, 1987.

이주형, 「1930년대 한국 장편소설 연구」, 서울대학교 대학원, 현대문학연구회, 1983.

이주형, 「채만식연구」, 서울대 석사논문, 1973.

이혜경, 「현대한국문학의 가족사소설」, 건양대 인문논총 3, 1999. 2.

임명진, 「〈삼대〉의 서사담론에 관한 연구」, 『현대소설연구』 7, 1997.

전형준, 「한중 문학과 동아시아문학 — 정체성과 전통/근대의 문제를 중심으로」, 『중어중문학』 25집, 1999.

정호웅, 「〈삼대〉론 — 새로운 논의를 위하여」, 『현대소설연구』 11, 1999.

최유찬, 「가족사의 흐름 뒤에 숨쉬는 개체적인 삶: 가족사소설의 개괄적인 특성과 그 미래를 전망한다」, 『문학사상』 293, 1997. 3.

황국명, 「1930년대 가족사소설의 이데올로기지향 연구 — 채만식의 가족서사를 중심으로」, 인제논총 8. 2, 1992. 12.

구수경, 『한국소설과 시점』, 아세아문화사, 1996.

김경수, 『염상섭 장편소설 연구』, 일조각, 1999.

김상선, 『채만식 연구』, 약업신문사, 1989.

김상태, 『한국현대문학론』, 평민사, 1994.

김상태, 『한국현대소설론』, 학연사, 1993.

김윤식, 『염상섭연구』, 서울대학교출판부, 1987.

김종균, 『염상섭연구』, 국학자료원, 1999.

김진균, 정근식 편저, 『근대주체와 식민지 규율권력』, 문화과학사, 2000.

김천혜, 『소설구조의 이론』, 문학과지성사, 1990.

문학과 사상연구회, 『채만식 문학의 재인식』, 소명출판, 1999.

문학사와 비평연구회, 『염상섭 문학의 재조명』, 새미, 1998.

송현호, 유려아, 『비교문학론』, 국학자료원, 1999.

신상성, 『한국가족사소설연구』, 경운출판사, 1992.

우한용, 『채만식소설 담론의 시학』, 개문사, 1992.

유려아, 『한국과 중국 현대소설의 비교 연구』, 국학자료원, 1995.

유종호 편, 『염상섭』, 서강대학교 출판부, 1998.

이광규, 『한국가족의 구조분석』, 일지사, 1978.

이내수, 『채만식 소설연구』, 동국대학교, 1985.

이보영, 『난세의 문학』, 예지각, 1991.

이수봉, 『한국가문소설연구』, 경인문화사, 1992.

이재선, 『한국문학의 원근법』, 민음사, 1996.

이재선, 『한국현대소설사』, 옹성사, 1979.

이재선, 『한국문학의 해석』, 새문사, 1981.

임환모, 『문학적 이념과 비평적 지성』, 태학사, 1993.

정한숙, 『현대한국소설론』, 고려대학교출판부, 1993.

조남현, 『소설원론』, 고려원, 1989.

조남현, 『한국현대소설연구』, 민음사, 1987.

조동일, 『동아시아문학사비교론』, 서울대출판부, 1998.

조동일, 『한국문학과 세계문학』, 지식산업사, 1991.

최시한, 『가정소설연구』, 민음사, 1993.

최재율, 『가족사회학』, 전남대학교, 1988.

한국사회사학회, 『사회와 역사』(특집: 한국가족사연구의 새로운 지평),
    문학과지성사, 통권 제58집, 2000.

홍문표, 『문학비평론』, 양문각, 1995.

3. 국내 중국문학 관련 논문과 저서

金明應, 「巴金의 〈격류삼부곡〉연구」, 경희대 석사논문, 1991.

金仁喆, 「〈激流三部曲〉이 반영한 社會問題」, 『중국소설논총』 5, 1996. 3.

김인철, 「巴金의 반봉건사상연구」, 『중국문학연구』 23집, 2001.

朴蘭英, 「巴金의 삼부작 연구: 작가의 아나키즘과 작품의 관계를 중심
    으로」, 고려대박사논문, 1992.

朴榮淑,「巴金〈家〉에 대한 분석적 연구」, 숙명대 석사논문, 1993.

유재성,「중한 신문학의 비교연구」, 북경사범대학 박사논문, 1998.

李東和,「巴金 연구」, 서울대 석사논문, 1985.

조준의,「巴金·曹禺 比較論-家族文化視野中의 文學景觀」, 蘇州大學 박사논문, 1997.

조홍선,「論巴金的主體經驗與其凡人悲劇小說的人格模式」,『중국문학연구』, 22집, 2001.

최병규,「〈홍루몽〉과 중국인의 정신」,『중국학연구』 9집, 1994. 12.

胡啓建,「한중 양국의 근대초기문학 비교 연구」, 서울대 석사논문, 1980.

嚴家炎,『中國現代小說流派史』, 박재우 옮김, 청년사, 1997.

溫儒敏,『中國現代文學批評史』, 신진호 옮김, 신아사, 1994.

周作人,『중국 신문학강화』, 김철수 역주, 을유문화사, 1970.

陳平原,『중국 소설서사학(中國小說敍事模式的轉變)』, 이종민 옮김, 살림, 1994.

허세욱,『중국 현대문학론』, 문학예술사, 1982.

黃修己,『中國現代文學發展史』, 고대중국어문연구회 옮김, 범우사, 1991.

4. 중국 논문과 저서

江倩,「試論巴金家庭小說的風格」,『人文雜志』, 1999. 2.

辜也平,「近二十年來巴金硏究述評」,『文學評論』, 1999. 4.

邱文治,「論長篇小說〈家〉的藝術特征」,『天津師專學報』, 1981. 4.

唐弢,「西方影響與民族風格」,『文藝硏究』, 1982. 6.

鄧經武,「〈家〉, 巴金文學創作的總綱」,『西南民族學院學報』, 1999. 2.

曼生,「論巴金早期的世界觀」, 同上, 1981. 3.

曼生,「論巴金〈激流三部曲〉的現實主義」,『南京大學學報(哲學社會科學)』, 1980. 4.

聞祺,「一個歷史文化的符號-試論巴金〈家〉的象徵意義」,『安徽敎育學院學報』, 1993. 4.

謝偉民,「現代小說中長子形象的文化象征意義」,『文學評論』, 1989. 2.

桑野淑子(日本),「硏究巴金的一個至關重要的問題」,『上海大學學報

(社科版)』, 1994. 3.

徐清, 「論巴金對魯迅傳統的繼承和發揚」, 『臨沂師專學報』, 1999. 1.

邵寧寧, 「牢籠抑或舟船－20世紀中國文學中'家'的形象演變」, 『中國現代當代文學研究』, 1999. 12.

孫鬱, 「從生命價值的確立到人格的自我完善－巴金創作的心靈歷程」, 同上, 1988. 3.

孫乃修, 「巴金與屠格涅夫」, 『外國文學研究』, 1986. 11.

孫時彬, 「文本解讀一種: 關于巴金〈家〉〈寒夜〉中'家'情結的文化思考」, 『黑龍江農墾師專學報』, 1999. 4.

隋淸娥, 「中國反封建思想革命的突破口: 從小說文本領悟現代作家對'家文化'的深長思索」, 『聊城師範學院學報(哲社版)』, 1999. 1.

呂漢東, 「對巴金人物典型化方法的考察」, 『海南大學學報(社會科學版)』, 1999. 2.

王金柱, 「巴金小說的修辭藝術」, 『中國現代著名作家研究』, 1990. 1.

王愛松, 賀仲明, 「中國現代文學中'父親'形象的嬗變及其文化意味」, 『中國現代當代文學研究』, 1999. 11.

李江泉, 「試論巴金的無政府主義和理想主義」, 『巴金研究』, 1998. 4.

李子遲, 「淺析中國現代文學史上的幾位'多余人'形象」, 『中國現代當代文學研究』, 1999. 4.

張民權, 「試論巴金小說的'生命'體系」, 『文學評論』, 1985. 1.

張偉忠, 「現代家族小說逆子形象論」, 『中國現代當代文學研究』, 1999. 7.

張興建, 「巴金藝術追求中的藝術个性」, 『理論月刊』, 1999. 6.

程金城, 「論中國現代文學的客觀再現與主觀表現」, 『文學評論』, 1987. 3.

陳思和, 李輝, 「巴金與西歐文學」, 『文學評論』, 1983. 4.

陳思和, 李輝, 「巴金和法國民主主義」, 『文學評論』, 1982. 5.

賈植芳, 唐金海, 張曉雲, 陳思和 編, 『巴金作品評論集』, 中國文聯出版公司, 1985.

郭志剛, 『中國現代小說論稿』, 山西敎育出版社, 1991.

白海珍, 汪帆, 『文化精神與小說觀念－中西小說觀念的比較』, 河北人民出版社, 1989.

宋曰家, 『巴金小說人物論』, 山東文藝出版社, 1992.

深圳大學比較文學硏究所 編, 『比較文學講演錄』, 1987.

楊知勇, 『家族主義與中國文化』, 云南大學出版社, 2000.

王寧, 『比較文學與當代文化批評』, 人民文學出版社, 2000.

汪應果, 『巴金論』, 上海文藝出版社, 1985.

袁振聲, 『巴金小說藝術論』, 南開大學出版社, 1987.

李存光, 『巴金民主革命時期的文學道路』, 寧夏人民出版社, 1982.

張法, 『中國文化與悲劇意識』, 中國人民大學出版社, 1989.

張立慧, 李今合, 『巴金硏究在國外』, 湖南文藝出版社, 1986.

張慧珠, 『巴金創作論』, 四川人民出版社, 1983.

錢理群, 溫儒敏, 吳福輝, 『中國現代文學三十年』, 北京大學出版社, 2001.

周英雄, 『比較文學與小說詮釋』, 北京大學出版社, 1997.

陳思和, 『中國新文學整體觀』, 上海文藝出版社, 2001.

陳思和, 李輝, 『巴金論稿』, 北京人民文學出版社, 1986.

花建, 『巴金小說藝術論』, 上海社會科學院出版社, 1987.

黃秉泰(韓), 『儒學與現代化』, 社會科學文獻出版社, 1995.

5. 기타 저서

Jonathan Culler, *Literary Theory*, Oxford University Press, 이
    은경, 임옥희 옮김, 동문선, 1999.

미셸 제라파, 『소설과 사회』, 이동열 역, 문학과지성사, 1993.

게오르그 루카치, 『소설의 이론』, 반성완 역, 심설당, 1989.

장-이브 타디에, 『20세기문학비평』, 김정란, 이재형, 윤학로 옮김, 문
    예출판사, 1995.

Mieke Bal, 『소설이란 무엇인가』, 성충훈, 송병선 옮김, 울산대학교
    출판부, 1997.

S. 리몬 케넌, 『소설의 현대 시학』, 최상규 옮김, 예림기획, 1999.

미케 발, 『서사란 무엇인가』, 한용환, 강덕화 옮김, 문예출판사, 1999.

이마무라 히토시, 『근대성의 구조』, 이수정 옮김, 민음사, 1999.

울리히 바이스슈타인, 『비교문학론』, 이유영 옮김, 홍성사, 1983.

Irene H. Frieze 외 4인 공저, 『여성과 성역할』, 최외선 역, 영남대학

교출판부, 1985.

Franz K. Stanzel, 『소설형식의 기본유형』, 안삼환 역, 탐구당, 1990.

E. Muir, *The Structure of the Novel*(London: R & K, 1960), 『소설의 구조』, 安容喆 역, 정음사, 1975.

미셸바렛, 『가족은 반 사회적인가』, 김혜경 옮김, 여성사, 1994.

최계화(崔桂花) ─────────────────────────────

▌약력

　1966년 중국 길림성 연길시 출생
　1988년 연변대학 조선언어문학학부 졸업
　1991년 연변대학 조선언어문학학부 대학원(문학석사)
　1999년까지 연변제1고등학교 조선어문 교사
　2003년 전남대학교 국어국문학과 대학원 졸업(문학박사)
　2006년 청도대학교 외국어학원 한국어학과 교수

▌주요 논저

　「가족사소설의 공간구조 연구」
　「강경애 소설과 암흑」
　「기대와 좌절의 역정」
　「소질교육에서의 개성배양문제」
　「읽기 능력과 정보선별」 등 다수

　『한국어 실용문 쓰기(韓國語應用文寫作實訓敎程)』(主編)
　『한국어 난제 해석(韓國語疑難解析)』(공저)
　『한국어 듣기 교정(韓國語听力敎程)』(공동편찬)
　『중학생 쾌속 글짓기 요령』(공동번역)
　『소학생 쾌속 글짓기 요령』(공동번역)

가족사 소설과 근대성

1930년대 한·중 가족사소설 비교 연구

초판인쇄 | 2010년 7월 8일
초판발행 | 2010년 7월 8일

지 은 이 | 최계화
펴 낸 이 | 채종준
펴 낸 곳 | 한국학술정보㈜
주   소 | 경기도 파주시 교하읍 문발리 파주출판문화정보산업단지 513-5
전   화 | 031) 908-3181(대표)
팩   스 | 031) 908-3189
홈페이지 | http://ebook.kstudy.com
E-mail | 출판사업부 publish@kstudy.com
등   록 | 제일산-115호(2000. 6. 19)

ISBN   978-89-268-1101-6 93810 (Paper Book)
        978-89-268-1102-3 98810 (e-Book)

내일을여는지식 ■은 시대와 시대의 지식을 이어 갑니다.